KB083661

다산처럼 읽고

연암처럼 써라

다산처럼 읽고 연암처럼 써라

초판1쇄발행 2020년 5월 29일
초판2쇄발행 2021년 6월 20일
지은이 간호윤 **펴낸이** 박성모 **펴낸곳** 소명출판 **출판등록** 제13-522호
주소 서울시 서초구 서초중앙로6길 15, 2층
전화 02-585-7840 **팩스** 02-585-7848
전자우편 somyungbooks@daum.net **홈페이지** www.somyong.co.kr

값 22,000원
ISBN 979-11-5905-491-4 03810

잘못된 책은 바꾸어드립니다.

다산처럼 읽고 — 연암처럼 써라

READ LIKE DASAN / WRITE LIKE YEONAM

간호윤 지음

시작하면서_ 글쓰기 신에게 올리는 제문서신祭文書神

유세차, 동장군이 호기스레 꺼덕거리는 2월입니다. 휴휴헌 주인은 컴퓨터, 책상, 연필꽂이, 책, 포스트잇들을 이끌고 글쓰기 신께 삼가 고합니다.

글쓰기 신이여! '글 어떻게 하면 '잘' 쓸 수 있을까요?'

독자들이 이 책 펼쳐든 이유입니다. 채근이라도 하듯 깜빡이는 커서 마주하고 그 방법을 연암과 다산 선생에게 찾았습니다.

그렇다면 '왜 연암과 다산인가?'

연암과 다산 선생 말만 발맘발맘 좇으면 되기 때문입니다. 모든 글쓰기 과정은 심론心論-관론觀論-독론讀論-사론思論-서론書論이라는 다섯 단계고, 특히 생각하고 읽기는 다산에게, 사물 보고 글 쓰는 방법은 연암에게 배운다면 지금보다 글쓰기를 더 '잘' 하리라 확신합니다.

미심쩍어 실례를 들라면 바로 저 자신입니다.

제 전공은 고전문학, 그것도 고소설 비평입니다. 아아! 글쓰기 신이여. 저는 당신을 뵌 적이 없습니다. 고백하건대, 저는 지금까지 그 흔한 글짓기상 한번 받지 못한 글쓰기에 관한 한 손방입니다. 그런데도 국어 선생으로 이십여 년 큰 문제없이 지냈으며, 대학과 대학원에서 글쓰기를 이십여 년 이상 강의하면서도 용케 견뎌냈습니다. 이백李白처럼 붓 머리에 꽃 피는 꿈은 못 꿨어도, 지방글이나마 서른 권 남짓 책도 시나브로 세상 빛을 쬐었습니다. 그저 연암 선생과 다산 선생 말씀 따르려 한 결과입니다.

글쓰기 신이시여! 적이 마음이 놓이셨다면 이제 '촌병혹치村病或治'라는 말로 머리말 열겠습니다. '촌병쯤이야 혹 고치지 않을까?' 다산 선생의 『촌병혹치』라는 책 이름 풀이입니다. 선생이 귀양살이하던 장기長鬐의 딱한 의료 현실을 보고 만든 의서입니다. 선생은 여러 의서 뒤적여 손쉬운 처방을 뽑아 40여 장 만들고 『촌병혹치』라 이름했습니다.

다산 선생은 '촌병村病'이란 시골 병이고, '혹치或治'는 의심스러워서라 합니다. '촌병쯤이야 혹 고치지 못할까?' 못내 걱정하며 붙인 부실한 제명입니다. 자신이 만들어놓은 의서를 대단히 자신 없어 하는 말눈치인 듯도 싶지만, 꼭 그렇지만도 않습니다. "잘만 쓰면 인명 살리기에, 일반 의서와 비교해도 뒤지지 않는다"고 자신감 보이는 군말을 슬며시 덧붙여 놓았기 때문입니다.

글쓰기 신이여! 저 '혹치' 두 글자를 빌려서라도, 이 책을 '혹서或書'로 부르고 싶습니다. 혹서인지 아닌지는 독자들 요량에 애오라지 맡깁니다.

'다산처럼 읽고 연암처럼 써라'는 문패가 오해 살 듯해 좀 풀어야겠습니다. 이 책 제명이 『다산처럼 읽고 연암처럼 써라』라고 해서 '다산과 연암' 견해만으로 채워진 책이라 미루어 어림짐작하면 오해입니다. 제아무리 두 분이 글쓰기 대가라지만, 두 분 생각만으로 채워진 책은 단언컨대 글쓰기 책이 못 됩니다. 글쓰기 끝이 자기 본분으로 돌아가라는 환타본분還他本分이라고 글쓰기 대가들도, 연암 선생도, 다산 선생도, 힘주어 말했기 때문입니다. 자기 본분으로 돌아가라는 환타본분은 남 글쓰기를 따라하지 말고 자기 글쓰기 찾으라는 가르침입니다. 글쓰기 신께서도 그렇게 가르치셨지요.

그래 이 책은 되풀이되는 잔사설을 마다치 않고 '내 글쓰기'를 강조했습니다. '내 글쓰기'라는 종착점까지 연암과 다산 선생 가르침 받되, 위로는 이규보에서 이익, 정조, 박제가는 물론 조선 마지막 문장 이건창까지 여러 글쓰기 선생들께도 무시로 드나들며 도움 청했습니다. 자고로 글쓰기는 고금이 통古今通義하기 때문입니다. 다만, 다산 선생은 독론과 사론에서, 연암 선생은 관론과 서론에서 이 책 중심을 이끌기에 '다산처럼 읽고 연암처럼 써라'라는 문패를 달았습니다.

글쓰기 신이여! 몽당붓 한 자루 들고 글쓰기장에 들어서니 '글쓰기에는 딱히 방법이 없다'부터 천 갈래 만 갈래 백가쟁론이 난무합니다. 때론 이 방법이, 때론 저 방법이 맞음도 사실이요, 이 방법, 저 방법 모두 생판 남남처럼 내외조차 못 하는 경우도 흔합니다. 완당 김정희 선생이 '난초 치는 데 법 있어도 안 되고 법 없어도 안 된다寫蘭有法不可 無法亦不可'라 한 연유도 여기 있습니다. 바로 '내 글쓰기'이기에, '내 글쓰기 방법'을 찾아야 해서란 뜻입니다. 글쓰기 신이여! 이 단락에서 글쓰기를 배웠으면서도 배우지 못했고, 가르치면서도 가르치지 못했음을 고백해야겠습니다.

글쓰기 신이여! 아무도 관심 두지 않은 고전 선생 글쓰기입니다. 원고에 숨결 불어넣어 준 제자들과 글벗들에게 고맙다는 말을 꼭 전하고 싶습니다. 나와 함께하는 컴퓨터, 책상 따위, 문방제구 벗들에게도 고맙단 말 건넵니다. 주인 잘못 만나 여간 고생 많은 게 아닙니다.

'고맙습니다'와 '혹서'로 글쓰기 신 영전에 바치오니 흠향하소서.

휴휴헌休休軒에서

간호윤 삼가 씀

차례

해 · 解

01 | 마음 갖기

02 | 사물 보기

03 | 책 읽기

04 | 생각하기

05 | 내 글쓰기

부 · 附

논

논論이란, 문체의 한 가지로 자기 의견을 논술했다는 뜻이다.
이 책은 심론心論, 관론觀論, 독론讀論, 사론思論, 서론書論 다섯 장으로 구성했다.
연암과 다산을 비롯한 내로라하는 문장가들 모두 글쓰기는 마음 자세로부터 시작했다.
마음 자세가 갖춰진 뒤라야 본숭만숭하던 사물을 제대로 관찰하고, 사물을 제대로
관찰해야만 책을 제대로 읽으며, 책을 읽을 줄 알아야만 제대로 된 유연한 사고를 하게
된다. 이 제대로 된 사고를 하는 단계라야만 붓 잡아도 아롱이다롱이 글 쓰지 않는다.
각 논論은 다시 계計로 세분한다. '논'이 큰 틀이라면 '계'는 '논'을 구성하는 구체 방법이다.
제1계에서 제37계는 글쓰기 처음부터 끝을 염두하고 구성했지만
서론을 제외한 각론에서 계는 자유롭게 읽어도 무방하다.

들어가며_ 글쓰기는 행동이다

신영복의 『나의 고전 독법, 강의』를 읽다가 서당에서 전승하는 재미있는 이야기를 알았다. '미록지대자야麋鹿之大者也'가 그것이다. 미록지대자야의 '미'는 '큰사슴 미麋' 자다. 그러니 해석을 '미麋는 사슴 중의鹿之 큰 놈이다大者也'라고 해야 한다. 당연히 '미, 록지, 대자야'로 구두점을 끊어 읽어야 한다.

서당에서 이제 막 공부 시작한 책방 도령이 이를 알 턱이 없다. 아침에 들어보니 낭랑한 목소리로 '미록 / 지대 / 자야' 하고 외더란다. 저녁에 다시 들어보니 그제야 '미 / 록지 / 대자야'라 바르게 끊어 읽는다. 이 도령이 온종일 외우다가 스스로 깨쳤다. 이익의 '자득지학'은 이를 말한다.

하지만 자득지학 책 읽기야 여기서 그치겠지만, '자득지학 글쓰기'는 이와는 다르다. 글을 자꾸 쓰면 느는 게 사실이지만, 글을 썼다고 글이 아니기 때문이다. 글쓰기 3요소를 굳이 만들어보라면 문장, 내용(정신), 행동이다.

이 3요소 중 무언가를 첫 번째로 버려야 한다면 문장이다. 좋은 문장이라고 좋은 내용을 담아내진 않는다. 일제치하 조국 버린 친일 글들, 군사독재정권 시절 정의와 진실을 외면한 글 중, 당대 내로라하는 지식인이라 자처하는 이들이 학문 팔아 쓴 명문장과 명논설이 좀 많은가. 한 문장으로 말해 '명문장이라 불릴지언정 글이 아니다'. 대신 이들에게 바른길에서 벗어난 학문으로 세상 사람 입맛에 맞는 단소리만 하는 곡학아세曲學阿世 자리를 내준다. 서양이라 다를 바 없다. 헤밍웨이는 한 인터뷰에서 '정의와 불의를 구별 못 하는 작가는 소설을 쓰기보다는 영재학교 졸업앨범이나 편집하는 게 더 낫다'고 일갈한다.

두 번째로 버려야 한다면 내용이다. 글 내용은 거짓 없는 순수함으로 그려진 글 정신이기도 하다. 악의 일상성과 승자독식 세계를 준열히 꾸짖는, 글 쓰는 이의 정신이 있어야 한다. 내용(정신) 없는 글은 글이 아니다. 그러나 내용이 있다손 쳐도 행동이 없으면 자득지학 글쓰기가 아니기에, 내용과 행동 중 선택하자면 이 내용마저 버려야 한다.

글쓰기에서 '행동'은 끝까지 버리지 말아야 한다. 제아무리 문장 좋고, 글 내용이 좋아도, 행동이 따르지 않는 글은 글이 아니다. 글 없이 살아도 행동 없이 이 세상을 살지 못한다. 글 쓰는 이에게 행동은 글을 마무리하는 매조지*로서 한없이 강조해도 지나침이 없다. 독자도 같다. 글을 읽되 몸으로 행하지 않으면 읽은 게 아니다. 율곡 이이는 『격몽요결擊蒙要訣』에서, "만약에 입으로 읽기만 하고 마음으로 체득하지 않고 몸으로 실행하지 않는다면, 책은 책대로요, 나는 나대로이니 무슨 이익이 있겠느냐"고 했다. 연암 벗인 홍대용도 "글을 읽되 만약 내 몸에 실제로 체험해보지 않으면 글은 글대로 나는 나대로를 면치 못하니 이렇게 되면 결국 글 읽은 실효가 없다. 그러고는 매번 한 장章 읽으면 곧 스스로 '내가 이 구절을 얼마만큼 실천했는가?' 하고 반성하며 조금밖에 실천하지 못했으면 또 그 두 배를 실천하도록 한다. 이렇게 힘을 다해 그치지 말아야 한다. 그러한 후

* 매조지 : 일의 끝을 단단히 단속해 마무리하는 일

라야 정말로 힘을 쌓음이 오래되고 저절로 성숙하게 된다"고 했다. 「종형 담헌 선생 유사從兄湛軒先生遺事」에 보인다. 이렇듯 글은 글대로요, 나는 나대로인 '서자서 아자아書自書 我自我'는 글을 읽지 않고 쓰지 않음만 못하다.

『중용장구』 제20장에는 학문하는 다섯 가지 방법이 보인다. 첫 번째로 박학博學, 널리 배운다. 두 번째가 심문審問, 자세히 묻는다. 세 번째가 신사愼思, 신중하게 생각한다. 네 번째가 명변明辯, 명백하게 분별한다. 마지막 다섯 번째가 독행篤行, 진실한 마음으로 성실히 행동함이다. 『중용』에도 행동의 최종을 '진실한 마음으로 성실히 행동하라'에 뒀다.

정약용도 「오학론五學論」에서 "지금 학자들은 널리 배운다는 '박학' 한 가지에만 집착할 뿐"이라며, '독행'에 이르지 못한 공부를 꾸짖었다. 글쓰기 최종은 자기 글대로 행동함이다. 글 문장, 글 내용과 글 쓰는 이 행동이 삼위일체 될 때, 비로소 '자득의 글쓰기'에 이른다. 독자나 나나 이 세상에 하나밖에 없는 '유일무이唯一無二'임을 잊지 말아야 한다. 글쓰기, 학문 최종이 '위기지학爲己之學'임은 더욱 잊지 말아야 한다.

다산과 연암

다산茶山 정약용丁若鏞 1762~1836

독서 시인간제일건청사讀書 是人間第一件淸事.

아들에게 보낸 편지에서 다산이 글공부를 정의한 문장이다. 풀이하자면, '독서야말로 인간이 해야 할 일 가운데 가장 맑은 일이다' 정도 의미지만, 쉬이 넘어갈 글줄은 아니다. 공부해서 출세하려는 독서와는 아주 다르기 때문이다.

'제일건청사第一件淸事', '가장 맑은 일'이라는 뜻이다. 가장 맑은 일이란 바로 맑은 삶 살라는, 마음공부에 다짐장 두라는 독서이다. 다산 선생의 저서를 관류하는 예리한 현실 관찰과 부조리한 사회를 바로잡으려는 매서운 결기, 바로 독서를 가장 맑은 일이라 규정하는 데서 이미 보인다. 맹물에 조약돌 삶 듯, 머리로만 책을 봐서는 안 된다는 말이다. 다산의 풀 먹인 안동포처럼 빳빳한 삶도 이 독서에서 비롯했다.

다산은 조선중화朝鮮中華라고 한다. 조선이 문화 중심이기에 조선이 곧 세상 중심인 중국中國이란 뜻이다. '조선 사람이기에 조선 시를 쓴다'는 다산 선언은 여기서 나왔고 18년간 귀양 생활 이전과 이후, 70세에 이르기까지 시종일관 유지된다. 2,400여 수나 되는 다산 시는 모두 이 '조선 시 정신'이다.

나는 조선 사람이다.	我是朝鮮人
달갑게 조선 시 짓겠노라.	甘作朝鮮詩

다산은 이 책 여러 곳에서, 특히 ① 심론, ② 관론, ③ 독론, ④ 사론에서 독자들과 자주 대면하며, 글 읽기와 생각하기에 가르침을 준다.

연암燕巖 박지원朴趾源 1737~1805

서글서글한 눈, 올라간 눈초리 하며 오뚝한 콧날과 턱수염이 매서운 인상을 준다. 넉넉한 풍채에서 풍기는 기운은 대인처럼 우람하다. 『과정록』에 보이는 아들 종채 기록과는 얼굴 모양이 사뭇 다르다.

'개를 기르지 마라不許畜狗'는 연암 성정을 바로 보여주는 결절이다. 그 이유는 이렇다. "개는 주인을 따르는 동물이다. 또 개를 기른다면 죽여야만 하고 이는 차마 하지 못할 일이니 처음부터 기르지 않느니만 못하다."

말눈치로 보아 정 떼기 어려우니 아예 기르지 마라는 소리다. 어전

語典에 '애완견'이라는 명사가 오르지 않을 때다. 양반 계층이 지배하는 조선 후기, 양반이 아니면 '사람'이기조차 죄스럽던 때다. 누가 저 견공犬公들에게 곁을 줬겠는가.

언젠가부터 저자의 관심 그물을 묵직하니 잡는 연암 메타포다. 연암의 삶 자체가 문학사요, 사상사가 된 지금, 뜬금없는 소리인지 모르나, 나는 이 말이 연암 삶의 동선이라고 생각한다. 억압과 모순의 시대에 학문이라는 허울에 기식한 수많은 지식상知識商 중, 정녕 몇 사람이 저 개犬와 정情을 농弄했는가? 연암의 개결한 성정 출발은 바로 여기다.

연암은 이 책 ① 심론, ② 관론, ③ 독론, ④ 사론, ⑤ 서론까지 독자들과 자주 대면하며 글쓰기 가르침을 준다.

01
마음 갖기
心論

글쓰기는 집짓기와 유사하다. 연암과 다산이 글 목수 되어 독자에게 글쓰기와 집짓기를 길라잡이 한다. 집 지으려면 집터부터 찾아야 한다. 내가 살고 이웃이 살 집터기에 마음가짐이 중요하다. 글쓰기는 글 쓰려는 마음 자세 없이는 쓸 수 없다.

제1계

소단적치
騷壇赤幟

글자는 병사요, 뜻은 장수, 제목은 적국이다

'이것'이 연암 박지원과 다산 정약용, 이들을 조선 최고 글쟁이로 만들었다. 아니, 연암과 다산뿐 아니라 동서고금 글깨나 쓰는 이들도 한결같이 글쓰기 비기로 '이것'을 꼽았다. 제1계와 제2계는 '이것'이 무엇인지 찾는 계다.

시중에는 글쓰기 성공에 일조하겠다는 서적들이 많다. 그만큼 글쓰기가 어렵다는 방증이다. 그중 많은 책은 글쓰기는 글쓰기에서부터 풀어야 한다고 비의秘意인 양 서두를 뗀다. 알렉산더가 고르디아스 매듭knot을 한칼로 쳐 풀듯, 글쓰기 고민을 이 한마디로 푼다. 곧장 말한다. "고르디아스 매듭은 풀리지 않았다. 끊어졌을 뿐." 내 경험으로 비춰보면, 어림없는 소리다. 저 쾌도난마식 글쓰기 묘방妙方이란 실은 무방無妨에 지나지 않는다.

글을 곰곰 살펴보면 첫째 글재주로 쓴 글, 둘째 글쓰기 기술을 습득해 쓴 글, 셋째 마음으로 쓴 글이 보인다. 이 중 셋째 마음이 글쓰기 비기 중 비기로, 만 가지를 꿰뚫는 일이관지一以貫之다. 허연 백지장에서 글발이 날리고 글줄이 달려도 이 마음이 없으면 한갓 검은 먹물 방울에 지나지 않는다. 글쓰기는 '글쓰기에서부터'가 아니라, '글 쓰려는 마음에서부터' 출발해야 하기 때문이다. 글짓기가 아닌 '글쓰기'라 하는 이유다. 글짓기는 기술 연마해 써대는 글 장난이요, 유희다. 유희는 행위 그 자체와 함께 소멸하고 만다. 글쓰기는 진실한 영혼을 건 마음 쓰기라서 생명의 글쓰기로 이어져야 한다. 생명의 글쓰기라야만 격정과 고뇌, 정의라는 양심이 글자마다 살아있다. 글은 결코 임자 없는 글자들 줄 세우기가 아니다.

언급할 필요도 없이 초등학교만 마치더라도 글 읽고 쓰는 데 아무 문제없다. 박제가朴齊家, 1750~1805가 '천지에 가득 찬 만물이 모두 시盈天地者 皆詩'라 단언했듯이 글감도 곳곳에 넘쳐난다. 그런데 무엇이 문제기에 글을 못 쓴단 말인가? 왜, 주제는 실종 신고요, 문장은 앞뒤 묵은 원수처럼 서걱거리고, 내용은 읽으나 마나 한 아롱이다롱이요, 더욱이 글과 글쓴이가 어쩌면 저리도 데면데면하단 말인가? 앞에서 그것은 글 쓰려는 마음 자세, 즉 글 쓰는 이로서 양심이 없어서라고 했다. 마음에서 우러나온 영혼이 바로 양심이다. 영혼 없는 삶은 살아도 사는 게 아니듯, 영혼 없는 글은 글자는 있되 글은 없다. 마음 있는 글쓰기, 양심 있는 글쓰기는 정녕 자기 영혼을 걸어야 한다. 이 양심 살아있는 글쓰기가 바로 '생명의 글쓰기'다.

오늘날 고전으로 부르는 글들은 모두 이 마음이 들어있다. 이 책에서 자주 만나는 연암이나 다산 글도 물론이다. "연암 선생은 평소 글을 쓰실 때 천 근 쇠뇌를 당기듯 하셨다平日著作 如持千斤之弩." 김택영金澤榮, 1850~1927이 연암 박지원 문집인 『중편 연암집重編燕巖集』을 간행하며, 그 「서序」에 적어놓은 글귀다. 연암 글쓰기가 '천 근 쇠뇌를 당기듯' 그렇게 신중했다는 의미다.

연암은 내가 아는 한 우리나라 글쓰기 최고수다. 그의 글 중, 「소단적치인騷壇赤幟引」이라는 글은, 글 쓰고자 하는 이들에겐 최고 지남석이다. 이 제1계를 이끄는 '글자는 병사요, 뜻은 장수이고, 제목은 적국이다字譬則士也 意譬則將也 題目者 敵國也'가 바로 「소단적치인」 첫문장이다. 연암이 글쓰기를 전쟁에 비유함은 글쓰기가 그에게 생명이란 뜻이다. 전쟁은 목숨을 담보로 해야만 가능한 일이기 때문이다. 조선 말기를 살아낸 이정직李貞稙, 1853~? 같은 이는 '글쓰기는 나라 다스림과 같다. 글자도 나라의 백성이다蓋治文猶治國 文之於字 亦猶國之於人'(「부어만편빈어일자론富於萬篇貧於一字論」)라고 했다. 글쓰기를 나라 다스림에 비유할 정도니, 글 쓰는 마음이 어떠할지는 미뤄 짐작된다. 연암은 이 마음을 특별히 심령心靈이라고 했다. 자, 이제 '천 근 쇠뇌를 당기듯'이라는 연암 글쓰기 자세를 독자들이나 나나 책상 머리맡에 서리서리 얹어놓고 문장중원文章中原으로 떠나보자. 생명을 걸지는 못하더라도 양심이 살아 숨 쉬는 글을 품어보자.

1-2

1-3

1-4

제2계

미자권징
美刺勸懲

흰 바탕이라야 그림을 그린다

글쓰기 10중, 7~8은 마음이라 했다. 정조는 『일득록日得錄』 권16 「훈어訓語」 3에서 "마음 좋은 뒤라야 사람 좋고 사람 좋은 뒤라야 말 좋다心好而後人好 人好而後言好" 하였다. 말과 글은 곧 그 사람이기 때문이다. 또, "글이란 마음에 연유해서 발로하므로 마음에 격함이 있으면 반드시 밖으로 나타나게 되어 막지 못한다文者 緣情而發 有激於中 必形于外 而不可過止者也"(『이상국집』 권27 「여박시어서서與朴侍御犀書」)고 한다. 우리 한문학 수준을 한껏 높인 고려 대문장가 이규보李奎報, 1168~1241의 이 글은 마음에 연유해 발로한다는 '연정이발론緣情而發論'이다. 그렇다면 그 마음은 어떠한 마음일까. '소박하고 맑은, 진실한 마음'이라고 다산은 말한다. 정약용의 「사의재기四宜齋記」 첫머리다.

사의재는 내가 강진에 귀양 가서 살 때 거처하던 집이다. 생각은 마땅히 담백해야 하니 담백하지 않음이 있으면 빨리 맑게 하고, 외모는 마땅히 장엄해야 하니 장엄하지 않음이 있으면 빨리 단정히 하고, 말은 마땅히 적어야 하니 적지 않음이 있으면 빨리 그쳐야 하고, 움직임은 마땅히 무거워야 하니 무겁지 않음이 있으면 빨리 더디게 한다. 이에 그 방에 이름을 붙

"글을 쓰는 나의 유일한 목적은 진실을 추구하는 오직 그것에서 시작하고 그것에서 그친다. 쓴다는 것은 우상에 도전하는 이성의 행위다."

리영희, 『우상과 이성』

여 사의재라고 하였다. 마땅함(宜)은 의로움(義)이니, 의로 제어한다는 말이다. 나이가 많아짐을 생각할 때, 뜻한 학업이 무너져버렸음에 슬퍼진다. 스스로 반성하기 바랄 뿐이다(四宜齋者 余康津謫居之室也 思宜澹 其有不澹 尙亟澄之 貌宜莊 其有不莊 尙亟凝之 言宜訒 其有不訒 尙亟止之 動宜重 其有不重 尙亟遲之 於是乎名其室曰四宜之齋 宜也者義也 義以制之也 念年齡之遒邁 悼志業之頹廢 冀以自省也).

다산은 강진에 처음 도착해 4년 동안 주막집에서 기거했다. 귀양 와 주막집 곁방살이일망정 글 하는 선비로서 기개를 꺾지 않고자 사의재라 방 이름 지었다. '사의재'란 '네 가지 마땅함이 있는 서재'라는 뜻이다. 생각은 담백하게思宜澹, 외모는 장엄하게貌宜莊, 말은 적게言宜訒, 행동은 무겁게動宜重가 '사의'다. 다산은 그중, 담백한 생각을 초꼬슴*으로 든다. 담백한 생각이란 욕심 없고 마음이 소박하고 깨끗하다는 뜻이다. 어느 책을 보니 "글은 아는 만큼 쓰고, 쓰는 만큼 는다"고 했다. 맞는 말이기도 하지만, 틀린 말이기도 하다. 담백한 생각이 없으면, 글을 써도 글로 남지 못해서다.

* 초꼬슴 : 제일 처음

다산은 곤욕스러운 현실에 발 개고 나앉지 않으려 애썼다. "임금 사랑하고 나라 걱정하지 않으면 시가 아니다不愛君憂國 非詩也. 시대를 아파하고 세속 분개하지 않으면 시가 아니다不傷時憤俗 非詩也. 아름다우면 아름답다 하고, 미우면 밉다 하며, 선 권장하고 악 징계하려는 뜻이 있지 않다면 시가 아니다非有美刺勸懲之義 非詩也"라 시를 정의한다. 이 제2계 문패인 미자권징, 즉 '선을 권장하고, 악을 징계하라'는 바로 앞 문장에서 얻었다. 『다산시문집』 권1 「지루한 객지 생활倦遊」에 써놓은 '문장은 세속의 안목과 틀어졌다文章違俗眼'는 고백이나 「애절양哀絶陽」이라는 시는 저러한 심정을 꿴 글줄이다.

2-1

다산의 저 '미자권징'은 『논어』 「팔일八佾」편에 보이는 '회사후소繪事後素'와 이웃하고 지낸다. 회사후소란, '그림 그리는 일은 흰 바탕이 있은 이후에 한다'는 뜻이니, 본질 있은 연후에 꾸밈 있다. 흰 바탕은 글 쓰려는 이 진실한 마음이요, 그림은 글이다. 다산은 허위, 위선과 맞섬이 글의 사명이라는 진실한 마음이 있었기에, 자신이 양반이면서도 그른 행동을 일삼는 동료 사대부에게 칼날을 겨눴다. 그가 저술한 『목민심서』·『경세유표』·『흠흠신서』와 2,000편이 넘는 사실을 그린 시들은 모두 이 마음으로 진실을 날카롭게 직시한 데서 나온 고뇌들이다. 『시경』의 사무사思無邪나 중국의 비평가 이지李贄, 1527~1602의 동심설童心說, 연암의 동심설과 성령性靈은 모두 글 쓰는 이 진실한 마음 촉구하는 발언들이다.

2-2

2-3 2-4

2-5 2-6

작금 베스트셀러 작가 이외수는 "나쁜 놈은 좋은 글 쓰지 못한다" 해서, 다산의 소박하고 맑은 진실한 마음을 시원하게 풀었다. 마음 없는 글은 의미 없는 자음과 모음 집합일 뿐이다.

2-7

첨언한다. 제1계 '소단적치'와 제2계 '미자권징'이 바로 동서고금 내로라하는 글쟁이들이 꼽은 글쓰기 비기인 '이것', 즉 마음이다. 그래야만 글에서 살아 심장 뛰는 소리가 들린다.

02
사물 보기
觀論

터 닦기는 먼저 양지바른 곳에 터 잡은 후 괭이, 삽 따위로 땅 고르고 달구질해 땅을 단단하게 다진다. 제아무리 좋은 집이라도 집터를 잘 다지지 못하면 사상누각이다. 글쓰기 기초기에 잘 닦아야 한다. 따라서 글 터 닦기는 세 차례 걸쳐 진행된다. 글쓰기는 사물 보는 것부터 출발한다.

제3계

오동누습

吾東陋習

우리나라의 제일 나쁘고 더러운 버릇을 버려라

요즈음 시류를 타고 한자 학습 또한 갖은 차림새로 학생들에게 짐을 지운다. 그중, 『천자문天字文』을 전가 보도처럼 휘두른다. 인터넷 서점에 들어가 『천자문』을 검색해보니 무려 600여 권이 넘게 뜬다. 학생들 있는 집에서는 어김없이 『천자문』 한 권쯤 예사로이 찾을 수 있다. 가히 『천자문』의 화려한 부활이다. 3-1

> 마을 꼬마 녀석이 천자문 배우는데 읽기 싫어하여 꾸짖었답니다. 그랬더니 녀석이 말하기를, "하늘 보니 파랗기만 한데 '하늘 천(天)' 자는 푸르지가 않아요. 이 때문에 읽기 싫어요!" 했습니다. 아이 총명함이 창힐을 굶주려 죽일 만합니다(里中孺子 爲授千字文 呵其厭讀 曰 視天蒼蒼 天字不碧 是以厭耳 此我聰明 餒煞蒼頡).

연암의 「**답창애지삼**答蒼厓之三」이란 편지다. 전문이 겨우 서른넉 자에 불과한 글이지만, 시사하는 바는 차고 넘친다. 「답창애지삼」은 유한준에게 준 편지이기에 의미하는 바가 깊다. 유한준은 '문필진한'이니, '시필성당'이니 외워대던 사대주의 사고를 지닌 이였기 때문이다. 어린아 3-2

이와 선생 대화를 통해 연암은 자기 언어 인식을 재미있게 드러냈지만, 저기에 『천자문』의 허가 숭숭 뚫려 있다.

3-3

"아이 총명함이 한자 만든 창힐을 굶주려 죽일 만하다"는 맺음말 끝에 『천자문』 학습이 잘못됨을 경고하는 연암 의도가 선연하다.

순진무구한 어린아이 마음으로 본 하늘은 그저 파랄 뿐이다. 그런데 '하늘 천天' 자에는 전혀 그런 내색조차 없다. 『천자문』 첫 자부터 이러하니 나머지 999자를 어떻게 감당해내겠는가. 그러니 "읽기 싫어요!" 외치는 어린아이 내심을 똥기는 말이다.

사실 하늘 천, 따 지, 검을 현, 누를 황. 이 '천지현황天地玄黃'이란 넉 자 풀이는 쉽다. '하늘은 검고 땅은 누르다' 아닌가? 그렇다면 저 꼬마둥이처럼 글자 속으로 들어가 보자.

"하늘이 왜 검지요?"

"……."

아마도 답을 내려면 동서고금 넘나드는 석학 선생이라야 가능하지 않을까? 우주 진리를 담은 묘구다. 이를 두고 공부하기 싫은 어린아이 자조 섞인 푸념으로 치부해서 저 아이만 나무랄 게 아니다. 선생이 제대로 설명하지 못하니 아이들은 직수굿이* 공부란 그러려니 하고 '중염불 외듯' 배강*만 할 뿐이다.

* 직수굿이 : 저항하거나 거역하지 아니하고 하라는 대로 복종하는 듯이

중국 양梁나라 주흥사周興嗣, 470~521가 무제武帝 명에 따라 지었다는 『천자문』은 그 연원이 오래다. 『일본서기』에 왕인王仁이 일본에 『천자문』과 『논어』를 전했다는 기록도 있으니 우리와 친분도 꽤 깊다. 이 기록이 285년이다. 허나 『천자문』은 1구 4자 250구, 모두 1,000자로 된 고시古詩이기에, 주석 없이는 이해하기 어려운 부분이 지나치게 많은데도 아무런 비판 없이 우리나라에서 어린아이들 학습교재로 쓰였다. 당연히 여러 선각자들 비판이 있을 법한데, 연암과 다산 이외에 눈 밝은 학자들 찾기 어렵다. 이른바 공인된 관념 틀거지에 스스로를 가두고 세상을 바라보았기 때문이다.

* 배강(背講) : 책을 보지 않고 뒤돌아 앉아 욈

3-4

3-5

정약용은 『담총외기談叢外記』에 실린 「천자문불가독설千字文不可讀說」에서 『천자문』 폐해를 명확히 짚는다. 『천자문』이 아이들에게 암기 위주 문자 학습을 강요해 실제 경험 세계와 동떨어지게 한다는 지적이다. 즉 『천자문』은 천문 개념에서 색채 개념으로, 또다시 우주 개념으로 급격히 사고전환하기에, 어린아이들이 일관성 있게 사물을 이해하지 못한다는 주장이다. 아래는 『다산시문집』 권17 「증언贈言」, '반산 정수칠에게 주는 말'이다.

어린아이 가르치는 데, 서거정의 『유합』과 같은 책은 비록 『이아』와 『급취』편의 아담하고 바름에는 미치지 못하나 주흥사의 『천자문』보다는 낫다. 현 · 황이라는 글자만 읽고, 청 · 적 · 흑 · 백 따위 그 부류를 다 익히지 않으면 어떻게 아이들 지식을 길러주겠는가? 초학자가 『천자문』 읽는 게 우리나라의 제일 나쁘고 더러운 버릇이다(教小兒 如徐居正類 雖不及爾雅急

就篇之爲雅正 猶勝於周興嗣千文矣 讀玄黃字 不能L於青赤黑白等竭其類 何以長兒之知識 初學讀千文 最是吾東之陋習).

저러한 선각께서 '우리나라의 제일 나쁘고 더러운 버릇'이라 했다. '오동누습'이라고까지 극언했거늘, 오늘날 아이들 책상마다 『천자문』이 놓였으니 어찌 된 셈인가? 『천자문』으로 공부깨나 한 분들에게는 경칠 일인지 모르겠으나, 비단보에 개똥이라는 우리네 속담 생각해 봄직도 하다. 다산의 선배 실학자 박제가의 『정유각문집貞蕤閣文集』 권1 「만필謾筆」 말로 끝을 맺는다. 박제가는 기존 관습도 과감히 깨고 한 꺼풀 벗기면 새로운 속이 보인다고 한다.

오늘날 사람들은 다만 아교로 붙이고 옻칠한 속된 꺼풀을 갖고 있어 뚫어 보지 못한다. 학문에는 학문 꺼풀이 문장에는 문장 꺼풀이 단단히 덮였다.

제4계

이물견물

以物遣物

닭 치는 일 글로 풀어내라

'이물견물'이란 '그 일로써 그 일을 풀어낸다'는 뜻으로, 다산 둘째 아들인 학유가 양계養鷄한다고 하자 준 글 「기유아寄游兒」에 보인다. 다산은 이 글에서 네가 닭 기른다는 말 들었는데, 닭 기름은 참으로 좋은 일이라고 하며, "또한 이 중에도 우아하고 저속하며 깨끗하고 더러운 차이가 있다亦有雅俚淸濁之殊"고 한다.

이어 '아리청탁雅俚淸濁' 차이를 구별하려면 농사에 관한 서적을 구해 그 좋은 방법을 찾아봐야 한다며, "혹 그 색깔과 종류로 구별해 보기도 하고, 혹은 홰를 다르게도 만들어서 닭이 살지고 번식하게 해서 남의 집 닭보다 더 낫게 해보거라"고 그 방법까지 일러준다. 그러고는 이렇게 말한다.

> 또 간혹 시를 지어 닭 정경 읊어 그 일로써 그 일을 풀어내렴. 바로 이것이 독서한 사람이 양계하는 법이니라(又或作詩 寫雞情景 以物遣物 此讀書者之養雞也).

'그 일로써 그 일을 풀어내렴.' 이것이 이물견물이요, 닭 치는 일을

"폭풍우 일으키는 것은 가장 조용한 말이다.

비둘기 발로 오는 사상이 세계를 좌우한다."

니체, 『차라투스트라는 이렇게 말했다』

4-1

글로 풀어내라는 다산의 주문이다. 이렇게 될 때 양계라는 속학俗學이, 시라는 아학雅學이 된다고 다산은 말한다.

다산의 편지를 마저 읽어본다. "만약 이득만 보고 의리義理(도리)를 보지 못하며 기를 줄만 알고 취지趣旨(의미)를 모르는 채 부지런히 힘만 쓰고 골몰하면서 이웃의 채소 가꾸는 사람들과 아침저녁으로 다투기나 한다면, 이는 바로 서너 집 모여 사는 촌구석 졸렬한 사람 양계법이다. 너는 어느 쪽을 택하겠느냐?" 다산은 닭 기르는 일에서도 의리, 취지를 찾으라고 한다.

〈그림 1〉 변상벽, 〈어미닭과 병아리〉
(국립중앙박물관)

다산이 하고 싶은 말은 그 뒤에 나온다. "이미 닭을 친다니 모름지기 여러 사람 서적에서 양계에 관한 글 뽑아 계경鷄經 만들어서 육우陸羽의 『다경茶經』과 유혜풍柳惠風의 『연경煙經』처럼 한다면, 이 또한 하나의 좋은 일이다. 세속에서 맑은 운치 얻으려면 항상 이런 방법으로 증거 삼도록 해라."

다산은 양계에서 '계경'까지 나아간다. '계경'은 '닭의 경전'이란 뜻이다. 예로 들은 당나라 육우의 『다경』과 연암의 제자 유혜풍의 『연경』도 앞은 차에 관한 글이요, 뒤는 담배에 관한 글이지만 모두 명문으로 인정받는다. 혜풍 유득공柳得恭, 1749~1807은 『발합경鵓鴿經』이란 책을 짓기도 하였다. 이 책은 비둘기 기르며 얻은 기록으로 연암의 또 다른 제자 이서구李書九, 1754~1825의 『녹앵무경綠鸚鵡經』과 함께 명문으로 꼽힌다. 『녹앵무경』은 앵무새 기르며 얻은 기록이다. 고금통의古今通義이니 「방망이 깎던 노인」으로 유명한 윤오영1907~1976은 누에가 뽕잎 먹는 소리 듣고 글쓰기를 깨닫는 「양잠설」이라는 수필을 썼다. 이것이 '그 일로써 그 일을 풀어냄'이요, 한 편 글이 만들어지는 과정이요, 앞 제3계 **안동답답이**를 벗어나는 방법이다.

4-2

자기 생각으로만 세계를 보려는 **안동답답이는 다산 글 도처에서 여지없이 혼쭐이 난다.** 다산이 「오학론五學論」 3에서 '문장은 밖에서 구하지 못한다文章不可以外求也'고 단정한 이유도 여기에 있다. 글 쓰는 자 삶의 축적과 경험을 통한 앎 총체가 닭 치는 과정을 거쳐 문자로 옮겨지기 때문이다.

4-3

이덕무李德懋, 1741~1793도 이 안동답답이를 그냥 지나치지 않는다. 그는 「종북소선 자서鐘北小選 自序」에서 안동답답이처럼 문제에 얽매여 핵심을 찾지 못하는 어리석음을, "우물 안 개구리와 밭둑 두더지처럼 홀로 그 땅만이 전부라는 믿음" 때문이라고 일갈한다. 근시안 태도에 일침 놓으며 사물에서 몸 빼내보라는 충고다. 그래 그는 "**벌레 수염과 꽃잎사귀에 관심 없음은 글 지을 마음**文心 **없다는 말이다.** 작용하는 제 형상 세심하게 따지지 않는 사람은 글자 한 자 제대로 모른다고 일러도 괜찮다"고 똑 부러지게 적바림해* 두었다. 그는 글쓰

4-4 4-5

* 적바림해 : 나중에 참고하기 위해 글로 간단히 적어두어

기 시작을 '글 지을 마음'에 뒀다. 문심이 있어야 벌레 수염과 꽃 잎사귀조차 관심이 가고 사물의 묘한 이치 깨달은 글이 나온다.

글 쓰고자 하는 자라면 '건너다보니 절터'*라고, '하나 보면 열 속가량*한다'나 사물 볼 줄 모르는 사람의 눈을 비유적으로 이르는 '눈이 아니라 뜸자리'라는 우리네 속담도 새겨둘 만하다.

* 건너다보니 절터 : 겉으로만 봐도 짐작할 수 있다
* 속가량 : 마음속으로 대강 어림잡아 보는 셈

제5계

사이비사
似而非似

산수와 그림을 제대로 보아라

'서울 놈은 비만 오면 풍년'이란 격으로, 지금도 그저 그런 산수만 보고 '그림일세'고 아는 체 떠들어대는 이들은 귀 기울여야 할 계計다. 그리스 신화에 나오는 정의 여신 디케Dike, 그녀는 두 눈을 가린 채 한 손엔 저울을 다른 한 손엔 칼을 들었다. 눈을 가렸다. 눈이 하는 거짓말에서 자유롭기 위해서다. 눈은 세계를 보기도 하지만 제 앞 코와 입도 못 본다. '눈 뜨고 봉사질한다'는 이러한 눈 한계성을 지적하는 속담이다.

눈의 한계성을 벗어나려면 사물 본질을 톺아보려는 마음눈이 필요하다. 그 눈을 심안心眼이라 한다. 심안은 때론 고통이 따른다. 루이스 부뉴엘의 1929년 작 〈안달루시아의 개〉라는 영화가 있다. 남성이 여성 눈을 면도날로 도려낸다. 이 섬뜩한 장면은 일상의 눈을 버리라는 뜻이다. 일상의 눈을 버릴 때 그곳에 새로운 세상이 있다.

제5계는 바로 이 심안의 중요성을 살핀다. 연암은 그림과 글을 상호 보완 관계로 봤다. 연암의 서간을 보면 "하루에 십여 차례씩 그림첩 펼치면 글 짓는 데 크게 도움 주는 첩경"이라 한다. 이 그림에 관한 일화가 「난하범주기灤河泛舟記」에 아래와 같이 그려져 있다. 배 타고 가던 사람들이 '강산이 그림 같은 걸'이라 하자 연암은 이렇게 일갈한다.

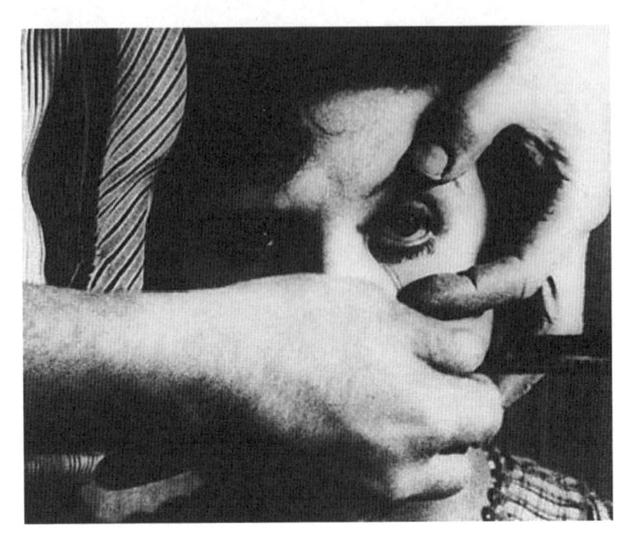

〈그림 2〉 〈안달루시아의 개〉(1929)의 한 장면

자네들이 산수도 모르고 또 그림도 모르는 말일세. 강산이 그림에서 나왔겠는가? 그림이 강산에서 나왔겠는가. 이러므로 무엇이든지 '비슷하다(似), 같다(如), 유사하다(類), 근사하다(肖), 닮았다(若)'고 말함은 다들 무엇으로써 무엇을 비유해서 같다는 말이지. 그러나 무엇에 비슷함으로써 무엇을 비슷하다고 말함은 어디까지나 그것과 비슷해 보일 뿐이지 같음은 아니라네(君不知江山 亦不知畵圖 江山出於畵圖乎 畵圖出於江山乎 故凡言似如類肖若者 諭同之辭也 然而以似論者似 似而非似也).

깊이 있고 명료한 글이다. 연암은 산수와 그림은 비슷해 보일 뿐이지 같음은 아니라고 꾸지람한다. 이것이 '사이비사'다. 사람으로 치면 괜찮은 사람인 줄 알았는데, 알고 보니 그렇고 그런 사이비다. 연암은 이

"나는 그림을 쓰고 싶다."

피카소

런 자들에게 강산도 모르고 그림도 모른다고 쏘아붙였다. 강산에서 나온 그림을 보고 강산을 그림 같다 해서다.

연암은 강산 모사본인 산수화를 들고, 산수인 원본에 비기는 어리석음을 통박한다. "무엇에 비슷함으로써 무엇을 비슷하다고 말함은 어디까지나 그것과 비슷해 보일 뿐이지 맞잡이는 아니다"는 설명까지도 친절하게 붙였다. '객관 존재양태'인 자연은, 결코 '**주관 인식양태**'인 그림과 '비슷하다, 같다, 유사하다, 근사하다, 닮았다' 할 수 없다. 연암은 이에 더하여 원근법遠近法, perspective과 농담법濃淡法, gradation까지 동원하여 사이비사를 이해하려 했다.

5-1

무게 7g, 부피 6.5cm^3, 지름 2.4cm 눈으로 보는 세상은 객관 존재양태에 지나지 않는다. 눈은 우리 신체 중 유일하게 바깥세상을 보지만 보지 못하는 경우도 허다하다. 따라서 주관 인식양태를 보려면 마음의 눈인 심안이 필요하다. **심안은 우리 눈을 의심하는 데서 출발한다.** 우리 눈을 의심할 때 마음이 보인다. 눈을 '마음의 창'이라 부르는 이유도 눈으로만 보지 말고 마음의 눈으로 사물을 보라는 뜻이다. 마음은 우리 몸 중간이요, 사상이 착상되는 곳이요, 사상을 행동으로 옮기는 곳이다. 글을 쓰고 읽으려면 이 '마음의 눈'이 꼭 필요하니, 이것이 있어야만 사물 이면을 보고 읽는다.

5-2

5-3 **적과 마주한, 최고 검객은 적 칼끝을 보지 않는다.** 상대방 눈을 본다. 눈이 아니라 마음 보기 위해서다. "꽃은 봄 맞아 누구에게나 활짝 웃건만 자연에서 느끼는 사람 정은 얕고 깊음이 다르구나花含春意無分別 物感人情有淺深." 김인후가 엮은 『백련초百聯抄』에 나오는 구절이다. 보는 자의 안목과 마음에 따라 저렇게 꽃이 달라진다. 꽃의 웃음은 꽃에서는 결코 찾지 못하기에, 꽃으로 들어가려는 열정과 의지가 있어야만 한다. 이 열정과 의지가 바로 심안을 만든다.

다산의 「오학론」에 보이는 '변별진위辨別眞僞'도 이 심안을 이야기한다. 변별진위란 옳고 그름, 참과 거짓을 가려내는 것을 말한다. 글 쓰는 자라면 제 눈으로 사물을 봐야 하고, 보이는 것 너머를 보려는 심안을 5-4 갖춰야 한다. '뛰어난 안목'이란 뜻 **척안**隻眼도, 의사가 맨눈으로 환자를 5-5 관찰해서 진찰하는 **망진**望診도 심안이다. 사물을 심안으로 보려는 자유의지 없이는 결코 변별진위에 다가서지 못한다. 자유 의지 없는 삶은 타인 삶이기 때문이다. 제 생각이 아닌 남 생각만으로 사니, 그 눈이 비어있을 수밖에 없다. 그런 텅 빈 눈으로는 사물의 참과 거짓을 결코 구별하지 못한다. 남의 의식을 온전히 받아들인 코드화된 눈으로는 남이 보는 내 뒷모양만 볼 뿐이다. 이런 자들을 두고 '산수도 모르고 그림도 모른다'고 한다.

존재하지 않으면서 존재하는 듯 만들어놓은 초과실재 세계를 그린 5-6 영화 〈**매트릭스**matrix〉는 이 제5계에 많은 생각을 준다. 〈매트릭스〉에서 5-7 는 산수와 그림을 제대로 구분하려면 **빨간약**을 복용하라고 한다. 연암은 저 시절 이미 빨간약을 복용했다.

〈그림 3〉 페덱스의 브랜드 로고

〈그림 3〉을 보면 '빠른 배송'을 강조하기 위해 E와 x 사이 빈 공간이 화살표(⇨)로 되어 있다. 그러나 영어를 모르는 아이들은 쉽게 찾지만 글자를 아는 사람들은 찾지 못한다. 규격화된 문자를 안다는 것이 이렇게 사물 보기를 어렵게 한다.

제6계

혈유규지

穴牖窺之

창구멍을 뚫고 보아라

"왜 사람들은 보이는 너머에 또 보아야 할 게 있다는 사실을 알지 못하지……." 영화 〈슈렉Shrek〉에서 슈렉이 밤하늘 별을 올려다보며 안타깝게 중얼거린다. 혈유규지가 필요한 대목이다.

6-1

혈유규지는 몸을 방에서 빼내 밖에서 창구멍 뚫고 들여다봐야만 방 안 풍경이 세세히 보인다는 말이다. '방 안 풍경'은 내 주변 모든 사회·문화 현상이요, 사물 일체이며 '세세히 본다'라 함은 사회·문화 현상과 사물 일체의 요약이다. 요약은 곧 핵심과 연결된다.

혈유규지는 연암 문학이론으로 「소완정기素玩亭記」에 보인다. 「소완정기」는 연암이 아낀 제자 이서구에게 준 글이다. 연암은 사물을 요약해야지 형상에 구애되면 안 된다고 한다. 제5계에서 본 검객과 꽃으로 다시 비유하자면 요약은 검객 마음이요, 꽃봉오리 속에 들어앉은 웃음이다. 형상은 칼을 든 검객이요, 흐드러지게 핀 꽃봉오리다. 적을 치려는 검객 마음과 꽃에 들어앉은 웃음이 핵심이요, 요약이다.

글쓰기나 글 읽기에 내공 깊은 이들은 하나같이 이 요약을 짚는다. 정조 또한 이 요약을 놓치지 않았다. 정조는 "독서는 먼저 대요大要를 파악해야 한다. 대요를 파악하면 만 가지 현상이 한 이치로 꿰어져 반만 일

"내가 만약 대학 총장이라면 '눈을 사용하는 법'이란 강의를
필수과정으로 개설하겠다."

헬렌 켈러

해도 공은 배로 거둔다. 대요를 파악하지 못하면 모든 사물이 서로 연관되지 않아서 종신토록 외우고 읽어도 이루는 바가 없다"고 한다.

자네 무엇을 찾으러 다니는 사내 보지 못했는가? 앞 보자면 뒤 못 보고 바른쪽 살피려면 왼쪽 놓치네 그려. 왜 그런가? 방 가운데 앉으면 몸과 물건은 가리게 되고 눈과 공간이 너무 닿아 있기 때문일세. 차라리 몸이 방 밖에 나가서 창구멍 뚫고 들여다봄만 못하지. 그러면 단 한 번 눈을 들어도 방 속 물건을 모조리 훑게 된다네(子未見夫索物者乎 瞻前則失後 顧左則遺右 何則 坐在室中 身與物相掩 眼與空相逼 故爾莫若身處室外 穴牖而窺之 一目之專 盡擧室中之物矣).

앞 보자면 뒤 못 보고, 바른쪽 살피려면 왼쪽 놓친다. 몸과 물건은 가리게 되고, 눈과 공간이 너무 닿아 있는 방 가운데 앉아 있어야 제 앞만 볼 뿐이다. 방 안 풍수는 여기서 나오니, 빨리 몸을 방 밖으로 빼내 창구멍 뚫고 요약하고 핵심을 봐야만 한다.

창구멍 뚫고 들여다보려면 앞 제5계에서 말한 심안을 다시 살펴야 한다. 이번에는 '견見 · 시視 · 관觀'이다. '견'은 시보다 약하며 잠깐 눈에 보이는 정도다. 견문見聞, 견학見學이다. '시'는 견과 관 중간으로 주의 깊

게 가만히 본다. 시선視線, 주시注視다. '관'은 '시'보다도 강하고 자세히 살펴본다. 관찰觀察, 관망觀望이다.

'견'이 상대 현상만을 읽어내는 육안肉眼이라면, '관'은 사물을 관찰해서 상대 의중을 꿰뚫는 심안이다. 이를 내안과 외안이라고도 한다. 원방 보려면 눈 가늘게 뜨는 견이 좋고, 근방 보려면 눈 부릅뜨고 관으로 봐야 한다. 이것이 관·견이다. 그러나 관만으로도 견만으로도 사물이 제대로 안 보이면 시로 봐야 한다. 관·시·견이 서로 모자란 부분 보충해야만 보는 한계를 본다는 뜻이다. 창구멍 뚫고 본다는 혈유규지는 견·시·관이라야만 얻어낸다.

6-2

젊은 시절 연암은 장인을 모시고 앉은 자리에 친척 한 사람이 다녀간 뒤 '저이가 곧 죽을 것'이라고 장담했다. 장인은 사위 경솔함을 나무랐으나 정말 며칠 뒤에 부고장이 왔다. 한번은 연암이 포도대장 서유대 얼굴을 보고 포도청에서 사람이 죽겠다 하고, 한 종의 얼굴을 보고는 기상이 매우 나쁘다고 했다. 과연 얼마 후에 포도청에서 사람이 죽었으며 종 아비 부음이 왔다.

연암 선견지명은 예지력인가 기시감인가. 모두 아니다. 연구에 따르면 사람은 6,000개에서 1만 개 표정을 짓는다고 한다. 경솔함을 나무라는 장인 물음에 답한 연암 말은 앞 문장으로 미루어 넉넉히 유추할 수 있다. 연암은 "행동거지를 보고 알았습니다見其進止" 한다. 이 말은 상대 표정, 옷차림, 대화 따위를 가깝게 혹은 멀리 관·시·견 상보로 관찰하고, 종합 추론해서 얻어낸 요약이다. 이것이 바로 혈유규지다.

6-3

다산의 「인상론人相論」이나 소동파가 여산 찾았다가 안타까운 마음

읊은 「서림사 벽에 제하다題西林壁」 시는 혈유규지의 좋은 예다. '조하리 6-4
의 창Johari's Windows'이란 학설도 이 계에 도움 주기에 적어둔다. 6-5

제7계

광휘일신

光輝日新

빛은 날마다 새롭다

하늘과 땅이 아무리 오래됐다 하더라도 끊임없이 새롭게 존재하고, 해와 달이 아무리 오래됐다 하더라도 그 빛은 날마다 새롭다. (…중략…) 썩은 흙에서 지초 돋으며 썩은 풀에서는 반딧불이 생긴다. (…중략…) 글이라고 해서 할 말이 다 쓰인 게 아니요, 그림이라고 해서 뜻 다 나타내지 못한다(天地雖久 不斷生生 日月雖久 光輝日新 (…中略…) 朽壤蒸芝 腐草化螢 (…中略…) 書不盡言 圖不盡意).

연암의 「초정집서楚亭集序」 한 구절이다. 관계론에 따르면 삼라만상은 존재가 아닌 생성이요, 약동하는 생명 세계다. 프랑스 철학자 앙리 베르그송Bergson은 이를 엘랑비탈élan vital이라 하였고 헤라클레이토스Herakleitos는 "만물은 유전한다. 사람은 동일한 시냇물에 두 번 씻지 못한다. 시냇물도, 씻는 자도, 모두 시시각각으로 변화하는 까닭이다" 했다.

약동의 세계는 끊임없이 변화하니 변화가 천하의 도다. 불교에서는 이를 진공묘유眞空妙有라고 한다. 참으로 텅 빈 곳에 묘한 이치 있다는 뜻이다. 모두 제7계에서 다루고자 하는 '빛은 날마다 새롭다'는 광휘일신

7-1

“누가 밥상 밥 알알이 괴로움 결정임을 알겠는가(誰知盤中飡 粒粒皆辛苦).”

「민농시(憫農詩)」

세계와 너나들이하는 말이다.

연암은 “그 빛은 날마다 새롭다”고 한다. 하늘과 땅이 오래됐어도 사물은 생장·소멸해 썩은 흙에서 지초 돋고 썩은 풀에서는 반딧불이 생기고, 해와 달이 아무리 오래됐어도 오늘 해는 어제와 다른 새로운 빛이기 때문이다. 이 날것 세계, 야생 현실태가 바로 생생 세계요, 나날이 새로운 일신이다.

여기서 연암은 언어 한계성을 깨닫는다. ‘생생’, ‘일신’을 한낱 글자 몇으로 옮기지 못하기 때문이다. “글이라고 해서 할 말이 다 쓰인 게 아니요, 그림이라 해서 뜻 다 나타내지 못한다”는 뒷문장을 유심히 봐야 한다. 이 말은 『주역』「계사전繫辭傳」상에서 끌어온 말이다. 이 한 문장에서 인지문人之文 한계와 다치 사고多値思考, multi-valued orientation로 사물을 대하는 연암의 언어 인식을 본다.

7-2 7-3

연암 제자이자 서얼 출신 실학자 이덕무의 『청장관전서靑莊館全書』 권48「이목구심서耳目口心書」도 귀 기울여 볼 만하다. “어린아이 울고 웃음과 시장에서 사람들이 사고팖도 익히 봐 느낄 만하고 사나운 개 싸움과 교활한 고양이 재롱도 가만히 관찰하면 지극한 이치 그 속에 있다. 봄누에 뽕잎 갉아먹음과 가을 나비 꽃 꿀 채집에는 하늘 조화가 그 속에서 움직인다. 수많은 개미들이 진을 이룰 때 깃대와 북을 빌리지 않아도 절제가 있어 스스로 정돈하고, 수많은 벌의 방은 기둥과 들보가 없는데도 칸 사이 규격이 절로 고르다. 이것들은 모두 지극히 잘고 지극히 희미하지만, 그곳에는 제각각 지극히 묘하고 지극히 무궁한 조화가 있다."

"인내심을 갖고 개미 거죽 벗기면 내장도 본다"는 아프리카 가나 금언이 생각나는 글이다. 어린아이, 시장 상인, 개, 고양이, 누에, 나비, 개미들 모두 우리 주변에서 흔히 보는 미미한 사물에 지나지 않지만, 그는 지극히 잘고 지극히 희미하지만, 지극히 묘하고 지극히 무궁한 조화가 이 속에 있다 한다. 이 지세지미至細至微와 지묘지화至妙至化 경지도 모두 관찰에서 얻음은 두말할 나위 없다. 물론 이 관찰은 저 제목처럼 귀로 듣고耳, 눈으로 보고目, 입으로 말하고口, 마음으로 느낀 바心다. 연암이 말한 날것 세계, 야생 세계인 광휘일신이 또한 바로 여기다.

빛은 날마다 새롭기에 어제 빛이 오늘 빛이 아니듯, 어제 사물이 오늘 사물이 아니다. 자세히 보면 **고양이 눈**에서 시간을, **살구꽃**에서 어여쁜 소실을 찾기도 한다.

7-4

7-5

연암을 평생 스승으로 섬겨 그를 따라 이승 일찍 떴다는 초정 박제가의 「형암선생시집서炯菴先生詩集序」에도 이 계의 광휘일신이 그대로 나타난다. "천지 가득 찬 모든 게 다 시라 할 만하지요. 사계절 변화하고 온갖 소리는 울어대는데, 그 몸짓과 빛깔, 소리마디가 그 자체에 있습니다. 어리석은 자 이를 살피지 못하지만 지혜로운 자 이를 압니다. 그러므로 다른 사람들 입에서 나온 이야기나 우러러 받들고 옛 서적 영향이나 줍는다면 그 근본에서 너무나 벗어났다 하겠습니다." '하늘과 땅 사이에 가득 찬 모든 게 다 글'이라는, 초정 말을 곰곰이 음미해야만 한다. 날마다 새로운 광휘일신 세계가 바로 그곳에 있는데도 어리석은 자들은 남 입이나 쳐다보고 옛 문헌 찌꺼기만 줍는다.

"네 눈이 너에게 하는 말을 믿지 마라. 네 눈이 보여주는 그 모든 것이 바로 너의 한계가 되는 거야." 리차드 바크의 『갈매기의 꿈』에 이런 말이 나온다. 스승 조나단이 제자 플레처를 다독이는 말이다. 글 쓰려는 이 또한 마찬가지다. 사물에 이미 뜻 스몄으니 소리 없는 글과 글자 아닌 글을 읽어야만 한다.

03

책 읽기

讀論

황토벽돌(담)집을 짓기 위해서는 지면 닿는 부분에 습기가 올라오지 못하도록 집 외벽과 내벽을 쌓을 자리에 깊이 2자, 폭 1자가량 되게 판다.
사물을 보았으면 이제는 독서다. 독서를 통하여 글 쓰려는 자 안목 넓어진다.

제8계

선립근기
先立根基

먼저 바탕부터 세워라

버클리대학 심리학연구소에서 성공한 600명을 연구했다. 그들은 다섯 가지 공통점을 특징으로 지녔다. 강한 집중력, 살아있는 감성, 정직한 성품, 창의한 사고, 그리고 풍부한 독서다. 독서는 지식이란 수액으로 꿈 나무를 가꿔준다. '독론'은 독서 중요성과그 방법을 다룬 장이다. 독서는 독서자가 책을 가운데 놓고 작가와 벌이는 한판 겨룸이며 부단한 탐구 과정이다. 따라서 무엇보다 먼저 승기를 잡으려는 독서자 자세가 필요하다.

"독서는 무엇보다 먼저 바탕을 세워야 한다讀書必須先立根基." 다산은 독서하는 데 먼저 그 바탕이 분명하게 있어야 한다고 다짐을 둔다. 독서 바탕은 무엇일까? 다산 말을 붙잡는다.

> 바탕이란 무엇을 말함이냐? 배움에 뜻을 두지 않고는 능히 책을 읽을 수 없다. 배움에 뜻을 두었다면 반드시 그 근본을 세워야 한다. 근본은 무엇을 말함이냐? 오직 효제(孝弟)를 행할 뿐이다. 먼저 부모에게 효도하고 형제간 우애에 힘써 근본을 세운다면 학문은 저절로 젖어들게 마련이다. 학문이 내게 시나브로 젖어들면 독서는 모름지기 별도 단계를 강구하지

않아도 된다(根基謂何 非志于學 不能讀書 志學必須先立根基 根基謂何 曰惟孝弟是已 先須力行孝弟 以立根基 則學問自然浹洽 學問旣浹洽 則讀書不須別講層節耳).

다산은 위 「기이아」에서 독서는 단 두 가지라고 한다.

8-1

첫째, 먼저 배움에 뜻을 둬야 한다. 둘째, 배움에 뜻 세웠으면 효제孝弟를 힘써 실천해야 한다. 이 둘은 또 하나이기도 하다. '배움의 뜻이 효제로 나아가야 한다'로. 다산이 '배움과 효제를 행함' 두 가지를 독서 바탕으로 드는 이유를 살핀다.

다산은 「두 아들에게 부친다寄兩兒」에서 '몸가짐 삼감動容貌, 말 온화하게 함出辭氣, 얼굴빛 바로잡음正顔色'을 학문하는 데 가장 먼저 마음 기울여야 할 것으로 꼽았다. 그러고는 "이 세 가지에 힘쓰지 못한다면 아무리 하늘 꿰뚫는 재주와 남보다 뛰어난 식견이 있다 할지라도 끝내 발 땅에 붙이고 다리 세우지 못한다"고까지 한다. 비록 이 말이 『논어』 「태백泰伯」편에 보이는 증자 말이라지만, 다산이 이를 인용한 데는 그만한 이유가 있다. 증자는 '몸가짐 사납고 거만하지 말며, 얼굴빛 믿음직스러워야 하며, 말 상스럽지 않아야 하고 도리에 어긋나지 말라'고 했기 때문이다. 결국 다산의 말은 용모, 사기, 안색인 마음 바탕부터 바로잡아야 배움 뜻 세우게 된다는 뜻이다.

다산은 초의 스님 의순에게 주는 말인 「위초의승의순증언爲草衣僧意洵贈言」에서도 "글詩은 뜻詩者言志也"이라며, "뜻 세운 근본이 비겁하다면 제아무리 맑고 높은 글 지어도 이치에 맞지 않으며, 뜻 세운 근본이 좁고 천박하다면 제아무리 탁 트인 글 지어도 형편에 맞지 않네" 하고 점잖게 일렀다. 그러고는 시 배우려고 하면서 그 뜻 헤아리지 않는다면 "더러운 흙에서 깨끗한 샘물 쏟아지기 바라는 격이요, 악취 풍기는 가죽나무에서 향기 구하려는 격"이라 폄하하고, "한평생 구하려 해도 얻지 못하지!"라는 매서운 말결로 마감한다.

지면 관계로 자세한 내용은 해解부에 넣어뒀지만 이제 저 앞에서 말한 배움 뜻인 효제와 연결해본다. 이는 자기 몸가짐에서 비롯한 독서행위가 '행동'이라는 '실천'으로 이어진다는 실용지학實用之學 독서를 말함이다. 조선 임금 중 내로라하는 독서광인 정조正祖도 배움에 뜻을 제일로 치며 실천을 강조한다. 8-2 8-3 8-4

다산은 실용지학 독서에 뜻 세웠으면 다음에는 '초서지법鈔書之法'하라고 한다. '초서'란, 읽은 책에서 문장이나 구절을 취하고 버리면서 중요한 요점만 가려 뽑아 적어두는 독서법이다. 다산은 이 초서지법을 학문 요령이라고까지 했으며, 정조, 연암 등 내로라하는 독서인들은 모두 이 방법을 즐겨 썼다. 다산은 두 아들에게 "내 학문이 먼저 주관이 있어야 한다. 그러한 뒤에야 옳고 그름 판단하는 저울이 마음속에 있어 취하고 버림이 어렵지 않게 된단다"고 했다. 결국, 학문하려는 뜻 세움은 '취하고 버림', 즉 초서지법 잘하기 위한 전제임을 분명히 하는 문장이다. 이 초서지법은 책 요약뿐 아니라 독서 과정 일체를 책임지는 용어로 요즈 8-5 8-6 8-7

음에도 효과 있다. 저자 역시 이 초서지법에 따라 노트 한 권 만들어 중요한 책이나 글을 목록화한다. 요즈음은 USB에 저장하거나 블로그를 함께 활용한다. 이 자료들이 모여서 책이 됨은 물론이다. 독자들께서도 뜻 세웠으면 잠시 독서 멈추고 지금까지 내용을 초서지법해 보기 바란다. 초서지법 방법은 해解부에서 좀더 자세히 다뤘다.

제9계

이여관지

以余觀之

내 뜻으로 읽어내라

다산은 "초서鈔書하는 방법은 반드시 먼저 자기 뜻을 굳건히 세워야 한다凡鈔書之法 必先定己志"(「기유아」)고 했다. 초서는 제8계에서 살폈듯이 책 중요 대목을 가려 적는 독서 방법이다. 다산은 초서하는 방법, 즉 독서를 함에 먼저 자기 뜻을 굳건히 세워야 한다고 주문한다. 이것이 책에 빠지지 말고 내가 책을 읽으라는 이여관지다. 독일 철학자 아르투르 쇼펜하우어Arthur Schopenhauer 말대로 독서는 모래에 남겨진 발자국 추적이기 때문이다. 아래는 다산이 이여관지로써 중국을 본 기록이다. 이여관지는 '내 뜻으로 읽어내라'로 아래 글 첫 부분에 보인다.

9-1

내 뜻으로 보니 그 이른바 '중국'이 '중앙(中)'인 까닭을 모르겠다. 그 소위 '동국'도 그것이 '동쪽'인 까닭을 나는 모르겠다. 해가 정수리 꼭대기에 있으면 '정오'라 한다. 정오 기준으로 해가 뜨고 지는 시각이 같으면 내가 선 곳이 동·서 중앙임을 안다. 북극은 땅에서 약간 높고, 남극은 땅에서 약간 정도 낮기는 하나, 오직 전체 절반만 된다면 내가 선 곳이 남·북 중앙이다. 이미 동서남북 중앙을 얻었으면 가는 곳마다 '중국' 아님이 없거늘 어찌 '동국'이라고 부른단 말인가. 그 어디를 가도 '중국' 아님이 없거늘

"책벌레가 되지 마라."

쇼펜하우어, 『문장론』

어찌 '중국'이라고 부른단 말인가(以余觀之 其所謂中國者 吾不知 其爲中 而所謂東國者 吾不知 其爲東也 夫以日在頂上爲午 而午之距日出入 其時刻同焉 則知吾所立 得東西之中矣 北極出地高若干度 而南極入地低若干度 唯得全之半焉 則知吾所立 得南北之中矣 夫既得東西南北之中 則無所往而非中國 烏覩所謂東國哉 夫既無所往而非中國 烏覩所謂中國哉).

다산의 「송한교리치응사연서送韓校理致應使燕序」다. 자기 뜻을 세워 '중국'이란 두 글자를 읽으니 우리나라 또한 중국이다. 중국을 세계 중심인 중국中國으로 보니 자연 우리나라를 중국 동쪽에 있는 동국東國으로 보게 되는 사대주의 관습을 일갈하는 글이다. 다산은 그 이유를 내 머리 위 해가 정오임을 들고 내가 선 곳이 동서남북 중심에서 찾는다. 말 첫머리에 보이는 '내 소견으로 본다'는 뚜렷한 자기의식 없이는 도달치 못한다. 맹자도 "옛글 모두 믿는다면 글 없음만 못하다盡信書則 不如無書"고 하며 글 속에 빠진 독서를 경계했고, '『논어』를 읽되 『논어』 모른다'는 말도 이러한 경계를 지적하는 말이다. 맹목盲目에 익은 독서를 경계함은 어제오늘 일이 아니니, 맹자의 저 말은 조선 경종 시절 과거 시험 논論 시제로 출제되기도 했다. 우리 서점가를 휩쓴 피에르 바야르 Pierre Bayard의 '개입주의 독서법'도 저 '이의역지 독서법' 반복에 지나지

9-2

않는다. 그래서 독서와 계약을 맺어야 한다. '어디까지나 주인은 나요, 책은 종이다'라고. 책에 지배당하는 순간 책 노예가 되어버리기 때문이다.

연암은 「소완정기」에서 이를 이심회지以心會之라 못 박고는 이해 폭을 활짝 넓힌다. 9-3

> 포희씨(包犧氏)가 문(文) 관찰할 적에 '위로는 하늘 관찰하고 아래로는 땅 관찰한다'고 했지. 공자께서는 포희씨 문 관찰을 찬미하고 나서 덧붙이기를, '가만히 있을 때는 그 말[辭]을 완미한다' 했으니, 완미(玩味)함이 어찌 눈으로만 보고 살피겠는가. 입으로 맛보면 그 맛 알고, 귀로 들으면 그 소리 알고, 마음으로 이해하면 그 핵심 터득하지.

연암은 책 속 글을 입으로, 귀로, 마음으로 모은 이심회지를 하면 글 정수에 도달한다고 한다. 역으로 보자면 마음 주체는 곧 글 읽는 이이니, 자기 주견 굳건히 다진 뒤에야 내 뜻으로 책 읽는다. 같은 책도 서로 다른 의미 얻게 되니 학문 폭 넓어지려면 이심회지 없이는 곤란하다. 9-4 9-5 9-6

이심회지를 다른 말로 하면 우리가 잘 아는 이의역지以意逆志다. 이의역지란, 내 뜻으로 남 뜻 거슬러 읽어내는 독서법이다. 『맹자』에 보이는 말로 "글로써 말 해치지 말며, 말로써 뜻 해치지 말고, 읽는 자 뜻으로써 지은이 뜻 맞이해야 이에 얻게 된다不以文害辭 不以辭害志 以意逆志 是爲得之"는 말에서 나왔다.

연암보다 6살 위였으나 막역한 사이로, 북학파 선두를 이끌던 담헌 홍대용도 「매헌 조욱종에게 준 글與梅軒書」에서 "내 일찍이 맹자의 이의역지란 넉 자로 독서 비결을 삼았다"고 했다. 이덕무 역시 '마음 모아 말 나누며 마음 모아 시 읽는다'고 한다. 마음 모아 시 읽는다는 '독회심시심讀會心詩心' 역시 위의 '이심회지'와 앞서거니 뒤서거니 하는 사이이다.

9-7

"장수는 목 없고, 여인은 어깨 없다將無項 女無肩." 형호荊浩의 멋진 이여관지다.

제10계

선명고훈

先明詁訓

먼저 글자 뜻부터 밝혀라

내가 오직 독서하는 방법은 반드시 먼저 '훈' 밝히는 데서부터 시작한다. 훈은 글자 뜻이다. 글자 뜻이 통한 후에 구절을 이해하며, 구절 뜻이 통한 후에 문장 분석하고, 문장 뜻이 통한 후에 한 편의 큰 뜻이 나타난다. 내가 우선 글자 뜻 밝히는 데 온 힘을 다하는 까닭이 여기에 있다(余惟讀書之法 必先明詁訓 詁訓者字義也 字義通而后句可解 句義通而后章可析 章義通而后篇之大義斯見 諸經盡然 而書爲甚 余所以先致力於詁訓者此也).

10-1 '도이상기천석都已上幾千石'이라고 글자 한 자 잘못 해석하여 웃음가마리*가 된 경우는 허다하다. 윗글은 「상서지원록서설尙書知遠錄序說」로 이 계 주관하는 '선명고훈' 넉 자를 담는다. 다산이 독서 방법으로 가장 먼저 든 선명고훈은 바로 글자 한 자 제대로 읽기다. 선명고훈은 '반드시 글자 뜻 제대로 밝혀라'는 뜻으로 독서에서 글자 한 자 중요성이 얼마나 큰지 보여준다.

* 웃음가마리 : 남의 웃음거리가 되는 사람

10-2 다산은 『논어고금주論語古今註』에서도 제대로 책 읽으려면 '오직 그 글자 뜻 먼저 밝혀야 분별하게 된다'고 못질 여러 번 쳐놓았으며, 아예 다

음처럼 훈고를 자세히 설명하기까지 하였다. 「시경강의서詩經講義序」라는 글 일부다.

> 독서는 뜻을 구할 뿐이다. 만약 얻은 뜻 없다면 비록 하루에 천 권 읽는다 하더라도 담벼락 보기와 같다. 비록 독서해도 글자 뜻 훈고(訓詁)함에 밝지 않으면, 의미와 이치도 따라서 어두워진다. 혹 동쪽 해석하면서 서쪽이라 하면 뜻이 도리어 어그러지게 되니, 이것이 옛 선비들이 경서 해석할 때 대부분 훈고를 앞세운 까닭이다. (…중략…) 그러므로 한 글자 뜻 실수하면 한 구(句) 뜻 어두워지고, 한 구 뜻 실수하면 한 장(章) 뜻 어지러워지고, 한 장 뜻 실수하면 한 편(篇) 뜻이 이미 연나라와 월나라처럼 멀리 동떨어지게 된다.

10-3

훈고, 즉 글자 한 자 한 자 정밀하게 봐야 한다는 다산 생각은 『논어』, 『맹자』, 『대학』, 『중용』에 새로운 학설을 제기하고, 『**아언각비**雅言覺非』라는 우리말 어원 연구서와 전통 악률 이론을 근본부터 부정하고 독창적인 견해를 내세운 『악서고존樂書孤存』이라는 음악서까지 내기에 이른다. 이 저술들은 다산 특유의 치밀한 고증과 풍부한 예증을 통해 글자 한 자 짚음에 따라 해석이 어떻게 달라지는지를 여실히 보여줬다.

다산은 「기유아」에서 "내가 여러 해 사이에 자못 독서를 알았다. 마구잡이로 읽기만 한다면 날마다 천백 편 읽어도 오히려 읽지 않음과 같다. 독서란 매번 한 글자라도 뜻 불분명한 곳 만나면, 모름지기 널리 고찰하고 자세히 살펴 그 근원을 얻어야 한다. 그런 다음 모름지기 차례대로 설명해 글 짓는 일을 날마다 일과로 삼아야 한다. 이렇게 하면 한 종류 책 읽어도 겸하여 백 종류 책을 함께 들여다보게 된다. 이렇게 되면 본래 읽던 책 의미도 분명하게 꿰뚫으니 이것은 알아두지 않으면 안 된다"고 한다.

다산은 "한 글자라도 뜻 불분명한 곳 만나면, 모름지기 널리 고찰하고 자세히 살펴 그 근원을 얻어야 한다"고 아들 학유에게 책 읽는 방법을 일러준다. 이 '널리 고찰하고 자세히 살펴 그 근원을 얻어야博考細究 得其原根' 한다는 독서법이 바로 선명고훈이다. 다산의 방대·호한한 저서인 『여유당전서』 540여 권은 이를 바탕으로 저술한 것들이다.

다산은 위와 같은 글에서 선명고훈 독서 방법을 이렇게 적었다.

> 『사기』 「자객열전」 읽다가 '조도제(祖道祭) 지내고 길 떠났다(旣祖就道)'는 구절 만나면 '조(祖)란 무엇입니까' 하고 스승께 물어봐라. 그러면 스승은 '전별제(餞別祭)이니라' 하고 대답해준다. 또 '꼭 조라 함은 무슨 까닭입니까' 하고 물어서 스승이 '자세히 모르겠구나' 하거든, 집으로 돌아와서 자서(字書) 꺼내 조(祖) 자 본뜻 살펴보고, 또 자서에 있는 증거를 토대로 다른 책까지 들춰 그 본문 뜻을 설명한 주석 고찰해서 그 뿌리 캐고 지엽인 뜻까지도 찾도록 해라. 또 『통전(通典)』이나 『통지(通志)』, 『통고(通考)』

같은 서적에서 조제(祖祭)하는 예절까지 상고해서 책 편찬하면, 영원히 남을 좋은 책이 되기에 넉넉하다.

이렇듯 선명고훈 독서란, 모르면 선생에게 묻고, 선생도 모르면 여러 책 참고해 그 지엽인 뜻까지 샅샅이 검토하고, 이를 바탕으로 책 만드는 데까지 나아간다. 다산은 이렇게 하면 전에는 전혀 모르던 '조제'를 그날부터는 환하게 아니, 아무리 큰 학자일지라도 '조제'에 관한 일만은 겨루지 못하게 된다고 한다. 다산은 이러한 선명고훈 독서를 하려면 '끝까지 이치를 파고들어 밑바닥까지 도달하라'는 **궁극도저**窮極到底와 '정밀히 연구하고 샅샅이 파헤치라'는 **정연밀핵**精研密核 두 가지 방법을 더 써뒀다.

10-4 10-5

선명고훈 독서 방법은 고인들에게 매우 익숙한 방법이다. 해解부에 **연암의 '김황원의 시 비판'**, **위백규**魏伯珪, 1727~1798**의 '아홉 자 샘물'**, **'소 잡는 칼'**, 그리고 『**현호쇄담**玄湖鎖談』**의 '임경**任璟, 1640~1724**의 시 해석'**을 선명고훈 예로 찾아 넣었다.

10-6 10-7 10-8 10-9

제11계

영양괘각

羚羊掛角

영양이 훌쩍 뛰어 나뭇가지에 뿔 걸다

언어는 문자에 실려 있는데, 두 빗장 뚫어야 비로소 언어 전달이 문자에 미친다. 전하려는 자는 손으로써 말하고 받으려는 자는 눈으로써 말 들어야 한다(言語之載在文字者 得値歷透兩關 乃得言語傳達 及於文字 而傳寫者 以手發言 傳受者 以目聽言).

구한말, 실학자이며 과학자요, 사상가이기도 한 최한기崔漢綺, 1803~1879가 『기측체의氣測體義』「신기통神氣通」 권2 '구통口通'에서 설파한 참 멋진 언어 정의다. 말 전하려는 자는 필자요, 받으려는 자는 독자다. 필자와 독자 사이에 언어라는 섬이 있다. 최한기는 이 섬으로 들어서기 위해서 두 개 빗장을 풀라고 한다. 전하려는 자가 손으로써 말함이 한 빗장이라면, 받으려는 자가 눈으로써 말 들음이 또 한 빗장이다. 제대로 된 의사소통은 이 두 빗장이 활짝 열려야 함은 두말할 나위 없다.

여기서 '말은 뜻을 다하지 못한다'는 언불진의言不盡意를 곰곰 짚어봐야 한다. 제아무리 말 잘하거나 글 잘 쓴다 한들 자기 속내를 말이나 글로 온전히 표현하지 못한다. 바로 언어 한계성이다. 말을 전하려는 저

11-1

"책 읽어도 명확히 뜻 모르나니
구름 가에 번갯불만 번쩍이누나(讀書未了義 如雲際皺電)"
기대승, 「또(又)」

자 속내도 챙겨야 한다. '말은 다하였으나 뜻은 아직 다하지 않았네'라는 사진의부진辭盡意不盡, '글 밖에 뜻이 있다'는 언외지의言外之意, 그리고 심행수묵尋行數墨이라 해서 '문자 밖 참뜻 찾으라'는 주자 말을 새겨야 해서다.

말하는 저자가 실수로 빠뜨린 경우도 있겠지만, 고의로 생각을 문자 행간으로 밀어 넣은 경우도 허다하다. 눈 밝은 독자라면 연꽃 한 송이 입에 물고 중생 계도하는 부처님 **염화미소**拈華微笑를 **읽은 가섭**과 같아야 한다. 연꽃 한 송이에 담긴 법문공양을 읽지 못한다면 불도에 이를 수 없듯 글 행간 읽지 못한다면 저자와 대면할 수 없다. 이쯤이면 저자 빗장보다 독자 빗장 열기가 더 만만찮다.

11-2

'산 너머로 연기가 보인다'는 문장이 있다고 치자. 다만 산 너머로 연기가 보이는 사실만 전달하는 글일까? 아니다. 산 너머로 연기 보이니 불까지 나아가야 한다. 담장 위로 뿔 보인다. 담장 뒤로 지나가는 소 봐야 한다. 연기 나는 데도 불 못 보고, 소 지나가는 데도 소 못 봤다면 글을 영판 잘못 읽었다. 독서자 빗장은 아직도 잠겼다. 얼음이 녹으면? 녹기도 하지만 봄이 온다. 하나 더, '남자'와 '여자' 하면 무엇이 떠오르는가? 만약 그것이 백화점 문에 붙어있다면?

『맹자』「공손추公孫丑」상을 보면 공손추가 맹자에게 '말을 안다知言' 함이 무엇이냐고 묻는다. 맹자는 "한쪽으로 치우친 말에서 마음이 이익에 눈이 가려져 있음을 알며, 지나친 말에서 마음이 정욕에 빠졌음을 알며, 사악한 말에서 마음이 바른 도리에서 멀어졌음을 알며, 회피하는 말에서 마음이 궁지에 떨어졌음을 안다詖辭知其所蔽 淫辭知其所陷 邪辭知其所離 遁辭知其所窮"고 한다. 말 속 제대로 살피지 않으면 말 듣지 못한다는 뜻이다.

독서 역시 그렇다. 책 읽는데 문자에 구애되면, 저자가 행간 속에 은밀히 감추어둔 문자 밖 참뜻을 깨닫지 못한다. 많은 이는 말에 나타난 뜻 이외, 숨은 의미를 제대로 읽어냄이 이토록 어려운데도 글자만 읽고 책을 덮는다. 이 계를 이끄는 영양괘각이란 넉 자를 몰라서다. 영양괘각은 '영양이 뿔을 걸다'라는 뜻이다. 이 용어는 선가에서 나왔다. 『전등록傳燈錄』에서 설봉선사雪峰禪師 말이다. 영양은 앞으로 꼬부라진 뿔을 나뭇가지에 걸고 허공에 매달려 잠잔다. 영양 발자국만 추적하던 사냥꾼은 영양이 갑자기 흔적도 없이 사라졌다고 생각하게 된다. 영양이 '글의 뜻'이고, 발자국이 '글'이다. 영양 발자국인 글 따라갔는데, 영양이 훌쩍 뛰어 나뭇가지에 뿔을 걸어버렸다. 글이 끊겼다. 발자국만 더듬거리다가는 영영 영양을 찾지 못한다. 끊긴 발자국(글) 위 나뭇가지에 걸린 영양(글의 뜻)은 사냥꾼(독자) 몫이다.

정지상의「송인送人」, 사랑하는 임 그리는 기생 매창梅窓의 시, 김상용 시인의「남으로 창을 내겠소」, 왕희지의「설야방대雪夜訪戴」, 도연명陶淵明, 365~427의「음주飮酒 5」는 영양괘각을 반드시 요구하는 글들이다. 독자는 이

11-3 11-4 11-5 11-6 11-7

렇듯 영양 발자국이 사라진 자리, 즉 끊긴 글 속에서 뜻 찾아야 한다. 비유하자면 공중의 소리요, 물속의 달이요, 거울 속에 비친 모양과 같아서 분명 있는데 잡히지 않는 그 어떠한 뜻이다. 바로 "산 밖에 산 있으니 산은 끝 없고, 길 가운데 길 많으니 길은 무궁하다山外有山山不盡 路中多路路無窮"(『백련초』)요, **'십분심사일분어十分心思一分語'**(이태준, 『무서록無序錄』)다. **연천 홍석주 말 빌자면 영양 찾지 못한 독서**는 할 일 없이 시간만 죽였으니 최하 5위다. **책 밖에, 말 밖에, 글쓴이 마음이 있어서란다.**

11-8

11-9

11-10

제12계

관서여상

觀書如相

관상 보듯 글을 보라

연암 제자인 이덕무는 "그림 알지 못하면 글 알지 못한다不知畵則不知文矣"(「종북소선 자서」)고 단정했다. 우리는 예부터 '시를 소리 있는 그림有聲畵으로, 그림을 소리 없는 시無聲詩'로 이해하여 시詩와 서書를 모두 문文으로 헤아렸다. 집현전 박사였던 성간成侃, 1427~1456은 「기강경우寄姜景愚」란 시에서 "시는 소리 있는 그림詩爲有聲畫, 그림은 소리 없는 시畫乃無聲詩, 예부터 시와 그림은 일치하거니古來詩畫爲一致" 한다. 이렇듯 **독화법**讀畵法과 독서법讀書法이 같으니, 관상 보듯 글 보라는 귀띔도 얻는다. 12-1

관서여상은 박태석의 『한당유사韓唐遺事』「서」에 보이는 소설 독자 반응 비평어다. 관상쟁이 관상 볼 때 얼굴 겉만 보지 않는다. 관상쟁이는 얼굴을 통해 그 사람 내면을 읽어낸다. 관서여상은 이렇듯 글자 이면에 넣어둔 작가 정신을 간취해야 한다는 비평어다. '문장이 세상 덮었다'고 인정받은 **이가환**李家煥, 1742~1801은 **이를 독자의 발견**으로 봤다. 12-2

그러므로 책 읽음은 마치 관상 보기와 같으니, 겉만 볼 게 아니라 오로지 정신을 취해야 한다. 옛사람들이 '정신은 이것[阿睹]하는 사이에 있다'라 하였는데, 바로 이것이다(故觀書如相人 不以皮肉 專取神精 古人所爲 傳神在

阿睹間 是).

윗글이 『한당유사』「서」다. 박태석은 이 글에서 '정신은 이것 하는 사이에 있다'고 하였다. 진나라 고개지顧愷之와 관련된 『진서晉書』「문원전文苑傳」 구절을 꿔와 이해하자면, '이것阿睹'은 '눈' 혹은 '눈동자'로 글로 치면 작가 정신이요, 뜻이다. 고개지가 인물화를 그려 놓고는 몇 년 동안이나 눈동자에 손을 대지 않자 어떤 이가 그 이유를 물었다. 고개지는 이렇게 답한다.

그림 속에 혼 불어넣음은 바로 이것 속에 있다네.

고개지가 말하는 '이것'은 바로 '작가가 글 쓴 뜻'이다. 문제는 글을 관상 보듯 해야만 '작가가 글 쓴 뜻'인 '이것'을 찾는다는 사실이다.

연암은 다른 이들에 비해 책을 늦게 읽었는데 그 이유도 관서여상이다. 연암 처남 이재성은 "내가 서너 장 읽을 때에 겨우 한 장 읽을 뿐이고, 또 기억해서 외우는 재주도 나에게 좀 떨어지셨지" 한다. 연암 재주가 처남 이재성에게 미치지 못한 바는 증명하지 못하지만, 책을 매우 더디 본 이유는 이어지는 문장에서 확인된다.

이재성은 "그러나 위아래 헤아리거나 장단 견줄 때는 마치 엄격한 관리가 옥사 처결할 때 아무리 사소한 일도 따지는 심문처럼 했지. 나는 비로소 공(연암)이 책 더디게 보는 까닭이 끝까지 밑바닥까지 파고들어 이치를 파악하여 읽으려고 했기 때문임을 알았다"고 그 이유를 적었다. 사소하더라도 심문하듯 하고, 끝까지 밑바닥까지 파고들어 이치를 파악하는 관서여상 독서법이다.

"문장은 참으로 이와 같아서 한 겹 벗기면 또 한 겹으로 가려져서 마치 파뿌리 벗기기 같아서 벗기면 벗길수록 있게 됩니다." 문학을 이해하는 소양과 감각이 풍부하였던 이학규李學逵, 1770~1834의 『낙하생문집洛下生文集』 권10 「답答」에 보이는 내용이다. 문장 속뜻이 '파뿌리 벗기기 같다'는 여박총두如剝蔥頭는 책 속뜻 찾아 읽기가 매우 어렵다는 의미다. 관서여상 독서법과 내외하는 용어요, **다산으로 보자면 층체판석**層遞判析이다.

12-3

'층체層遞'는 중국집에서 음식 차례로 나오듯이 차근차근한 단계요, '판석判析'은 판단하여 분석하다는 뜻이니, 단계별로 차곡차곡 판단하고 분석하라는 뜻이다. '층체판석'은 책을 훑어서는 안 된다. 정밀하게 들여다봐야 한다.

다산의 「중씨께 답함答仲氏」이란 글에는 이와 관련한 재미있는 이야기가 있다.

어느 날 저녁, 노파가 다산에게 묻는다. "성인들께서 말씀하시기를 아버지는 중하게 여기고 어머니는 가볍게 여겨, 성씨도 아비를 따르게 하고 복服도 어머니에게는 낮췄으며, 아비 족속은 일가를 이루면서 어미 쪽은 본 체도 안 하니, 너무 지나친 게 아닌가요." 말인즉슨 '어머니에 비해 아버지를 높이는 이유가 뭐냐?'다. 다산은 이렇게 말한다.

아! 아버지께서 나를 낳으셔서, 거 옛날 책에도 아버지는 자기를 낳아준 시초라고 했잖소. 어머니 은혜가 비록 깊지만, 하늘이 만물을 낸 큰 은혜가 더 무겁잖소.

하나 마나 한 답변이다. 노파는 대뜸 이 말이 옳지 않음을 비웃는다.

말씀이 미흡하군요. 풀과 나무에 비유하면 아버지는 씨요, 어머니는 흙이지요. 씨를 땅에 뿌리는 일이야 지극히 보잘것없지만, 흙이 길러내는 공은 아주 큽니다. 밤톨이 밤나무가 되고 벼 씨앗이 벼가 되도록, 그 몸 온전하게 만듦은 모두 흙 기운이지요. 그러나 결국 나무나 풀 종류는 모두 씨를 따라서 나뉩니다. 옛 성인들이 그러한 것은 이 때문일 겁니다.

12-4

당연히 흙이, 밤톨이 밤나무 되고 벼 씨앗이 벼 되도록 해준다. 하지만, 밤이니, 풀이니, 나무니 나눔은 씨 때문이다. 그러니 성씨가 아비를 따를 수밖에 없고, 또 아비 족속은 일가를 이룬다는 **노파의 말**이다. 남녀평등 이야기는 말고, 노파 말 줄기만 따라잡자. 노파 말이 얼마나 조리에 닿는가. 다산 말보다 몇 수 위 설득력 있는 답변이다. 다산이 늘상 외던 단계별로 차곡차곡 판단하고 분석하라는 '층체판석'이 따로 없다.

다산 선생, 뜻밖의 노파 말에 깨닫고는 "천지간 지극히 정밀하고 지극히 미묘한 이치가 바로 밥 파는 노파에게 나올 줄이야 누가 알았겠습니까!" 탄식하고야 만다.

제13계

여담자미

如啖蔗味

글맛이 사탕수수 맛이다

음식 맛보듯 글 간 보는 계다. 식품을 미뢰味蕾라는 돌기로 맛보듯, 독서할 때 매운맛, 신맛, 짠맛 들 오감의 맛을 느낄까? 노련한 숙수熟手 김시습金時習, 1435~1493은 제소설시비평題小說詩批評에서 입맛 다시며 책 읽고는 '사탕수수처럼 달콤하다'고 한다. 소설을 맛좋은 음식에 비유하는 '가찬론佳饌論'이다. 결코, 얕잡아보지 못하는 소설 감상 미학이다. 제소설시비평은 소설의 효용을 극대화한다. 그것은 감각을 이용하는 미학 소설비평이요, 감수성 활짝 열어젖뜨리고 글 읽는 쾌락이다.

김시습은 『전등신화』 읽은 감상을 이렇게 말한다. "사탕수수처럼 달콤하네." 바로 여담자미다.

> 처음에는 헛된 소리나 나중에는 뒷맛이 있고 아름다운 경지는 흡사 사탕수수처럼 달콤하네(初若無憑後有味 佳境恰似甘蔗茹).

흔히 감정이 고조돼 자기 자신을 잊고 도취 상태 되는 현상을 엑스터시ecstasy라 하는데, 소설 읽은 감흥이 이 정도면 그러한 황홀경에 못지않을 듯하다.

"어찌 굳이 글 읽은 뒤라야 배운단 말인가(何必讀書然後爲學)."

『논어』「선진」편

사실 잘 지은 소설은 욕망·질투·사랑·삶의 교직이기에 그 맛이 여간 아니다. '여담자미'는 이러한 맛을 소설 속에서 찾는다. 성현은 「촌중비어서村中鄙語序」에서 이 여담자미를 빌려 소설류 읽은 감흥을 "사탕수수 씹으면 조금도 물리지 않는 이치와 같으니 어찌 육경六經 외 글들이 모두 공허한 글이라고 하겠습니까" 했다.

섬세한 글을 많이 남긴 김려金鑢, 1766~1822는 「제도화유수관소고권후題桃花流水館小稿卷後」에서 "글이란 꽃 감상과 같다. 모란·작약이 부하고 풍성한 아름다움이 있다 해서 패랭이꽃·수구화(수국)를 내버리며, 국화와 매화가 꾸밈이 없는 담담함이 있다 해서 붉은 복사꽃·붉은 살구꽃을 미워한다면 어찌 꽃을 안다고 말하겠는가" 한다. 글을 꽃에 비유해 설명함이 흥미롭다. 13-1

이 외에도 우리 고소설비평어에 보이는 '**진미**珍味'**와** '**간진**間進', 홍석주의 '석 달이나 입맛을 잊었다'는 **삼월이망미**三月而忘味 같은 미각비평도 여담자미다. 13-2 13-3

이러한 여담자미식 비평은 **이규보**, **허균**, **홍길주**洪吉周, 1786~1841, 박제가朴齊家, 1750~1805부터 현대 문인인 **이태준**까지 이어진다. 이 중, 서얼이기에 무과별시에 응시해 급제한 중국통 박제가의 맛 정의를 한번 보고 넘어가자. 『정유각문집貞蕤閣文集』 권1 「시선서詩選序」에 보이는 글이다. 13-4 13-5 13-6 13-7

맛이란 무엇인가? 구름과 비단과 자수를 보지 못하였는가? 잠깐 사이에 마음과 눈이 함께 옮아가 매우 가까운 거리에 변화무쌍하다. 대충 보아 넘기면 그 모양을 보지 못하지만, 자세히 살피면 맛이 무궁하다. 사물이 처음부터 끝까지 변화하여 마음을 움직이고 눈을 즐겁게 함은 모두 맛이다. 오직 입만이 맛본다고도 말할 게 아니다.

박제가의 맛은 '입맛'이 아닌 '눈맛'이다. 아름다운 비단이나 자수를 보면 우리 눈을 빼앗기는 게 사실이다. 또 그렇게 되면 사물과 거리는 가까워지고 변화무쌍하다. 이것은 자세히 살피지 않으면 보지 못하고, 이렇게 본 사물은 변화해 우리 마음을 움직이고 눈을 즐겁게 한다. 박제가는 이 모두 '맛'이라 한다. 우리가 눈으로 보고 느끼는 기분인 눈맛이다. 박제가는 이 눈맛을 느끼려면 '자세히 살피라細玩'고 충고한다. 샅샅이 톺아가나면서 살피려는 '세밀한 마음心細'이 필요하다는 뜻이다. 독서자는 이 세밀함으로 움직이지 않는 책에서 움직이는 뜻을 찾아내야만 한다. 책에 박제된 글자 만듦도, 훨훨 창공을 비상케 함도, 모두 독서자 몫이다. 박제가 말에서 "오직 입과 눈만이 맛을 본다고도 말할 게 아니다非獨在口目謂之也"라는 추론도 얼마든 가능하다. 입맛, 눈맛, 손맛, 뒷맛 따위 모두 글을 맛에 비유하는 발언이니, 지금 이 글 맛은 어떨까? 숭늉처럼 밍밍하면서도 구수한 뒷맛이 있으면 하는 바람이다.

글을 간 보았다 하니, 희로애락애오욕도 당연하다. 웃는 글, 찡그린 글, 명랑한 글, 슬픈 글, 위압스런 글, ……. 이러한 글 중, 가장 좋은 글은 사람 평안하게 만들면서도 기억에 오래 남는 글이다.

글에 표정이 있으니 빨주노초파남보 색깔도 있다. 영국 소설가 J. M. 베리의 『피터팬』 주인공은 알다시피 녹색 옷을 입었다. 서양인들에게 녹색은 '순수한 동심'을 뜻한다. 춘향이가 이몽룡 만날 때도 초록 장옷으로 맵시를 냈지만, 「춘향전」은 정열의 빨강색이 아닐까 한다.

맛 찾는 방법으로 이 계를 마친다. 박제가의 「시선서」 마지막 구절에 그 방법이 숨어있다. 어떤 사람이 '물은 무슨 맛이냐'고 묻는다.

박제가는 이렇게 대답한다.

> 물은 제일 맛없지. 허나 갈증이 날 때 마시면 천하에 그보다 더 맛있는 게 없을걸. 지금 자네가 갈증 느끼지 않으니 어찌 물 맛을 알겠는가.

열사의 사막을 걷는 나그네 갈증처럼, 글을 제대로 읽으려는 애태움을 온몸이 요구해야 글줄마다 손길이 가고 문맥마다 눈길이 가 끝내 책을 제대로 맛보게 된다. 『예기禮記』 「학기學記」편 문장을 새겨둔다.

> 비록 제 아무리 맛있는 음식이 있으면 뭘 하겠는가. 먹지 않으면 그 맛 모르는 것을(雖有嘉肴 不食 不知其味也).

제14계

문장여화

文章如畵

글은 그림이다

'시와 그림은 묘처에서 서로 돕는 까닭에 하나의 법칙이라 부른다.'(『동문선東文選』 권102 「발」) 이인로李仁老, 1152~1220의 「제이전해동기로도후題李佺海東耆老圖後」에 보인다. 제12계에서도 살폈듯 선인들은 글과 그림을 하나로 보았다.

시는 소리 있는 그림,	詩爲有聲畫
그림은 소리 없는 시.	畫乃無聲詩
옛부터 시와 그림은 하나,	古來詩畫爲一致
터럭만큼도 차이가 없어라.	輕重未可分毫釐

윗글은 진일재眞逸齋 성간成侃, 1427~1456이 벗 강희안에게 보낸 시(『진일유고』 권3 「기강경우寄姜景愚」) 앞부분이다. 시는 소리 있는 그림이요, 그림은 소리 없는 시를 잘 드러낸다. "그림을 그림으로 보면 그림일 뿐이고 그림을 이치로 보면 이치와 일반이다." 정온鄭蘊, 1569~1641의 『동계집桐溪集』 권6 「제화선題畵扇」에 보이는 말이다. 예부터 글과 그림은 마실을 다니며 너나들이하는 사이다. 웅당 속정까지 주고받는 관계이기에 글은

그림이라는 '문장여화'로 이해한다.

중국의 대표 미술가인 형호荊浩는 "산수 그릴 때는 '뜻'이 붓보다 앞선다"고 한다. 말하는 '뜻'이, 글에서는 '**의경**意境'이다. 이규보도 「논시중미지략언論詩中微旨略言」에서 "무릇 시란 의가 주가 되므로 '의' 잡음이 가장 어렵고 글 엮음은 그다음이다" 하였다. 이 '의'가 바로 의경이다. '의'란 작가 주관인 사상이나 감정, 개성이다. '경'이란 객관인 사물로 자연이나 사회생활, 창조물과 허구 따위를 일컫는다. 합쳐 의경이란 개인의 사상 체계와 대자연 신비와 진경, 눈 앞에 펼쳐진 신기한 기운 일체다. 자연 경치 그 자체가 아닌, 작가가 선택하고 변형시킨 사물인 의경을 그림에서는 **입상진의**立象盡意라 한다. 입상은 '코끼리를 세움'이요, 진의는 '작가 뜻 세움'이다. 문제는 '코끼리를 어떻게 세우느냐'다. '코끼리를 세운다' 함은 코끼리를 말이나 글로 그려냄이다. 그 큰 코끼리를 말로 세세히 그리지 못하니, **형상화**形象化 통해서 세워야 한다. 형상화를 다른 말로 하면 이미지image다.

14-1

14-2

14-3

형상화란, 형체로 분명히 나타나지 않기에 어떤 방법이나 매체를 통해 구체화하여 명확히 그려낸다는 말이다. 코끼리를 형상화하려면 우선 코끼리를 정밀하게 관찰해야 한다. 코며, 얼굴이며, 꼬리며, 다리 따위 세밀히 보면 코끼리를 대신하는 특징을 어렵지 않게 찾는다. 코끼리는 코가 기니까 '코'라든지, 또 얼굴을 그 비싼 상아로 위엄 있게 꾸몄으니 '상아'라든지.

코끼리를 대신하는 코와 상아를 찾았으면 이를 대체할 만한 다른 사물을 생각해본다. 마음에 떠오르는 상이 있는가. 그것이 바로 이미지다.

코가 기니 호스, 상아가 비싸니 보물 따위가 된다. 이 '호스', '보물'이라는 이미지로 코끼리를 그려냄, 이것이 바로 형상화요, '코끼리를 세워 작가 뜻을 나타낸다'는 입상진의다.

불가에서는 이를 불립문자不立文字라고 한다. '말이나 글에 의지하지 않고 뜻을 전한다'는 의미다. 『능가경楞伽經』은 입상진의 찾는 방법을 이렇게 일러준다.

> 문자에 따라 의미를 해석하지 마라. 진실은 자구(字句)에 묶여있지 않기 때문이다. 손가락 주시하는 사람처럼 되면 안 된다. 그것은 마치 어떤 사람이 다른 사람에게 손가락으로 뭔가를 가리키자, 손가락이 가리키는 대상을 보지 않고 오로지 손가락 끝만 응시함과 같다. 그들은 또한 문자 그대로 해석이라는 손가락 끝이 가리키는 의미를 무시하고, 문자 그대로 번역한 그 손가락 끝만 집착한 채 인생 마감하는 어리석은 속물이나 어린아이와 같아서, 결코 깊은 의미에 이르지 못한다.

'손가락이 가리키는 대상'이 바로 입상진의다. 글쓰기, 그림 고수들은 대부분 이 방법을 즐겨 쓴다. 독화자나 독서자들은 눈이 본 사물이 아니라, 마음으로 그려낸 입상진의 찾는 그림 읽기와 글 읽기를 해야 한다. 따라서 제대로 된 독서자라면 그림을 그림이 아니라 이치로 봐야 하고, 그림을 글로도, 글을 그림으로도 읽고 봐야 한다. **선덕여왕**은 그림 하나 잘못 읽어 엉뚱한 소리 하기도 했다. 그만큼 독서자는 **시폭**視幅**과 독폭**讀幅을 넓혀야 한다.

14-4 14-5

14-6

제15계

춘화도법

春花圖法

사람은 방 안에 있다

15-1 15-2 그리지 않고 그린 무엇을 읽어라. 관음증을 선행으로 하는 춘화도를 이해하면 책 읽는 법이 보인다. 관음증은 다른 사람 성행위를 훔쳐봄으로써 성 만족감을 느낀다. 이 그림을 춘화도라 하는데, 의경意境 읽기가 그만이다. 의경 읽기란 비유하자면 '**디지털 시대의 아날로그식 글 읽기**'다.

15-3 우리 소설 『광한루기』 회서평 제3회에서는 춘화도법春花圖法이라는 비평 용어를 사용해 〈그림 4〉와 소설을 연결시켜 아름다운 깨달음 경지를 추구하는 소설비평을 한다.

> 옛날에 춘화도 잘 그리는 사람이 살았다. 그는 먼저 푸른 오동나무와 대나무 10여 그루를 그린 다음, 초가삼간이 오동나무와 대나무 사이로 은은하게 보이고, 굳게 닫힌 여인의 창에는 달빛이 흐르고, 창밖에는 남녀 신발 한 켤레씩만 그렸다. 방 안 즐거움은 그림으로 나타내지 않았어도 눈에 보이는 듯하다. 나는 이러한 의미를 『광한루기』 제3회에서 터득했다. (…중략…) 이처럼 몇 마디 안 되는 말이지만 지극하고 곡진한 표현이다. (…중략…) 대체로 말이 많을수록 의미는 없어지고, 일이 반복될수록 이치는

희미해진다(古有善畵春花圖者 先畵碧梧 緣竹十數株 次畵草堂三間 隱映於梧竹之間 而月斜紗牕 紗牕深閉 牕外只有 男屨女鞋各 一雙 則房中之樂不畵 而如見是意也 吾於廣寒樓記 第三回得之矣 (…中略…) 只此數語 可爲至矣盡矣 (…中略…) 大抵 言愈多則意愈淺 事愈繁則理愈晦).

〈그림 4〉 신윤복, 〈사시장춘〉 (국립중앙박물관)

소설 독자의 심리는 무엇일까?

방 안 풍경의 장면화, 수만 어휘보다 능갈치는 맛이 있잖은가. 이 글을 보면 춘정春情이 물씬 감도는 방 안을 엿보는 데서 독자 심리 8할을 투자한다. 실경實景은 보여주지 않았지만, 그 묘처妙處를 모를 리 없다. 윗글은 남녀 간 직설의 에로틱한 분위기를 피해, 완곡하고 은미한 춘화도를 이용해 『광한루기』라는 소설을 한 편의 달콤한 로맨스로 바꿨다. 이를 춘화도법이라 하니 은유로서 소설 보기쯤으로 이해해봄 직하다.

『광한루기』 속 춘화도 설명으로 미루어보면, 독자의 재생이 방 정경을 좌우한다. 그만큼 독자의 능동인 독서 반응이 절실하다. 흔히 춘화도 측면에서 성희를 엿보는 자가 있는데, 이러한 관음자 마음 읽기에서 그림을 보는 즐거움은 배가된다.

댓돌 위에 가지런히 놓여있는 남정네와 여인 신발, 교교한 달빛 어린 영창에 비치는 남녀 포옹 실루엣. 세밀화細密畵보다는 아무래도 발묵潑墨 기법 풍속화다. 일상 사랑 풍경이 밀애 현장성으로 오브제objet화했다고 이해하면 적절하다. 이것은 그리려는 대상을 슬쩍 비껴놓아 그 주체를 강조하는 수법이다.

말하지 않고 말하기요, 그리지 않고 그리기다. 소설비평 홍운탁월법烘雲托月法이 이것이요, 러시아 소설이론가인 슈클로프스키Viktor Borisovich Shklovskii, 1893~1984의 낯설게 하기defamilarion도 이웃이다.

홍운탁월법은 동양화 화법이다. 수묵으로 달을 그리려 할 때, 달은 희므로 색칠한들 의미 없다. 화가는 달을 그리기 위해 달만 남겨둔 채 그 나머지 부분을 채색한다. 이것을 드러내기 위해 저것을 감춤이다.

낯설게하기 수법도 이와 유사하다. 쉽게 설명하자면 조그만 마우스를 내 방 전체에 꽉 차도록 크게 그려놓음으로써 글 쓰는 괴로움을 엉뚱하게 표현하거나, 핸드폰에 옛날 죄인들에게 채우던 칼을 얹어놓아 핸드폰 노예가 된 현대인을 낯설게 표현하는 방식이다. 시에서 시인이 말하는 법도 이와 같기에 글 읽는 자는 언어라는 코드로 가려진 작가 내면 세계를 비평이라는 열쇠로 열어야 한다.

그리지 않은 달도, 말하지 않은 정의情意도 여기서 찾는다. 작가는 장인처럼 텍스트를 눈에 보이는 의도된 이미지들로 짜지만, 그 씨실 속에 눈에 보이지 않는 작가 저술 의도를 숨겨뒀다. 실의 교차 속에 숨겨진 이미지, 그것이 작품 비밀이요, 뜻을 그린 의경이다.

제16계

성색정경

聲色情境

글은 소리, 빛깔, 마음, 뜻이다

이덕무는 「종북소선 자서」에서 '성색정경聲色情境'까지 갈파한다. 글 쓰는 이에게 감각 총체를 촉구하는 글이니 독서하는 자 또한 마땅히 이를 알아야 한다. 글줄을 발맘발맘 따라가 보자.

> 아, 포희씨가 죽은 뒤로 그 문장이 흩어진 지 오래다. 그러나 벌레 수염, 꽃술, 녹청색 아름다운 광물, 비취색 깃털에 이르기까지도 그 문장 정신은 변하지 않고 남아있으며, 솥발, 병 허리, 해 고리, 달 시울에도 그 글자체가 여전히 온전하게 남아있다. 바람과 구름, 천둥과 번개, 비와 눈, 서리와 이슬, 그리고 새 날고 물고기 뛰어오르며 짐승과 벌레들 웃고 울고 지저귀는 소리에도 성·색·정·경이 지금까지 그대로 남아있다(嗟乎 庖犧氏歿 其文章散久矣 然而蟲鬚花蘂 石綠羽翠 其文心不變 鼎足壺腰 日環月弦 字體猶全 其風雲雷電 雨雪霜露 與夫飛潛走躍 笑啼鳴嘯 而聲色情境 至今自在).

16-1

이덕무는 새·물고기·벌레 들 생물에서 바람·서리 들 자연현상까지 생생한 생태계를 글로 당겨오고는 그 속에서 **성**聲·**색**色·**정**情·**경**境을 찾아낸다. 그러고는 '성·색·정·경'을 이렇게 풀어 놓는다.

"책 한 번 읽는 게 한 잔 차 마시기보다 낫다(讀一遍書 勝飮一椀茶)."

정조

16-2

우선 소리聲부터 보자. "그렇다면 글에도 소리가 있는가? 이윤伊尹이 대신으로서 한 말과 주공周公이 숙부로서 한 말을 내가 직접 듣지는 못했으나 글 통해 그 목소리를 상상해보면 정성스러우며, 아비에게 버림받은 백기伯奇 모양과 기량杞梁의 홀로된 아내 모양을 내가 직접 보지는 못했으나 글을 통해 그 목소리를 상상해 보면 간절하였으리라."

역사는 이윤을 중국 은나라 이름난 재상으로 탕왕을 도와 하나라 걸왕을 멸하고 선정을 베푼 이요, 주공은 문왕 아들이자 무왕 동생으로 무왕이 죽자 조카를 도와 주나라의 기초를 다진 이로 기록한다. 이들 말 한마디 한마디는 모두 국가를 반석 위에 올려놓는 참된 말이었으니 글자로 기록된 저들 말에 귀 기울인다면 이윤과 주공의 정성스런 목소리를 얼마든 듣는다.

또 백기는 윤길보 아들로 지극히 효성스러웠으나 계모가 모함하자 아버지가 의심해 마침내 자살한 이요, 기량 아내는 춘추시대 남편 기량이 전사하자 목 놓아 크게 울다 강에 몸을 던져 죽었다는 가엾은 여인이다. 이들을 기록한 글이니 어찌 저들 목소리에서 간절함을 듣지 못하겠는가. 이덕무가 글에 소리가 있다 함은 이러한 이유에서다.

이 소리는 총명聽明의 총과 연결된다. '청어무성聽於無聲'이란 말이 있다. 소리 없는 데서 듣는다는 말이다. 대구는 '시어무형視於無形'으로 형체 없는 데서 본다는 의미다. 이 둘이 합해지면 『사기』에서 말하는 총명이 된다. '총은 소리 없는 데서도 들음이요聽者聽於無聲, 명은 형체화하기 전에 본다明者見於未形'는 말이다. 연암의 「일야구도하기一夜九渡河記」가 이 총명이다.

빛깔色에 관해서는 "글에도 빛깔이 있는가? 『시경』에도 있듯이 '비단 저고리 입으면 홑은 덧저고리 입고, 비단 치마 입으면 홑은 덧치마 입는다네'라 하고, '검은 머리 구름 같으니, 여자들이 머리 장식하기 위해 덧넣은 가발도 필요 없네'라는 노래가 그 예다"라고 한다. '비단 저고리를 입으면 (…중략…) 홑은 덧치마를 입는다네'부터 설명해보자. 이 구절은 『시경』「정풍鄭風」'봉丰'에서 끌어왔다. 비단 저고리나 비단 치마는 지나치게 화려하다. 따라서 이 화려함을 가리기 위해 덧저고리와 덧치마를 입어 그 색을 가린다는 뜻이다. '검은 머리 구름 같으니 (…중략…) 머리를 장식하기 위해 덧넣은 가발도 필요 없네'는 『시경』「용풍鄘風」「군자해로君子偕老」에 나온다. 검은 머리는 여인의 짙은 머리카락이다. 따라서 덧넣은 가발을 머리에 얹어 사치할 까닭이 없다. 이 두 구절은 모두 화려하고 사치함을 경계하는 시다. 결국, 이덕무는 저 문장에서 『시경』의 담박한 색을 읽어야 한다는 주문이다.

이제 정情을 보자. "무엇을 정이라 하는가? 새 울고 꽃 피며 물 푸르고 산 푸르다." 이덕무는, 이번에는 당나라 현종과 양귀비 고사를 인용하여 정을 설명한다. 이덕무가 정을 설명한 앞 문장은 현종이 양귀비와 사별한 뒤 읊은, '새 울고 꽃 지며 물 푸르고 산 푸르니鳥啼花落 水綠山青' 에서 '화락花落'을 '화개花開'로 한 글자만 고친 인용이다. 이 시는 현종이 환관을 시켜 양귀비를 목 졸라 죽인 뒤 지었다. 응당 이 구절에는 양귀비를 향한 현종의 애끓는 정이 흐른다.

마지막으로 경境이다. 이덕무는 "무엇을 경이라 하는가? 멀리 있는 물은 물결 없고, 멀리 있는 산은 나무 없고, 멀리 있는 사람은 눈 없다. 손가락으로 가리키는 사람은 말하는 사람이요, 공수拱手하는 사람은 듣는 사람이다"로 경을 푼다.

산수화에서 먼 경치를 간략하게 그리는 수법을 차용해 경을 설명했다. 멀리 있는 물은 물결이 보일 리 없고 멀리 있는 산에 어찌 나무가 보이겠는가. 물에 물결이 없고 산에 나무 없음은 당연한 이치다. 또 멀리 있는 사람은 눈이 보이지 않으니 그림 속에 눈이 없다. 왕유는 '산수 그릴 때 의취가 붓질보다 우선한다'고 했다. 원경을 세부 묘사하기보다는 '뜻'만 표현하라는 촉구다. 이 '뜻'이 바로 여러 번 짚은 의경이다. 마음의 경치인 의경으로 보면 손가락으로 가리키는 사람은 말하는 사람이요, 공수하는 사람은 듣는 사람이 된다. 공수란 왼손을 오른손 위에 놓고 두 손을 마주 잡아 공경을 나타내는 예절이니 듣는 쪽이기 때문이다. 당연히 손가락으로 가리키는 이는 말하는 이니, 그림에서 보이지 않게 그려놓은 작가 의경이 바로 여기에 숨었다.

독서자라면 글에서 간절한 절규도, 담박한 색도, 애끓는 정도, 공경의 뜻도 읽어야 한다. 김시습의 『매월당문집梅月堂文集』 권19 「팔음극해찬八音克諧贊」에서 찾아본 구절로 이 계를 마친다.

> 천지자연 글이 있으니 반드시 천지자연 소리가 있다. 소리 바탕이 글이 되고 글로 나타난 게 소리다.

제17계

일세일장

一歲一章

한 해는 한 악장이다

날 선 도끼가 반드시 책 속에만 들어 있는 게 아니다. 홍길주는 「수여방필 삼칙睡餘放筆 三則」에서 "문장은 다만 독서에 있지 않고 독서는 다만 책 권에 있지 않다. 산, 냇가, 구름, 새, 짐승, 풀, 나무 들 볼거리와 일상에 쓰이는 자질구레한 사물이 모두 독서"라고 갈파한다. 그래, 그는 아예 「수여난필 속睡餘瀾放筆 續」에선 "구름과 바다 사이 수억만 권 책이 아직도 태반은 지은이가 없다雲海間累億萬卷書 太半是未著者" 했다.

대문장가인 조물주가 만들어놓은 한 해, 봄 · 여름 · 가을 · 겨울 삼라만상에 우리를 잠에서 깨우는 날 선 도끼가 들었다는 말이다. 그러니 제대로 한판 붙으려면 감각을 총동원한 독서를 해야 한다.

따라서 독서에는 사독서死讀書와 활독서活讀書가 있다. 글자 뒤꽁무니만 따르는 독서는 사독서요, **글자 뜻을 온전히 이해하는 독서가 활독서다.**

17-1

음악 연주하는 자는 금속악기로 시작해서, 마칠 때는 소리를 올려 떨친다. 순수하게 나가다가, 끊어질 듯 이어지며, 마침내 화합을 이룬다. 이렇게 해서 악장이 이뤄진다. 하늘은 일 년을 한 악장으로 삼는다(奏樂者始作金聲之 及終上振之 純如繹如翕如也 於是乎章成 天以一歲爲一章).

"우리가 읽는 책이 우리 머리를 주먹으로 한 대 쳐서 잠에서 깨우지 않는다면 도대체 왜 그 책을 읽는 거지? 책이란 우리 안에 있는 꽁꽁 얼어붙은 바다를 깨트려 버리는 도끼가 아니면 안 되는 거야."

카프카

다산이 백련사에서 노닐면서 단풍잎을 구경하고 지은 시 서序인 「유연사관홍엽시서游蓮社觀紅葉詩序」에 써넣은 구절이다. 자연을 음악에 빗댄 표현이 참신하다. 일 년이 한 악장이라면, 봄 · 여름 · 가을 · 겨울이 네 갈래로 나뉘고, 각 계절에 맞는 음악이 있다는 소리다. 이 말이 시에서 나왔으니, 글과 음악 어울림도 생각 나름이다. 글과 음악, 그것은 글 읽는 소리, 즉 독성讀聲으로 선인들에겐 일상이었다. 독서讀書라는 말 자체가 '책을 읽는다'로 눈, 입, 귀가 동시에 책 속 글과 어울려 시너지 효과를 발휘한다는 의미다. 사실 좋은 글은 읽기도 좋고 듣기도 좋다. 눈으로만 읽는 간서看書와는 구분이 뚜렷하다. 이에 연유하여 **김만중**金萬重, 1637~1692**은 글을 악기에 견줬다.**

17-2

17-3

천방산 아래에 작은 집 정갈하기만 한데	千方山下小堂淸
고즈넉한 숲과 샘물 세상과는 거리 멀어	窈窕林泉遠世情
약초밭과 꽃밭에서 경물 보는 뜻이라면	藥塢花棚觀物志
엷은 구름 맑은 날 글 읽는 소리로구나	澹雲晴日讀書聲

『다산시문집』 권2에 보이는, 방산에 은거한 이도명을 찾아간다는 「과방산이일인도명過方山李逸人道溟」 앞 네 구다. 고즈넉한 하늘엔 엷은 구름 네댓 두둥실 떠있고 맑은 글 읽는 소리 담을 타고 넘는다.

퇴청 길에 비가 내려 대숲 지나가는 작은 빗소리를	小雨朝回過竹去
아이가 글 읽는 소리로 잘못 들었네그려	誤聞童子讀書聲

독성讀聲을 제대로 읊은 시다. 서거정徐居正, 1420~1488의 『사가시집四佳詩集』 권28 「시류詩類」에 보이는 이 구절은 '귀 먹다'라는 「이롱耳聾」 7언절구의 전·결구다. 어찌나 글을 소리 내 읽는 성독聲讀이 귀에 젖었으면 빗소리로 착각했을까.

정조도 『일득록』에서 "나는 글 읽는 소리 듣기를 좋아한다. 한밤중에 불 켜놓고 무릎 쳐 박자 맞춰가면서 글 읽노라면 꼭 금징 두드리고 석경 치기 못지않다"고 한다. 책 읽는 소리가 '금징을 치고 석경을 어루만지는' 악기 연주하는 소리 못지않다는 뜻이다. 사실 고요한 밤, 마음 맑게 하고 글을 소리 내어 읽으면 그 글이 마음에 와 닿고 눈으로 읽는 독서와 비교조차 안 되는 감상이 나온다.

연암도 "예부터 좋은 글은 음향 역시 모두 좋다. 시에서만 음향을 중요하게 여길 뿐 아니라 산문도 그러하다"(『과정록』 권4)고 한다. 산문도 운문처럼 읽는 음악성, 즉 음향을 중시한다는 발언이다. 추사도 "문자란 음향音響과 절주節奏에 관계가 있는데, 유독 시율詩律에만 적용되지 않는다"(『완당전집阮堂全集』 권2 「서독書牘」 '여섯 번째六')고 했다. 신재新齋 홍낙

명洪樂命, 1722~1784은 아예 성독을 글 읽고 쓰기의 기본으로 보고는, '글 잘 읽으면서 문에 능하지 못한 자 없고 문에 능하면서 글 잘 읽지 못하는 자도 없다(「논문여이근장論文與李近章」)'고 했다.

모두 글을 음향, 즉 독성과 연결하는 발언들이니, 다산이 말하는 '일년이 한 악장'이라는 말과 어금지금한다.* 저자도 이 책을 앞에서 뒤로 뒤에서 앞으로 수십 번이나 읽었다. 「광한루기 독법」의 소설 독법인 기·운·신·격도 이 계와 어울리는 독서법으로 뒤 해解부에 소개하였다. 기·운·신·격은 소설(문학)과 음악·미술을 아우르는 예술 총체로서 미각, 청각, 시각, 촉각을 동원한 책 읽기다.

* 어금지금한다 : 서로 엇비슷하여 정도나 수준에 큰 차이가 없다

17-4

첨언 네댓 줄로 제3장 '독론'을 마친다. 이 계에서 봄·여름·가을·겨울 한 해 삼라만상이 글이라 했으니, 글쓴이를 계절에 비유해봄직도 하다. 유득공은 「추실음서秋室吟序」에서 굴원屈原과 송옥宋玉을 비장한 가을 시인으로 꼽았다. 두 사람은 모두 중국 전국시대 정치가이자 비극 시인으로 사제간이라고 한다. 송옥은 "슬프구나! 가을이 되는 기운이여悲哉秋之爲氣也"로 시작되는 「구변九辯」에서 비장한 가을을 읊었다.

04
생각하기
思論

파낸 자리에 작은 호박돌과 자갈 채워 넣고 다진다.
사물 보았고 책 읽었어도 생각으로 만들어 넣지 않으면 흩어진 구슬에 지나지 않는다. 생각은 구슬 꿰는 작업이다.

제18계

언외지의

言外之意

글 밖에 뜻이 있다

사물 볼 줄 알고, 책 읽을 줄 알면, 이제는 생각 틔우기다. "생각하고 생각하면 귀신과도 통한다"는 말도 있다. 관포지교로 유명한 **관중의 말이다**. 우리나라 문장가들은 이 생각을 이용하여 학문을 깨쳤으니 화담花潭 서경덕徐敬德, 1489~1546이나 졸수재拙修齋 조성기趙聖期, 1638~1689 같은 이가 대표적이다. 서경덕은 벽에 생각거리를 써놓고 3년 고심했으며 조성기는 생각 틔우기를 위해 "뱃속에 하나의 '사려과굴'과 하나의 '사려로경'을 만들었다此腔子裏面成一思慮窠窟 開一思慮路逕"고 했다. 생각 굴인 '사려굴思慮窟'과 생각 길인 '사려로思慮路'를 생각하며 다음 문장으로 넘어간다. 이 계를 이끌 '사론思論'의 '思(생각할 사)'는 田(밭 전) 자 밑에 心(마음 심) 자를 붙였다. 농부가 밭 일구어 곡식 기르는 마음으로 생각 틔우라는 뜻이다. 생각은 글 쓰는 이로서 생각이다.

18-1

"대개 문장은 말 뜻 밖에 풍부한 여운 있음을 귀하게 여기고 구절 밖에 함축된 의미 있음을 높이 친다." 연암과 비슷한 시기를 산 호남 실학의 대가 존재存齋 **위백규**가 『존재전서存齋全書』 상 권6 「여김섭지與金燮之」에서 한 말이다. 바로 글 밖에 뜻이 있다는 **언외지의**言外之意다.

18-2

18-3

언외지의는 상외지상象外之象, 언외지상言外之象이라고도 한다. '심행수

"마음 없는 생각은 생각이되 생각이 아니다.
이 마음에 뜻을 얹어야만 생각이 능금처럼 익는다."
휴헌

묵尋行數墨'이란 말도 글 밖 참뜻을 찾으라는 뜻이다. 이 언외지의 사고를 '불락언전不落言筌'이라고도 한다. 이 말은 『장자』 「외물外物」편에 처음 그 용례가 보인다. 전筌은 물고기를 잡는 대통발이고 언전言筌은 말의 통발이니, 즉 '뜻을 잡으라는 말'이다. 락落은 '얽매일 락絡'과 같으니, 불락不落은 '얽매이지 않는다'는 뜻이다. 결국 불락언전은 '말이라는 도구에 얽매이지 말라'는 소리다.

연암 글 중, 언외지의를 끌어온 「야출고북구기夜出古北口記」를 읽어본다.

그 성 아래는 모두 날뛰고 싸우고 죽이던 싸움터였는데, 지금은 사해 전체로서도 군사를 쓰지 않는다. 다만 사방이 산에 둘러싸여 있고 수많은 골짜기가 음산하다. 때마침 달이 상현달이라 고개에 걸려 떨어지려 하는데, 그 빛이 싸늘하기가 갈아세운 칼날 같다. 조금 있다가 달이 고개 너머로 기울어지자 오히려 뾰족한 두 끝을 드러내어 졸지에 불빛처럼 붉게 변하면서 횃불 두 개가 산 위로 쑥 솟았다. 북두칠성은 반 남아 관문 안에 꽂혔는데, 벌레 소리는 사방에서 일어나고 긴 바람은 숙연한데, 숲과 골짜기가 함께 운다. 그 짐승 같은 언덕과 귀신 같은 바위들은 창 세우고 방패 벌려놓은 듯하고, 큰물이 산 틈에서 쏟아져 흐르는 소리는 마치 군사 싸우는 소리와 말 뛰고 북 치는 소리 같다. 하늘 밖에 학 우는 소리 대여섯 번 들리는데 맑고 긴 피리 소리 같다. 어떤 이는 이것을 고니 소리라 한다(其城下乃飛騰戰伐之場 而今四海不用兵矣 猶見其四山圍合 萬壑陰森 時月上弦矣 垂嶺欲墜其光淬削 如刀發硎 少焉月益下嶺猶露雙尖 忽變火赤 如兩炬出山 北斗半揷關中 而蟲聲四起 長風肅然 林谷俱鳴 其獸嶂鬼巘 如列戟摠干而立 河瀉兩山間鬪狠 如鐵駟金鼓也 天外有鶴鳴五六聲 淸戛如笛聲長 或曰 此天鵞也).

위 글은 기승전결 4단으로 구성되었는데 인용문은 결구 마지막 단락이다. 고북구는 북경에서 1천여 리쯤 떨어진 곳에 있는 지명이다. 「야출고북구기」는 연암이 1780년 8월 7일 자정 무렵, 이 고북구를 지나다 쓴 글이다. 감상해 보자.

연암은 '그 성 아래는 모두 날뛰고 싸우고 죽이던 싸움터였는데, 지금은 사해 전체로서도 군사를 쓰지 않는다'고 한다. 그래 전에는 전쟁터였지만 지금은 평화로운 지역이 된 고북구 실경을 섬세한 터치로 화폭에 담아 놓은 묘사 글이다. '상현 달빛'을 '갈아세운 칼날'로, '달이 고개 너머로 기울어지는 모양'을 '횃불 두 개가 산 위에 나오는' 시각 은유로, '짐승 같은 언덕과 귀신 같은 바위들은 창을 세우고 방패를 벌려놓은 듯했다. 큰물이 산 틈에서 쏟아져 흐르는 소리는 마치 군사가 싸우는 소리나 말이 뛰고 북 치는 소리 같다'와 '학이 우는 소리'를 '맑고 긴 피리 소리'로 시각과 청각 따위 다감각으로 은유와 직유를 이중 터치해 놓은 장면 묘사가 절묘한 작품이구나.

잘못 읽었다.

이 글 의도는 화려한 고북구 묘사 이면에 숨었다. 글 뜻이 '전쟁 상황'에 있으니, 맨 앞 문장 '그 성 아래는 모두 날뛰고 치고 베던 싸움터'를 지나치면 안 된다. 글을 여기서부터 풀어가야 한다. 고북구는 옛날부터 잔인한 전쟁터다. 수많은 골짜기가 음산함, 갈아세운 칼날, 뾰족한 두 끝, 짐승, 귀신, 창, 방패, 군사 싸우는 소리, 말 뛰고 북 치는 소리, 그리고 고니 소리에서 전쟁의 잔인성을 짚어야 한다. 특히 '천아天鵝, 고니 소리'는 태평소 소리로 전쟁을 알리는 신호다. 여기에 시간적 상황까지 극단의 어둠으로 치닫는 자정 무렵으로 설정해놓았다. 그러니 '지금은 사해 전체로서도 군사를 쓰지 않는다'를 평화로 읽으면 안 된다. 세상은 실상 저 평화와는 상반되기에, 주제 또한 '전쟁터의 잔인한 정경'이다.

이렇게 문장 전체가 완전히 전쟁터의 잔인함을 거멀못*으로 박아 놓은 듯한 글을 단순히 평화로운 고북구의 밤 정경이라고 풀이하였다. 위 감상은 연암이 글 속에 담아 놓은 여운과 함축이란 언외지의를 전연 읽어내지 못했다.

* 거멀못 : 나무 그릇 따위의 터지거나 벌어진 곳이나 벌어질 염려가 있는 곳에 거멀장처럼 겹쳐서 박은 못

연암은 쇠잔해가는 조국 조선과 옛 전쟁터인 고북구의 음산함을 아울렀거나, 혹은 지금 평화는 잠시기에 후일 한족과 청은 피비린내 나는 이곳에서 다시 싸우리라는 생각을 했을지도 모른다. 그래서인지 연암 자신도 이 글을 득의得意 작품으로 여겼으며, 도경산屠敬山이란 중국 문인은 '천하의 기이한 글'이라고 찬탄해 마지않는다. 우리나라를 대표하는 글을 모은 『여한십가문초麗韓十家文抄』에 실린 이유도 여기에 있다.

다산도 생각 없는 사물 보기와 맹목인 책 읽기를 심히 못마땅히 여겼다. 다산의 '글을 마음으로 이해해 지혜 샘을 열어라'는 '문심혜두文心慧竇' 또한 언외지의를 곰곰 짚은 말이다. 문심은 글을 알아차리는 마음心이요, 혜두는 슬기慧가 우러나오는 글구멍文竇이다. 그의 「사략평史略評」에 보이는 넉 자로 반드시 지혜 구멍을 열어야 글을 이해한다는 뜻이다. 지혜 구멍은 생각에서 열린다. 문심혜두, 언외지의를 찾으려는 생각이 글 읽기와 글쓰기 안목을 틔워준다. **사물 바라보는 방식을 달리함도 한 방법이다.**

18-4

제19계

박문강기

博聞强記

널리 듣고 잘 기억함만으론 안 된다

인간의 3대 욕구는 성욕, 식욕, 수면욕이지만 여기에 지욕知慾이 더해져야만 온전한 인간이 된다. 얼마 전 '국립생물자원관'을 찾았다가 내 앎이 얼마나 짧은지 알았다. 지구상 생물 종이 무려 천만여 종이나 돼 놀랐다.

19-1

이 계는 앎, 곧 학문에 관한 계計다. 다산은 학문하는 방법으로, 『중용』 구절을 빌려 온다. "첫 번째는 박학博學이다. 곧 널리 배움. 두 번째는 심문審問이다. 곧 자세히 물음. 세 번째는 신사愼思로 신중하게 생각함. 네 번째는 명변明辯으로 명백하게 분별함. 마지막 다섯 번째는 독행篤行으로 곧 진실한 마음으로 성실히 실천함이다"라고.

이어 "오직 박문강기博聞强記(널리 듣고 잘 기억함)와 굉사호변宏詞豪辨(글 잘짓고 말 잘함)을 자랑하며 세상을 고루하다 깔볼 뿐이다唯自眩其博聞強記 宏詞豪辨 以眇一世之陋而已"라고 덧붙여놓았다. 다산의 「오학론五學論」에 보이는 이 말은 『논어』의 "배우기만 하고 생각하지 않으면 헛되고學而不思則罔, 생각만 하고 배우지 않으면 위험하다思而不學則殆"는 말과 다름없다. 생각을 잘 재우라는 말이다. 생각 없는 배움은 한낱 지식 자랑에 그치니 얼음에 새긴 글자요, 암탉 배 갈라 알 꺼내는 짓이다. 보고 듣고 읽은

"생각은 방목하되 재우고, 마음은 잡도리하라."

휴헌

모든 것을 생각으로 재워둬야만 글이 되고 독서자의 삶은 영근다.

다산은 '널리 듣고 잘 기억하고, 글만 잘 짓고 말만 잘하는 배움'을 극도로 경계하고 폄훼했다. 세상에 보탬이 되지 않는 글을 '심각한 해독'이라고까지 여긴다. 정조도 『일득록』 권5에서 이렇게 말한다.

> 박람강기(博覽強記)로는 남의 스승되기에 부족함은 어째서인가? 배우는 바가 바깥에 있기 때문이다(博覽强記 不足以爲人師何者 以其所學者外也).

정조는 '박람강기'란 바깥에만 치우쳐서 남의 스승이 되기에 부족하다고 한다. 스승이 못 된다면 박람강기인들 소용없는 일이다. 정조의 박람강기가 바로 다산 박문강기요, 굉사호변이다.

다산이 생각하는 학문 요체는 어디까지나 자세히 묻고, 신중히 생각하고, 명백하게 옳고 그름을 분별하고, 배운 바를 진실한 마음으로 실천하는 데까지 나아감이다. 다산의 말씀을 다시 짚자면 '한 무릎 배움'과 '재운 생각'과 '실천의 조화'다. 물어 배운 데서 얻은 지식을 이치에 맞는지 곰곰 생각을 재워 자기 세계를 확장하고, 이를 다시 현실에 적용하여 사회를 변화하는 힘으로 작동케 하는 배움, 다산이 말하는 오학론이다. 이러한 생각을 재우는 독서하는 자를 연암 말대로 하자면 글 잘 읽는 선

독서자善讀書者다. 또 불교에서 실행이 따르지 않는 실속 없는 말이라는 '구두선口頭禪 학문'이란 빈정거림에서도 멀찍이 벗어난다.

다산의 저 꾸지람을 잘 새기고, 연암 말씀도 들어보자. 연암은 「능양시집서」에서 "명철한 선비는 괴이한 게 없으나 비속한 사람은 의심스러운 게 많다. 그야말로 본 게 적으니 괴이한 게 많을 수밖에 없다. 대체로 명철한 선비라고 해서 물건 하나하나를 제 눈으로 보고야만 알랴. 하나 들으면 눈으로 열 가지 그리고, 열 보면 마음으로 백 가지 생각해야, 천 가지 괴이함과 만 가지 신기함이 모두 다 물건에 그치고 자기가 직접 관계하지 않는다. 그러므로 마음에 여유 있어야 이러저러함을 끝없이 맞아들이기도 하고 내보낸다"고 한다. 박문강기에 멈추지 말고 심문, 신사, 명변, 독행까지 배움 폭 넓혀야 한다는 소리다. 연암은 그 방법으로 "하나를 들으면 눈으로 열 가지를 그리고, 열을 보면 마음으로 백 가지를 생각聞一則形十於目 見十則設百於心"하라고 한다. 귀와 눈으로 듣고 본 사물을 깊이 생각해보라는 말이다. 사물은 늘 변하기 때문이다. 그러니 늘 생각을 공처럼 굴려야 한다.

19-2 **물극필반**物極必反이란 말도 그렇다. 사물의 전개가 극에 달하면 반드시 반전한다는 의미다. 사물이나 형세는 고정불변이 아니라, 흥망성쇠를 반복하게 마련이다. 세강필약勢强必弱도 그렇다. 세력이 강성하면 반드시 약해지기 마련이다. 『도덕경』에 나오는 물장즉노物壯則老도 동일하다. 만물은 장성했다 반드시 쇠퇴한다. 화무십일홍花無十日紅이라고 '열흘 붉은 꽃 없다'는 또 어떻고, '달도 차면 기운다'는 또 어떠한가. 그 19-3 19-4 런데도 **콜럼버스의 달걀**이나 지식으로 주워섬기는 **차치리**且置履**식 사고**

가 의외로 많다.

다산은 그래, 글 읽고 쓰려는 자라면 박문강기만으로 안 된다고 분명히 사고 한계를 지적한다. 사고 한계를 넘어서려면 **몰입도 다독**도 좋은 방법이다. 몰입이란 **'수레바퀴도 벼룩에서 나온 걸'** 알아야 하며, 다독이라 함은 글을 빨리 읽는 **오행병하**五行竝下가 아닌, 박람강기를 뛰어넘는 **지독가**遲讀家, slow reader의 다독임을 생각해야 한다. 그런데도 고정 사물 보기로 일관하는 자들이 여간 많은 게 아니다. **글을 읽고 쓰려면 몸에 각인된 '생각 지도'를 바꿔** 사고를 뛰어넘는 사고로 나아가야 한다.

19-5

19-6

19-7

19-8

19-9

'대통 구멍으로 하늘 보고, 전복 껍데기로 바닷물 양 헤아린다'는 관규여측管窺蠡測으로 세상을 읽을 수 없다. 몸에 각인된 관습화된 생각을 과감히 버리자. 대통 치워버리고, 전복 껍데기 부숴버리자! 언제까지 전복 껍데기로 바닷물을 되질하려는가.

제20계

창오적오

蒼烏赤烏

푸른 까마귀라 해도 붉은 까마귀라 해도 좋다

사물과 현상을 치열하게 집중·관찰하고, 소 여물 되새김질하듯 곱씹어 사고할 때, 새로운 세계가 열린다. 블랙 스완black swan처럼 0.1% 가능성이 진리를 바꾸는 순간은 어느 날 갑자기 뜬금없이 나타나지만, 사물을 곱씹어 사고하지 않으면 결코 만나지 못한다. 이 계의 주제인 창오적오를 하려면 잠심완색潛心玩索이 필요하다. 잠심은 마음을 글 속에 푹 가라앉힘이요, 완색은 글이 지닌 깊은 뜻을 곰곰이 생각해서 찾음이다. 잠심완색 하자면 마음을 온통 쏟아 자세히 음미하고 치열하게 연역演繹하려는 부단한 노력이 필요하다. 연역이란 이미 아는 경험을 판단 전제로 삼아 새로운 결론을 이끌어낸다.

20-1

이렇듯 경험 세계도 중요하지만 사고 세계는 그보다 서너 수는 위다. 세계를 본다 함은 사물 현상을 인화하는 필름이 아니기 때문이다. 이렇게 잘 재워진 사고가 글로 이어질 때, 독자들에게 혜안을 준다. 다산은 잠심완색 끝에 통통쾌쾌痛痛快快해 어떠한 걸림도 없는 회통會通 단계로 들어선다고 한다. '통통쾌쾌'란, 대나무를 칼로 쫙 쪼개는 파죽지세 형국이다. 다산의 『주역심전周易心箋』 24권과 『역학서언易學緖言』 12권은 이렇게 나온 책이다. 4년 동안 다산은 『주역』에 잠심완색했으며,

"세상 진짜 미스터리는 보이지 않는 곳이 아니라 보이는 곳에 있다."

오스카 와일드

정조도 "지금 사람들은 글쓰기를 손으로만 하고 책을 입으로만 읽거나 그저 눈으로만 봐 넘길 뿐 조금도 마음에 붙여두지 않는다"(『일득록』 권5)며 마음으로 새겨 깊은 이치를 깨닫도록 촉구한다.

저 중국의 내로라하는 주자朱子 역시 그렇다. "책을 읽을 때는 조금이라도 의심 나는 곳이 있으면 다시 생각하고, 다시 생각해도 모르겠으면 작은 책자에 적어서 수시로 살펴봐야 한다. 남에게 물음을 수치스럽게 여겨 어정쩡한 상태로 넘어가면서 자신을 속여서는 안 된다"(『주자서절요』 권7)고 한다. 바로 잠심완색이다.

이 사물 곱씹는 잠심완색을 연암은 명심冥心이라 한다. 그는 명심을 이렇게 풀이한다. "명심은 귀와 눈이 누가 되지 않는다. 귀와 눈을 믿는 자는 보고 들음만 더욱 살펴서 병이 된다."(「일야구도하기」) 결국 명심은 눈과 귀에 현혹되지 않는 마음으로 사물을 사색하라는 촉구다. 그의 「능양시집서」는 이 명심으로 온전히 얻어낸 글이다.

아! 저 까마귀를 보자. 그 날개보다 더 검은빛도 없으나 갑자기 비치어 부드러운 황색도 돌고 다시 비치어 진한 녹색으로도 된다. 햇빛에서 자줏빛이 튀어올라 눈이 아물아물해지면서 비취색으로 변한다. 그렇다면 내가 비록 **푸른 까마귀**라 해도 좋고 다시 붉은 까마귀라 일러도 좋다(噫 瞻彼

20-2

烏矣 莫黑其羽 忽暈乳金 復耀石綠 日映之而騰紫 目閃閃而轉翠 然卽吾雖謂之蒼烏可也 復謂之赤烏赤可也).

진실은 늘 보이는 곳에 그렇게 숨어있지만, 일상 눈으로는 찾지 못한다. 우리는 보통 까마귀 빛깔이 검다고만 본다. 이것은 폐쇄요, 고정관념에 사로잡힌 붙박이 인식론이다. 연암은 한 마리 까마귀에서 부드러운 황색 까마귀, 진한 녹색 까마귀, 자줏빛 까마귀, 그리고 푸른 까마귀를 본다. '사물을 대하는 열린 마음자리와 시선'이 아니라면 결코 보지 못하는 색깔이다.

과학 원리를 모른다 해도 우리는 빛이 얇은 막에 가서 굴절과 반사를 통해 나올 때, 광도차로 인한 간섭현상을 눈으로 본다. 이때 파장 차이에 따라 색깔이 다르게 나타난다. 따라서 까마귀를 자세히 보면 일정한 빛깔로만 보이지 않는다. 보는 이 위치와 각도에 따라 빨주노초파남보, 다른 빛깔이다. 이러한 다치 언어 인식에서 연암의 치밀한 사물 인식과 투철한 글쓰기가 가능한 이유를 접한다.

'까마귀는 검다'라 함은, 눈에 보이는 현상과 현상 이면을 구별 못한 고정관념의 소치다. 연암은 고정 색채관념에 젖어, 눈이 있되 색을 보지 못하는 빛 좋은 개살구 지식인들 사고를 따끔히 지적한다. 푸른 까마귀든, 붉은 까마귀든 상관없다. 바로 이것이 창오적오다. 연암의 관찰력이 다치적 사고와 언어 인식으로 이어지는 다음 글은 이렇다.

저것은 본래 일정한 빛깔 없거늘, 내가 먼저 눈으로 일정하게 만들어버린다. 어찌 다만 그 눈으로 정하고는 보지도 않고 마음속으로 먼저 정해버리고 마는가. 아! 까마귀를 검은빛에 가두어도 족한데, 다시 까마귀를 천하 온갖 빛깔에 가뒀다. 까마귀가 정말 검기는 하지마는 누가 다시 이른바 까마귀의 푸르고 붉은 빛이 곧 색깔 속에서 비침을 알겠는가.

연암은 사물을 '본래 일정한 빛깔이 없다'고 '본무정색本無定色' 넉 자로 단정한다. 그는 또 「공작관기孔雀館記」에서 '마음과 눈으로 미리 정한다면 정견正見(바로 봄)이 아니다' 하였다. 사람 눈으로 빛깔 붙잡아 못박음을 지적하는 발언이다. 눈이 빛을 만드는 게 아니라, 간섭현상 때문에 여러 빛깔로 보일 뿐이다. 이러한 간색효과를 한두 마디 언어로 어찌 고정하랴. 빛과 색 사이 물리 현상에서 얻어낸 연암 언어 인식은 외물 현상보다는 이면을 치밀하게 살펴야 한다는 소리로 귀착한다.

20-3

제21계

역지사지

易地思之

처지를 갈마들어 생각하라

누가 나에게 "자네는 사람이 아닐세!" 하고 지독한 욕을 퍼부었다고 생각해 보자. 발끈 성내지 않을 사람이 없겠지만, 일단 이달충李達衷, 1309~1385의 「애오잠병서愛惡箴幷序」라는 글을 보고 화를 내더라도 내보자.

> 남이 나를 사람답다 해도 나는 기쁘지 않고, 남이 나를 사람답지 못하다 해도 나는 두렵지 않다. 사람다운 사람이 나를 사람답다 하고, 사람답지 못한 사람이 나를 사람답지 못하다 하느니만 못해서다(人人吾 吾不喜 人不人吾 吾不懼 不如其人人吾 而其不人不人吾).

이달충은 고려시대 유학자로 서슬이 퍼런 신돈에게 주색을 삼가라고 직언했다 파면을 당했던 이다. 맞다. 무조건 욕한다고 성낼 일도, 그 반대로 칭찬한다고 기뻐할 일도 아니다. 사람다운 사람이 나를 사람이라 하면 기뻐할 일이고, 사람다운 사람이 아닌 사람이 나를 사람이 아니라고 해도 기뻐할 일이다. 또 그 반대로 사람다운 사람이 나를 사람이 아니라 하면 나는 두려워할 일이고, 사람다운 사람이 아닌 사람이 나를 사람이라 해도 두려워해야 한다.

"모두가 같은 생각한다면 아무도 생각하지 않는 것이다."

휴헌

이달충은 "기뻐하거나 두려워함은, 마땅히 나를 사람이라 하고 나를 사람이 아니라 하는 사람이, 사람다운지 사람다운 사람이 아닌지 여하에 달려있을 뿐이다喜與懼 當審其人吾 不人吾之人之 人不人如何耳" 한다. 그러니 저 사람이 나를 칭찬하거나 비난한다고 기뻐하거나 슬퍼할 일이 아니다. 기쁨과 두려움은, 나를 사람답다 하고 나를 사람답지 못하다고 하는 사람이 어떠한 사람인가 잘 살핀 뒤에 느껴도 늦지 않다.

정연한 이치를 깐 매력 있는 글이다. 깊은 사색을 거쳐 얻은 글을 읽고 쓰려면 일상 사고에서 벗어난 모험이 선행한다. 글을 제대로 보려면, 때로는 비틀어도 보고, 바로도 봐야 하기 때문이다. 따지듯 보고, 때로는 빠지듯 봐야 한다. 이러할 때 상대편의 처지에서 먼저 생각해 보고 이해하라는 뜻인 역지사지는 글 읽기와 쓰기에 많은 도움을 준다. 처지를 바꾼다는 말은 처지에 따라 생각이 달라진다는 말이다. '처지에 문이 달렸다'는 우리 속담은 이를 두고 하는 말이다. 처지는 처해 있는 사정이나 형편이다. 곧 어디에 있느냐에 따라 사물이 달리 보일 수밖에 없다.

연암의 손자요, 개화사상가인 박규수朴珪壽는 '동방예의지국'이란 말에 냉소를 보낸다.

걸핏하면 '예의의 나라' 하는데 나는 이 말을 본디부터 추하게 여겼다. 천하 만고에 어찌 국가가 되어 예의가 없겠는가? 이는 중국이 오랑캐들 가운데 바로 예의 있음을 가상히 여겨 '예의의 나라'라 칭함에 불과하다. 본래 수치스러운 말이니 스스로 천하에 뽐내기 부족하다. 차츰 지체와 문벌이 생기며 번번이 '양반 양반' 하는데 이것은 가장 감당키 어려운 수치스러운 말이요, 가장 무식한 말이다. 지금도 걸핏하면 자칭 '예의의 나라'라 한다. 예의가 무엇인지도 모르면서 입버릇처럼 떠들어만 댄다.

『환재총서桓齋叢書』 권6 「여온경與溫卿」 32에 보이는 내용이다. 동방예의지국이란 말도 이렇고 보니 함부로 사용할 말이 못 된다. 번연한 진리도 곰곰 생각 끄나풀을 잡고 발맘발맘 따르다 보면 이렇게 의외의 곳에 도달하는 경우가 부지기수다. 그 하얀 펠리컨 새끼는 검은빛이요, 파란 바다 아닌 붉은 바다가 세네갈에 있고, 빛으로 어둠을 몰아내는 게 아니라 빛을 밝힐수록 어둠 또한 확대되고, 달은 어둠과 밝음을 함께 지닌다는 명료한 사실들 말이다.

또 우리나라 식량 자급률이 겨우 51%에 곡물 자급률로만 따진다면 26.2%로 경제협력개발기구 30개국 중 26위라는 사실, 1 · 2 · 3 · 4 · …… · 10에서 중심은 5가 아니라는 사실(10이 없어야 5가 중심)은 또 어떠한가. 다음 괄호에 들어갈 숫자는 무엇일까? 1, 2, 3, 4, ( ). 답은 '5'가 아니다. 5도 되지만 5.01, 5.1, 6 …….

'5'만 넘으면 된다. 무한 숫자가 들어갈 괄호에 5만 덩그러니 넣어놓고 답이라 우긴다면, 창의 영역을 담당한다는 우리 우뇌는 그야말로 음식 눈요깃감인 데커레이션에 지나지 않는다. 이리저리 뒤집어서 생각에 생각을 거듭해야 한다.

각설하고, 어떤 상황이 닥칠 때, 처지를 바꿔놓고 생각하면 의외의 결과를 얻는다. **맹자가 하우**夏禹**와 후직**后稷, **안회**顔回**를 동일하게 여김**이나 다산이 일반지도一反至道라 해서 한 차례 생각을 돌이켜 깨달음에 이르라고 한 충고가 바로 발상을 뒤집어보라는 역지사지다. 발상을 뒤집으려면 끊임없는 질문이 좋다. 21-1

몇 가지 더 이삭줍기 하자면, 사물에 감정 이입하기, **타인 처지에서 생각해보기**, **사물을 바꿔 생각해보기**, **동물의 처지에서 인간 생각해보기** 따위도 역지사지에 접근하는 좋은 방법이다. 21-2 21-3 21-4

제22계

시비지중

是非之中

옳고 그른 한가운데를 꿰뚫어라

'$E=mc^2$' 상대성 원리 공식이다. 굳이 황금률 글쓰기 공식을 만들자면 'W=ort', 즉 글쓰기writing는 관찰observation, 독서reading, 그리고 사고thinking다. 관찰과 독서로 형성된 배경 지식은 사고라는 체질 여하에 따라 창의성 있는 글로 나아간다. 시비지중은 사고를 키우는 좋은 방법이다.

한번은 임제林悌, 1549~1587가 목화신과 가죽신을 짝짝이로 신고 말을 타려 했다. 하인이 이를 지적하자 임제는 "길 우편에서 본 자는 목화신, 길 좌편에서 본 자는 가죽신 신었다고 할 텐데 무엇이 어떻다는 게냐" 하고 냉소한다. 연암은 이를 인용하고는 이렇게 덧붙인다.

> 이로 말미암아 의논한다면 천하에 보이기 쉬운 곳이 발만 한 데가 없건만, 보는 방향에 따라서 다르니 가죽신과 목화신도 구별하기 어려운 게다. 그렇기 때문에 정확한 관찰이란 옳고 그른 한가운데 있다(由是論之 天下之易見者莫如足 而所者不同 卽鞾鞋難辯矣 故眞正之見 固在於是非之中).

「낭환집서蜋丸集序」 한 구절로 용사用事로써 역설 미학을 예로 들었다.

"학문은 생각을 주인으로 삼아야 한다(學以思爲主)."

유성룡

정확한 사물 통찰을 요하는 글이다. 용사란, 고사를 인용하여 글짓는 작법류 용어다. 연암은 정확한 관찰觀察이란, '사물의 옳고 그른 한가운데'라는 시비지중에 있다고 한다. 『설문해자說文解字』에는 찰察을 뒤집어 살핌이라 했다. 따라서 관찰은 자세히 살핌에 그침이 아니라, 유형인 사물에서 무형인 근본 원리와 관계성까지 살펴 옳고 그른 한가운데를 꿰뚫어야 한다. 사물의 옳음是도 그름非도 아닌 한가운데中란, 산술 거리를 말함이 아니다. 옳음과 그름을 가리는 마음인 시비지심是非之心이기에 앎知의 시초로 왕배덕배* 시비 따지는 냉철한 생각 없이 결코 찾을 수 없다.

* 왕배덕배 : 이러니저러니 하고 시비를 가리는 모양

'나는 글을 쓴다'라는 말을 보자. 이 문장에서 '나'는 누구인가? '나'는 '글을 쓰는 나'다. '말하는 나'는 아니다. '말하는 나'는 '글을 쓰는 나'를 바라보고, '글을 쓰는 나'는 '말하는 나'에게 보인다. '나는 글을 쓴다'라는 말 속에는 '보는 나'와 '보이는 나', 이 둘의 '나'가 있다. 즉, '말하는 주체'와 '언급된 주체'는 하나이면서 둘인 셈이니, 두 개 시선이 교차하는 지점에 내가 존재한다. 연암이 『열하일기』「도강록渡江錄」에서 '자네 길을 아는가?' 묻는다. 그러고는 이렇게 그 답을 일러준다.

길이란 알기 어려운 게 아닐세. 바로 저 강 언덕에 있네. 이 강이 바로 저와 우리 경계로서 응당 언덕이 아니면 곧 물이지. 세상 윤리와 만물 법칙이 마치 이 물가나 언덕이 있음과 같단 말이지. 길이란 다른 데서 찾을 게 아니라, 곧 이 물과 저 언덕에 있단 말일세.

먼저 길이 어디냐고 묻는다. 이어 길은 강 언덕에 있다고 한다. 급기야는 길은 '강 언덕'과 '이 물 사이'에 있다고 한다. 강 언덕이라더니, 금방 말을 바꾸어 이제는 '언덕'과 '물 사이'라 한다. 의심의 눈길 보낼 필요 없다. 옳음과 그름 사이, 즉 시비지중을 역설로 옮겼을 뿐이다. 간단한 이치다. 물이 빠지면 길이 드러나게 되고, 물이 불면 길이 보이지 않음은 뻔한 이치 아닌가.

시비지중처럼 길은 늘 그렇게 언덕과 물 사이에 있는 셈이니, 물에 따라 변화하는 길을 찾아야 한다. 옳고 그름 또한 이와 다르지 않다. 우리가 옳다 그르다 하는 사이에 진실이 숨었다. 진짜와 가짜, 현실과 매트릭스, 비본래성과 본래성, 낮과 밤, 행복과 불행, 객관과 주관, 선과 악 들 모두 모호한 경계 속에 숨어있다.

눈은 오히려 고독과 사색과 성찰을 방해한다. 눈에 보이는 물과 언덕이라는 이분법으로는 결코 길을 찾지 못한다. 연암이 「일신수필馹汛隨筆」에서 기와 조각과 똥오줌을 보고 '장관이다!'라고 감탄하는 이유도 이 시비지중 사고에서 나왔다. 보잘것없는 깨진 기와 조각이 아름다운 무늬 만들고, 더럽디 더러운 똥오줌이 금싸라기 거름으로 변함을 봤기 때문이다.

이렇듯 보잘것없는 듯하지만 아름답고, 더러운 듯하지만 금싸라기 같은 그곳, 그곳이 옳고 그른 한가운데다. 시비지중이란, 이렇듯 객관 사물을 치열히 인식하려는 철저한 사고를 요구한다. 다산은 이를 **대조변백**對照辨白이라 했다. 이 말은 이것과 저것을 살펴 견해를 분명히 밝히라는 소리다. 모쪼록 글을 읽고 쓰려는 생각을 한다면, 사물 시비 판단하는 눈 제대로 갖추고具眼, 사물 시비 판단하는 귀 제대로 뚫어야具耳 한다. 이러할 때 **모순**矛盾**도 옳고**, **손빈이 말을 바꾸지 않고도 승리**하며, **진인사대천명**盡人事待天命이란 말도 부질없다.

22-1

〈그림 5〉 김정희, 〈자화상〉 (선문대박물관 소장)

22-2 22-3

〈그림 5〉는 추사秋史 자화상이다. 글쓰기 고수답게 나와 나 아닌 나, 그 시비지중 진실 찾기 하는 글이 우측 상단에 적혀 있다. 글 풀이는 아래에 해놓았으니 옳고 그른 한가운데를 꿰뚫어 추사의 참모습을 찾아보자.

나라고 해도 좋고 내가 아니라 해도 좋고,	謂是我亦可 謂非我亦可
나라고 해도 나고 내가 아니라 해도 나지.	是我亦我 非我亦我
나이고 나 아닌 사이는 나라 이를 수 없어.	是非之間 無以謂我
제석천엔 구슬이 많기도 한데,	帝珠重重
누가 커다란 여의보주 속 형상에만 집착하는가!	誰能執相於大摩尼中

하하!	呵呵
과천에 사는 노인이 스스로 쓰다.	果老自題

제23계

촉전지영
燭前之影

춧불 켜놓고 그림자를 보라

생각이란 즐거워도 생각하고 슬퍼도 생각하니 내 생각은 어디에 있는가. 서서도 생각하고 앉아서도 생각하고 걷거나 누워서도 생각하고 혹은 잠시 생각하고 혹은 오래도록 생각하고 혹은 생각을 더욱 오래하면 오래도록 잊히지 않는다. 그러한즉 내 생각은 어디에 있는가.

생각을 그대로 글로 옮긴 김려의 『담정유고薄庭遺藁』 권6 「사유악부서思牖樂府序」다.

그야말로 생각에 생각이 꼬리를 문다. 김려 글들은 '그러한즉 내 생각은 어디에 있는가?' 찾기니, 생각이야말로 글쓰기 창작 의욕의 싹이다. 기억 편린들이 제멋대로 상상의 나래를 펼 때, 때로 그 속에 숨어있는 심오한 의미를 발견하곤 한다.

이 계의 초점은 바로 상상이다. 상상에는 퍼즐이 들어있다. 상상은 '생각 상想과 형상 상像'이 합해진 말이다. 먼 옛날 중국에서 코끼리를 한 번도 본적이 없는 이들이 인도에서 가져온 코끼리 뼈만으로 코끼리 모양을 생각했다는 데서 유래했다. 퍼즐 풀 듯 코끼리 뼈 맞추고 살 붙임은 글 쓰는 이와 책 읽는 이의 몫이다. 이 상상을 하려고 가스통 바슐

“내가 틀렸음을 깨닫는 즐거움!”

애드워드 멘델슨, 『인생의 일곱 계단』

23-1 23-2 **라르**Gaston Bachelard, 1884~1962는 몽상夢想, dream vision하였고, **구양수**는 옹이가 박힌 나무를 베고 선잠 들었다.

이제 상상 속으로 들어가보자. 우선 저 하늘에 떠있는 달부터 상상해보자. 강릉 경포대에서 달을 몇 개나 볼까? 하나는 하늘에 둥실 떠 있는 달, 다른 하나는 경포호에 비친 달, 또 다른 하나는 동해 바다에 비친 달, 또또 다른 하나는 내 술잔에 뜬 달, 또또또 다른 하나는 그니 눈에 비친 달, 이것만 해도 다섯이다. 또또또또 다른 하나는 그니 술잔에 뜬 달, …….

다산의 『여유당전서與猶堂全書』 1집 권13 「국영시서菊影詩序」로 잠깐 글을 옮겨 몽상을 통한 상상력 확장을 본다. 바로 이 계를 이끄는 촉전지영은 이 글에 나온다. 다산이 살던 시절, 국화는 선비들이 곁을 허락한 몇 안 되는 꽃 중 으뜸이다. 네 가지 이유가 있는데 여러 꽃 중에서 특히 늦게 핌이 하나고, 오래도록 견딤이 하나고, 향기로움이 하나고, 고우면서도 화려하지 않고 깨끗하면서도 싸늘하지 않음이 하나다. 하지만 다산은 한밤중 촛불을 국화에 비춰 벽에 어룽지는 그림자를 통해 네 가지의 고정된 국화 읽기에서 벗어난다. 그것은 촛불 앞에 어룽지는 국화 그림자를 몽롱하니 취하여 얻은 국화의 또 다른 모양이다. 국화가 어떻게 변화하는지 보자.

옷걸이 · 책상 따위 여러 너저분하고 들쭉날쭉한 물건 치우고 국화 자리를 정돈하여 벽에서 약간 떨어지게 하고는 적당한 곳에 촛불을 밝혔다. 그랬더니 기이한 무늬와 이상한 모양이 문득 벽을 그득 채웠다. 그중에 가까운 모양은 꽃과 잎이 서로 어울리고 가지와 곁가지가 정연해 마치 묵화(墨畫) 펼쳐놓은 듯한, 그다음 모양은 너울너울 어른어른하며 춤추듯이 하늘거려서 마치 달이 동녘에서 떠오를 때 뜰의 나뭇가지가 서쪽 담장에 걸리는 모양 같았다. 그중 멀리 있는 것은 산만하고 흐릿해 마치 가늘고 엷은 구름이나 노을 같고, 사라져 없어지거나 소용돌이치는 모양은 마치 세차게 넘실거리는 파도 같아, 번쩍이는 모양이 엇비슷해 무어라 형용치 못한다.

마치 묵화를 펼쳐 놓고, 달이 동녘에서 떠오를 때 뜰의 나뭇가지가 서쪽 담장에 걸고, 가늘고 엷은 구름이나 노을이요, 세차게 넘실거리는 파도라 한다. 심지어 '번쩍이는 모양이 엇비슷해서 무어라 형용하지 못한다'고까지 한다. 국화 옆에 촛불 하나 켜놓았을 뿐인데 국화는 저렇듯 기이하고 빼어나다. 다산의 몽상과 상상력 결합으로 읽은 국화의 또 다른 모습이다.

다산은 같은 글에서 이러한 결과를 촛불 앞 국화 그림자를 취하는 촉전지영에서 얻었음을 밝힌다.

특별히 촛불 앞의 국화 그림자 취하려고 밤마다 그것을 위해 담장 벽 쓸고 등잔불 밝혀놓고 쓸쓸히 그 가운데 앉아서 스스로 즐겼다(特取其燭前之影 每夜爲之掃墻壁治檠釭 而蕭然坐其中以自娛).

〈그림 6〉 천자만년(天子卍年)(『열하일기』 「황교문답(黃敎問答)」)
연암이 상상력을 통해 만든 글자다. 나뭇잎 살이 '天子卍年' 처럼 보이는데 이를 표현하기 곤란하니 이렇게 그려 넣어 독자 이해를 높이고자 하였다. 글자 이름을 굳이 붙이자면 '나뭇잎 잎' 자다.

제대로 사물을 읽음이 이토록 번잡하고도 어려운 일이다. 글쓰기에서 상상력은 글쓰기 영토 확장이다. 상상력을 동원하면 모두 글감이 된다. 불한당도, 그림자도, 고추 · 뱀 따위 이런 당혹스런 소재들도 글감으로 아무 문제없다. 연암은 이 상상력을 활용하여 아예 세상 만물을 책으로 봤다. 나는 새를 보고 '날아가고 날아오는 글자'가 그것이요, '나뭇잎 잎' 자(〈그림 6〉)도 이 촉전지영이다. 문인들에게 널리 쓰인 '정신이 현상을 관통함에 정서를 변화시킨다'는 신용상통神用象通이란 말도 같은 뜻이다.

23-3

23-4

05
내 글쓰기
書論

이제 비로소 집짓기 시작한다.

제24계

문이사의

文以寫意

글이란 뜻을 나타내면 그만이다

비로소 글쓰기 문간에 들어섰다. 이제 '심론-관론-독론-사론'을 마중물로 삼아 글 써보자. 독서가 지식으로 꿈을 가꿔준다면, 글쓰기는 현실 탈출과 쾌락을 가능케 하는 자존이다. 자존이기에 읽기보다는 쓰기가 한 수 위다. 따라서 누구나 인상 강한 글, 야무진 글 쓰고 싶어 하지만 '많은 노력 지불하기 전에 명문 없다'는 명료한 사실을 잊지 말아야 한다.

'떡국이 농간한다'고, 사람들은 본래 재주가 없어도 나이 들면 살아본 경험으로 제법 능숙한 솜씨를 부린다. 이를 글쓰기에 비유하는 책들이 많다. 쓰다 보면 글쓰기가 는다는 말이다. 사실 '뚝심'으로 쓰고 또 쓰는 데야 당해낼 재주 없다. **문장천하공물설**文章天下公物說이라고, 글은 천하 공물이기에 누구나 쓸 수 있다. 어디 '글쟁이 씨'가 따로 있던가. 하지만 떡국 그릇 수만큼 인격이 성숙하지 않는다는 엄연한 사실도 알아야 한다. '당신 글은 곧 당신!'이라는 말을 주의 깊게 살펴야 한다.

24-1

이제 이 계를 이끌 말을 만나본다. '글이란 뜻을 나타내면 그만'이란 '문이사의'부터 풀어본다. 문이사의는 연암이 만년에 지은 「공작관문고자서孔雀館文稿自序」에 보인다.

“문체는 글의 줄기요, 뜻은 글의 임자요, 기운은 글의 날개요, 언어는 글의 꽃이다

(體者文之幹也 意者文之帥也 氣者文之翼也 詞者文之華也).”

서사증(徐師曾), 『문체명변(文體明辯)』

글이란 뜻을 나타내면 그만일 뿐이다. 제목 놓고 붓 잡은 다음 갑자기 옛말 생각하고 억지로 고전 사연 찾으며 뜻을 근엄하게 꾸미고 글자마다 장중하게 만듦은, 마치 화가를 불러 초상 그릴 적에 용모 고치고 나섬과 같다(文以寫意則止而已矣 彼臨題操毫 忽思古語 强覓經旨 假意謹嚴 逐字矜莊者 譬如招工寫眞 更容貌而前也).

연암은 글은 사의寫意, 즉 뜻을 나타냄이기에 뜻을 거짓으로 꾸미는 가의假意를 옳지 못하다고 꾸짖는다. ‘가의’는 글 외형이나 꾸미는 짓이기 때문이다. 서거정 역시 ‘시는 뜻이다. 뜻은 마음이 가는 바다. 그렇기에 시를 읽으면 그 사람을 안다’(「계정집서桂庭集序」)고 했다. ‘글=뜻=마음=작자’다. 거짓으로 꾸미면 이미 작자 마음도 뜻도 글도 아니다.

연암은 고전을 인용해서 억지로 글을 꾸미거나, 글자마다 장중하게 만듦은, 화가가 용모 고쳐 그리는 짓이라며 가의를 경계한다. 특히 지나치게 고인 글을 마구 끌어다 쓰는 경우가 있는데, 선인들은 이를 ‘점귀부點鬼簿’라 하여 극히 경계했다. 점귀부란 죽은 사람 성명 기록하는 장부이니 과도한 인용은 삼갈 일이다.

연암의 말은 외형 꾸밈 더할수록 뜻 점점 멀어지니, 공연히 말의 분장

사 짓은 말라는 의미다. 꾸밈 없는 글과 말의 분장사 노릇에 힘쓴 글을 연암은 이렇게 비유한다. "내가 일찍이 꽃송이 한 움큼 쥐고서 눈 감고 뿌렸더니 땅에 떨어지는 게 모두 문장이다. 이번에는 일부러 일정하게 배치하였더니 다시는 그러하지 않았다." 꽃송이를 여기저기 놓은 게 눈 감고 뿌린 것만 못하다는 말이다. 이 비유는 눈 감고 뿌린 꽃송이가 더 아름다운 그림을 만들듯, 자연스럽게 쓴 글이 꾸미는 글보다 오히려 더 낫다는 의미다.

연암은 윗글에서 "글이란 뜻을 나타내면 그만일 뿐이다"라고 단언했다. 문이사의의 '의意'가 무엇일까? '사진寫眞, 즉 본래 얼굴인 초상'임은 알겠는데, 그 본래 얼굴을 어떻게 그리라는 말인가?

가식 없는 본래 얼굴인 '사진' 그림이라지만, 연암이 말하는 '의'와 동일한 개념으로 읽어서도 곤란하다. 앞에서도 여러 차례 언급했듯이 연암은 끊임없는 경험과 사물을 인식하는 치열한 의식을 요구해서다. 연암이 추구한 사물 인식인 '사진'은 음향, 감촉, 빛깔과 같은 감성 성질이나 공간 외물만을 나타내는 물리 현상이 아니다. '마음 가는 곳'에 '사진'이 있다고 여겼다.

연암은 「능양시집서」에서 "아름다운 여인 보는 데서 시를 안다" 하며, "그니가 고개 숙인 데서 부끄러워함을 보고, 턱 괸 데서 원한을 보고, 혼자 서 있는 데서 무슨 생각에 잠김을 보고, 눈썹 찡그린 데서 무슨 근심에 싸임을 보고……"라 한다. 바로 연암이 말하는 글 쓰는 이의 뜻이다.

먼저 기둥 세울 자리에 주추(초석)를 놓는다. 흔히 말하는 기초가 바로 이곳이다. 글 주춧돌은 글 쓰고자 하는 뜻이다.

사물의 참을 그리려는 치열하고도 정성 어린 마음

좀 쉽게 풀자. 연암이 말하는 '사진'은 단순한 사실 의미만이 아니라, 글 쓰는 이의 진솔함이다. 진솔함이란, 글 쓰는 이가 대상의 참을 참되게 그리려는 치열한 마음이요, 정성이다. 치열한 마음으로 여인을 봤기에, 그는 여인에게서 시를 찾았다. 문이사의에서 '의(뜻)'가 바로 이 '사물의 참을 그리려는 치열하고도 정성 어린 마음'이다.

다산은 이 글 쓰는 이의 '의', 즉 '사물의 참을 그리려는 치열하고도 정성 어린 마음'을 성의정심誠意正心, 독행수신篤行修身, 궁경연례窮經研禮, 박문유예博聞游藝라 한다. 어느 날, 변지의邊知意가 다산을 찾아 천리 먼 곳까지 왔다. 글쓰기에 뜻을 두어서란다. 그날 다산은 어린 자식들과 나무를 심었기에 비유해서 이렇게 말한다.

> 글쓰기는 초목에 꽃 피는 이치와 같네. 나무 심는 사람은 바야흐로 그 나무 심을 때 뿌리에 흙 덮어 주고 줄기 편안히 해줄 뿐이지. 얼마 지나 진액 오르고 가지와 잎이 돋아나면 꽃 활짝 피네. 그러니 꽃이란 갑자기 얻는 게 아니지. 정성스러운 마음(誠意)과 바른 마음(正心)으로 그 뿌리 덮어 주고, 성실한 행실(篤行)과 마음 바르게 닦아(修身) 그 줄기 편안히 하며, 학문 깊이 연구(窮經)하고 예 닦아(研禮) 진액 돌게 하고, 널리 듣고(博聞) 법도 익혀(游藝) 가지와 잎 돋아나게 해야지. 그리하여 그 깨달음 모아 축적하고, 그 축적을 펴서 이것으로 글 지으면, 곧 사람들이 이를 보고 문장이라 여긴다네. 이를 일러 문장이라 하니, 문장은 갑자기 얻는 게 아닐세. 자네는 지금부터 돌아가서 이렇게 구한다면 스승은 얼마든지 있다네(人之

有文章 猶草木之有榮華耳 種樹之人 方其種之也 培其根安其幹已矣 旣而行其津液 旉其條葉 而榮華於是乎發焉 榮華不可以襲取之也 誠意正心以培其根 篤行修身以安其幹 窮經研禮以行其津 液 博聞游藝以旉其條葉 於是類其所覺 以之爲蓄 宣其所蓄 以之爲文 則人之見之者 見以爲文章 斯之謂文章 文章不可以襲取之也 子以是歸而求之 有餘師矣).

「위양덕인변지의증언爲陽德人邊知意贈言」에서 가져왔다. "글쓰기 뜻은 자신에게 달려있네. 그러니 자네 글 쓰고자 하는 뜻이나 잘 세우게나!" 글쓰기에 뜻을 두고 천리 먼 곳까지 스승을 찾아온 변지의에게 다산이 해준 말은 고작 이것이 전부였다.

글 쓰려는 자 따로 스승을 구할 필요 없다. 스승에게 배운 대로 글 쓰는 게 아니기 때문이다. 다산은 글쓰기를 초목 꽃에 비유했다. 초목에 꽃 피려면 먼저 초목을 심어야 하고, 흙 덮어 뿌리를 보호해야 하고, 줄기 잘 자라도록 편안히 해줘야 한다. 정성 없으면 꽃 피우지 못하고, 초목은 시나브로 죽어 버린다. 정성스러운 마음과 바른 마음, 성실한 행실 닦는 마음, 학문을 깊이 연구하고, 널리 듣고 법도로 다가서야만 식물이 꽃 피운다. 이 과정에서 그 깨달음 모아 축적하고, 그 축적을 펴서 글 지으면, 곧 사람들이 이를 보고는 문장이라 여긴다고 했다.

조선 중기 한문학 사대가로 꼽히는 장유張維, 1587~1638의 글쓰기 또한 이와 같다. "글에는 꽃이 있고 열매가 있지요. 표현이 그 꽃이요, 내용은 그 열매랍니다."(「답인논문答人論文」) 꽃을 갑자기 얻지 못하듯, 글도 내용도 갑자기 얻지 못한다. 성의정심, 독행수신, 궁경연례, 박문유예라는 문장 조건이 있어야만 한다. 만만치 않다. 그래, 서두에 마음 다져 먹으라 했잖은가. 오죽하면 장유는 「차운수김회이 이수次韻酬金晦而 二首」에서 "글 짓는 일, 이것은 바로 속 썩이는 업장著書 却是窮愁障"이라 토로했고, 조선 500년 역사상 가장 어린 나이에 급제한 영재 이건창李建昌, 1852~1898조차도 괴로워했을까.

24-3

제25계

인정물태
人情物態

사람 사는 세상을 써라

말해야 할 때 말해야 하고,	言而言
말해선 안 될 때 말해선 안 되고,	不言而不言
말해야 할 때 말 안 해선 안 되고,	言而不言不可
말해선 안 될 때 말해서도 안 된다.	不言而言亦不可
입아! 입아!	口乎口乎
이렇게만 해다오.	如是而已

임진왜란 때 의병장이며 후진 교육에 힘쓴 안방준安邦俊, 1573~1654의 입을 경계하는 「구잠口箴」이란 시다. 간결하고도 분명한 어조로 '말言'을 조형하였다. 글 쓰는 이는 묵언수행默言修行하는 스님이 아니다. 말문과 글문 닫을 이유 없다. 말하는 이는 말로, 글 쓰는 이는 글로, 할 말은 하고 쓸 일은 써야 한다. 그렇다면 무엇을 쓸까?

위의 '말해야 할 때 말해야 할 말'을 글로 쓰면 되지만 '말해야 할 말' 찾기가 쉽지 않다. 이 문제는 인드라망indra's net으로 해결하면 된다. 불교에서 말하는 '인드라망'은 그물은 한없이 넓고 그 이음새마다 구슬이 있다. 이 구슬들은 서로 비추고 비춰주며 연결되어 있다. 이 인드라망이 바로 인간 세상이다. '시 안에 모름지기 사람 있어야詩中須有人' 하고 '시 밖에 오히려 사연 있어야詩外尙有事' 하는 까닭이 여기 있다. 시 안팎으로 사람과 사연이 있어야만 한다는 말이다. 모든 글은 이러해야 하니 이를 **인정물태**라 한다.

25-1

글쓰기는 천상에서 겨자씨 뿌려 지상 바늘귀에 꽂는 비기가 아니라고 누누이 강조했다. 그렇다면 인정물태, '글은 곧 그 사람文如其人'이니 빗방울처럼 많은 사람, 눈발처럼 쏟아지는 저들의 세상 이야기를 손등에 푸른 정맥이 솟도록 쓰면 우박처럼 자음과 모음이 쏟아질까? 아니다. 가슴이 두방망이질하는 글이 되려면 인정물태를 제대로 써야 한다. 인정물태를 넷으로 나누면 이렇다. 알 필요도 쓸 필요도 있는 인정물태, 알 필요 있지만 쓸 필요 없는 인정물태, 알 필요 없지만 쓸 필요 있는 인정물태, 알 필요도 쓸 필요도 없는 인정물태가 그것이다. 글 쓰는 자라면 마땅히 '알 필요 없지만 쓸 필요 있는 인정물태'와 '알 필요도 쓸 필요도 있는 인정물태'를 찾아야 한다. 이 두 인정물태를 쓴 글이라야 저 시절 글을 이 시절에 읽는 유통기한 없는 글이 된다.

연암과 다산 글은 모두 이 두 인정물태를 담았기에 오늘날에도 읽힌다. 연암이 『과정록』 권4에서 '만약 남을 아프게도 가렵게도 못하는 구절만 쓸데없이 너저분하다면 장차 무엇에 쓰겠는가' 하고 말한 근거도 여기서 찾는다.

19세기 문호로 꼽는 홍길주도 「이생문고서李生文藁序」에서 "사람이 일용기거日用起居와 보고 듣는 일이 진실로 천하의 지극한 문장 아님이 없다. 그런데도 사람들은 스스로 글이라 여기지 않고 반드시 책을 펼쳐 몇 줄 글을 빽빽하게 목구멍과 이로 소리 낸 뒤에야 비로소 책을 읽었다고 말한다. 이런 식으로야 비록 백만 번 읽더라도 무슨 보람이 있겠는가" 한다. 인정물태는 못 읽고 책만 읽어 이론만 능한 독서를 경계하는 말이다. 물에 살면서도 물을 보지 못하는 물고기요, 생기 빠져버린 술찌끼로 배 채움과 동일하다. 종이쪽에만 눈 박고 먹물만큼만 읽어대니 인정물태를 보지도 쓸거리를 찾지도 못한다. 종이 밖 세상과 먹물 밖 지혜인 인정물태에 관심을 두어야 백천만사가 오색 문자로 보인다. 세상 모든 게 오색 문자일 때, 하늘과 땅 사이는 수억만 권 책이 되고 그곳에서 '알 필요도 쓸 필요도 있는 인정물태'를 찾아낸다.

다산도 공부하는 자, 일상득취日常得趣라 하여 인정물태 속에서 운취 찾고 비민보세裨民補世하라고 촉구하였다. 비민보세란, 사람 삶에 도움 주고 세상 바로잡는 데 도움을 줘야 한다는 뜻이다. 인정물태 떠난 삶이 없듯 삶 떠난 글도 존재하지 못한다. 그래, 다산은 '시대 상심하고 시속 안타까워하지 않는 시는 시가 아니다'라 하였고 나아가 「문체책文體策」에서는 아예 "세상에서 가장 훌륭한 문장이란 '인정물태'를 그려

초석 놓으면 기둥 세우는데 기둥 세우기(立柱)는 기둥 길이를 똑같이 맞춰 상기둥 중심으로 뒷기둥, 오른쪽 기둥, 왼쪽 기둥 순으로 세워나간다.
글 쓰고자 하는 뜻을 세웠으면 주변을 둘러보아라. 뜻을 도울 수 있는 제재는 주변에 널려있다. 기둥 세우기는 글쓰기 제재다. 제재란 주제 만드는 재료다.

낸 문장만한 게 없다以爲天地間大文章 莫如物態人情"라 했다.

다산은 물태를, '껍데기 속에 있던 게 터져 나오고, 땅속에 웅크리던 게 꿈틀대며, 똬리 틀던 게 쭉 펴고, 움츠렸던 게 날아오르는 따위'인데, 냉冷과 난暖 두 가지로 인하여 일어난다고 한다. 또 인정은, '청렴하던 자가 완악해지고, 차분하던 자가 욕심쟁이로 되며, 유약하던 자가 갑자기 사나워지고, 담박하던 자가 펄펄 끓는 행동'인데, 그 까닭을 따져보면 모두가 이利와 해害 두 가지 문제에서 비롯했다고 결론짓는다.

결국, 다산이 말하는 '물태'는 냉과 난으로 변화하는 자연현상이요, '인정'은 이와 해로 움직이는 사람 사는 세상이다. 다산은 이러한 인정 물태 세계의 기록이 글이라고 이해했다. 그래 뒤를 잇는 "물태에 근본하고 인정에서 발로하는 법이니, 돌아보건대 문체만이 유독 그러하지 않겠습니까資於物態 發於人情 顧文體奚獨不然"라는 문장은 가슴 깊이 새겨들어야 한다. 다산 글이 한 걸음도 조선 현실 밖으로 나가려 하지 않은 이유도 여기서 찾아야 한다.

조선 중기부터 유학은 지적 동맥경화에 걸려 시름시름 앓았다. 조선 후기에는 아예 중증인 대사증후군으로 병이 깊어지더니 급기야 충신연주지사忠臣戀主之詞와 열녀불경이부烈女不更二夫만 외쳐댔다. 다산은 이런 글은 아예 쓰지 않았다. 조선을 직시했고 부패한 농이 흐르는 조선 현실을 고통으로 글에 담았다. '조선혼'이 담긴 다산 글들은 현실과 끊임없는 충돌을 빚을 수밖에 없었다. 글은 그렇게 공인 사회와 사인 내면 독대獨對여야 한다. 글 자체로 글은 사유재산이면서 공공재산이어야 하며, 글은 소유가 아닌 존재 그 자체여야 한다.

예禮 아니면 보지 말고, 듣지 말고, 말하지 말고, 움직이지 말라

25-2

연암의 『영대정잉묵映帶亭賸墨』「답창애지사答蒼厓之四」라는 편지를 본다. 연암과 평생 사이가 좋지 않았던 유한준兪漢雋, 1732~1811 아들 유만주兪晩柱, 1755~1788가 연암을 찾아와 글 짓는 법을 물은 듯하다. 연암 편지 내용은 이렇다.

25-3

> 어제 자제분이 찾아와서는 글 짓는 법을 묻기에 내가 일러줬지요. '예(禮) 아니면 보지 말고, 듣지 말고, 움직이지 말고, 말하지 말라'고. 그랬더니 자못 불쾌한 기색으로 가더군요. 아침저녁에 문안드릴 때 와서 혹 말하던가요?

유만주는 꽤 불쾌했나 보다. 그도 그럴 게 글 짓는 법을 물었는데 방법은 일러주지 않고, 『논어』「안연顔淵」편에 나오는 사물잠四勿箴 구절을 일러줬기 때문이다.

그런데 사실 유한준 부자가 화낼 일이 아니다. 연암은 분명히 극기복례식 글쓰기를 가르쳐줬기 때문이다. 극기복례는, 안연이 인仁을 묻자, 공자는 "극기복례克己復禮가 인을 실행함이니, 하루라도 자기 사욕을 이겨 예로 돌아간다면 천하 사람이 모두 어질다 하겠지" 한 데서 나왔다. 다시 안연이 그 실행 조목을 묻자, 공자는 저 연암이 말한 "예 아니면 보지 말고"라 한다. 공자는 이 네 가지 하지 않음四勿으로써 극기복례를 이뤄낸다고 하였다. 극기복례는 공자 최고 사상인 '인'이니 그렇다면 우리가 세상 살아가며 마땅히 추구해야 할 대상인 셈이다.

연암이 이 말을 끌어와 알려준 글쓰기 방법은 결국 바른 마음으로 사욕 없이 쓴 글, 그 글이 바로 궁극 가치인 '인'으로 이끈다는 뜻이다. 글 써서 부귀영화나 명예 누리려는 사욕을 아예 버리고, 저 '인'과 극기복례 마음으로 글 쓰라는 주문이다. 이러할 때 인간 최고 가치인 인에 가까워진다는 뜻이다.

글쓰기 방법이 저러하니 글쓰기 목적 또한 마땅히 인정물태여야 한다. 인정물태 글쓰기는 **36.5도 글쓰기**요, **마음공부**이며, 글쓰기 두 축은 글 쓰는 나와 사회다. '나와 사회'는 '나와 그것'이 아닌, '나와 너'여야 한다. '너'는 사람에게 쓰는 2인칭 대명사지만, '그것'은 사물을 가리키는 지시 대명사다. '나와 그것'에는 인정물태가 비집고 들어갈 틈이 없다. 글감은 글 쓰는 내가 사회를 치열하게 바라볼 때 나온다. 글감은 사회 속에 이미 있으니, '나와 사회', 다시 말해 '나와 너' 소통일 때 알 필요도 쓸 필요도 있는 인정물태 글쓰기가 된다.

25-4 25-5

그래, 연암이나 다산 글들은 글자마다 조선 숨결이 흐르는 **달빛 같은 글**이다. 사람 사는 세상, 알 필요도 쓸 필요도 있는 인정물태 글을 썼기 때문이다. 연암의 「**농사꾼 집**田家」**이라는 시**는 바특한 살림살이 농촌 풍경이 정겹기 그지없는 인정물태를 그렸다.

25-6

25-7

제26계

범유육선

凡有六線

무릇 여섯 가지 선법이 있다

선법線法이란, 고소설 구성법으로 여섯 가지가 있다. 이 용어는 소설 일반 구성 기법으로, 1915년 6월 5일 오거서창 간행 『포염라연의包閻羅演義』의 서두에 제시한 「독법」이다. 이 「독법」에 복선伏線 · 은선隱線 · 대선對線 · 단선單線 · 쌍선雙線 · 무형선無形線 따위 여섯 가지 선법이 있다고 했다.

독자 처지에서 소설 읽는 독법은 역으로 소설 짓는 작법이고, 소설이 글이니 모든 글쓰기에 적절히 응용하겠기에 26계로 끌어왔다. 소설 3요소를 주제 · 구성 · 문체라고 하는데, 사실 이는 설명문 · 논설문 · 시 따위 모든 글에 해당된다. 이 여섯 가지 선법을 익히고 응용한다면 서론 · 본론 · 결론의 3단 구성이나 기 · 승 · 전 · 결 4단 따위 부실한 평면 구성에서 벗어나 입체 구성을 만든다. 글은 아래와 같다.

> 선법에는 무릇 여섯 가지가 있다. 하나는 복선인데 복선은 이곳에 정이 없고 저곳에 정이 있다는 소리다. 둘은 은선이다. 은선은 이곳과 저곳 사정과 형편은 비록 다르지만 도리어 기관은 서로 비슷하다. 셋은 대선으로 이름과 형상이 같지 않고 기관도 다르지만 뜻과 느낌이 서로 비슷하다. 넷

"구성은 인간 발명품처럼 다양하다."

몰턴

은 단선으로 점쟁이의 비신,* 복신*과 같으니 세효가 안정하고 응효가 발동한다. 다섯째는 쌍선으로 세효가 발동하고 응효가 안정됨과 같다. 여섯째는 무형선으로 문자를 서술하는데 원래 서로 대조되거나 대응되는 곳이 없다. 그 원인을 비유하자면 외를 얻는 자가 외씨 뿌리는 때를 보지 못함과 같다(凡有六線 一曰伏線 其曰伏線者 在此無情 在彼有情 二曰隱線 其曰隱線者 彼此情形雖殊 却有機關相似 三曰對線 名形不同 機關亦異 而情感相類者也 四曰單線 如占家飛伏神 世爻安靜 應爻發動者也 五曰雙線 如世爻發動 應爻安靜者也 六曰無形線 文字元無照應處 而其原因 比如得瓜者 不見種瓜時節也).

*비신 : 변화가 일어나는 효

*복신 : 비신과 상대되는 효. 비신과 복신은 모두 점치는 술어다

복선伏線

앞으로 일어날 사건을 살짝 암시해 두는 서술로 오늘날 소설의 복선에 해당한다. 즉, 분명하게 제시돼 있지는 않지만, 이야기가 전개되는 과정에 은미하게 숨어 있으면서 이야기 흐름을 형성케 하면 된다. 이러한 복선 기법은 중국 소설비평에서 많이 보이는데, 김성탄金聖嘆이 말한 '풀 속의 뱀, 재 속의 선草蛇灰線法'이나 모종강毛宗崗이 「삼국연의독법」에서 "한 해 걸러 씨 뿌리고 때에 앞서 미리 숨겨놓는 듯한 오묘함隔年下種 先時伏着之妙" 따위와 유사한 독법이다. 황순원의 「소나기」나 알퐁스 도

데의 「별」에서 소나기가 바로 복선 구성이다.

기둥 연결해 사방에 둘러앉은 것이 도리고 눈 목(目) 자처럼 두 개 기둥을 연결한 것을 보라 한다. 글쓰기에서 글 구성을 말한다.

은선隱線

전후 사정이나 형상은 서로 다르지만 기능 면에서는 비슷하다는 뜻이다. 박지원의 「호질」에서 산중에서 범과 창귀가 먹을거리 의논하는 장면과 동리자 방 안 장면, 북곽 선생이 똥통에 빠진 장면은 서로 판이한 사정과 형편이 있으나 안으로는 양반을 공격하는 숨겨진 은선 구성이다.

대선對線

언뜻 보면 대립 관계이나 그 속에 동질성을 두는 인물 설정 방법이다. 예를 들어 『구운몽』에서 성진과 양소유는 이름과 인물, 천상과 지상 활동도 전연 다르지만 한 인격으로 동질성을 갖는다. 흥부와 놀부도 대선 구성법으로 서로 다르지만 형제라는 동질성을 갖는 인물 설정이다.

단선單線

사건을 직선으로 구성한다. 단일 구성 정도로 이해하면 된다. 결국 '단선'은 글 구성이 단일해서 명확하다는 의미다. 예를 들어 박지원의 『양반전』은 양반을 사고파는 단선 구성이다.

쌍선雙線

쌍선은 단선과는 반대로 구성의 이중성이다. 곧 이중 구성 내지 복합 구성으로 이해하면 된다. 소설, 특히 군담소설은 다기한 사건 속에 인물 성격이 결정되고 활동 폭이 넓다. 인물들은 개성 있고, 생활 감정은 복잡하다. 하지만 무원칙해서는 안 되기에 선인과 악인이라는 대립 구성(쌍선)을 취한다. 글 쓸 때 선악이 뚜렷한 대립은 독자에게 선명한 인상을 준다.

26-1

무형선無形線

관계를 떠난 자유로운 구성법이다. 의식 흐름에 병행하여 무의식 일부를 이루는, 시각 · 청각 · 물리 · 연상 · 잠재의식 따위 수많은 인상 흐름을 표현하기 위한 기법이다. 이른바 의식의 흐름stream of consciousness 수법과 매우 유사하다. '의식의 흐름'은 서술자 심리를 묘파하는 데 꽤 설득력 있는 방법이다. 따라서 한 개인의 내면 목소리를 그대로 받아 적기에, 과거-현재-미래로 사건이 진행되지 않는다. 현재-미래-과거로도, 미래-현재-과거로도, 일관되지 않고 다양하고 복잡한 생각들이 갑자기 툭툭 튀어나오는 그대로 기술한다. 물론 인과관계도 없다.

제27계

정취위일

精聚爲一

정기를 뭉쳐 하나로 만들어라

제24계에서 제26계를 거치며 글 뜻을 세우고, 구성까지 설정했다면 이제는 주제를 만들어야 한다. 글 쓸 때 문장은 현미경으로 들여다보듯 정밀하면 좋고, 주제는 망원경으로 보듯 멀찍이 놓고 따라잡으면 좋다. 특히 주제는 '사자 어금니'에 해당한다. 사자에게 어금니가 가장 요긴하듯이 글에서는 주제가 그렇다. 주제가 선명치 못한 글은 어금니 없는 사자에 지나지 않는다.

글 핵심은 뜻, 즉 주제 전달이니 말과 문장은 모두 이 주제를 향하여 모여야 한다. 주제는 모든 문장과 각종 수사의 숙주요 '**열 소경에게 한 지팡이**相' 니, 모든 글은 주제라는 성을 함락하려는 군사여야 한다. 바로 정취위일이다. 연암은 「소완정기素玩亭記」에서 주제가 가장 중요함을 햇빛에 비유해서 설명한다.

27-1

27-2

자네가 이미 요약하는 방법 알았다면, 또 내가 자네에게 눈으로 보지 않고 마음으로 비춰보는 방법을 가르쳐주려는데 어떤가. 저 해란 말일세. (…중략…) 그러나 나무를 사르거나 쇠를 녹이지 못함은 무슨 까닭인가? 빛이 퍼져서 그 정기가 흩어지기 때문 아닌가. 만약 만 리에 두루 비치는

> "한 가지 생각 표현하는 데는 오직 한 가지 말밖에 없다."
>
> 귀스타브 플로베르

빛을 거두어들여 조그만 틈으로 들어갈 만하게 둥근 유리알로 받아서 그 정기를 콩만큼 만들면 맨 처음에는 조그맣게 어른거리다가 갑자기 불꽃이 일어 풀썩풀썩 타 버리는 이유는 무슨 까닭인가? 빛이 전일해서 흩어지지 않고 정기가 뭉쳐서 한 덩이로 된 때문일세(子既已知約之道矣 又吾教子以不以目視之 以心照之可乎 夫日者太陽也 (…中略…) 然而不能熱木 而鎔金者何也 光遍而精散故爾 若夫收萬里之遍照 聚片隙之容光 承玻璃之圓珠 規精光以如豆 初亨毒而晶晶 倏騰焰而熊熊者何也 光專而不散 精聚而爲一故爾).

연암이 물리현상을 빗대어 글쓰기 원리를 밝힌 글이다. 빛의 굴절현상을 이해해야 한다. 빛 모으는 둥근 유리알은 지금의 볼록렌즈요, 정기가 뭉쳐져 빛의 초점이 되었다. 이를 글 짓는 원리로 바꾸면 빛은 책이니, 빛이 퍼짐은 책의 정기 퍼짐이요, 볼록렌즈는 뜻을 요약함이요, 빛의 초점은 주제다.

27-3

주제 선정은 앞에서도 언급했지만, 사람 사는 세상에서 찾으면 된다. 주제가 가벼우면 글도 가벼울 수밖에 없다는 사실을 명심해야 한다. 요즈음 학생들에게 글 쓰게 하면 두 가지 주제로 압축된다. 공부, 그리고 돈이다. 주제가 지나치게 가벼우니 좋은 글이 나올 리 만무하다. 좋은 주제는 별건곤 세계가 아니라, 인정물태라는 우리 삶터를 깊이 살피면 된다. 김창흡金昌翕, 1653~1722의 「수미대須彌臺」란 시에 이런 구절이 있어 소개한다.

꽃 꺾으려면 백 척 가지를 끝까지 더듬어야 하고	摘花須窮百尺枝
구슬 찾으려면 구중 깊은 못까지 뒤져야 하네	探珠須沒九重淵
산 오를 때 깊이 들어가지 않으면	登山不深入
묘한 경지 어떻게 보겠는가	妙境胡得焉

꽃과 구슬은 이 시 주제다. 백 척이나 되는 가지를 더듬고, 구중 깊은 못을 뒤져야만 얻는다.

목은牧隱 이색李穡, 1328~1396 이야기를 한번 해보자.

이색이 원나라에 들어가 과거에 장원하여 문명을 떨칠 때쯤 어느 절에 갔다. 절 식구들도 내로라하는 문장가가 왔다고 귀한 손님으로 맞이했다. 마침 어떤 사람이 떡을 가져오자 스님이 "승소僧笑 적게 오니 중의 웃음 적도다" 하더란다. '승소'란 떡의 다른 이름이다. 이색 선생, 이 구절을 받아야 하는데 도저히 생각이 나지 않았다.

대공 위에 상량보(대들보)를 얹는다. '상량식'을 할 만큼 대들보는 집 전체 중심이다.
글쓰기 정기가 모이는 곳이 바로 대들보다. 모든 글은 주제를 향해야만 한다.

뒤돌아선 이색, 반년 뒤에 비로소 대구를 얻었다. 어느 지방 주막 주모가 무엇을 갖고 오기에 물으니 '객담客談'이라고 한 데서다. 객담은 술의 다른 이름이다. 이거다 싶었다. 다시 원나라로 가게 된 이색은 반년 전 그 스님을 만나 "객담 많이 오니 손의 말이 많다"고 그제야 대구를 읊었다. 내로라하는 문장가도 글 한 구 얻음이 저러하다. 이색이 겨우 이 한 구절 대구 얻는 데 걸린 시간이 물경 반년이나 된다. 고려 대문장가인 그도 이러하다. 그동안 고심참담이야 굳이 필설로 적바림하지 않아도 안다.

글이란, 진실한 사상이나 신념, 정열인 욕구 표현

고심참담한 마음으로 깊이깊이 들여다봐라! 주제는 그곳에 이미 있다. 글감은 자신 주변에 널려 있다.

"문학이란 반드시 사실寫實이어야 한다는 것은 아니되, 비록 그 무엇을 가설적으로 상상한 것이라도 그것이 과연 복받치는 정열의 표현이고 보면 훌륭한 작품이 된다." **가람 이병기**는 「고전의 삼폐三弊」에서 이렇게 말한다. 주제를 세웠으면 가람 말처럼 정열로 쓰면 된다. 심장 뛰고 가슴 두근거리고 숨이 턱 막히는 글 쓰라는 말이 아니다. 그저 온 정성 다해 쓰면 된다는 말이다.

27-4

가람은 「고전의 삼폐」 뒤에 우리 글 폐단 세 가지를 들었다. 큰소리, 군소리, 문소리다. 제아무리 주제가 좋아도 큰소리, 군소리, 문소리는 안 된다. 남 앞에서 잘난 체하며 뱃심 좋게 장담하거나 사실 이상으로 떠들어대는 침소봉대가 '큰소리'다. '받는 소는 소리치지 않는 법'이다. 내시 이 앓는 소리처럼 맥없이 지루하게 흥얼거리듯, 주저리주저리 하지 않아도 좋을 쓸데없는 게 '군소리'다. 큰소리에는 없어도 되는 군글자 많고, 쓸데없는 군사설 천지니, 종내에는 이치에 맞지 않는 덜된 문소리로 귀결된다. '문소리'는 가람 표현으로 문덩문덩 썩은 소리다. 그

럴싱싶기는 해도 진부하고 썩어 문드러진 소리라는 말이다. 비록 정취 위일이라도 이런 글은 글이 아니다.

이제 주제 세우는 방법을 이건창에게 한 수 지도받자. 그는 정기를 하나로 뭉쳐 주제를 정했으면 대적할 뜻을 또 하나 세우라고 한다.

> 주된 뜻(主意)이 있으면 반드시 대적하는 뜻(敵意)이 있어야 한다. 장차 주된 뜻으로 문장을 만들었으면 마땅히 대적하는 뜻 한 문장 별도로 만들어 저것(적의)으로써 이것(주의)을 공격해야 한다는 말이다. 주된 뜻은 갑옷처럼 방어하고 대적하는 뜻은 병기처럼 공격하니, 갑옷이 견고하면 병기는 저절로 꺾인다. 누차 공격해 여러 번 꺾이면 주된 뜻이 승리하게 된다. 그러면 곧바로 대적하는 뜻 거둬들이니, 포로로 묶어 잡아들임으로써 주된 뜻이 더욱 높이 밝게 드러난다.

이건창은 주된 뜻인 주제를 돋보이게 하려면, 대적하는 뜻인 반론을 함께 제기하라고 한다. 반론은 대적하는 뜻으로 주제를 공격하지만, 역으로 결코 주제가 무너지지 않는 견고함을 보인다. 예를 들자면 '인생은 짧고 예술은 길다'라는 대조법과 유사하다. 인생과 예술, 모두 '길다'와 '짧다'라는 대조를 이용하여 비교 우위를 얻었다. '예술은 길다'가, '인생은 짧고'라는 반론으로 더욱 강조된다.

옛 문인들은 이 방법을 자주 썼으니, 두보의 "강물이 푸르니 새 더욱 희고江碧鳥逾白, 산이 푸르니 꽃이 불 붙고져山青花欲燃" 따위가 색채 대조를 통한 예다. 새와 꽃이라는 주제를 색채 대조로 더욱 뚜렷이 드러냈다. 또 다른 예를 다산 시에서 찾아본다.

옹색한 산하는 삼천리인데	山河擁塞三千里
풍우 당쟁은 이백 년이라네	風雨交爭二百年

「견흥遣興」이란 이 시에는 옹색한 산하와 풍우당쟁, 삼천리와 이백 년이 대조를 이끌어 뿌리 깊은 당쟁이란 주제를 더욱 비극스럽게 한다.

사실 주제를 공략하는 데 정공법은 따로 없다. 때로는 강조법, 때로는 비유법 따위 수사법을 동원해 반전과 변화를 꾀함도 모두 주제를 분명히 세우기 위해서다. 하지만 이런 각종 수사가 지나치면 주제를 해치니 남발하면 안 된다. 글이란 진실한 사상이나 신념, 정열인 욕구 표현과 행동이 독자 내부로 파고들 때, 감동을 길어 올린다. 글 쓰는 이가 치열한 사회참여 의식과 작품의 예술 형상화 모두를 만족하지 못할 때, 선택은 그래서 늘 전자여야 한다.

제28계

창출신의

創出新意

새로운 말을 만들어라

28-1

'어휘가 완벽할 때 혁명은 완성된다.' 조지 오웰 소설 『1984』의 주제요, 이 계에서 다뤄야 할 내용이다. 글쓰기에서 주제와 어휘는 처음이요 끝이다. 운문은 어휘를 잡으면 주제가 따라오지만, 산문은 주제를 잡아야 어휘가 따라온다.

> 어린아이들이 처음 배움에 들어 현황(玄黃)이라는 글자와 조수(鳥獸)라는 글자를 배우고 또 비주(飛走)라는 글자를 배운다. 이런 다음에야 황조우비(黃鳥于飛)라는 구절을 가르치면 이 아이는 문장 구성하는 법을 알게 된다. 글 가르침이 마땅히 이러해야 문리 터득하는 지혜가 저절로 생겨나서 차차 학문에 취미를 붙이게 된다.

다산이 「사략평史略評」에 써놓은 초학자를 가르치는 방법이다. 검고 누런 현황玄黃, 새와 짐승인 조수鳥獸, 날고 달린다는 비주飛走를 배운 다음, 세 단어에서 한 글자씩 얽어 '누런 새(꾀꼬리)가 난다'는 황조우비를 만들어야 문리가 트인다는 말이다. 현황, 조수, 비주는 이미 있었지만, 황조우비는 새로 만든 문장이다. 바로 이 계에서 살필 창출신의하는 방법이다.

28-2 28-3 **창출신의**는 새로운 말 만들기로 **창의성**을 요구한다.

지금 보는 세상만물은 다른 있었던 일이나 사물에 기초하여 하늘 아래 새로운 무엇을 만들려 한 결과물이다. 글쓰기 창의성 역시 그렇다. 창의성은 몸에 각인된, 언어문화 관습 깨뜨리기부터 출발해야 한다. 기존의 글이나 생각, 사회 정보를 활용하고, 섞어야만 하기 때문이다.

기와는 용도 따라 암키와, 수키와, 내림새, 수막새, 암막새, 와당, 초장, 망아 따위가 있다.
지붕 얹기 위한 작업이다. 갖가지 기와는 집 외양을 꾸며준다. 동구 밖에서 보이는 것은 기와 얹은 지붕뿐이다.
기와는 글쓰기 어휘에 해당된다. 새로운 어휘는 읽기 좋고 신선한 글을 만들어준다.

창의성을 얻으려면 먼저 자기 지식 경계를 허물어버려야 한다. 지식은 사고의 엄밀성이란 관성을 중시하기 때문에 사고 확장을 꾀할 수 없어서다. 360도로 생각을 열어놓는 개방성, 연결해서 이해하려는 유연성, 자신만의 독특한 생각 하는 독창성, 사물과 현상을 치열하게 집중 관찰하는 관찰성 들은 글쓰기 필수요 창의성 기르는 좋은 방법이다.

고려 대문장가 이규보는 『백운소설』에서 '부득부작신어不得不作新語'를 강조한다. 부득부작신어란, '새로운 말 만들지 않을 수 없다'라는 말이다. '새로운 말'이란, 말 그대로 이전에는 보지 못한 창의가 엿보이는 언어

조합이다. 새로운 세계를 개척하는 모험과 매력 있는 문장을 만들어 보라는 뜻이다. 28-4

응애응애, 앙앙, 아이 울음소리가 온 편지지에 가득 찼구나

창출신의는 이러한 창의 있는 새로운 어휘 만들기다. **새로운 어휘 만들기**는 글에 신선감을 부여하고 흥미로운 글쓰기로 이어진다. "최악의 과학자는 예술가가 아닌 과학자이며, 최악의 예술가는 과학자가 아닌 예술가다." 물리학자 아르망 트루소Armand Trousseau, 1801~1867 말이다. 모든 과학은 예술에 닿아 있고, 모든 예술에는 과학 측면이 있다는 말이다. 새로운 어휘를 만들려면 학문분과를 자유롭게 넘나들어야 한다. 문학과 수학, 과학과 음악, 기하학과 공학, 국문학과 수학이 넘나들고 학문 경계를 가로지를 때 새로운 세상을 보여주는 어휘가 탄생한다. 28-5

새로운 세상을 보여주는 어휘에는 감각과 논리성이 담겨있다. 감각이 상상력을 자극한다면 논리인 이해는 창의성으로 이어진다. 감각이 이성보다는 감성이라면, 창의는 감성보다는 이성이다. 감성에서 나온 상상력이 창의의 속성이기는 하나 이성을 통해 구현해야만 비로소 창의성으로 이어지기 때문이다. 이성이라 해서 구체인 사고와 과학인 검증, 논리와 합리 사고에 머묾이 아니다. 눈으로도 먹고 귀로도 보고 입으로도 들을 때, 추운 겨울 아침이 잘생긴 사내도 되고 시계에 물안개도 피어오른다.

하지만 이것이 어렵다면 우리네 입말인 상말, **욕설**, **속담** 따위 적절한 구사도 창출신의의 한 방법이다. 이런 어휘가 글 정취를 돋우고 상 28-6 28-7

황을 실감나게 그려주기 때문이다. 글쓰기 대가 연암은 이를 놓치지 않고 묘사해냈다. 제7계에서 세계는 생생 일신의 야생이라 했다. 이런 세계를 쓰려면 사어死語가 아닌 생어生語여야 한다. 생어는 팔팔 살아있는 우리말에서 찾아야 한다.

예를 들자면 연암은 손자 봤다는 편지를 받고 그 답장에, "응애응애, 앙앙, 아이 울음소리 온 편지지에 가득찼구나呱呱喤喤 厥聲滿紙" 하고 기쁜 마음을 '응애응애, 앙앙' 청각으로 구체화시킨다. 비유하자면 2차원 종이 위에 쓴 3차원 입체적 글쓰기다. 또 이 손자를 못 본 연암에게 '아이가 미목이 수려합니다', '사람됨이 평범치 않습니다', '골상이 비범합니다'라는 편지를 보내오자, 연암은 몹시 답답했던 듯 이런 답장을 보낸다. "이마빡이 투-욱 튀어나왔다든지, 불룩 솟았다든지, 네모났다든지, 정수리가 넙데데하고 둥글둥글하다든지 하는 따위로 왜 세세히 적어 보내지 않는 게냐? 참 답답하구나大抵 額角豊聳楞 頂盖平圓 何不一一錄示耶 可鬱." 연암 말대로 구체성이 결여된 글을 읽으면 참 답답하다.

연암 선생이 구체화한 표현은 이 외에도 「소단적치인」과 여러 글에서 자주 대면하기에 새삼 언급할 필요까지 없지만 몇 실례만 더 본다. 우리말에 유독 많은 '죽겠다'를, 연암은 '술 취해 죽겠네醉欲死', '창피해 죽겠네令人羞死', '뒈져라詈死' 들 조선식 한자어를 여봐란듯이 사용한다. 이러한 용어는 당시 글로써 쓰지 않던 말이다. 이뿐만이 아니다. '무뢰배潑皮', '공짜로 먹다白喫', '주제넘은 짓거리衝幢' 따위 당시 절대 쓰지 말아야 할 명대 소설에 보이는 백화체 문투도 여기저기 보인다. 「예덕선생전」에서는 예덕선생 형용을 "저이가 밥 먹을 때면 '꿀떡꿀떡' 하고

28-8

걸음새는 '어청어청' 하며, 잠 잘 때는 '쿨쿨' 하고 그 웃음소리는 '허허' 대더구먼"이라 써놓았다. '꿀떡꿀떡頓頓', '어청어청伈伈', '쿨쿨昏昏', '허허訶訶' 따위 용어 역시 양반들 글에서는 찾아보기 어려운 오감을 이용한 부사들로 눈에 삼삼, 귀에 쟁쟁 들어오는 표현들이다.

서투른 무당이 장구만 나무란다. 글 쓰는 이가 누구냐에 따라 모든 어휘는 백지장에 생기를 불어넣는다. 이러한 용어 사용은 모두 창출신의와 연결고리를 형성한다. 동시에 정조에게까지 각인시켜 문체반정 주동자로 지목당한 '연암체'의 핵심이기도 하다.

제29계

비유유기

譬喩遊騎

유격의 기병인 비유를 활용하라

우리가 말하는 까닭은 내 앎을 잘 설명해서, 아직 모르는 사람을 이해하게 하려 함입니다. 지금 왕께서 제게 비유를 쓰지 말라 하심은 제 앎을 말하지 못하게 하는 것입니다. 그렇다면 더는 말을 꺼낼 필요도 없습니다.

비유법을 잘 쓴 혜시惠施 말이다. 혜시가 늘 비유법을 잘 쓰기에, 양혜왕이 비유법 써서 말하지 말라고 한 데 대한 답변이다. 비유법 대가답게 역시 비유 들어, 비유법을 꼭 써야만 하는 이유를 밝혔다. 양혜왕은 "그대 말이 맞소. 비유를 써 말해도 좋소" 하였다.

비유유기는 연암이 비유법을 유격대에 비유한 표현이다. 유격대는 적 배후나 측면에서 기습 · 교란 · 파괴 따위 활동을 하는 특수부대다. 특수부대란 특수 임무를 담당하는 비정규군이다. 문장에서 비유법 또한 마찬가지다. 사실 비유법을 쓰지 않아도 뜻 전달하는 글을 만드는 데는 아무런 문제도 없지만 쓰는 이유가 있다. 비유는 게릴라 전술로 적군 교란하듯 글에서 특수 임무를 수행하기 때문이다. 비유가 수행하는 특수 임무란 참신, 명쾌, 다의, 강조, 세련 따위로 글에 강력한 생동감을 불어넣는다. 글자는 병사, 뜻은 장수, 비유법은 '유격대의 기병'이 이미 비유

"인터뷰어 : 왜 그렇게 많이 고쳐 썼나요?

헤밍웨이 : 적합한 단어 찾느라고요."

래리 W. 필립스, 『헤밍웨이의 글쓰기』

다. 연암이 비유법을 써 쓸쓸함을 그려낸 글 한 편 보고 말 잇자. 『연암집』 권2에 있는 「응지에게 답함答應之書」이란 글이다.

중존(仲存, 연암의 처남인 이재성(李在誠)을 말함)마저 엊그제 또다시 가버리고, 빈 관아에 홀로 누워 곁에는 한 사람도 없으니 이야말로 '고기 먹는 정승(定僧)'이요, '병부(兵符) 찬 귀양객이라' 이르겠소. 돌아갈 행장 점검해보니 다만 가지고 온 다 해진 책상자 하나뿐인데, 두어 질 낡은 서적이 가득 들었고, 책갈피에 두서없이 잔뜩 끼워 넣은 모두가 앙엽(盎葉, 옛사람들은 농사 짓다가 떠오르는 생각이 있으면 감나무 잎에다 적어 밭 가운데에 묻어 둔 항아리에 넣었다고 한다) 기록이오. 우연히 그 한 조각 펴 보고 저도 모르게 서글퍼지면서 가슴 쓰라렸소. 그것은 나이 젊을 때 눈 밝아 깨알 같은 글자도 꺼리지 않고 써서, 어떤 것은 종이가 나비 날개만 하고 어떤 것은 글자가 파리 대가리만 했소. 이미 순서도 없기에 종당에는 버려지고 마니, 비하자면 '꿰지 못한 야광주(夜光珠)'요 '구멍 없는 강철 바늘'인 거요. 바쁘게 지나가는 게 인생이지만 내일은 항상 있는데, 이제 갑자기 시력이 아득아득 글자 획이 가물가물해, 잠시 '개미 떼가 모였다가 잠깐 사이에 흰 바탕만 남아 보이는 신세'가 되고 말았소(仲存數昨 又復起去 獨臥空衙 傍無一人 可謂食肉之

定僧 佩符之謫客 檢束歸裝 只一携來之弊簏 而滿貯數帙 殘書胡亂 夾充者盡是盎葉所記 偶閱一片 不覺悵然疚懷 此乃年少時眼明不憚細書 或紙如蝶翅 或字如蠅頭 旣無倫次 終當委棄 譬如明珠不穿 鋼針無孔 人生卒卒 常有來日 今忽目視茫茫 字畫渺渺 乍聚玄駒 俄贏白本).

처자식도 없고 처남마저 가버린 빈 관아, 늙은 벼슬아치로서 쓸쓸함이 절절한 연암 자신의 소회를 그려놓았다. 강조 부분이 모두 비유로서 자신의 처지를 생생하게 보여준다. 연암은 자신을 '고기 먹는 정승定僧'이요, '병부兵符 찬 귀양객이라' 비유한다. '정승'은 참선에 들어간 승려다. 고즈넉한 빈 절, 노승은 벽 향해 앉았고, 이따금 암자 처마 끝 풍경風磬이 댕그렁! 울릴 때, 솔바람이 찾았음을 알린다. 연암 자신은 비록 고기 먹는 속세인이나 저 참선에 들어간 스님이라는 뜻이다. '병부'는 군대 동원할 때 쓰던 신표로 수령 증표다. 그러니 '병부 찬 귀양객'이란 벼슬살이 하는 연암 자신이 귀양 온 듯하는 비유다. 썩 벼슬살이를 탐탁지 않게 여기는 연암 성정이다. 멋진 비유 아닌가.

처마 네 귀 기둥 위 끝 번쩍 들린 크고 긴 서까래다.
이 추녀가 훤칠하게 내뻗는 데서 생기는 곡선을 때 추녀허리라는 말도 있다.
글쓰기 비유법에 해당된다. 비유법 잘 쓰면 저 추녀허리 못잖은 글이 나온다.

또한 "해진 책 상자에 낡은 서적이 가득 들었고, 책갈피에 두서없이 잔뜩 끼워 넣은 모두가 앙엽 기록이다. 젊어 눈 밝을 때, 나비 날개만 한 종이에 써놓은 파리 대가리만 한 앙엽 기록들을 이제는 읽지 못한다"고 한다. 젊을 때 종잇조각에 써놓은 깨알 같은 글자를 나비 날개와 파리 대가리라고 비유한다. 나비 날개만 한 종이에 써놓은 파리 대가리만 한 글자들은 이제 노안으로 읽지 못하고 끝내 버려지겠기에 '꿰지 못한 야광주'요, '구멍 없는 강철 바늘'이라 한다. 야광주는 밤이나 어두운 곳에서 빛을 내는 구슬이요, '강철 바늘'은 부러지지 않는 바늘이다. 문제는 귀한 야광주이나 꿰지 않았기에 보배가 못 되고, 부러지지 않는 강철 바늘이나 구멍이 없으니 쓰지 못한다. 야광주와 강철 바늘은 글쓰기를 위해 기록해 둔 저 앙엽 기록들이다. 이 앙엽 기록들은 이제 노안으로 보지 못하니 버려야만 한다.

또 연암은 노안으로 글자가 가물가물한 상태를 '개미 떼가 모였다가 잠깐 사이에 흰 바탕만 남아 보이는 신세'로 표현한다. 어느 날 갑자기 찾아온 노안으로 자신이 적바림해둔 앙엽 글자가 가물가물 보이지 않는다. 마치 개미 떼가 모였다가 잠깐 사이에 흩어지자 흰 바탕만 남는 허허로움이 문장에 보인다. 연암 글은 이렇듯 도처에 비유가 넘쳐나는데 특히 직유와 은유로 교직된 비단 피륙에 수놓아진, 조선 후기 수표교 밤하늘 그린 「취답운종교기醉踏雲從橋記」와 「소완정의 「여름밤 친구를 찾아서」에 답하는 기문酬素玩亭夏夜訪友記」이란 글은 비유 그 자체일 정도다. 29-1 29-2

문장 고수들이 연암 글을 최고 문장으로 서슴지 않고 꼽는 이유는 이런 적절한 비유에 있다. 이렇듯 비유는 글 품격과 글쓴이 수준을 드러낸다. 비유법 과제를 내주면 학생들 글쓰기 수준을 대번에 알아차리는 까닭도 이러한 이유다.

비유법은 표현하고자 하는 대상을 다른 대상에 비기는 수사법으로 직유, 은유, 의인, 의성, 의태, 풍유, 제유, 환유, 중의 따위가 있다. 수사법에는 운율도 적극적으로 고려해야 한다. 독자들도 익히 알기에 연암 29-3 29-4 29-5

29-6 29-7 29-8 29-9 29-10

글에서 직유법과 비유법만 본다(은유, 의인, 풍유, 제유와 환유를 아우르는 대유법, 활유법, 역설법, 공감각은 뒤 해解부에 정리한다).

'문 앞에 빚쟁이 기러기처럼 줄 서 있고(門前債客鴈行立), 방 안에 취한 놈들 고기 꿰미처럼 잠을 자네(屋裡醉人魚貫眠).' 이 시는 당나라 때 큰 호걸 찬 사내인 이파(李播) 시입니다. 지금 저는 차디찬 방에 외로이 지내면서 냉담한 품은 꼭 선(禪)에 든 중 같은데, 다만 문 앞에 기러기처럼 늘어선 놈들 두 눈깔이 너무도 가증스럽습니다.

「성백에게 보냄與成伯」에 보이는 글줄이다. 인용한 이파 글도 '빚쟁이 기러기처럼', '취한 놈들 고기 꿰미처럼'으로 직유로 처리한다. 자기 처지를 빗댄 '냉담한 품은 꼭 선에 든 중'도 직유다. 이 글은 연암이 둘째 누님 남편인 서중수徐重修에게 보낸 편지로 직유를 이용해 자신의 가난을 전달한다.

또 "크게 쓰고 깊이 새겨진 글자가 조그마한 틈도 없어 마치 구경판에 어깨를 포개 선 듯하고 교외 총총한 무덤과 같았다"는 「발승암기髮僧菴記」 서두다. 금강산 입구돌에 새겨놓은 사람들 이름을 보고 쓴 글이다. 적절한 직유를 던져 약간의 비아냥과 함께 촘촘히 붙어 쓰인 글씨를 매우 요령 있게 표현한다.

연암의 「우부초서愚夫艸序」도 좋은 예다.

듣지 못하는 사람 가리켜 '귀머거리'라 부르지 않고 '소곤대기 좋아하지 않는 사람'이라 하며, 보지 못하는 사람 가리켜 '장님'이라 부르지 않고 '남 흠집 보지 않는 사람'이라고 하며, 말 못 하는 사람 가리켜 '벙어리'라 부르지 않고 '남 비평하기 좋아하지 않는 사람'이라고 한다.

흥미롭지 않은가. 귀머거리, 장님, 벙어리가 고상하고도 긍정 이미지로 바뀌었다. 귀머거리, 장님, 벙어리를 증명하는 데 꼭 보이는 물리 현상만이 중요한 게 아니다. 글 쓰는 이에 따라 얼마든 새로운 정의를 찾아낸다.

29-11

한 끄트머리에 어조은魚朝恩이 붙었다

연암의 「답중옥答仲玉」이란 글은 달구경 나갔으나 보름달을 보지 못한 서운함을 그린 글이다. 글 전체는 비유로 꽉 들어찼는데, 달생김을 비유법으로 처리한다. 달 모양은 특히 시각 효과를 고려한 비유 표현들로 이루어졌으니, 1 · 2일은 혼돈, 3일은 손톱, 4일은 갈고리, 5일은 미인 눈썹, 6일은 활, 7일부터 10일까지는 얼레빗, 11 · 12 · 13은 변 땅에 도읍한 송나라 산하, 운연 지방이 요나라에 함락됨, 흠집이 없이 완전해야 할 황금투구 찌그러짐으로 비유한다. 14일은 곽분양郭汾陽 운수가 오복을 갖추었으나 오직 한 끄트머리에 어조은이 붙어 있어서 두려워하고 조심스럽게 행동한다고 적었다.

1 · 2일에서 10일까지는 별 문제없다. 혼돈을 제외하고는 모두 손톱, 쇠갈고리, 눈썹, 활, 빗 따위로 구체 사물에 견줘서다. 문제는 11일에서 14일까지다. 우리가 아는 비유법이 아니라, 전고를 끌어다 비유한다.

연암 글쓰기의 한 특징이다. 차례로 설명하면 이렇다.

'변 땅에 도읍한 송나라 산하'는 송나라가 차차 영토를 확장해 갔기에 달이 차차 둥글게 변하는 모양을 끌어온 비유다.

'운연 지방이 요나라에 함락됨'은 송태조가 운연 지방을 탈환하려다 실패하고 끝내 요나라가 운연을 함락시킨 역사에서 가져온 묘사다. 그래서 '흠집 없이 완전해야 할 황금투구가 찌그러짐'으로 비유한다.

14일 달을, 연암은 "곽분양이 몸과 같아서 오복이 모두 갖춰졌으나 오직 한 끄트머리에 어조은이 붙었기 때문에 두려워하고 조심스럽게 행동한다"고 하였다. 곽분양은 당나라 때 실존 인물인 곽자의郭子儀다.

곽자의는 명문가 후손으로 태어난 데다, 안녹산의 난을 평정한 공까지 더해져 분양왕에 봉해졌다. 이렇듯 오복을 갖췄으나 당시 환관 어조은이 그를 시기하여 늘 조심스러워했기 때문에 차용한 비유다.

연암은 이 외에도 머뭇거리지 않고 곧장 치고 들어가는 직절법直截法, 장황하게 말 늘어놓는 침봉법針縫法, 고사 끌어오는 용사법用事法, 새로운 뜻 만드는 신의법新意法, 말끝 엉뚱하게 돌리는 생필법省筆法, 말끝 어영부영 흐리는 도미법掉尾法 따위 각종 수사법을 조자룡 헌 칼 쓰듯 하였다. 이 모두 비유법을 돕는 수사법이다.

제29계 '비유유기'를 『선림보훈禪林寶訓』에 나오는 '여측옥도단확如厠屋塗丹雘'이란 말로 마친다. '변소에 단청하는 짓 마라!'는 뜻이다. 부질없는 해석을 덧댈 필요도 없다. 뒷간에 알록달록 색칠해서 무엇에 쓴다는 말인가. 뜻도 없이 뒷간에 색칠하듯 부질없는 말만 번드르르해서는 안 된다. 비유법 남발하면 저 소리 듣는다.

제30계

경동비서

驚東備西

이 말 하기 위해 저 말 하라

"쨍그랑!"

술 박람회장에 있는 사람들 시선이 모두 중국 대표단에게 쏠린다. 술병이 깨지며 진하면서도 향긋한 술 향이 장내에 퍼진다. 사람들이 몰려들고 술맛은 일품이다. 영국의 스카치 위스키, 프랑스의 코냑과 함께 세계 3대 명주로 꼽히는 중국의 술 **마오타이주**茅台酒가 탄생하는 순간이다. 이것이 바로 경동비서지법으로 동쪽 놀라게 하고 서쪽 치는 방법이다.

30-1

누구에게나 글쓰기는 매우 부담스러운 고통스런 작업이다. 어떤 작가가 글을 쓰느라 "끙끙"대자 아내가 "내 애 낳기보다 더하시네!" 한다. 이 말을 들은 작가 가로되, "아, 이 사람아. 자네는 밴 애 낳는 거지. 난 안 밴 애 낳잖나" 하더란다. 오죽하면 '자기 뼈 깎아 펜을 만들어 자기 피 찍어 쓴다'고 글쓰기 어려움을 살벌하니 비유했을까. 그렇다고 글쓰기가 '처녀 불알' 얻기는 아니니다.

글 쓰는 이들은 이 어려움과 살벌함에서 벗어나고자 방법을 찾았다. 이른바 '글은 쓰고 또 써보는 수밖에 없다'다. 하지만, 글을 쓰고 또 쓴다고 글이 되지는 않는다. 경동비서는 글쓰기 능력 신장에 좋은 도움을 준다. 경동비서는 이 말 하기 위해 저 말 하는 딴전 피우기 글쓰기다. 전투할 때 상대방을 한쪽으로 유인해놓고 다른 예상 밖 지점을 공격해 승리를 얻는 '구한주위지묘법求韓走魏之妙法'과 동일하다.

이 용어는 우리 소설 『광한루기』 제1회 회말비평에 보일 만큼 실생활이나 비평어로 자주 쓰였다. 『광한루기』가 이러한 글쓰기법을 운용한다는 의미인데, 거두하고 예문부터 보자.

> 이른바 『속본춘향전(俗本春香傳)』에서 묘사한 춘향은, 춘향이 너무 요야하게* 묘사돼 있고 화경이 지나치게 방탕하게 묘사되어 있다. 강호 식자들이 아는 한나라 구하기 위해 위나라로 달려 들어가는 묘법과 동쪽 놀라게 하고 서쪽 차지하는 방법을 너무 모르기 때문이다(所謂俗本春香傳 寫春香極妖冶寫 花卿極放蕩 殊不知大方之家 別有救韓走魏之妙 警東備西之法).

* 요야(妖冶)하게 : 요염하도록 아름답게

『속본춘향전』에서 묘사한 춘향이 너무 요야하고 화경(이몽룡)을 지나치게 방탕하게 묘사해놓은 어리석음은 구한주위지묘법과 경동비서지법을 모르기 때문이라 한다. 즉 이 말은 '춘향의 요야함과 화경의 방탕함을 저쪽에서 은밀히 처리하지 왜 그대로 드러냈냐!'는 질타다.

풀을 쳐서 뱀을 놀라게 하다

동쪽 울타리 아래에서 국화 꺾어들고,	採菊東籬下
조용히 남산 바라보노라.	悠然見南山

동진의 대표 시인 도연명의 「음주」 1, 2구다. 동쪽 울타리 밑에서 국화 꺾어 들고, 멀리 남산을 바라보는 모양을 눈 앞 경치인 양 묘사한다. 하지만 글자 뜻은 글자 밖에서 찾아야 한다. 이 시는 번잡한 세상사를 피해 숨어 사는 은자의 초연한 심경을 비유한 시이기 때문이다. 말은 여기 있지만, 뜻은 저기에 뒀다.

타초경사打草驚蛇나 츤탁법儭托法, 성동격서聲東擊西도 이와 유사하니 차례로 설명한다.

타초경사는 '풀을 쳐 뱀을 놀라게 하다'다. 병법 36육계 중 13계이기도 하다. 츤탁법의 '츤儭'이란 피부에 닿는 속옷이므로 뜻은 안에 있으면서 상반된 의미를 밖에 드러냄을 말한다. 우리 고소설에서 선과 악 따위를 대비시킴으로써 선을 부각하려는 소설 이론으로 종종 쓰인다. 연암의 「호질」이 바로 이러한 방법을 원용한 소설이다. 연암은 「호질」 뒤에 '호질후지虎叱後識'를 써넣었다. 그

서까래는 지붕 받치는 나무인데, 여기서는 특히 며느리서까래다. 며느리서까래는 처마 서까래 끝 덧얹는 네모지고 짧은 서까래다. 처마 끝을 위로 들어 올려 지붕 모양이 나게 한다. 글쓰기에서 이 말 하기 위해 부러 저 말 하여 글을 돋보이게 하는 방법이다.

러고는 뚱딴지같은 소리를 해댄다. 「호질」 작자 문제 운운하다가는 곧 바로 딴전을 붙여 청나라를 옹호하고 나서는가 하면, 이번에는 앞 문장 만회라도 하려는 양 반대로 청나라를 들이친다. 그러고는 "중국 산하가 맑아질 날 기다려 본다以竢中州之清焉"고 마친다. 겉으로 보면 영락없는 중국에 관한 내용인 듯하지만, 독자들은 저 말에 속지 말아야 한다.

「호질」에서 인간을 꾸짖는 형상화된 범은 바로 연암 분신이요, 중국이 아닌 조선 이야기기 때문이다. 바로 홍운탁월법이요, 츤탁법이요, 성동격서다. 글깨나 하는 이들은 종종 이러한 수법을 쓴다. 이유는 객체를 묘사함으로써 주체를 드러내는 수법이어서다. 그러니 「호질」에서 범이 꾸짖는 인물도 중국 산하가 맑아질 날 기다린다는 여운도, 조선 양반네요 우리 조선이 맑아질 날 기다린다는 뜻이다. 사냥꾼은 더 잘 겨냥하기 위해 한쪽 눈 감듯이 연암도 한쪽 눈 질끈 감고 부조리한 양반을 겨누어 소설 쓰되, 범을 중간에 세워 숨바꼭질한다. 자신에게 득이 되지 않을 것을 번연히 알면서도 감히 써서 세상에 내보내자니 우언, 범, 작자 문제 따위 여러 소설 장치들을 둬 부러 곡해를 부르게 한 수법으로 이해하면 된다.

연암이 유한준에게 준 편지글 「답창애지칠答蒼厓之七」은 바로 이 성동격서를 끌어왔다. 전문이라야 겨우 35자에 불과하니 옮겨본다.

그대께서 여장 풀고 말안장 내리시지요. 내일 비가 오려나 봅니다. 샘이 울고 물비린내가 나며 섬돌까지 개미 떼가 밀려듭니다. 황새는 울면서 북쪽으로 들어가고 안개는 서리어 땅 위를 달립니다. 별똥별은 화살같이 서쪽으로 흐르고 점치는 바람은 동쪽에서 부는군요(足下其稅裝卸鞍 來日其雨泉鳴水腥 堦潮螘陣 鸛鳴入北 烟盤走地 星矢西流 占風自東).

다음 날 길 떠날 채비 서두르는 유한준을 만류하는 편지다. 하지만 딴전 부려 물비린내, 개미 떼, 황새 등 비 올 조짐만 잔뜩 늘어놓는다. '성동격서'는 이렇듯 소리는 이쪽에서 지르면서 정작 저편 치는 수법이다. 나타내려는 본질을 감춰두거나 비워둠으로써, 오히려 더 적극 그 본질을 설명한다. "가까운 곳 노리면서 먼 곳 노리는 듯 보이고, 먼 곳 노리면서 가까운 곳 노리듯 보여라近而示之遠 遠而示之近." 『손자병법』 「시계始計」편에 보이는 글귀가 바로 경동비서다.

음식점 이야기로 마친다. 실컷 음식 먹고 난 아이 말이다. "엄마, 이 집에서 콜라가 가장 맛있어!" 이미 음식점 평가는 끝났다. 경동비서가 따로 없다.

제31계

진절정리
眞切情理

세세하게 묘사하라

연암의 「열녀함양박씨전」이란 소설이다.

가물가물한 등잔불이 제 그림자 조문하는 고독한 밤에는 새벽도 더디 오더구나. 처마 끝에 빗방울 뚝뚝 떨어지고 창가 비치는 달이 흰빛을 흘리는 밤, 나뭇잎 하나 뜰에 흩날리고 외기러기 먼 하늘에서 우는 밤, 멀리서 닭 우는 소리도 없고 어린 종년 코 깊이 골고 가물가물 졸음도 오지 않는 밤, 내가 누구에게 고충을 하소연하겠느냐? 나는 그때마다 이 동전을 꺼내어 굴리기 시작했단다.

방 안 두루 돌아다니며 둥근 놈이 잘 달리다가도, 모퉁이 만나면 그만 멈추었지. 그러면 내가 이놈 찾아서 다시 굴렸는데, 밤마다 대여섯 번씩 굴리고 나면 하늘이 밝아지곤 했단다. 십 년 지나는 동안 그 동전 굴리는 숫자가 줄어들었고, 다시 십 년 뒤 닷새 밤 걸러 한 번 굴리고 때로는 열흘 밤에 한 번 굴리게 되더구나. 혈기가 이슥고 쇠약해진 뒤에야 이 동전을 다시 굴리지 않게 됐단다. 그런데도 이 동전을 열 겹이나 싸서 이십 년이 지난 오늘까지 간직한 까닭은, 그 공을 잊지 않으려고 하기 때문이야. 가끔은 이 동전 보면서 스스로 깨치기도 한단다(殘燈吊影 獨夜難曉 若復簷雨淋

"말로 설명하지 말고, 보여줘라! '그는 키가 크다'라고 하는 대신

'그는 키가 178cm다'라고 써라."

안정효, 『글쓰기 만보』

鈴 窓月流素 一葉飄庭 隻鴈叫天 遠鷄無響 穉婢牢鼾 耿耿不寐 訴誰苦衷 吾出此錢而轉之 遍模室中 圓者善走 遇域則止 吾索而復轉 夜常五六轉 天亦曙矣 十年之間 歲減其數 十年以後 則或五夜一轉 或十夜一轉 血氣旣衰 而吾不復轉此錢矣 然吾猶十襲而藏之者 二十餘年 所以不忘其功 而時有所自警也).

긴긴밤 지새우는 과부 심정을 이렇게 그려놓았다. 감성의 진폭을 애써 누른 과부가 앞에 자식 둘 앉혀놓고 조곤조곤하는 말이다. 눈에 글이 보인다. 이를 묘사라 한다. 글 잘 쓰는 사람은 결코 독자를 저버리지 않는다. 구구한 설명이 필요 없다. 이 글 독자라면, 과부 방 안 정경을 그린 말마디마다 치마끈 동여매는 여인의 응결된 슬픔을 본다. 여인 정절을 빙벽氷檗이라 하던 시절 이야기다. 과부 성욕은 도덕의 문제였지만 조선 후기는 철저히 '열녀'라는 차꼬로 채워놓았다. 연암은 이 소설에서 여인들에게 가혹하기 그지없는 비정한 조선을 그렸다.

이를 고소설에서는 진절정리라고 한다. 삶의 진리를 진실하게 그려낸다는 진절정리란, 이웃과 너나들이하는 따뜻한 정분이 없다면 보지 못하고 용기가 없으면 쓰지 못한다. 겸하여 활법活法이라고도 한다. 활법은 문장이 그림같이 생생하다는 뜻이다.

정작 정욕이란 두 글자는 한 번도 나오지 않는다

독자들은 묘사를 통해 작품 속으로 끌려 들어온다. 『유혹하는 글쓰기』에서 스티븐 킹Stephen King은 묘사하려면 대개 '머리에 처음 떠오르는 사실로부터 적으면 된다'고 귀띔해준다. 활법은 사실 표현일 때 사용하는데 화론畵論에 본밑을 두었다. 화론은 본래 동진의 화가인 고개지顧愷之, 345~406가 정신을 강조하기 위해 주장한 '이형사신以形寫神' 이론에서 출발한다. 형形은 인물이나 사물의 외재 · 표상 · 구체 · 가시이며, 신神은 내재 · 본질 · 추상 · 비가시다. 즉 이형사신이란, 형상에 근거해 정신까지 나아간다. 즉 실재하는 풍경을 그리는 정도에 그치지 말고, 재해석해 그림에 감정을 이입시켜야 한다.

위 연암 글은 분명 과부에게도 정욕이 있다는 의미를 독자들에게 전해주면서도, 정작 정욕이란 두 글자는 한 번도 쓰지 않았다. 다만 형形인 '가물가물한 등잔불, 처마 끝에 빗방울, 외기러기가 처마에서 우는 밤, 어린 종년 코 고는 소리, 동전 굴리기' 따위를 통해, 신神인 과부의 고독한 내면을 보여줄 뿐이다. 모두가 촉감 좋은 입체적 어휘들로 그려낸 진절정리다.

서까래 걸치고 나면 대나무나 가는 나뭇가지로 산자 엮고 그 위에 황토, 짚을 잘게 썰어넣은 흙반죽(알매)을 5~7cm 두께로 고르게 펴 촘촘히 덮는다.
글쓰기 묘사에 해당한다. 묘사할 때는 사물을 물샐틈없이 그려내야한다.

정약용 또한 『여유당전서』 제1집 「발신종황제묵죽도장자跋神宗皇帝墨竹圖障子」에서 이 형 · 신을 글쓰기의 중요한 이론으로 여기며 '형체는 그 진실을 잃지 않은 후라야 그 신을 얻는다' 한다.

연암이나 다산 모두 형사形似는 대상을 즉물 묘사하는 데 그치지 않는다. 신神인 과부의 고독한 내면을 보여주고 진실에서 얻어냈기에 정신을 그려낸 신사神似로 보아 무방하다. 물론 이 신사는 심사心似까지 나아갔다고 이해해야 마땅하다. 따라서 이 형사신이란 사물 외양만을 정밀하게 그리려 집착함이 아니다. 사물 핵심, 그 두드러진 부분을 묘출해 형사 → 신사 → 심사로 이어지는 내면 정신까지 그려내야만 한다.

이 이론은 조선 후기 대표 문예이론으로 회화 · 서예 · 소설 · 한시 · 산문 따위 예술 전 분야에 걸쳐 운용되었다. 우리 고소설비평에서는 '핍진逼眞'이라고도 하며, 또 '활화活畵 · 천연미인도天然美人圖 · 화출정태畵出情態 · 영중화影中畵 · 화중영畵中影 · 화畵 · 화중화畵中花 · 화중인花中人 · 선형용善形容' 따위로도 섞어 사용한다.

퍼진 허리는 열 아름이다

활법은 못 되지만, 묘사에는 또 이런 글도 있다.

고소설에서 추녀 묘사다. 『박씨전』의 허물 벗기 전 박 씨와 『장화홍련전』의 허 씨가 으뜸 추녀 자리를 놓고 다투나 허 씨가 한 수 위다. 『박씨전』의 허물 벗기 전 박 씨부터 살핀다. 『박씨전』의 이본 중에는 구활자본이 그래도 가장 추하게 그려놓았으니 이를 보자.

> 눈 들어 신부를 보니, 키는 거의 칠 척은 되고 퍼진 허리는 열 아름은 되고 높은 코와 내린 이마며 둥근 눈방울이 끔찍이 흉하고, 수족이 불인하여 걸음을 절며, 안색이 먹칠 같고, 두 어깨에 쌍혹이 느러져 가슴을 덮었으니 비하건대 흑살천신이라는 귀신이 아니라면, 확실히 염라대왕 사는 곳

의 우두나찰이란 귀신임에 틀림없었다. 공자가 그 흉악한 용모를 보매 혼백이 달아나고 또 신부 몸에서 더러운 냄새가 코를 거스르니 공자 비위를 능히 진정치 못하였다.

독해와 함께 이미 머릿속에는 박 씨 상이 그려진다. 이제 『장화홍련전』 허 씨를 보자. 허 씨는 장화와 홍련 계모로 갖은 악행을 저지르는 여인이다. 역시 구활자본 소설이다.

허 씨를 취하니 그 용모를 말하자면 한번 봄 직하겠다. 두 뺨은 한 자가 넘고, 눈은 퉁방울 같고, 코는 질병 같고, 입은 메기 아가리요, 목소리는 승냥이와 이리의 소리요, 허리는 두 아름이나 하는데, 그중에도 또 온갖 병신 겸했겠다. 곰배팔이에 수종다리 겸했고, 쌍언청이에 한 자 가웃밖에 안 되는 난장이 갖췄으며, 얽기는 콩멍석 같고, 그 입술 썰어 내면 열 사발은 되겠고, 턱밑에 주먹 같은 검은 사마귀는 시커먼 털이 구레나룻보다 못하지 않고 얼굴도리는 작은 산만 하니 그 형용은 차마 한 시라도 견디기 어렵고 또 병신 고운 데 없다고 그 마음 씀이 더욱 불량해 남 못 되는 노릇은 쫓아가며 행하니, 집에 두기가 한시인들 난감했다.

문자 반 육담 반으로 형상화한 두 여인 생김이 극히 괴기하고 흉측스럽기에 그로테스크grotesque하다. 결과를 낸다면 문장 길이로 보나 마구 지껄이는 입심으로 보나 그 흉측함으로 보나 허 씨 우승은 떼놓은 당상이다. 더욱이 박 씨는 그 마음씨 곱고 지혜롭기라도 하지만 허 씨는 성격까지 불량하기 그지없다.

허 씨의 '얽기는 콩멍석 같고'가 재미있으니 잠시만 보자. 콩멍석은 곰보로 낯짝이 얼금뱅이인 사람을 낮잡아 이르는 말이다. 어릴 때 천연두를 앓아 그 흔적이 콩만한 구멍으로 남은 흔적인데, 조롱과 풍자 대상으로 민요에 흔히 보인다. 아예 "곰보딱지 나는 싫어, 나는 싫어, 아따 실커들랑 그만둬"라는 〈곰보타령〉도 있다. 얽은 얼굴도 서러운데 '곰보'를 못생긴 사람이나 악인의 한 특징으로 연결지어 좀 잔인스럽다.

마지막으로 서얼이라는 신분 한계를 글로 이겨낸 성대중成大中, 1732~1812의 「태호집서太湖集序」를 좀 보자. 글 짓는 묘리를 세세히 기록해놓았다. 열거와 대구, 모순으로 이뤄진 문장이 설득력 있게 다가온다.

> 문장에는 도(道)가 있으니 넓은 곳에서 재료를 취하되 활용은 간략하게 하고, 실제에서 뜻을 모으되 베풂은 허한 듯하고, 험한 곳에서 말을 취하되 가다듬음은 평이하게 하고, 기이한 데서 글자를 익히되 안배는 순하게 한다. 옛글은 이러한 방법을 썼다. (…중략…) 후세에는 그렇지 못하여 간략하되 넓은 듯하고, 허하되 실한 듯하고, 마땅히 평이해야 하는데도 험하고, 마땅히 순해야 하는 데도 기이하다.

저자의 서재 휴휴헌을 묘사한 「**휴휴헌점묘**休休軒點描」를 해解부에 수록했다. '심사'는커녕 '형사'에조차 미치기가 어렵지만, 우선 스티븐 킹 조언대로 떠오르는 사물부터 적어봤다. 겸하여 아멜리 노통브Amélie Nothomb의 『**배고픔의 자서전**』도 잠시 소개했다.

31-1

31-2

제32계

시엽투앙

柹葉投盎

감나무 잎에 글을 써 항아리에 넣어라

다산의 『매씨서평梅氏書平』이라는 경학 관계 저술에, 훌륭한 평을 보내준 적이 있던 조선 후기 대학자 중 한 사람인 김매순金邁淳, 1776~1840의 「삼한의열녀전서三韓義烈女傳序」를 잠시 보자. 문인상경文人相輕이라 하여 글 하는 이치고 자기 문장 과신하고 다른 이의 글 과소평가하지 않던 이가 드물던 시절이다. 더욱이 당파도 다르기에 다산을 칭찬한 김매순이 예사롭게 보이지 않는다. 「삼한의열녀전서」에서 김매순은 이렇게 말한다.

문장의 체는 세 가지로 이루어진다. 첫째는 간략함이요, 둘째는 진실함이요, 셋째는 바름이다. 하늘 말하면 하늘 말할 따름이며 땅 말하면 땅 말할 따름이니 간략함이다. 하늘 날면서 자맥질하지는 않고 검으면서 하얗게는 안 되니 진실함이다. 옳은 놈은 옳고 그른 놈은 그름이니 바름이다.

읽어만 보아도 알 만하니 부연할 필요가 없다. 김매순 글쓰기에서 저 첫째와 둘째를 합한 게 바로 '문장은 간결하게 뜻은 곡진하게 쓰라'는 언간의진言簡意盡이다. 이 언간의진은 고소설에서 문장이 간결하면서도

32-1

의미는 곡진할 때 사용하는 비평어기도 하다. 글 잘 쓰라는 뜻이 아니라, 진정성眞情性이 담긴 글을 쓰라는 뜻이다. 문장은 간결하지만, 글 쓰고자 하는 열망은 글줄에서 얼마든 읽히기 때문이다. 비록 허튼모 심듯 쓴 글이지만 진정성만 있으면 글로서 푼더분한 가치가 있다.

정조가 『삼강행실도』를 『오륜행실도』로 다시 합간合刊할 때 일이다. 아마 『삼강행실도』에 누군가 시찬詩贊을 적어놓았는데 그 글이 꽤 촌스럽고 비속했던 듯하다. 그래 젊은 신하들이 이번 기회에 이것을 빼자고 하니 정조는 이렇게 말한다. "촌스러운 곳에서 느껴지는 옛사람들의 질박·진실하며 꾸밈없는 본색이, 그저 외면의 화려함만 숭상하는 지금 사람들 작태와 다르구나. 참된 기운이 귀하게 여길 만하다予則以爲於其朴野處 可見古人質實無華之本色 不似今人專尙浮華之態 眞氣可貴." 비록 글은 휘뚜루마뚜루 써넣어 촌스럽지만, 정조는 그 속에 든 질박·진실하며 꾸밈없는 본색을 찾아 참된 기운이 귀하게 여길 만하다고 한다. 바로 진정성이다. 특별히 명하여 그대로 놓아두게 한다. 『일득록』 권4에 보이는 내용이다.

진정성을 갖췄으면 우선 간결성부터 짚자.

네 곡을 내가 하니	汝哭我哭
내 곡은 누가 할까	我哭誰哭

네 장례 내가 치르니	汝葬我葬
내 장례 누가 치르나	我葬誰葬
흰 머리로 통곡하니	白首痛哭
푸른 산도 저물고져	青山欲暮

조선 중기 학자 송순宋純, 1493~1583이 죽은 자식을 기린 「자식을 곡하며 쓴 글哭子文」이다. 전문이라야 겨우 24자에 불과하지만, 구구절절 애끊는 슬픔 적은 글보다도 진한 슬픔이 알알이 박혀있다.

조선과 고려 문인 열 명의 글을 뽑아 정리한 『여한십가문초麗韓十家文抄』는 모두 짧은 글들이다. 심지어 이제현李齊賢의 「역옹패설 전서櫟翁稗說前序」 같은 경우는 전문이 겨우 138자에 지나지 않지만 조선과 고려 천년 글 중에 당당히 이름을 올렸다. 서양이라고 다를 바 없다. 미국 최고 이공계 대학인 매사추세츠공대MIT에서 가장 많이 팔린 책이 『스타일의 요소The Elements of Style』(윌리엄 스트렁크, E. B. 화이트)라는 글쓰기 책이란다. 핵심은 이렇다. '글은 간결하고 짧게, 두 개 문장을 붙여서 길게 쓰지 말고, 수동형은 피하고, 불필요한 단어는 무조건 빼라.'

하지만 간결한 글에 뜻을 곡진하게 담는다는 게 말만큼 쉽지 않다. 연암의 『열하일기』에서 많은 이들이 절창으로 꼽는 부분이 있다. 천하장관인 요동벌 표현이다. 연암은 '一哭(한번 운다)' 두 글자로 1,200리 요동벌을 처리했다. 『열하일기』를 읽는 자들마다 이 구절에서 벅찬 감동을 느끼는 이유는 야무진 두 글자 속에 광대무변 1,200리를 담아내서다.

"한 마디 말이 이치에 맞지 않으면 천 마디 말이 쓸 데 없다一言不中 千

語無用"라는 유회劉會의 말처럼, 말이나 글이 꼭 길어야만 할 이유는 없다. 제아무리 긴 글이라도 심중을 정확히 꿰지 못한다면 글쓴이의 진정성도 의심받게 되기 때문이다. 진정성이 담긴 야무진 내용을 담으려면 반드시 풍부한 어휘력이 필요하다. 이 게 시엽투앙, '감나무 잎에 글 써 항아리에 넣어라'는 바로 이 어휘를 만들기 위한 가장 좋은 방법이다.

기와 이기

암키와 수키와로 지붕 덮는다. 기와 종류는 귀내림새, 귀막새, 망새, 취두 따위로 그 종류와 쓰임 모두 다르다.
글쓰기도 이와 동일하다. 뜻을 정확하게 전달할 어휘가 필요하다. 다양한 어휘를 갖추어야 야무진 내용 담은 여문이 된다.

글항아리를 만들어라

그러기 위해서는 '연장통'을 잘 만들어야 한다. 무릇 고수들은 한결같이 물동이를 나르는 일부터 시작한다. 저 물동이가 글쓰기에서는 연장통이다. 연장통이란, 어휘력이다. 특히 우리말 70%인 한자어 습득은 글 쓰는 데 지대한 영향을 준다. 글쟁이가 되려면 제1이 바로 어휘력이기 때문이다. 글쓰기는, 양심이란 바다 위에 어휘라는 쪽배를 타고 힘껏 노 젓기다.

32-3

다음 글을 보자.

'붉구나!' 한 자만 가지고	毋將一紅字
눈앞의 온갖 꽃을 말하지 말게	泛稱滿眼花
꽃술엔 많고 적음이 있으니	花鬚有多少
꼼꼼히 하나씩 찾아보려믄	細心一看過

박제가의 「위인부령화爲人賦嶺花」라는 시다. '붉구나!' 한 자만으로 어찌 눈앞에 흐드러지게 피어있는 온갖 꽃을 다 말하겠는가. 그러니 박제가는 '눈앞의 온갖 꽃을 말하지 말게' 한다.

글 쓸 때 어휘력은 알파요, 오메가다. 앞서 제28계에서도 봤지만, 곤충 잡는 포충망으로 길짐승 잡지 못하고, 좁은 언어로는 사고 폭을 감당치 못한다. 독서를 하거나 여러 지식 체계를 분주히 맴돌아 얻은 풍부한 어휘라야만 한다. 어휘력 증진하는 길만이 포충망을 커다란 언어 그물로 바꾸는 방법이다. 글항아리를 만들어야 하는 이유도 여기 있다.

> 돌아와서 약간 기록을 수습해보니, 어떤 것은 종이쪽이 나비 날개폭이나 될까 말까 하다. 글자는 파리 대가리만큼씩이나 하니, 대체가 황망한 가운데에 비문을 얼른 보고 흘려 베꼈다. 드디어 이것을 엮어서 얇은 책 『앙엽기』를 만드니, '앙엽'이란 말은 '옛사람이 감나무 잎사귀에 글자 써서 항아리 속에 넣었다가 모아서 기록했다'는 일을 본받아서다(歸拾小錄 或紙如蝶翅 字如蠅頭 皆百忙閱碑所潦草也 遂編爲盎葉小記 盎葉者 倣古人書柹葉投盎中 集而爲錄).

연암의 『열하일기』 『앙엽기盎葉記』는 '앙엽기서' 중 일부다. 『열하일기』는 연암이 중국에 다녀온 기록이다. 북경을 유람하며 저렇게 자신이 보고 들음을 기록해뒀다. 어떤 것은 나비 날개폭만 한 종이쪽에, 어떤 것은 서둘러 파리 대가리만 한 글자로, 서두르는 가운데에도 얼른 보고는 흘려 베꼈다. 연암 글항아리다.

이 글항아리를 서양 대중 소설가인 스티븐 킹은 '연장통'이라 했고, 천민 출신 조선 시인 이단전李亶佃, 1755~1790은 '닷 되(한 말)들이' 글 주머니를 차고 다녔다. 연장통이든, 글항아리든, 닷 되들이 주머니든 모두 생각나는 글귀 넣어두는 곳이다. 정약용도 '수사차록隨思箚錄'이라 해서 수시로 떠오른 생각을 기록했다. 옛사람들이 감 잎사귀에 글자를 써서 항아리 속에 넣었다가 모아서 기록했다는 이 **글항아리**가 바로 어휘력 증진으로 이어진다. 글 쓰는 이 치고 글항아리 하나 없는 이는 없다. 정조도 "글 뜻 깊이 음미함은 단지 참을성 있게 독서하는 데 달렸고, 잘 기억하려면 반드시 기록해야 한다咀嚼 只在耐讀 強記須箚錄"(『일득록』 권5)고 독서자에게 기록의 중요성을 주문한다. 책 읽은 기록 또한 당연히 저 글항아리 속에 넣어야 한다. 이렇게 적어둔 글은 모두 내 글쓰기로 연결된다.

32-4

제33계

환기수경

換器殊境

그릇 바꾸고 환경 달리하라

뼈 바꾸고 태 빼낸다는 '환골탈태換骨奪胎'다. 우리는 글 쓸 때 남들 글을 종종 인용한다. 이를 용사用事라고 하는데, 한시에서 고사故事나 사실事實을 인용하는 경우다. 환골탈태는 이 용사와 의좋은 내외간이다. 이 환골탈태를 문답 형식으로 설명해본다.

무슨 이유로 이 계에서 환골탈태라는 말을 썼을까?

환골탈태란, 뼈 바꾸고 태 빼낸다는 뜻이다.

뼈 바꾸고 태 빼낸다가 무슨 뜻인가?

뼈 바꾼다는 환골(換骨)은 '바꿀 환, 뼈 골'로 옛사람 시문을 본떠 어구 만듦이요, 태 빼낸다는 탈태(奪胎)는 '벗을 탈, 아이 밸 태'로 옛시 뜻 본떠 원래 시와 다소 뜻을 다르게 짓는 방법이다. 쉽게 말하자면 '환골탈태식 글쓰기'란, 시나 문장이 다른 사람 손을 거쳐 아름답고 새로운 글로 변하게 하는 글쓰기다.

이 말에 어원이 있는가?

남송 때 승려 혜홍(惠洪)이 쓴 『냉재야화(冷齋夜話)』에 나온다. 혜홍은 황산곡(黃山谷) 말을 인용해서 이렇게 설명한다. '시 뜻 무궁한데 사람 재주는 한계가 있다. 한계가 있는 재주로 무궁한 뜻 좇기는 불가능하다. 그러나 고인 뜻 바꾸지 않고 그 말 만듦을 가리켜 환골법(換骨法)이라 하고, 고인 뜻 본받아 형용함을 가리켜 탈태법(奪胎法)이라 한다'고.

윗글은 연암의 「도강록 서渡江錄 序」를 용사用事해 환골탈태를 설명해 본 글이다. 글쓰기 최고봉인 연암도 이 용사를 적절히 끌어왔으니, 아래는 「도강록 서」 첫 부분이다.

무슨 이유로 '후삼경자(後三庚子)'라는 말을 이 글 첫머리에 썼을까?

행정(行程)과 음(陰) · 청(晴)을 적으면서 해를 표준으로 삼고 따라서 달 수와 날짜를 밝혔다.

무슨 이유로 '후'란 말을 썼을까?

숭정(崇禎) 기원(紀元) 뒤를 말함이다.

무슨 이유로 '삼경자'라 했을까?

숭정 기원 뒤 세 돌을 맞이한 경자년을 말함이다.

그렇다면 무슨 이유로 '숭정'을 바로 쓰지 않았을까?

장차 강을 건너려니 이를 잠깐 피했다.

무슨 이유로 이를 피했을까?

강을 건너면 곧 청인(淸人)들이 살기 때문이다. 천하가 모두 청나라 연호를 썼으매 감히 숭정을 일컫지 못함이다. (…후략…)

「도강록 서」는 『춘추공양전春秋公羊傳』 '『춘추』 기사'를 모방했다. '『춘

"글쓰기는 하루아침에 늘지 않는다. '호시우행(虎視牛行)', 즉 호랑이처럼 앞 내다보며, 소처럼 한 걸음 한 걸음 단단히 땅 밟아가면서 서두르지 않는 자세가 필요하다."

휴헌

추』 기사'는 자문자답하는 독특한 문체기에, 연암이 이를 끌어와 환기수경과 환골탈태로 새롭게 버무려낸 글이다. 연암 같은 글쓰기 대가도 이렇듯 다른 이의 글이나 형식을 얼마든 끌어온다.

하늘 아래 새로운 글 없다. 이 글 또한 모두 선인들이나 남들이 해놓은 말 모아놓음에 지나지 않는다. 그렇다면 글 읽고 쓰는 책은 곳곳에 넘쳐나는데 굳이 이 글 쓰는 이유는 무엇일까? 선인들 문헌에서 찾아보니 두 가지 있다. 한 이유는 성정性情이요, 또 다른 이유는 언어 재구성이다. 이 두 가지가 결국 환골탈태요, 이 계에서 다루는 환기수경이다. 환기수경은 시조나 한시를 이용한 글쓰기에 매우 효과 있다.

33-1 33-2 33-3

묵은 간장도 그릇 바꾸면 입맛 돌고, 예사롭던 감정도 환경 달라지면 느끼고 보는 게 바뀐다네

이제 이 계 문패인 그릇을 바꾸고 환경 달리하라는 환기수경을 살핀다. 지금까지 살핀 용사와 환골탈태가 연암 글에서는 환기수경으로 나타난다. 연암의 「순패서旬稗序」라는 글부터 보자.

① (…전략…) 그러므로 무슨 물건이 겉치레만 화려(外美)하고 속이 비

용마루 만들고 용마루 끝에 와당 붙이면 기와 이기가 끝난다. 글쓰기에서 남의 글 끌어다 자기 주장 돋보이게 하는 격이다.

면 강정이라고 말하지. 개암, 밤, 메벼 따위는 사람들에게 천대받지만 열매는 좋아서(實美) 정말로 배불리 먹잖나. 하늘에 제사 지내고 또한 사돈에게 폐백으로 쓰기도 하지. 대체로 글 짓는 방법(文章之道)도 이와 같아야 하는데도 사람들은 개암, 밤, 메벼라는 이유로 비루하게 여긴단 말일세. 그러니 자네가 나를 위해 변론 좀 해주지 않으려나. (…후략…) (…前略…) 故凡物之外美 而中空者 謂之粔籹 今夫榛栗稻秔 卽人所賤 然實美而眞飽 則可以事上帝 亦可以贄盛賓 夫文章之道 亦如是而人以其榛栗稻秔 而鄙夷之 則子盍爲我辨之 (…後略…)

② (…전략…) 지금 자네가 비속하고 통속한 데서 말을 찾고 천박하고 비루한 곳에서 사건을 주워 모았네. 어리석은 남자, 무식한 여인이 천박하게 웃고 일상 하는 말은 모두 눈앞에서 실제 벌어지는 일(卽事)이 아닌 게 없지. 눈 시리도록 보고 귀 아프게 들어서 제아무리 무식한 자들이라도 정말 신기할 게 없는 게 당연하네. 비록 그렇지만 묵은 간장도 그릇 바꾸면(換器) 입맛이 새로 돌고 일상 예사롭던 감정도 환경이 달라지면(殊境) 느끼고 보는 게 모두 바뀐다네. (…후략…) (…前略…) 今吾子 察言於鄙邇 摭事於側陋 愚夫愚婦 淺笑常茶 無非卽事 則目酸耳飫 城朝庸奴 固其然也 雖然宿醬換器 口齒生新 恒情殊境 心目俱遷 (…後略…)

소천암小川菴이란 사람이 우리나라 속요 · 민속 · 방언 · 속기俗技 따위, 한마디로 오만 잡스러운 이야기 적어놓은 책을 갖고 와서는 연암에게 ①처럼 말한다. 소천암은 사람들이 겉치레만 화려外美한 속 빈 강정粔籹을 좋아하고 열매 좋은實美 개암, 밤, 메벼 따위를 더럽고 천하게 여기니 이게 어찌된 셈이냐고 하면서 연암에게 '글 짓는 방법文章之道' 알려달란다.

앞에서 우리가 살펴본 것처럼, 소천암은 인정물태, 즉 사람 사는 세상을 썼다. 그런데 격식에 젖은 중세 사람들이 이를 그대로 받아들일 리 없다. 그래 연암은 이해해주리라 생각해 찾았다.

②는 연암이 책을 다 읽고 돌려주며 답한 말이다. 연암은 소천암이 말한 대로 '통속한 데서 말 찾고 천박하고 비루한 곳에서 사건 주워 모으고 어리석은 남자, 무식한 여인이 천박하게 웃고' 하는 일상인 일들은 동의한다. 다만 모두 눈앞에서 실제 벌어지는 일卽事이기에 사람들이 예사롭게 여긴다고 간파했다. 그러고는 "묵은 간장도 그릇 바꾸면換器 입맛 새로 돌고, 일상 예사롭던 감정도 환경 달라지면殊境 느끼고 봄이 모두 바뀐다"고 말한다.

연암 말을 풀어보면 소천암이 자잘한 사물을 책에 담아 좋지만, 사람들은 늘 보아왔기에 대수롭지 않게 여기니 그릇 바꾸고 환경을 달리해야만 한다는 말이다. 글을 환골탈태하라는 말이다. 환기와 수경은 고문과는 다른 새로운 글을 씀이요, 각종 수사나 기교 따위 적절한 활용도 이에 포함된다. 더 넓히자면 내용 있는 글인 실미實美를 쓰되, 각종 글쓰기 방법 따위를 이용하고 때론 겉치레도 꾸미는 외미外美도 필요하다는 뜻이다. 이것이 변화무쌍한 연암의 글 짓는 방법이다.

연암은 그릇 바꾸고 환경 달리하는 환기수경 방법을 소천암에게 이렇게 일러준다. "여보게 이 책에 운 달아 연독聯讀하면 백성들 성정을 논할 만하고, 계보 짚어 그림 그리면 그 대상의 수염과 눈썹까지도 살필 게야."

'운 달아 연독하면 백성들 성정 논할 만하고'는 이 책 내용을 소재로 시 지으면 백성들 심성을 안다는 뜻이요, '계보 짚어 그림 그리면'은 그 대상의 수염과 눈썹까지도 검증한다는 의미다. 비록 평범하고 개방귀 같이 자질구레한 일상이지만 고상한 시로 담아내고 계보 짚어 그림 잘만 그려내면 사람들도 더 이상 예사로 보지 않는다는 말이다.

연암이 걸인, 분뇨 수거인, 광인, 역관 들 늘 보는 일상의 낮은 백성을 글 속에 담아냈지만, 저 글들이 하나같이 명문이 된 데에는 평범함을 비범함으로 바꿔준 환기수경이 있었다. 이 환기수경이 때론 각종 수사로 글을 휘젓고, 소설이라는 색다른 방법을 동원하는가 하면, 또 정통 글쓰기로 돌아와 사물을 논하는 연암 글쓰기를 만들었다. 성호 이익 같은 경우는 이 방법으로 제자들을 가르쳤으니, 환기수경, 환골탈태, 용사는 글 쓰는 이라면 모름지기 이들에게 백지 한 귀퉁이 늘 세놓아야만 한다. 모방 통한 창조다.

33-4

33-5

환기수경이라 해서 꼭 어렵게 생각할 필요 없다. 예를 들어 '책'을 '*책*'이나 '칙', '책冊' 따위로 바꿔도 미묘한 그 무엇이 있다.

제34계

원피증차
援彼證此

저것 끌어와 이것 증거하라

원피증차는 연암의 「답임형오론원도서答任亨五論原道書」에 보인다.

> 그러므로 천하만물 실정을 모두 드러내 보이는 것이 언어이다. (…중략…) 언어란 나눠 가름이다. 나눠 가르려 하면 부득이 형용해야 하고, 형용하려면 저것 끌어다가 이것 증거해야 한다. 이것이 언어의 사실이다(故而盡萬物之情者 言語也 (…中略…) 言語者 分別也 慾其分別 則不得 不形容 慾其形容 則援彼證此 此言語之情實也).

연암은 천하만물이 언어라 하니, 이를 먼저 짚고 원피증차를 보자. '천하만물 실정을 모두 드러내 전하는 게 바로 언어'라는 지적은 모든 사물은 언어를 통해 드러난다는 의미다. 이 책 여러 곳에 도움 준 이옥李鈺, 1760~1805도 「이언인俚諺引」에서 "글 짓는 자가 글 짓는 까닭은 글 짓게 하기 때문이니 글 짓게 하는 자는 누구인가? 천하만물이다" 하였다. 천하만물, 이것을 글로 풀어낸 게 글이다. 박제가도 「제이사경문祭李士敬文」에서 '산천초목은 글자 안 된 글'이라고 했으니, 스승 연암의 '언어는 천하만물 실정을 모두 드러내 전해준다'는 견해와 조금도 차이 없다.

천하만물은 됐으니 원피증차로 넘어간다. 문제는 원피증차다. 원피증차는 '저것 끌어와 이것 증거하라'이니, '언어란 나누어 가름이다'는 말과 연결된다. 글쓰기이기에 언어를 통해 이것과 저것을 구분할 수밖에 없기 때문이다. 언어 가름은 사실 문법 문제로 이어지기에 긴 장을 할애할 수 없어 한두 예만 들겠다.

'달이 밝다'와 '달은 밝다' 경우를 본다.

보름이다. 휘영청 보름달이 떠오른다. 한참 달을 올려다보던 철수가 '참, 달은 밝다'고 한다.

철수 말이 맞을까? 틀렸다. '참, 달이 밝다'고 해야 맞다. '달이 밝다'와 '달은 밝다'는 차이가 명확하지만, 구별하기 만만치 않다. '이'는 주격 조사이고, '은'은 보조사임을 알아야 해서다.

먼저 '달이 밝다'부터 보자. '이'는 체언을 주어로 만드는 주격 조사다. '주격 조사'는 문장 안에서, 체언이 서술어 주어임을 표시하는 격조사다. '달'이 주어란 소리다. '달이 밝다'는 지금 '달이 밝다'는 상태를 말함이다. 휘영청 떠오른 둥근 달을 쳐다보며 하는 말이다. 즉 '달이 밝다'는 묘사문이다. 철수의 지금 정황이다.

'달은 밝다'를 보자. '달은 밝다'에서 '은'은 사전에 특별한 격이 확정되지 않은 채 앞 체언이 어떤 소임을 하는가에 따라 격이 정해지는 보조사다. 이 문장에 사용된 '은'은 '달'을 한정하는 주어로 만들어준다. '달은 밝다'는, 어떤 경우에서도 '달은 밝다'라는 달 속성을 말할 뿐이다. 사전에 달 속성을 설명할 때 쓴다. 즉 '달은 밝다'는 설명문으로 사전에나 등재될 문장이다.

"'글 쓰는 기술'보다 '글의 진정성'이 더 중요하다. 글쓰기는 기술 습득이 아닌 내적 성찰이요, 영혼에 사상을 잉태하는 숭고한 행위이기 때문이다."

휴헌

34-1 어느 신문 기사 제목, '**서울대생도 음주 문제 심각**'은 보조사 '도' 하나 때문에 모든 대학생이 심각한 음주 문제를 겪는 것처럼 보인다. 보조사는 체언, 부사, 어미 따위에 붙어서 어떤 특별한 의미를 더해주는 조사기에 이를 잘 운용해야만 말은 조리에 닿고 문맥은 소통한다. 보조사 '는, 도, 만, 까지, 마저, 조차, 부터' 따위는 특히 이 계에서 유의해야

34-2 한다. 낱말을 잘못 사용하는 경우도 허다하다.

스님이 보이니 아마도 절이 있으려나

바둑 교훈인 위기십결圍棋十訣 중, 세고취화勢孤取和가 있다. 형세가 외로우면 화평을 취하라는 뜻이다. 문단은 문장과 문장으로 연결된다. 글은 문장이 모여 단락을 이루고, 단락이 모여 만든 결합체다. 문장과 문장은 서로 도와야 하고, 문장에선 서술어가 주어를 도와야 한다. 저것 끌어와 이것 증거하라는 원피증차는 이 문장을 만드는 데 필요하다.

원피증차는 『중용장구』에서 무징불신無徵不信으로 이해한다. '증거가 없어 믿지 못한다'는 뜻으로 다산도 글에 이것을 실천하려 하였으니, 피차비대彼此比對다. 피차비대란 이것과 저것을 비교하고 대조하라는 뜻이다. 원피증차는 이렇듯 수치, 통계자료, 어휘, 전거 따위 다양한 방

법으로 글을 증험한다.

예를 들어 설명해본다. 독자 여러분이나 저자나, 모두 좋아하는 '부할 부富, 귀할 귀貴'와 꺼리고 싫어하는 '가난할 빈貧, 천할 천賤'을 들어 설명해보자. 독자들은 어떻게 설명하겠는가?

중국의 유명한 비평가 이지李贄, 1527~1602는 『분서焚書』 권6에 「부막부우상지족富莫富于常知足」에서 이렇게 설명해놓았다. "부라, 늘 만족할 줄 알기보다 부유함 없고, 귀라, 세속 훌쩍 벗어남보다 존귀함 없다. 빈이라, 식견 없음보다 가난한 것 없고, 천이라, 기개 없는 것보다 천박함 없다"고. 부귀빈천 넉 자를 모두 상대 말 끌어다가 비교해 설명한다. 즉 '부는 만족'과 '귀는 세속'과 '빈은 식견'과 '천은 기개'와 비교해 풀이했다.

벽 바르는 것을 '벽 친다'고 한다. 벽 칠 때는 안벽 치고 밭벽 쳐야 한다. 안쪽이 볕을 받지 못해 먼저 쳐야 한다. 창구멍도 문도 잘 만들어야 한다. 융통성 없는 벽창호란 말도 여기서 나왔다.
벽창호 글쓰기 벗어나려면 저것 끌어다 이것 입증할 줄 알아야 한다.

"스님이 보이니 아마도 절이 있으려나, 학이 보이니 안타깝게도 소나무가 없나 보구나僧看疑有刹 鶴見恨無松"도 좋은 예다. 이 시는 정지상鄭知常이 귀신에게 받았다는데, 절 있고 소나무 없음을 스님과 학만으로 나타내 보인다.

저것을 끌어와 이것을 증명하는 데는 사실 옛 문헌이 좋다. 이 책에서도 문장법을 설명하기 위해 다산과 연암 글을 끌어왔다. 연암은 「답창애答蒼厓」에서 이렇게 말한다. "문장 짓는 데 법도 있으니, 이는 마치 송사하는 자 증거 지니고 장사치 물건 들고 사라 외치는 소리요. 비록 사리 분명하고 바르더라도, 다른 증거 없다면 어찌 승리를 취하겠소.

그러므로 문장 짓는 사람은 경전을 이것저것 인용해 자기 의사를 분명하게 밝혀야 하오." 적절하게 선인이나 유명인 글을 끌어다 쓰는 방법도 원피증차다.

이색李穡 시에 "요즈음 물가가 모두 뛰었다는데, 유독 내 문장만 제값 받지 못하네"라는 구절이 보인다. 당시에 이색 시를 알아주지 않았나 보다. '그래, 물가는 모두 뛰는데 내 문장값만은 제자리구나'라는 자조 섞인 시다. '이것'인 '자기 시'로, '저것'인 '뛰는 물가'를 끌어다가 자조한 표현이다. 원피증차 예로 꼽을 만하다.

수치 끌어와 자신의 견해를 굳건히 다져라

이제 가장 간단한 원피증차 방법인 수치數值로 이 장을 마친다. 다산 글을 보면 어김없이 수치를 끌어와 자신의 견해를 굳건히 다진다. 『다산시문집』 권11 「전론田論 1」만 보자.

> 여기에 전지(田地)는 10경(頃, '경'은 1백 이랑, 즉 백묘(百畝)의 땅을 말함)이 있다 치자. 아들은 열 명인데, 아들 1인은 전지 3경을 얻고, 2인은 2경을 얻고, 3인은 1경을 얻고 나니, 나머지 4인은 전지를 얻지 못한다. 그래서 그들이 부르짖어 울고 이리저리 굴러다니다가 길바닥에서 굶어 죽는다면 그들 부모는 부모 노릇 잘한 것일까? (…중략…) 지금 나라 안 전지는 대략 80만 결(結, 영종(英宗) 기축년(1769)에 전국 팔도에 개간한 수전(水田)은 34만 3천 결이고, 한전(旱田)은 45만 7천 800결 남짓인데, 간악한 관리가 빠뜨린 전결(田結) 및 산전(山田)·화전(火田)은 이 안에 들지 않는다)이고, 백성이 대략 800만(영종

계유년(1753)에 서울과 지방 총인구가 730만이 조금 부족했는데, 그 당시 숫자에 빠진 인구와 그 사이에 나서 불어난 인구가 의당 70만을 넘지 않는다)인데, 시험 삼아 10구(口)를 1호(戶)로 쳐본다면 매양 1호마다 전지 1결씩 얻은 다음에 그 재산이 똑 고르게 된다. 지금 문관·무관, 품귀 높은 이들과 마을 부자 가운데는 1호당 곡식 수천 석을 거두는 자가 매우 많다. 그 전지를 계산해보면 100결 이하는 되지 않으니, 이는 바로 990명 생명을 해쳐서 1호를 살찌움이다. (…후략…)

지면상 두 곳을 생략했지만 이 자체만으로도 옹골찬 글이다. "기축년(1769)에 (…중략…) 이 안에 들지 않는다"와 같이 세세한 사항까지 기입했으니 「전론 1」을 공박하려면 저 다산이 거론한 수치들을 반드시 따져야만 한다. 막연하게 조선 후기 토지제도를 비판해서는 아무도 공감하지 않는다. 다산 글은 이렇듯 세세한 수치로 정밀하게 이뤄졌으니, 이 또한 원피증차의 한 방법이다. **옥봉**玉峯이 어리석은 농부 누명을 벗겨준 시는 재치로 원피증차 기법을 빌렸고, 헬레나 노르베리 호지Helena Norberg-Hodge의 『**오래된 미래**』처럼 역설을 통해 원피증차하는 경우도 있다. 34-3 34-4

제35계

법고창신

法古創新

옛법 본받아 새법 만들어라

마방진魔方陣. 수학에서 자연수를 정사각형 꼴로 나열하여 가로, 세로, 대각선으로 배열된 각각 수의 합이 전부 같아지게 하는 퍼즐이다. 글쓰기 책 대부분이 저렇듯 기술 연마 구성법이요, 암송교과서다. 인천공항을 거쳐 온 꽤 긴 이름의 임자들이 지었다고 선전 요란히 붙인 수입용 글쓰기 책들은 더욱 그렇다. 요즈음 대입 논술 답안지를 한마디로 정리하는 데는 앞 문장이 꽤 유용할지 모르지만, 이것은 글쓰기가 아니다. 비유하자면 박제되고, 형해화形骸化되었으니, 박물관에나 안치될 글쓰기이기 때문이다.

딱하기 그지없는 이 현실을 학생들 죄로 몰아세워서는 곤란하다. 선생인 이들이 틀에 박힌 강고한 생각만 하니, 저런 글밖에 더 쓰겠는가. 물론 이 문장에서 저자 또한 자유롭지 않음을 고백하며 이 계 법고창신을 살핀다.

법고창신은 옛글 본받아 새 글 창조한다는 뜻이다. 옛글에서 지혜 빌려 새 글인 지혜 만든다는 뜻으로 온고지신溫故知新과 이웃하는 용어다. 35-1 글은 외부로 열려있어야 한다. 옛글 배움은 미래로 나가고자 함이지, 옛글에 머무르려 함이 아니다. 하지만 미래로 나아가는 글은 말처럼 쉽지 않다. 연암이 비변문체(문체반정) 장본인으로 몰린 것도 바로 이 '법고창신' 넉 자 때문이다. 이 계에서 다루고자 하는 법고法古와 창신創新은 이 점에서 꽤 용기를 요한다. 다산이 말한, 기존에 있던 글을 참고해 새 글을 만들어내는 '변례창신變例創新'도 이와 같다.

35-2

35-3

법고와 창신은 「초정집서楚亭集序」에 나온다. 법고와 창신 핵심은 '법고이지변法古而知變, 창신이능전創新而能典'이다. 해석하자면 '옛글 익히되 변함을 알고, 새 글 만들되 옛글에 능해야 한다'는 뜻이다. 이를 이해하려면 고古와 금今과 변變을 정확히 이해해야 한다.

「초정집서」를 살핀다. '연암은 글을 어떻게 지을까' 하며 이렇게 말한다.

> 논자들은 '모름지기 옛글을 배워야 한다'고 말한다. 그리하여 세상에는 흉내내고 모방을 일삼으면서 부끄러운 줄 모르는 사람들이 생겼다. (…중략…) 그러면 새 글을 만들어야 할까? 세상에는 허탄하고 괴벽한 소리 늘어놓으면서 두려움 모르는 사람들이 있다. (…중략…) 아아! 옛글 본받는다는 자는 자취에 얽매임이 병통이 되고 새 글 창조한다는 자는 법도에 맞지 않음이 근심이 된다(論者曰 必法古 世遂有儗摹倣像而不之耻者 (…中略…) 然則刱新可乎 世遂有恠誕淫僻而不知懼者 (…中略…) 噫 法古者 病泥跡 刱新者 患不經).

연암 주장은 결국 법고도 창신도 모두 마땅치 않음이다. 발바투 이어지는 "만약에 능히 옛글 배우더라도 변통성 있고, 새 글 만들어 내더라도 근거 있다면, 지금 글이 고대 글과 마찬가지다苟能法古而知變 刱新而能典 今

"감정은 여과된 감정이라야 아름답고, 사색은 발효된 사색이라야 정이 서리나니,
여기서 비로소 사소하고 잡다한 모든 것이 모두 다 글이 된다."

윤오영, 「쓰고 싶고 읽고 싶은 글」

之文 猶古之文也"를 보면 안다. 이를 줄여 법고창신이라 하는데, 연암이 말하고자 하는 요지다. 그는 문장 작법 원리로서 변통성과 근거를 중시한다. 고古와 금今도 절대 개념이 아닌 상대성으로 인식한다. 연암에게 당시는 금이지만 지금에서 보면 고가 상대성이다.

연암은 '고'를 잘 끌어오되 '금'을 잊지 말라 당부하고, 또 '금'을 잘 쓰되 '고'를 잊지 말라 가르침 준다. 즉 정석定石이요 고인 법고와 응용應用이요 금인 창신 사이, 그 사이를 꿰뚫을 때 바람직한 글쓰기가 나온다는 말이다.

규장각 사검서 중 한 사람인 이덕무도 『사소절士小節』에서 "고를 배우면서 그 속에 빠지면 참 고가 아니다. 옛 술잔에 지금 술 따르듯 지금이 참 고다學古而泥 非眞古也 酌古斟今 今眞古也" 한다. 옛 술잔에 지금 술 따르는 작고짐금酌古斟今이 바로 고를 헤아려 금을 짐작한다는 의미이니, 연암의 법고창신과 사촌쯤 된다. 연암을 몇 해 앞서 간 이계耳溪 **홍량호**洪良浩, 1724~
[35-4] 1802 같은 이는 연암 견해를 즐겨 따랐으며, 이덕무는 나아가 법고만 따
[35-5] 르는 못난 글을 **인면창**人面瘡이라고까지 혐오했다.

연암의 모든 글들은 이 법고창신을 잊지 않는다. 그렇기에 연암 시절, 연암 글은 없었다. 몇몇만이 연암 글을 알아줬을 뿐, 고문을 중시한

중세 글쓰기 전범은 법고창신 글쓰기를 몹시도 경시했지만 연암이 옳았다. 오늘날 우리는 고문을 고집하며 영혼이 파괴된 글이나 쓰고 연암을 비웃던 저들이 아닌, 연암에게서 고문을 찾는다.

구들은 고래를 켜서 구들장 덮고 흙 발라 만든다. 이 구들로 이야기 계절인 한겨울에도 방은 따뜻하다.
글쓰기에서 옛글 이용하여 새 글 만드는 것이 이에 해당한다. 옛글은 우리에게 인간다운 온기를 불어넣는다.

죽은 시체 같은 글과 산 거지 같은 글

연암은 「영처고서嬰處稿序」에서 "옛날 본위로 삼아 지금 본다면 지금이 참으로 비속하지만, 옛사람들 그들 스스로 자기네 볼 때도 그건 반드시 옛날이 아니라 역시 하나의 지금이었을 뿐"이라고 '고'와 '금'을 상대인 명명으로만 보았다. 그래서 당시 '고'만 숭상하던 법고주의자들에게 이런 일갈을 던진다. "황경원 씨 글이 사모관대하고 패옥 찬 채 길가에 엎어진 시체 같다면, 내 글은 비록 누더기 걸쳤다 할지라도 앉아서 아침 해 쬐는 저 살아있는 사람 같소."

황경원 글은 대단하지만 시체요, 자기 글은 초라하지만 살아있다고 한다. 죽은 시체 같은 글과 산 거지 같은 글 중, 어느 쪽이 나음은 굳이 목청 높여 따질 필요 없다. 황경원黃景源, 1709~1787은 연암당대 고문 대가로 대제학까지 지낸 분이다. 이런 황경원에게, 더욱이 연암이 자기보다 연배가 근 20여 살이나 많은 이에게 왜 이토록 독설을 퍼부을까? 연암 성격이 모질다고 오해할 일 아니다. 연암 말은 황경원이 고문가기에 그랬을 뿐이다. 연암의 당대 고문은 오로지 중국 글만을 모범으로 삼지 않았던가. 황경원 글이 화려하지만 시체와 같다는 비유가 썩

부합한 이유다.

연암은 상대주의 미학으로 고·금을 파악한다. 내일도 모레도, 오늘에서만 내일이요 모레다. 내일은 오늘이 되고 모레는 내일이 됨이 정한 이치다. 오늘 지은 글이라도 얼마간이면 '고문'이 된다. 독자들도 알다시피 고·금은 절대 가치체계가 아닌, 상대일 뿐이다. 고·금 방향이 서로 다른 것 같지만, '고가 당시에는 금'이요, '금 또한 후일 고'가 되는, 끊임없이 변화·발전한다는 생성 논리다.

연암은 변變:今이라 함은 고를 본밑으로 하되 '금'의 창의성이 있고, 전典:古은 금을 바탕으로 하되 '고'의 전거가 있어야 한다고 말한다. 변은 또 당대 현실과 대응력이요, 전이라 함은 일정한 방향성과 규범성이다. 연암은 전범으로서 고문 의의를 부인하지 않고, 고문 본질은 형식이 아니라, 그 정신이라고 봤다. 실상 연암 글은 도처에서 많은 전거를 인용했지만 참신해 보이는 까닭은 전이란 옛글을 금이란 새 글로 변화시켰기 때문이다.

35-6

오늘날 미래학자들이 너 나 없이 외치는 노마드Nomad, 유목민이니, 유목遊牧 사고도 따지고 보면 법고창신과 통하는 용어다. 법고이지변, 창신이능전은 글 쓰는 자라면 마땅히 지향해야 할 북두성이요, 나침반이다.

법고창신을 염두에 두고 한 편 글을 써 해解부에 넣었다. 제목은 「'공工' 자형 인물」이다.

35-7

제36계

보파시장

補破詩匠

글땜장이 되라

병법에 '36계 주위상계三十六計 走爲上計'라는 말이 보인다. '36가지 책략 중에 줄행랑이 상책'이라는 병법이다. 이를 글쓰기로 바꾼다면 지금까지 살펴본 36계 중, 가장 중요한 퇴고推敲다.

"말 한 번 하고 글 한 줄 써가지고도 남에게 희망과 인정을 주기도 하고 낙망과 불안을 주기도 한다." 원불교 경전인 『대종경』「요훈품」 제36장이다. 한마디 말과 한 문장 위력을 제대로 설명하는 글이다. 이러한 문장을 만들자면 부단한 퇴고를 해야 한다. "두 번 고친 글 한 번 고친 글보다 낫고, 세 번 고친 글 두 번 고친 글보다 낫다." 이태준이 영원한 우리 글쓰기 고전인 『문장강화文章講話』에서 한 말이다. 물론 세계 문인치고 이 글땜을 언급하지 않은 이는 없다.

36-1

조선 마지막 문장 이건창은 글 쓴 뒤, '2, 3일 보지 않고 마음에도 두지 않았다가 다시 보고 남 글 보듯 엄정하게 봐야 그제야 글을 제대로 고친다'고 했으며, 연암 그룹 문인인 유득공은 「고운당필기古芸堂筆記」에서 이를 보파시장이라 한다. 보파시장이란 '잘 못 쓴 문구나 시구를 고쳐주는 글땜장이' 정도의 의미이니 퇴고를 말함이다. 유득공과 이덕무가 서얼로서 고의춤 여며쥐고 엉거주춤 글땜이나 해주고 세상 살아내는 신세를 자조한 용어지만, 정녕 글 쓰는 이치고 글땜장이 아닌 이는 없다. 옛날 누른 종이에 글 쓰고 잘못된 글 있으면 자황 칠하여 지우고 다시 그 위에 썼으므로, 전하여 자구 첨삭이나 비평을 지칭하는 자황雌黃도 보파시장이다.

백곡栢谷 김득신金得臣, 1604~1684은 더욱 이 보파시장에 의존했다. 그는 천생이 명석치 못했다. 그런데도 조선 후기 비평가로 그 명성을 날렸다. 이 이유를 임타任埅는 『영촌만록永村漫錄』에 적어놓았다.

"백곡 김득신은 평생 시를 공교하게 만들려 온 정성 다해 갈고 닦았다. 글자 한 자를 천 번이나 단련하여 반드시 뛰어나게 만들고자 했다金栢谷得臣 平生工詩 彫琢肝腎 一字千鍊必欲工絶." 이 글자 한 자를 천 번 단련시켰다는 일자천련一字千鍊이 바로 보파시장이다. 따지자면 보파시장은 모든 경우에 다 해당된다. 일본 최고 검객 미야모토 무사시 수련법 또한 '1천 일 연습을 단鍛이라 하고 1만 일 연습을 련鍊이라 한다'이니, 이 '단련' 또한 보파시장이다. 이렇게 해서 얻은 글자 한 자로 명문도 되기에 '일자사一字師', '단 한 글자 스승'이란 말도 있다.

36-2

36-3 36-4

도움 주는 세 가지 글

정약용 역시 이 장을 그냥 지나치지 않는다. 그는 글 땜질로 책을 아예 바꿔버렸으니 『매씨서평梅氏書平』이다. 이 책은 유가 대표 경전인 『상서尙書』, 즉 『서경書經』 58편 가운데 동진東晉 사람 매색梅賾이 발견했다는 25편이 위작임을 밝혀낸 논문으로 강진 유배 시절인 1810년(49세)에 9권으로 지었다. 다산은 이 『매씨서평』을 꾸준히 매만져 1834년

“내 붓이 손에서 떠나지 않았다.”

권필, 「시주가(詩酒歌)」

(73세)에 10권짜리로 완성한다. 처음 이 책이 나온 지 24년 뒤 일이다. 20년이 넘도록 수정 보완하여 9권을 10권으로 만들었으니 이 책 완성도야 넉넉히 짐작할 일이다.

연암 또한 퇴고를 꽤 중히 여겼다. “자구 고쳐야 할 곳이 생기면 비록 한 편 글을 다 썼다 할지라도 반드시 종이 바꿔 첫머리부터 새로 쓰셨다.” 『과정록』 권4에 보이는 말이다. 연암은 지은 글 정서淨書조차 저러했으니, 글 고침이야 굳이 언급할 필요 없다. 더욱이 연암은 남의 도움도 서슴지 않았으니, 1796년 안의현감으로 있을 때다. 당시 통제사가 글을 요구하자 연암은 처남 이재성에게 “내가 지금 글을 구상하지 못하니 글을 지어 인편에 보내주게나. 모름지기 선작先作이 있은 뒤에 뜻을 이끌어내잖은가” 하고 청한다. 처남 글을 선작으로 삼아 손봐 넘기겠다는 소리다.

이뿐만이 아니다. 연암이 면천군수로 부임할 때, 정조가 「이방익전」을 지으라고 한다. 연암은 아들에게 편지를 세 번씩이나 보내었다. 박제가와 유득공을 찾아가 「이방익전」 초고를 잡아 보내라는 내용이다. 처남에게도 두 번이나 편지를 써 같은 내용 글을 엮어 보내달라고 한다. ‘표절시비’ 운운이나 ‘글 대가인 연암도 쉽사리 글을 쓰지 못했다’는 따위는 이 글에서 상론할 바 아니다. 다만 글 쓰는 데 ‘선작’이 있어

집이 완성되었으면 집 안팎 쓸어 정리해야 한다.
집짓기에 쓰였던 연장도 남은 목대기도 치우고 세간 정돈한다.
글쓰기 마지막 정리 단계다. 글 전체를 마지막으로 퇴고한다.

야 한다 함은 이 장에서 짚을 만하다. 선작 운운은 먼저 지은 글을 다시 다듬는다는 의미를 선행시킨다. 응당 자신이 후작後作을 만들겠다는 소리니 바로 퇴고와 다를 바 없기 때문이다.

조선 후기 또 한 사람 문장가 김기서金箕書, 1766~1822가 연암 글을 보고는 "이 어른 문자는 책 펼치면 만 길이나 하는 빛이 솟구쳐 사람 가슴 활짝 열어 젖힌다"는 찬가도 이 선작과 후작, 즉 퇴고를 거듭해 만들어낸 결과물임은 넉넉히 짐작된다. 마지막으로 퇴고를 다했으면 반드시 음독音讀해 봐라. 소리 내어 읽으면 고칠 곳이 저절로 드러난다.

글땜을 줄이거나 고치는 퇴고만으로 여기는 듯해 추사秋史 말 한마디 놓는다. "대체로 문자文字 짓는 데 덜어내어 간결하게 함을 귀하게 여기지만, 또한 보태어 늘림을 귀히 여기는 곳도 있으니, 의당 한결같이 덜어내는 법칙만 정격으로 삼아서는 안 되네." 『완당전집』 권2 「서독」 '여섯 번째' 글이다. **글땜 예**는 해解부에 몇 넣었다.

36-5

끝으로 이 계에서 제목도 정해진다. 제목은 집 총체다. 집에 맞게 지어야 한다. 내용과 엇박자를 빚거나 지나치게 자극인 문패는 안 된다. 내용이 담아내지 못하는 제목도 그런 경우니, 수염 배배꼬아 끊었다는 당나라 시인 노연양盧延讓을 생각해봄직도 하다.

한 글자 꼭 맞게 읊조리려고,	吟安一箇字
몇 개의 수염 꼬아 끊었던가.	撚斷幾莖鬚

제37계

환타본분

還他本分

자기 본분으로 돌아가라

자기 본분으로 돌아가라. 이 말이 어찌 문장에 관한 일뿐이리오. 일체 모든 만사가 모두 다 그렇잖소. 화담 서경덕(徐敬德)이 밖에 나갔다가 제집을 잃어버리고 길가에서 우는 자를 만나서 '너는 어찌 우느냐' 했더니, 이렇게 대답하더랍니다.

"저는 다섯 살 적에 소경이 되어 지금 20년입니다. 아침나절에 길 나왔다가 갑자기 천지만물을 환하게 보게 됐습니다. 기뻐서 집으로 돌아가려는데, 밭둑엔 갈림길이 많고 대문들은 서로 같아서 제집 구분할 방도가 없습니다. 그래서 웁니다."

선생이 다시 '내가 너에게 돌아갈 방도를 가르쳐 주마. 네 눈을 도로 감으면 바로 네 집을 찾는단다' 했지요. 이에 소경이 눈 감고 지팡이로 더듬으며 제 걸음 믿고서 도착해보니 다른 곳이 아닌 제 집이더랍니다. (갑자기 눈을 떠) 색상이 뒤바뀌니 희비 감정이 뒤섞인 게지요. 이것이 바로 망상이라는 겁니다. 지팡이로 더듬어 제 발길 믿고 걸어가는 이것이 바로 우리들이 본분 지키는 전제(詮諦, 자세한 이치)요, 제집으로 돌아가는 증인(證印, 증명하는 도장)이겠지요(還他本分 豈惟文章 一切種種萬事摠然 花潭出 遇失家而泣

於塗者曰 爾奚泣 對曰 我五歲而瞽 今二十年矣 朝日出往 忽見天地萬物淸明 喜而欲歸 阡陌多歧 門戶相同 不辨我家 是以泣耳 先生曰 我誨若歸 還閉汝眼 卽便爾家 於是 閉眼扣相 信步卽到 此無他 色相顚倒 悲喜爲用 是爲妄想 扣相信步 乃爲吾輩守分之詮諦 歸家之證印).

연암은 '오직 자기 자신 글을 쓸 뿐이다惟自爲吾文而已'(『과정록』 권4)라거나 '글자는 다 같이 쓰지만 글은 각자다字所同 而文所獨也'(「답창애지일」) 따위 글줄에서 '자기 글을 쓰라'고 누차에 걸쳐 언급한다. 위 『영대정잉묵映帶亭賸墨』 「답창애지이」 전문 또한 그러하다. 저러할 이치가 있겠는가마는 장님이 하루아침에 눈 뜨고 제집을 못 찾는다. 화담은 다시 눈 감고 지팡이 두드리며 제 걸음 믿고서 가라 한다.

이 글은 단순한 역설로만 읽을 편지가 아니다. 연암이 앞에서도 여러 번 나온 고문숭배주의자 유한준에게 넌지시 글쓰기를 일러준 편지이기 때문이다. 이 편지 핵심은 '자기 본분으로 돌아가라還他本分'와 '눈 감고 지팡이 더듬어 제 발길 믿고 가면 도착한다閉眼扣相 信步卽到'는 두 문장이다.

갑자기 눈 뜬 소경이 집을 찾지 못한 까닭은 눈에 보이는 온갖 사물 때문이다. 20년이 넘게 소경으로 살아온 자가 하루아침에 눈을 떴다. 갑자기 텃밭이며, 여러 갈래 길이며, 수많은 집들, 각양각색 사람들 하며 온갖 사물이 눈앞에 펼쳐진다. 지금까지 귀 기울이던 청각과 지팡이가 전해주는 손 감각은 온데간데없고 온통 눈에 모든 사물을 빼앗겨 버렸으니 집을 찾을 리 없다. 눈 빼앗기고 희비 감정까지 설쳐대니 제 마음도 제 마음이 아니다.

지금까지 소경은 제 마음으로 제 스스로 방법을 깨쳐 살아왔다. 소경이 집 나서 세상과 소통하는 길은 장님 스스로 깨치고 얻어낸 걸음걸음에 있었다. 집 찾는 정답을 '자기 본분으로 돌아가라'고 하는 이유가 바로 여기다. 눈 감고 지팡이로 두드려 더듬더듬 조심스러운 발걸음 옮겨놓을 때 그곳에 집이 있다. 현란한 외물에 눈을 뺏기면 보는 즐거움은 있을지 모르나 끝내 돌아갈 제집은 찾지 못한다. '눈 감고 지팡이 더듬어 제 발길 믿고 가면 도착한다'가 바로 이 말이다. 결국 연암이 이 글을 글쓰기와 연결시킨 뜻은 제 스스로 저를 믿고 얻어내야 한다는 체득體得으로서 자득自得이다. 이 환타본분은 이익이 글쓰기 비기로 제시한 '스스로 깨달아 알 뿐'이라는 자득이이自得而已다.

다산이 그렇게 존숭해 마지않았다는 성호 이익은 순암 안정복이 제자가 되겠다고 찾아왔을 때 '학문은 자득을 귀하게 여긴다學貴自得'고 일러주었다. 비록 글쓰기 대가라 하더라도 나와는 사는 곳, 살아온 나날, 취향, 성정 따위 모두 다른 이가 아닌가. 내 글쓰기와 저이 글쓰기가 같아야 할 이유가 없다. 내 글을 쓰기 위해 잠시 저 대가 글을 봄에 지나지 않는다.

배웠으면서도 배우지 못했고, 가르치면서도 가르치지 못했다

이 책은 다산에게 생각하기와 읽기를, 연암에게 보기와 쓰기를 중심으로 하되 여러 글쓰기 고수의 지도를 받았다. 독자들 글쓰기 능력이 얼마나 신장했는지 잘 모르겠다.

집이 완성되었다. 내가 지은 집이기에 내 문패 달듯 글의 제목을 단다.
글은 반드시 내 것이어야만 한다.

혹 이 책에서 글쓰기 한 수 배웠다는 독자들이 있을까 적이 염려돼 딴소리 한 줄 적는다. '판관사령判官使令'이란 우리네 속담이 있다. 감영이나 유수영 판관에 딸린 사령이라는 뜻으로, 아내가 시키는 대로 잘 따르는 남자를 놀림조로 이르는 말이다. 이 책에 써 놓은 그대로 쓰기만 하면 이는 판관사령식 글쓰기요, 도습蹈襲이 된다. 도습이란 도상습고蹈常襲故로 선인들 글이나 또는 주장을 그대로 받아들인다는 뜻이다. 이러한 글쓰기는 독자들에게까지 응당 놀림가마리가 되고야 마니 '눈 뜬 소경 집 못 찾기'와 다를 바 없다.

지금까지 글쓰기는 이렇다 실컷 설명해놓고 이제는 따라하지 말라니. 그렇다면 도대체 어떻게 쓰라는 말인가? 그래, 머리말에 미리 적바림해두었다. '글쓰기를 배웠으면서도 배우지 못했고, 가르치면서도 가르치지 못했다' 했다.

속았다고 언짢게 여길 일만은 아니다. 글쓰기 배웠다 하여 붓이 지나간 자리마다 인정물태가 그려지고 글 쓰는 이 기개가 치솟는 글발이 줄을 이을 수 없다. 그러니 이제 차분히 마음 가라앉히고 아래 글을 읽으며 왜 그러한지 조곤조곤 따져보자. 목은 이색의 『목은문고』 권12에 나오는 이야기다. 객과 선생이 글쓰기에 대해 주고받는다. 먼저 객이 선생에게 글쓰기를 물으니 목은은 이렇게 말한다.

"반드시 할 말은 반드시 말하고, 반드시 쓸 것은 반드시 쓸 뿐이다."

그다음 묻자,

"말이 내용과 멀어도 혹 가까운 데서 보충하고, 씀이 실제와 멀어도 혹 바른 이치를 따른다."

또 그다음 물으니,

"꼭 말하지 않아도 되는데 말하거나 꼭 쓰지 않아도 되는데 쓴다면, 또한 황당하지 않겠는가."

또 무엇을 선생으로 삼아야 마땅하냐고 물으니, 목은이 말한다.

"선생은 사람에게 있음도 아니요, 책에 있음도 아니다. 스스로 깨달아 알 뿐이다. '스스로 깨달아 안다' 함은 요 임금과 순 임금 때부터 고치지 않는다."

십여 년이 지났다. 객이 이렇게 사례한다.

"선생께서 전에 하신 말씀이 모두 옳더이다. 종신토록 행하겠나이다."

꽃은 말하지 않고도 나비만 잘 끌어들인다

이색 글쓰기 핵심은 둘로 요약된다.

첫째, 써야 한다고 반드시 다 쓰지는 마라. 둘째, 글쓰기는 스스로 깨달아야 한다.

첫째는 저자 생각을 하염없이 풀어놓지 않는 글쓰기다. 마땅히 앞 '독론讀論'에서 다룰 내용이지만 둘째와 따로 떼지 못하여 이제야 끼워

넣는다. 따라서 간략한 설명이라도 붙여야겠다. 간단히 말하면 여운을 독자 몫으로 남기라는 의미다. 독자를 배려한 글은 다 보여줌이 아닌, '적당히 감춤'에 있다는 의미로 읽으면 된다.

글 쓰는 자라면 곰곰 새겨볼 주사마적蛛絲馬迹이라는 말이 있다. 주蛛는 거미라는 뜻이요, 사絲는 실로 여기서는 거미줄이다. 마적馬迹은 말 발자취라는 뜻이다. 이상 의미를 정리하면 '거미줄과 말 발자취'라는 의미가 된다. 거미줄을 따라가면 결국 거미 있는 곳을 알게 되고, 말이 달린 자취를 따라가면 결국 말 있는 곳을 알게 된다. 글쓰기에서 단어와 단어, 문장과 문장도 주사마적이요, 셜록 홈즈가 사건을 해결하는 방법도 이것이다.

37-1

주사마적 글쓰기란, 구구절절 모두 쓸 필요 없다는 말이다. 거미와 말을 쓰려면 거미줄과 말 발자취만 슬며시 써놓으면 된다. 거미줄에서 거미 찾고, 말 발자취 좇아 말 찾는 것은 독자 몫이다. 글은 종이에 쓰지만 대화는 독자와 하기 때문이다.

화불어능인접花不語能引蝶이라는 말도 그렇다. '꽃은 말하지 않고도 나비만 잘만 끌어들인다'는 뜻이다. 『백련초』에 보이는 시다. 언어로 표현하지 않은 여운은 글쓰기에서 글 품격을 한층 돋운다는 의미다. 동양화에서 구도를 융통성 있게 짜라는 유모취신遺貌取神은 또 어떤가. 유모취신은 '모양 버리고 그 정신 취한다'는 말이다. 그리고자 한 대상 가운데 주제와 사상을 가장 정확하게 드러내는 본질 부분만 취하고, 주제와 관계없는 부분은 화폭에 아예 담지 않는다. 그 결과 여백이 생긴다. 이 여백은 빈 공간이 아니다. 주제를 돋보이게 하고 의경意境(이미지)

의 폭을 넓히니, 오히려 그득 찬 표현이다. 이색이 충고한 '써야 한다고 반드시 다 쓰지는 마라'가 바로 이 유모취신이다.

당나라 때 백거이白居易는 「비파행琵琶行」에서 비파 타는 여인이 쉬는 부분을 묘사할 때, '이때는 소리 없음이 소리 냄보다 더 낫다'고 한다. 앞 구절은 '별달리 맺힌 시름 남모르는 한스러움 생겨나니'다. 굳이 밖으로 드러낼 게 아니다. 비파곡 잠시 끊으므로 애달픈 심사를, 여운과 여백으로 표현하면 된다. 소리 내지 않았지만 소리 들렸고, 백거이는 이를 놓치지 않고 듣고 썼다.

글에서 '뜻은 다했으되, 붓은 닿지 않는다意到 筆不到'도 이와 같다. 독자 상상력이 극대화됨은 굳이 설명할 필요 없다. 신흠, 정철, 조헌 시조는 이러한 예들이다. 모두 '써야 한다고 반드시 다 쓰지는 마라'는 이익 글쓰기 첫째 계명을 적절히 담아낸다.

37-2

잘 써도 내 글, 못 써도 내 글이다

'지속 가능한 세계화는 표준화부터 – ISO국제표준화기구!' 어느 책에서 보았는데 섬뜩해 머릿속에 각인됐다. 글쓰기를 규격화하려는 사람이나 책을 보면 9옥타브는 됨직한 욕설을 해대고 싶다. 천부당만부당하다. 이색 글쓰기 또한 글쓰기 최종이 아님을, 다시 한번 독자들에게 상기시키고 싶다.

둘째, 이색은 글쓰기 최종을 자득이이自得而已, 즉 스스로 깨달아 알 뿐이라고 단정지었다. 자득은 스스로 깨달아 얻음이니, 이 장 서두에 또렷이 적혀 있는 연암 편지 내용이요, 남명 조식曹植, 1501~1572에게는 성성자惺惺子다. 남명은 쇠방울인 성성자를 차고 다녔다 한다. 성성자란 깨달음 얻고자 정신을 환기하는 방울이다. 남명의 성성자를, 글쓰기는 스스로 깨달아야 한다로, 글쓰기를 결코 배운 대로 따르지 말라는 의미로 새긴들 영락없다. '배운 대로 따르지 말라' 함은 글쓰기에 변화를 주라는 의미다. 글쓰기 성성자는 '옛글 배워 새 글 얻음이요, 묵수* 아닌 변화'다. 이익이 도움주는 자득은 이 변화를 필요충분조건으로 얻은 결과다. 『장자』에서 장자가 혜자에게 "공자는 예순 해 살면서 예순 번 바꿨지요. 처음에 옳다고 여겼으나 죽으면서 그릇되다 했으니, 지금 옳다 여기는 일이 지난 쉰아홉 해 동안에 그르다고 했던 일이 아닐지 모르겠소" 한다. 공자는 저토록 변덕쟁이였기에 공부 고수가 됐다. 변화 있어야만 내 글을 쓴다. 전설이 된 검객 미야모토 무사시도 깨달음을 변화에서 찾고는 '변화하지 않으면 죽는다'고 하며, '고정된 손은 죽음이고, 고정하지 않은 손이 삶'이라 한다. 글쓰기도 검술 이치와 동일하다.

* 묵수 : 묵적지수(墨翟之守)의 줄임말로 묵적(墨翟)이 성을 굳게 지켰다는 데서 나온 말로 자기 의견이나 주장만을 굳게 지킴

변화는 자존이어야 한다는 점도 짚어야 한다. 연암이 저 위에서 말한 지팡이로 두드리지만 제 발걸음을 믿는 환타본분, 즉 자존 말이다. 당나라 선승 임제臨濟, ?~867 선사는 '불수위위지不隨萎萎地!'라 한다. 시들시들하니 질질 끌려다니지 마라는 말이다. 살아가며 어떤 상태이든 남에게 줏대 없이 끌려다니지 말라는 주문이니, 수처작주隨處作主 즉, 가는 곳마다 주인 되라는 뜻이다. 글 쓰는 자, 내가 우주 중심이라는 자존自尊이 그래 필요하다. 변화와 깨달음은 여기서 얻는다.

'거문고 인 놈이 춤추면 칼 쓴 놈도 춤춘다'고 다른 이 글을 무람없이

모방하기보다 자존심 갖고 내 글을 써라. 이태준도 "글은 개인 뿌리에서 피는 꽃"이라 했다. 뿌리 없는 나무 없듯 뿌리 부실하면 필 꽃 없다. 더욱이 내 나무에 내 꽃 피워야지, 저 나무 꽃을 내 나무에 꺾어다 꽂은들 꽃 될 리 만무하다. 모방은 자기 독창적인 생각을 전제할 때만 가능하다. 잘 써도 내 글, 못 써도 내 글이다. 작가 기량을 담은 서권기書卷氣와 문자향文字香도 이러할 때 나고 글꽃도 내 글에서만 핀다. 특히 불 좇는 부나방처럼 세상과 영합하는 글은 더욱 쓰지 말아야 한다. 제아무리 글 잘 쓰더라도 부동산 투기로 얻는 수익 수백 분의 일, 아니 수천 분의 일도 안 된다. 그럴 바에는 눈알 꼿꼿이 모으고 붓 머리 잡아 자존심이 글 중등을 타고 앉은 글을 쓰는 게 낫다. 이러할 때 독자 머리를 쇠뭉치로 때리고 장검으로 가슴팍 찌르는 글발과 글줄이 벽력처럼 쏟아진다.

응당 글 쓰는 자로서 연암과 같은 오골심傲骨心*을 갖춰야 한다. '간호윤식 글쓰기'와 같은 '○○○식 글쓰기'를 만들어나가자. 바로 이색이 말하는 자득 글쓰기요, 연암 환타본분이요, 다산 글쓰기 최종도 여기다.

* 오골심 : 남에게 굽히지 않는 꼿꼿한 마음

이러한 생각이 있어야만 글쓰기가 새로워진다. 모든 공부가 그렇듯이 '배운다'함은 '모방'에서 출발하지만, 종착지는 판연히 달라야 한다. 출발은 옛글 익히는 온고溫故와 법고法古였지만, 종착지는 새로움 안다는 지신知新이니, 응당 내 글을 창신創新으로 만들어야 한다. 밥 잘 먹고 소화 잘하는 자 얼굴에 윤기가 도는 게 이치요, 밥알갱이 그대로 내보내는 자 얼굴은 병색이 완연한 게 섭리다.

글 쓰는 자로서 오골심이 있다면 창신 역시 마땅히 각기 달라야 한다. 아파트식 논술은 학교에서 배운 법고가 창신으로 나가지 못해서요, 수처작주가 되지 못해서다. 옛글 답습함은 비슷한 가짜요, 의양호

37-3 37-4 로依樣葫蘆에 지나지 않으니 다산 선생도 꽤나 부끄럽게 여겼다. 힘겹지만,

37-5 '불수위위지!'를 외치며, '간호윤식 글쓰기'와 같은 '○○○식 글쓰기'를

37-6 만들어야 한다. 영재 이건창조차도 '글은 제 마음에 들면 그뿐'이라고 했다. 옛 성인들 가르침 이어받아 후세 학자들에게 열어준다는 계왕성개래학繼往聖開來學이라는 성어를 곰곰 새겨볼 일이다.

연암이 「우상전虞裳傳」을 지어 추모한 18세기의 또 한 사람 글쓰기 고수인, 비운의 역관 시인 이언진李彦瑱, 1740~1766의 「동호거실衕衚居室」에 보이는 시구로 이 계를 마친다.

시는 틀 없애고 그림은 격 없애	詩不套畫不格
형식 뒤집고 좁다란 길 벗어나자	翻窠臼脫蹊徑
앞서간 성인 길을 따르지 않아야만	不行前聖行處
바야흐로 훗날 참다운 성인 되리라	方做後來眞聖

문장중원을 붓대 하나 들고 가로질렀다. 글쓰기 마지막 방점을 '강蜣·랑蜋·자自·애愛'에 찍는다. 떠듬적떠듬적 반벙어리 축문 읽듯 해야 한다. 쉽게 읽을 넉 자가 아니기 때문이다. 강랑자애는 쇠똥구리는 제 스스로를 사랑한다는 말이다. 연암의 「낭환집서蜋丸集序」에서 따온 말로 그 구절은 이렇다.

> 쇠똥구리는 스스로 쇠똥을 사랑해 여룡(驪龍, 몸빛이 검은 용)의 구슬을 부러워하지 않는다. 여룡 역시 그 구슬 가지고 저 쇠똥구리의 쇠똥을 비웃지 않는다(蜣蜋自愛滾丸 不羨驪龍之珠 驪龍亦不以其珠 笑彼蜋丸).

'강랑蜣蜋'이란 쇠똥구리다. 쇠똥구리가 여룡 구슬 얻은들 어디에 쓰며 여룡 역시 쇠똥구리蜋丸 비웃어서 얻는 게 무엇이겠는가. 내 재주 없음을 탓할 이유도 저 이 재주 부러워하지도 말아야 하고 재주 있다고 재주 없음을 비웃지도 말아야 한다는 뜻이다. 바로 글 쓰는 이로서 자존이다.

앞 제37계 환타본분에서 글쓰기는 스스로 깨닫는 자득이어야 한다고 했다. 이것이 행동으로 이어지기 위해서 강랑자애라는 글 쓰는 이로서 자기를 지키는 자존이 필요하다. 다산도 「수오재기守吾齋記」에서 대체로 천하 만물이란 모두 지킬 게 없으나 '오직 나만은 지켜야 한다唯

吾之宜守也'고 했다.

이 나를 지키고 귀히 여기는 자존, 연암의 '연암체'도 여기서 나왔고 다산이 글쓰기 종착지로 지목하는 독행도 바로 여기다. 동서도 고금도 다르지 않다. 이숭녕 또한 "학문 세계에서 남을 좇는 자는 영원히 남을 뒤쫓게만 된다"고 못질해두었다. 그래 글은 허연 백지 위에 새긴 자기 문신文身이어야 한다.

지금까지 이 책은 연암과 다산 글 멧갓*을 중심으로 두루 37계를 솎아냈다. 글쓴이로서 부디 수목秀木 한 그루쯤은 봤으면 하는 바람이다. 휘갑* 삼아 연암의 「북학의서北學議序」에 몇 마디를 덧대어 이 책을 갈무리하련다.

* 멧갓 : 나무를 함부로 베지 못하게 가꾸는 산

* 휘갑 : 마름질한 옷감의 가장자리가 풀리지 아니하도록 꿰매는 일

학문하는 길에 방법이 따로 없다. 모르는 게 있으면 길 가는 사람이라도 잡고 묻는 게 옳다. 어린 종이지만 나보다 글자 하나라도 더 알면 우선 그에게 배워야 한다. 자신이 남만 못하다고 부끄러워해서 자기보다 나은 사람에게 묻지 않는다면 종신토록 고루하고 무식한 경지에다 자신을 가두게 된다. (…중략…) 그러므로 순 임금과 공자가 성인이 된 이유는 남에게 묻기 좋아하고 잘 배운 데에 불과하다(學問之道 無他 有不識 執塗之人 而問之可也 僮僕 多識我一字姑學 汝恥己之不若人 而不問勝己 則是終身 自錮固陋於無術之地也 (…中略…) 故舜與孔子之爲聖 不過好問於人 而善學之者也).

저 도도한 연암 말길 따라가보니, 학문하는 길에 방법이 따로 없다 한다. 그러고는 '모르는 게 있으면 길 가는 사람이라도 잡고 묻고, 어린

종이지만 나보다 글자 하나라도 알면 그에게 배워야 한다'고 말한다. 자기 의견만 옳다는 '자시지벽自是之癖'을 연암은 꺼리고 삼갔다. 연암이 글에 한 줌 상투 틀어쥔 한 줌밖에 안 되는 양반들이 조선의 공인된 권리를 등에 업고 나라를 아수라장으로 만드는 꼴 써냄도, 도수쟁이 정수리부터 찍듯 글 속에 새파란 결기 숨긴 내달음도 모두 저러한 배움에서 얻었다.

이제 이 책을 매조지해보자.

연암은 과거 공부했으나 보지 않았고 다산은 과거 공부해 급제했다. 연암은 51세에 음서로 선공감역이란 미관말직에 올라 한성부판관, 안의현감을 거쳐 65세에 양양부사로 마쳤으나, 다산은 약관 21세에 과거에 급제 경의진사經義進士되어 어전에서 『중용』 강의를 시작으로 암행어사, 승지를 거쳐 37세에 병조참의로 있다가 모함으로 사직했다. 연암은 노론으로 연경을 다녀왔고 서울 가회방에서 69세 일기로, 다산은 남인으로 조선 땅 한 번도 떠나지 못했고 18년간 유배생활 끝에 고향에 돌아와 75세 일기로 삶을 마쳤다.

다산이 500여 권이 넘는 방대·호한한 조선 최대 저서를 남겼다면 연암은 화려한 수사·전략 글쓰기로 후손에 길이 빛날 조선 최고 저자가 됐다. 다산 삶이 진중한 군자로서 공명정대하였다면, 연암 삶은 인간인 선비로서 호연지기였다. 다산 생각이 산수 간 흐르는 맑은 물이었다면 연암 생각은 촌가 부엌 무쇠 솥에서 우려낸 숭늉이었고, 다산 글이 우아하고 논리인 교훈이요 반추의 가을이라면 연암 글은 인정이 흐르는 실용인 쾌락이요 만물이 소생하는 봄이었다.

연암과 다산은 이렇게 다르다.

그러나, 연암과 다산은 유학자로서 명예를 존중했으며, 벼슬아치로서 백성을 사랑했으며, 글 쓰는 이로서 사람 사는 세상을 썼고, 글 쓰는 법 스스로 깨달아 알려 애썼다.

그리고, 연암과 다산을 많은 이들이 싫어한 이유도 이것이요, 연암과 다산을 더 많은 이들이 좋아한 이유도 이것이요, 연암과 다산이 조선 대문장가로 우리 앞에 남은 이유도 이것이다.

> 진리는 하늘의 달. 문자는 달 가리키는 손가락, 달 보는데 손가락 거칠 필요가 없다.

혜능 선사 말이다. 이 책은 글쓰기 책이로되, 손가락에 지나지 않음을 고백한다.

첨언 한 줄, 글이 글다우려면 내가 나다워야 한다.

해

解

해解란 강의하다, 뜻풀이하다는 뜻이다.

각 계에서 못 다룬 내용과 미처 담지 못한 용어를 자세히 풀이했다.

따라서 독자 이해를 돕고 각 계 의문을 풀기 위해 다양한 그림과 설명을 더했다.

01
마음 갖기
心論

제1계 · 소단적치騷壇赤幟

글자는 병사요, 뜻은 장수, 제목은 적국이다

1-1 글을 곰곰 살펴보면 첫째 글재주로 쓴 글, 둘째 글쓰기 기술을 습득해서 쓴 글, 셋째 마음으로 쓴 글이 보인다. 첫째와 둘째는 문제되지 않는다. 그저 글쓰기 재주로 문장을 희롱하고, 서론, 본론, 결론을 글쓰기 기술에 맞추어 국수기계로 국숫발 뽑듯 하면 된다. 이른바 뽐내는 글발도 있고 구성도 나무랄 데 없으나 마음, 즉 글 쓰려는 진정성이 없다. 재치 문답과 요설과 재담이 설레발치고 현학이나 경직된 어휘들만 국숫발처럼 연결해놓아서다. 글 치장만 요란한 '포르노성 글'과 글 쓰는 작가로서 모양만 갖춘 '로보트성 글'이다. 짙은 화장으로 치장했으되 마음이 없는 여인을 사랑할 사내가 없듯, 억센 근육과 떡 벌어진 어깨 근육질 몸매이나 차디찬 심장만 뛰는 사내를 사랑할 여인도 없다. 잠시 눈길을 줬다가도 겉꾸림 알아챈 독자는 이내 돌아앉는다. 이런 글들은 대개 허섭스레기가 되고 만다.

글쓰기에서 가장 큰 문제는 셋째다. 셋째는 재주와 기술이 아닌 마음이다. 이태준은 글쓰기 정전이 돼버린 『문장강화』에서 "글은 아무리 소품이든 대작이든 마치 개미면 개미, 호랑이면 호랑이처럼, 머리가 있고 꼬리가 있는, 일종의 생명체기를 요구"한다 하였다. 글이 생명체가 되기 위해서는 마음이 없으면 안 된다. 눈과 귀로 낚아온 사물을 치열한 마음으로 조리할 줄 아는 정열, 진정성이 있어야만 글은 생명력을 얻기 때문이다. 글쓰기 문제의식, 풀이하여 '글은 왜 쓰는가'의 출발점은 그래서 전쟁에 임하는 마음으로 글 쓰고자 하는 신열身熱*에 들떠야 한다.

* 신열 : 원래는 병으로 인한 몸의 열. 여기서는 글 쓰려는 마음에서 일어나는 신열

1-2 「소단적치인」

글 잘하는 자 병법을 안다.

글자는 말하자면 병사요, 뜻은 장수다. 제목은 적국이고, 옛일이나 옛이야기는 싸움터 진지다. 글자 묶어 구절 되고, 구절 엮어 문장 이룸은 군대가 줄 맞춰 행진함이다. 운韻으로 소리 내고 사詞로 표현 빛냄은, 징과 북을 울리고 깃발을 휘날리는 것과 같다. 둘 이상 사물이나 현상 또는 말과 글 앞뒤 따위가 서로 일치하게 대응하는 조응照應은 봉화고, 비유는 유격부대 기병에 해당한다. 누르기도 하고 치키기도 하는 억양과 반복은 힘을 다해 결판이 날 때까지 싸우고 모조리 찢어 죽임이다. 글머리에 제목의 의미를 분명히 밝히는 파제破題하여 꽁꽁 묶음은, 적진에 먼저 기어 올라가 적을 사로잡음이다. 속에 간직해 드러내지 않는 함축을 귀하게 여김은 적의 늙은 병사는 사로잡지 않음이고, 소리 그친 다음에도 귀에 남아있는 어렴풋한 여음 있음은 기세 떨치고 개선함이다.

장평(오늘의 중국 산서고 평서북)의 군사는* 그 용감하고 비겁함이 지난날과 다름이 없고 활 · 창 · 방패 · 짧은 창의 예리하고 둔함이 전날과 변함이 없건만, 염파가 거느리면 제압해 이기기에 넉넉했고, 조괄이 대신하자 스스로 죽음 구렁텅이에 파묻혀버렸다.

그러므로 전투 잘하는 사람은 떼버릴 군사 없고 글 잘 짓는 자는 버릴 글자 없다. 만약 제대로 장수만 얻는다면 호미 · 곰방메 · 가시랑이 · 창자루 같은 허접스러운 물건만으로도 모두 사납고 거친 군대 되고, 옷자락을 찢어 장대에 매달아도 문득 아름답고 영롱한 빛깔의 군기가 된다. 진실로 그 이치만 얻는다면 집안사람의 일상 대화도 오히려 학교에서 배움과 나란히 하고, 어린아이들 노래나 마을에 떠돌아다니는 속된 말도 고금 문자를 설명한 고대 사전인 『이아』에 넣는다.

이런 까닭에 글이 정밀하지 못한 까닭은 글자 잘못이 아니다. 저 글자나 구절이 우아하고 속되다 평하고, 책과 문장이 높다거니 낮다거니 논하는 자는 모두 그때그때 변화해 달라지는 기미인 합변지기合變之機와 제압해 이기는 저울질인 제승지권制勝之權*을 알지 못해서다.

비유하자면, 용감하지도 않은 장수가 마음에 정한 계책도 없이 갑자기 적의 굳은 성벽에 맞닥뜨리듯 눈앞 붓과 먹은 산 위 풀과 나무에 먼저 기가 꺾여버리고,* 마음속에 외던 방법조차 벌써 사막 가운데 원숭이와 학이 되고 만다.*

* **장평의 군사는……**
전국시대 진나라 왕흘이 조나라를 침략하자 노장 염파는 성을 굳게 지키며 저들의 힘이 빠질 때까지 기다렸다. 진나라는 자신들이 두려운 것은 늙은 염파가 아니라 젊고 유능한 조괄이라는 유언비어를 퍼뜨렸다. 이 말에 현혹되어 조나라 왕은 조괄을 장수로 임명한다. 조괄은 중간 지휘관을 교체해서 바로 전쟁에 임하였고 이때를 틈타 진나라 장수 백기가 조괄의 군사를 장평에서 격파하고 항복한 군사 40만 명을 구덩이에 산 채로 파묻어 죽였다.
글자는 잘못이 없다. '저자를 잘못 만난 글자'는 저 40만 명 군사처럼 백지 위 '파리 대가리만 한 검정'으로 의미 없이 눌려 있을 뿐이다.

* **'합변지기'와 '제승지권'**
모두 주제를 점령하는 요령이다. 글의 주제를 공략하는 데는 정공법이 따로 없다.
이 글 전체에서 연암은 상황에 맞는 글쓰기로 요령을 강조한다. 때로는 강조법, 때로는 비유법 따위 다양한 수사법을 동원하거나 속된 말이나 일상인 대화도 글에 변화를 주는 요령이다. '합변지기'와 '제승지권'은 뒤에서는 '때를 맞추어 적을 제압하는 움직임'인 합변지권(合變之權)으로 나온다.

* **눈앞 붓과 먹은 산 위 풀과 나무에 먼저 기가 꺾여버리고**
진(晉)나라 때, 부견이 군대를 일으켰으나 임금이 거느린 군사를 바라보니 대열이 정제되고 군대는 정예로워 주눅이 들었다.
또 북으로 팔공산 위의 초목을 바라보니 모두 사람같이 보여 군대가 주둔해 에워싼 것으로 알았다는 고사. 글을 쓰기도 전에 기운이 꺾여 쓰고 싶은 마음이 달아나 버림을 말한다.

그러므로 글 짓는 자는 그 근심을 항상 제 갈 길 잃고 헤매거나, 사물의 요긴하고 으뜸인 요령要領을 얻지 못하는 데 둔다.

갈 길이 분명치 않으면 한 글자도 내려쓰기 어려울 뿐 아니라 항상 붓방아만 찧음이 병통되고, 요령 얻지 못하면 두루 헤아림이 비록 꼼꼼하더라도 오히려 그 성글고 빠짐을 근심하게 된다.

비유하자면 음릉에서 길 잃자 명마인 오추마도 나아가지 않고,* 굳센 수레로 겹겹이 에워싸도 여섯 마리 노새가 끄는 수레는 이미 달아나 버림과 같다.*

진실로 능히 말이 간단하더라도 요령만 잡게 되면 마치 눈 오는 밤에 채蔡성 침입과 같고,* 토막말이라도 핵심 놓치지 않는다면 세 번 북 울리고 관關 빼앗음과 같다.* 글하는 도가 이렇다면 지극하다 이를 만하다.

내 벗 이중존이 우리나라 고금의 과거 문체 모아 엮어 열 권으로 만들고, 이를 소단적치騷壇赤幟라 했다. 아아! 이것은 모두 승리 얻은 군대요, 백 번 싸워 승리한 것들이다.

비록 문체와 격조 같지 않고, 좋고 나쁨이 뒤섞여있지만 제각각 이길

* **마음속에 외던 병법조차 벌써 사막 가운데 원숭이와 학이 되고 만다**

주나라 목왕이 남쪽으로 정벌 나갔으나 군대가 모두 죽어, 군자는 원숭이와 학이 되고, 소인은 벌레와 모래가 되었다는 고사.

이 고사를 두고 한유는 「송구홍남귀시(送區弘南歸詩)」에서 "목왕이 예전 남정 가 군대가 못 돌아오니, 벌레와 모래, 원숭이와 학만이 엎드려 날리우네" 하고 읊었다. 평소에 써먹으려고 외던 병법 하나도 생각나지 않아 아무 짝에 쓸모없게 됨을 뜻한다.

'눈앞의 붓과 먹은 산 위의 풀과 나무에 먼저 기가 꺾여버리고'와 함께 요령이 없음을 탓하는 내용이다.

* **비유하자면 음릉에서 길 잃자 명마인 오추마도 나아가지 않고**

항우가 해하에서 사면초가 포위를 뚫고 달아나다가 음릉에서 농부가 길을 거짓으로 가르쳐주는 바람에 반대 방향으로 가서 늪에 빠졌다. 한나라 병사의 추격을 받자 마침내 자기 목을 찔러 자살하면서, "힘은 산을 뽑았고, 기운은 세상을 덮었네. 때가 불리하매 오추마도 나아가질 않는도다. 오추마가 가질 않으니 어쩌지 못하네. 우미인이여! 우미인이여! 너를 어찌 할거나" 노래한 데서 나온 말이다. 쓰려고 하는 내용이 분명치 않고 보니, 어떻게 써야 할지 몰라 막막한 태도를 나타낸다.

* **굳센 수레로 겹겹이 에워싸도 여섯 마리 노새가 끄는 수레는 이미 달아나버림과 같다**

한무제 때 표기장군 곽거병이 선우를 겹겹이 포위했으나, 선우가 여섯 마리 노새가 끄는 수레를 타고 수백 기만을 거느린 채 한나라 군사의 포위를 뚫고 달아나버린 고사. 글쓰기 입의(立意), 즉 주제의식이 명확하지 않아 비록 글로 쓰더라도 뜻이 성글어 독자가 이해하지 못함을 말한다.

두 문장 모두 갈 길을 찾지 못하고 요령을 얻지 못해 허둥거리는 모양을 비유한다. 갈 길은 주제를 명확히 세움이요, 요령은 합변지기와 제승지권이다. 합변지기와 제승지권은 끝없는 변화다. 실학자 최한기는 요령을 얻는 방법을 '추측'이라 한다. 추측은 이것으로 미루어 저것을 짐작해내는 속가량이다.

승산이 있어, 쳐서 이기지 못할 굳센 성이 없다. 날카로운 창끝과 예리한 날은 마치 무기창고처럼 삼엄하고, 때 맞추어 적 제압하는 움직임(추시제적)은 병법에 맞는다. 이를 계승해, 글 짓는 자가 이 방법 따른다면 서역 여러 나라를 진압한 반초나 연연산에다 공적 새긴 두헌도 이러한 길 따라 가지* 않았나?

비록 그렇지만 방관의 수레싸움은 앞사람을 본받았어도 패했고, 우후가 부뚜막 늘려 옛 법과 반대로 했지만 이겼으니,* 합해 변화하는 저울질(합변지권)은 때에 달렸지 법에 있는 게 아니다.

연암은 저렇듯 '전쟁하는 마음으로 글쓰기에 임하라'고 한다. 목숨 건 글쓰기에 군더더기 붙이기조차 면구스럽다. 「소단적치인」에는 '변變, 변화 있는 글을 쓰라. 권權도 동일하다. 비譬, 각종 수사법 이용하라. 시時, 상황에 맞는 글 써라. 주主, 주제를 명확히 세워라. 제題, 먼저 제목을 쳐라. 관貫, 일관된 글 써라. 요要, 핵심 찾아 써라. 고故, 고사 끌어 와라. 창創, 새것 만들어라. 전典, 옛글에 능하

* **눈 오는 밤에 채성 침입과 같고**
당 헌제 때 오원제가 난을 일으켰다. 당나라 장수 이소가 눈 오는 밤에 방비 허술한 틈 타서 반란 근거지인 채성을 공격하여 오원제를 사로잡았다는 고사다.

* **세 번 북 울리고 관 빼앗음과 같다**
제나라가 노나라를 침입했다. 노나라 장수들은 제나라 군사들과 싸울 때 제나라에서 북이 세 번 울릴 때까지 기다렸다. 제나라 군사가 힘 빠지길 기다려 노나라가 승리했다는 고사다.

* **서역 여러 나라를 진압한 반초나 연연산에다 공적 새긴 두헌도 이러한 길을 따라 가지**
후한의 장수 반초가 서역 여러 나라를 점령하여 큰 공을 세우고 정원후에 봉해졌다. 동한의 두헌이 흉노를 격파하고 연연산에 올라가 바위에 자신의 공로를 새겼다.
결국 반초와 두헌이 그 이름 들날리듯, 문장 명성이 널리 퍼졌다는 비유다.

* **방관의 수레싸움은 앞 사람을 본받았어도 패했고, 우후가 부뚜막을 늘려 옛 법과 반대로 했지만 이겼으니**
당나라 숙종 때 방관은 안록산 난 정벌하겠다고 자청했다. 그는 4만여 명 군사와 수레 2,000승을 거느리고 전법대로 싸웠으나 참패당했다.
이와 반대로 제나라 손빈은 위나라 방연을 칠 때 부뚜막 숫자를 줄여 적을 방심케 하여 이겼는데, 후한 때 우후는 강인을 치면서 반대로 부뚜막 숫자를 날마다 배로 늘려서 승리했다. 어떤 이가 '왜 손빈은 부뚜막을 줄였는데 그대는 늘렸는가?' 하고 묻자, 우후는 '오랑캐는 무리가 많고, 우리 군대는 적다. 천천히 행군하면 적들이 따라붙기 쉽고 빨리 전진하면 저들이 예측하지 못한다. 오랑캐가 우리 부뚜막 숫자가 날마다 늘어남을 보면 반드시 우리 군대가 와서 합세한다고 생각하고 무리가 많은데도 행군이 신속하면 반드시 우리를 추격하기 꺼린다. 손빈은 약함을 보여주었지만 나는 강함을 보여주었다. 이는 형세가 같지 않기 때문이다' 하고 대답한다.
글쓰기 성공은 방법이 고정돼 있지 않다는 뜻이다. 이것이 저 앞에서 말한 요령이다. 상황에 맞지 않는 글쓰기는 '짧은 베잠방이에 삿갓 쓴 꼴'이기 때문이다.

라. 언諺, 상말도 괜찮다. 단單, 단문이 좋다.' 따위 글 쓰기 조언도 우수리로 얻는다. 이 조언들은 문장중원을 찾는 마지막 계까지도 명심해야 한다. 글쓰기 처음과 끝은 다르지 않다.

1-3 글 쓰는 마음이 있는 글은 저자가 잠들어도 깨어있고 저자가 죽어도 영원하다. 마음 있는 글은 글자마다 글쓴이 여문 생각이 놓여있고 문장마다 글쓴이 체취가 남는다. 이러한 글은 사회 변혁으로까지 이어진다. 연암 글은 저 마음이 있었기에 갑신정변으로까지 이어졌다.

"『연암집』에 귀족 공격하는 글에서 평등사상 얻었지요." 이광수가 갑신정변을 '봉건에서 부르주아로 이행하려는 신사상으로 혁신하려던 대운동'으로 정의 내리고 혁신사상이 유래한 경로를 물은 데 대한 박영효의 답변이다. 연암이 마음을 담아 써낸 글은 결국 한 세기 뒤 갑신정변으로 이어졌다. 나 역시 글쓰기 십 중, 칠팔은 마음이다.

성대중成大中, 1732~1812도 "마음이 공평하면 앎이 밝아지고, 앎이 밝아지면 이치가 정밀해지고, 이치가 정밀하면 말이 순해지고, 말이 순해지면 글이 우아하게 된다. 그러므로 말과 이치를 모두 갖춤이 으뜸이요, 말은 졸렬하나 이치가 뛰어남이 그 다음이요, 이치는 졸렬하나 말이 뛰어남이 글의 말단이다"(「태호집서太湖集序」)라고 한다. 졸렬한 글이든 우아한 글이든, 일단 마음이 있어야 함은 이렇듯 명확하다.

이덕무도 "반드시 마음이 환히 밝아져 한 번 눈 굴리면 만물이 모두 내 문장"이라고 한다. 19세기 내로라하는 서화가요, 시문으로 일세를 풍미한 조희룡趙熙龍, 1789~1866은 가슴에 담아둘 경구를 준다. 어떤 이가

시 빨리 짓는 법을 묻자, "다만 책 많이 읽는 게 아니다". 뚝 부러지게 말하고 이렇게 덧붙였다. "구름이 흘러가고 비 오며, 새 우지지고 벌레 우는 소리가 모두 마음에 관계되지 않는 게 하나도 없다. 길을 가거나 서거나 앉거나 눕거나 이것을 잠시라도 잊어서는 안 된다. 여기에서 생각은 길이 트이고 더욱 예리해진다"고. 노년기 산문을 모은 『석우망년록石友忘年錄』에 보인다.

"심부재언 시이불견 청이불문心不在焉 視而不見 聽而不聞"이라는 말도 있다. "마음이 그곳에 있지 않으면 보아도 보이지 않고 들어도 들리지 않는다"는 뜻으로 『대학』에 보인다. 불교 경전인 『법구경法句經』 첫 대목도 "마음은 모든 일의 근본心爲法本"이라 했다. 보고 들음에 우선하여 마음이 있어야 한다는 의미다.

글 쓰는 이 마음가짐은 동서가 다를 수 없다.

저거 봐! 달구지에도 볏단이 실려있고 그 옆을 걸어가는 농부지게에도 볏단이 가득 실렸잖아요.

소설 「대지」로 노벨문학상 받은 펄 벅 여사가 김천을 지나다 한 말이다. 그녀는 우리나라 사람 마음을 저기서 보았다. '소 생각하여 달구지에 앉지도 않고, 소 힘을 덜어주려 지게에 볏단을 한 짐 가득 지고 가는 농부 마음'. 우리 모습이건만, 우리는 보지 못했고 저 푸른 눈 이방인은 찾아냈다. 펄 벅의 마음이 '조선의 마음'을 보았다. 펄 컴퍼트 벅 Pearl Comfort Buck, 1892~1973은 미국 여류작가로서는 처음으로 노벨 문학상을 받았다. 그니는 펄 벅 재단을 설립하여 전쟁 중 미군으로 인해 태어난 사생아를 입양시켰다. 한국을 사랑해 박진주朴眞珠라는 이름도 지었으며, 한국의 수난사를 그린 「갈대는 바람에 시달려도」와 한국 혼혈아를 소재로 한 소설 「새해」를 쓰기도 했다. 이런 그니 마음이 있기에 저러한 조선의 넉넉한 마음이 보인다.

"무엇이든 마음의 눈으로 볼 때 가장 잘 보는 거야. 가장 중요한 사물은 눈에 보이지 않거든." "사막은 아름다워. 사막이 아름다운 건 어디엔가 우물이 숨어있기 때문이야. 눈으로는 찾지 못해, 마음으로 찾아야 해." 생텍쥐페리의 「어린 왕자」에 보이는 문장이다. 저기에도 마음이 보이니 동서고금이 다를 바 없다. 글을 쓰고자 하는 마음, 눈에 보이는 사물 하나하나 깊이 마음을 줄 때, 눈동자에 사물이 맺혀 비로소 평범한 사물이 새롭게 보이고, 평범에서 비범을 찾아내는 생각 길이 트인다.

1-4 심령心靈은 마음이다. 연암은 「공작관기」에서 아래와 같이 심령 담은 글을 써야만 장님, 어린애, 노예, 시골 서당 선생, 과거 시험장 서생이란 단계를 넘어선다고 한다.

색깔 보는 눈은 다 같으나, 빛이나 빛깔이나 찬란함은 보고도 똑똑히 보지 못하는 자 있고, 똑똑히 보고도 잘 살피지는 못하는 자 있고, 살피고도 입으로 형용치 못하는 자 있다. 눈이 다르기 때문이 아니다. 심령心靈에 트이고 막힘이 있기 때문이다. 비유하자면, 이 종이와 먹의 흑백을 구분하지 못하는 자는 장님이요, 흑백 구분하지만 그것이 글자임을 알지 못하는 자는 어린애요, 그것이 글자임은 알지만 소리 내어 읽어 내려가지 못하는 자는 노예요, 겨우 소리 내어 읽어도 반신반의하는 자는 시골 서당 선생이요, 입으로 술술 읽어 그전에 기억을 외우듯 하면서도 덤덤히 마음에 두지 않는 자는 과거 시험장 서생에 지나지 않는다.

참고 · 보충자료

김탁환, 『천년습작』, 살림.
간호윤, 『아! 나는 조선인이다』, 새물결플러스.
박지원, 「소단적치인」.
MBC, 〈나는 가수다〉.

제2계 · 미자권징美刺勸懲

흰 바탕이라야 그림을 그린다

2-1 「애절양」

갈밭골 젊은 아낙 그칠 줄 모르는 통곡소리
고을문 향해 가며 하늘에 울부짖는구나
쌈터 간 지아비 못 돌아오는 수는 있어도
남자가 제 물건 제가 끊었단 말 못 들었네
시아버지 탈상하고 애는 아직 돌 전이건만
할아비, 아비, 손자가 다 군보에 실렸다네
가서 아무리 호소해도 문지기는 호랑이요
이정놈은 으르렁대며 마굿간 소 몰아가고
칼을 갈아 방에 들자 자리에는 피가 흥건
자식 낳아 군액 당한 일 한스러워 그랬다네
무슨 죄 있어 잠실음형* 당했던가
민건거세* 그 역시 슬픈 일이건만
자식 낳고 또 낳음은 하늘이 정한 이치라
하늘 닮아 아들이요 땅 닮아 딸이라
불깐 말 불깐 돼지 그도 서러운데
대 이어갈 생민들이야 말을 더해 뭣하리요

부호들은 일 년 내내 풍류를 즐기건마는
난알 한 톨 비단 한 치 바치는 일 없는데
다 같은 백성이거늘 왜 이리도 차별일까
내 객창에서 시구편* 을 외워보네

'애절양'이란 '양근陽根', 즉 남자 생식기를 자르고는 슬퍼한다는 시다. 19세기, 이미 조선은 다산 말처럼 구더기 천지였다. 남편과 아내, 백성과 이정, 시아버지와 손자, 생민과 부자가 참으로 대조된다. 다산은 대조변백이라 해서 대조법을 즐겨 썼다. 참혹한 저 시를 보고 한가롭게 대조법 운운하니 죄만스럽다. 다산이 이 시 지은 동기를 적어놓은 『목민심서』 권8 '첨정' 내용은 이렇다.

내가 계해년(1803) 가을 전라도 강진에 있을 때 지은 시다. 갈밭 마을에 사는 한 백성이 애 낳은 지 사흘 만에 그 애가 군포(軍布)에 올라 마을 이정(里正)이 군포 대신 소를 빼앗아 가니 남편은 칼 뽑아 자기 남근을 잘라버리면서 '나는 이 물건 때문에 이런 곤액을 받는구나' 했다. 그 처가 피 뚝뚝 떨어지는 남근을 들고 관청에 가 억울함을 호소했으나 문지기가 막아버렸다는 말을 듣고 이 시를 지었다.

애처롭고도 슬픈 조선 후기 우리 선조들 한 장면이다. 다산은 이러한 현실을 외면치 않았으니 그의 시에는 조선 후기 피폐한 현실을 빈부,

* **잠실음형(蠶室淫刑)**
남자는 거세를 하고 여인은 음부를 봉하는 형벌. 바람이 통하지 않는 밀실에 불을 계속 지펴 높은 온도를 유지하는 방이 잠실(蠶室)인데, 궁형(宮刑)에 처한 자는 잠실에 있게 했다.

* **민건거세(閩囝去勢)**
민(閩) 사람들은, 자식을 건(囝), 아버지는 낭파(郎罷)라고 불렀는데, 당나라 때에 그곳 자식들을 환관으로 썼기 때문에 형세가 부호한 자들이 많아 그곳 사람들은 자식을 낳으면 곧 거세를 했다.

* **시구편(鳲鳩篇)**
『시경』편 이름. 통치자는 백성을 고루 사랑해야 한다는 내용을 뻐꾸기(鳲鳩)에 비유해 인간 세상의 차별을 풍자한다.

귀천, 반상, 강약, 생사, 수탈과 피탈 따위로 대조해 탐관오리의 학정과 민중의 괴로움을 아로새겼다.

2-2 회사후소

앞과 뒤는 이러하다. 자하가 "'아양 떠는 웃음의 보조개며 아름다운 눈의 눈동자가 시원스럽고 또렷함이여! 소박한 마음을 바탕으로 화려한 무늬 만들었구나' 하니 무슨 뜻입니까?" 물으니, 공자는 "그림 그리는 일은 흰 바탕이 있은 후다繪事後素" 하고 깨우침을 준다.

2-3 사무사는 동양문학 출발점이요 정점인 『시경』을 묶고는 공자가 한 말이다. 공자는 "『시경』의 시 삼백 편을 한마디로 평하면 사무사다" 하였다. '사무사'는 생각함에 사특함이 없는 진솔함이란 뜻이다.

2-4 이지의 동심설은 글 쓰는 이라면 반드시 생각해봐야 한다. '동심설'이란, '동심' 즉 어린아이 마음이다. 아이들 감각은 성인들보다 진솔하고 푸지다. 각종 관습과 문화, 제도 따위에 물들지 않은 깨끗한 마음 바탕을 지녀서다.

2-5 연암의 동심설은 「종북소선鍾北小選」에 보인다.

우사단(雩祀壇, 서울 남산 서편 기슭에 있던 기우제 지내던 제단) 아래 도저동에 푸른 기와로 이은 사당이 있고, 그 안에 얼굴이 붉고 수염을 의젓하니 길게 드리운 이가 모셔져 있으니 관운장이다. 학질 앓는 남녀들을 관운장이 앉아있는 상 밑에 들여보내면 정신이 혼비백산되어 추위에 떠는 증세가 달아나고 만다. 하지만 어린아이들은 아무런 무서움도 없이 그 위엄스럽고 존귀한 관운장 상에 무례한 짓까지 서슴없다. 그 눈동자 후벼도 눈 하나 깜짝하지 않고 콧구멍 쑤셔도 재채기하지 않으니, 그저 덩그러니 앉아 있는 소상*에 불과하다.

* 소상(塑像) : 찰흙으로 만든 상

어린아이는 아직 사람들이 만들어낸 관습을 모른다. 실상 관운장 소상에서 느끼는 무서움은 관운장 소상 때문이 아니다. 관운장을 귀신으로 보는 관습 때문이다. 우사단에 모셔져 있는 흙으로 빚은 소상은 실상 흙덩어리에 지나지 않으나 사람들은 관운장 혼령이 있다고 믿는다. 때 묻지 않은 어린아이 마음이 필요한 이유다.

연암은 계속 말을 잇는다.

이로 말미암아 보건대, 수박 겉만 핥고 후추 통째로 삼키는 자와 더불어 그 맛을 말하지 못하며, 이웃 사람 초피(貂皮, 담비가죽) 갖옷 부러워해서 한여름에 빌려 입는 자와는 더불어 계절을 말하지 못한다. 관운장 거짓 소상에다 아무리 옷을 입히고 관을 씌워놓아도 진솔한 어린아이를 속이지 못한다.

'수박 겉만 핥고 후추 통째로 삼키는 자'와 '이웃 사람 초피 갖옷 부러워해서 한여름에 빌려 입는 자'는 사회 통념으로 제 생각을 덮어버린 자들이다. 결코 수박, 후추 맛을 알지 못하고 제아무리 좋은 갖옷이라 한들 한여름에는 입지 못할 겨울옷일 뿐임을 모른다. 흙으로 빚은 관운장 거짓 소상에 옷 입히고 관 씌워놓아도 그것은 한갓 흙덩어리일 뿐이다.

이렇듯 번연한 거짓을 불변의 진실로 믿는 이유는 독한 배움을 통해서였으니, 배움이란 두 글자가 참 민망하다. 이지는 「동심설」에서 "배우는 자가 독서 많이 해서 의리를 알게 되면 동심에는 걸림돌이 된다"고 동심을 위협하는 요소로 이 배움을 지적한다. 사실 저 어린아이도 배움을 시작하고 얼마 지나지 않으면 학질을 떼러 제가 코 후비던 관운장 소상을 제 발로 찾을지 모른다.

다시 어린아이를 주목해본다. 어린아이가 사람의 처음이니, 어린아이 마음은 사람 마음의 시작이다. 사람 마음의 시작이니 가식없는 순수한 본마음이요, 순수한 본마음이니 진실이요 참이다. 연암은 글 쓰는 자라면 마땅히 이 진실과 참된 우리 삶을 보라는 당위성을 주문한다.

연암은 "방과 창이 비지 않으면 밝지 않고 유리알도 비지 않으면 정기가 모이지 않는다" 하고는 "뜻을 분명하게 하는 방법은 진실로 비움에 있다"고 똑 부러지게 확정한다. 방에 물건이 빼곡히 차있고 창은 흙으로 덧칠하고, 유리알엔 때가 잔뜩 끼었다면, 어떻게 안을 보며 유리알이 어찌 햇빛 모으는 렌즈 구실 하겠는가.

사물 제대로 보려면, '글 짓는 이 마음은 이렇듯 비어있어야 하고 깨끗해야만 한다'는 경계를 일러주는 발언이다. 이러한 사물 참모습을 제대로 분별하려는 마음눈이 없을 때, 세상에 영합하거나 안간힘으로 남 꽁무니만 붙좇으려는 글을 써댄다.

2-6 성령은 진정성으로 조선 후기 신진 학자들이 주장했다. 성령은 우리가 본래부터 지닌 마음이니 글 쓰는 이의 진실하고 자연스러운 감정이다. 따라서 '글 쓰는 이는 형식이나 규범에 얽매이지 말고 진실한 마음으로 사물을 보고 이를 써라'는 성령론 주문이다. 화려한 글도 좋지만, 담박한 글에서만 얻는 수더분함이 오히려 내용 있는 글로 나아간다. 진정으로 독자가 감동하는 글은 바로 여기서 시작한다. 이러한 글쓰기를 다산은 "맛 좋은 술이 입 안으로 들어오면, 얼굴에 붉은 빛 도는 이치"로 설명한다. 앞 문장은 다산의 「이인영에게 주는 글爲李仁榮贈言」에 보인다. 이 글에서 다산은 제자 이인영에게 문장이란, '맛 좋은 술이 입 안으로 들어오면 얼굴에 붉은 빛 돌 듯' 자연스러운 현상이라고 찬찬이 일러준다. 글쓴이가 진실하고도 순수한 마음으로 사물 보고 이 마음 명령에 따라 순연히 써야겠다 싶어 쓴 글. 바로 다산이 말하는 문장이요, 이러한 글이라야만 글쓴이 진정성이 보인다.

음식으로 쳐 문체의 수식을 고명이요, 짭조름히 간 맞춤이라 하면, 순수한 마음에서 우러난 진정성은 음식 바탕인 재료다. '알심 있는 글' 출발점은 여기임을 잊지 말아야 한다. 우리 역사 속에서 왕권국가와 일제치하를 거쳐 독재정권까지 남은 글들은 모두 저 순수한 마음을 바탕으로 지어졌다.

잠시 논의를 벗어나지만, 세상에 잇속을 댄 책과 독서계에 야합하는 글이 많은 세상이다. '부처님 반 토막 같은 소리'요, '말만 귀양 보낼' 넋

두리일 터이지만, '저 재주를 이렇게 써야만 할까' 하는 생각이 든다.

거짓, 위선이 설쳐대면 순수와 진실이 설 자리는 없다. 순수와 진실이 글 변방에 위치하면 그것은 더 이상 글이 아니다. 글을 쓰는 자, 어린아이처럼 무잡하고 순결한 심성을 가져야 한다 함은 이런 의미에서다. 이 마음이 없는 자 글을 쓰지 못하고 글을 써도 글이 아니다. 글쓰기는 눈썰미로 밀어붙이는 글짓기 학습이나 기술공학이 아니라 마음이기 때문이다. 덧붙여 글쓰기를 통해 출세나 해보려는, 혹은 재간으로 붓장난이나 부려 매문賣文하려는 속됨은 지탄받아 마땅하다. 어린아이 같은 순수한 진정, 이 가식 없는 순수한 마음으로 사물을 바라보고 표현하였을 때 비로소 글이 됨을 잊지 말자. 저자로서 글을 쓰고 싶은 설렘, 문자와 문장과 단락 어울림, 독자가 책에 끌렸다면 바로 여기서부터다.

'거짓 없는 솔직함直而無僞', 이것이 글 정신이요, 글 쓰는 자 마음이요, 이러할 때 다산이 말하는 '미자권징' 글이 된다.

2-7 소박하고 맑은 진실한 마음은 현대 문호라고 다를 바 없다. 5남매 어머니로 살다 한국 문단 거목이 된 박완서1931~2011는 "진실을 말하기 위해 글쓰기한다"고 주저 없이 말한다. 아르헨티나 소설가이자 시인으로 내로라하는 세계 문호 보르헤스Jorge Luis Borges, 1899~1986는 그의 강의를 묶은 『칠일밤』에서 "우리는 어린 아이 믿음 갖고서 책 읽고 그 책에 빠져야 합니다" 하였다. "진실이 반쯤 섞인 거짓말은 허위가 진실 탈을 썼기 때문에 온전한 거짓말보다 더욱 질이 나쁘다." 헉슬리Aldous Leonard

Huxley, 1894~1963의 「연애대위법」에 보이는 말이다. 이들 말이 연암 글에 보이는 '어린아이 진솔함幼子之眞率'과 다를 바 없다. 글 쓰고자 하는 자라면 관운장 소상에 입혀진 관습을 벗겨내야 한다. 그래야만 비로소 글 쓰고자 하는 대상의 진실을 포착하고 진실의 조각을 모아 선을 권장하고 악을 징계하는 글을 쓰게 된다. 이것이 바로 '흰 바탕이라야 그림 그린다'이다.

참고 · 보충자료

간호윤, 『연암평전』, 소명출판.
다치바나 다카시, 이정환 역, 『도쿄대생은 바보가 되었는가』, 청어람미디어.
이지, 「동심설」.

02

사물 보기

觀物論

제3계 · 오동누습吾東陋習

우리나라의 제일 나쁘고 더러운 버릇을 버려라

3-1 한자 학습이 무섭다. 중 · 고등학생뿐 아니라 초등학생들까지 무턱대고 덤벼든다. 공부하려는 아이와 이를 말리려는 부모, 머리 질끈 동여맨 아이 옆에서 감시하다 조는 부모, 이런 광고는 그 자체가 아이러니한 현실이다. '교육'이란 미명하에 벌어지는 모지락스런 어른들의 공부 상품화가 무섭고 아이들이 애처롭다. 대한민국 모든 아이들이 오로지 한두 대학, 한두 학과만을 두고 공부한다는 사실은 전율스럽다 못해 잔인하기까지 하다.

그중, 『천자문』 학습은 여러모로 생각해봐야 한다. 다산은 '어떻게 아이들 지식을 길러주겠는가'라는 강한 반문으로, 『천자문』을 봐서는 아이들 지식이 길러지지 않는다고 잘라 말한다. 『천자문』을 배우느니, 차라리 『명심보감』이나 『추구』 따위를 학습하게 함이 옳다.

3-2 「답창애지삼」, 서른넉 자 편지는 연암이 후일 척을 두고 지낸 의고주의자擬古主義者 창애 유한준이란 이에게 보냈다는 점을 예각화한다면 의미가 예사롭지 않다. 유한준은 진한고문秦漢古文을 추종하는 문장가로 이름이 높았던 이이기 때문이다.

3-3 '아이 총명함이 한자 만든 창힐을 굶주려 죽일 만하다.' 연암은 한자

창조한 창힐을 아이에 빗대어 우습게 만들어버렸다. 연암 제자인 청장관靑莊館 이덕무도 「종북소선 자서」에서 창힐이 글자 만든 뜻을 크게 여기지 않는다. 그렇다면 한자 만든 창힐을 왜 폄하할까?

연암은 "글자 만들 때 내용 들어보고 형상 그려내며 또 그 형상과 뜻 빌려서 썼다. 이것이 글이다造字 亦不過曲情畫形 轉借象義如 是而文矣" 한다. 창힐이 내용 들어보고 형상 그려내 한자를 처음 만들었듯이, 누구든 글자 만들면 되는데 웬 수선이냐며 시큰둥한 반응이다. 창힐이 만든 한자는 인지문人之文이다. 사람이 만든 인지문은 누구든, 언제든 만들 수 있다. 더욱이 『천자문』은 다산이 촘촘 그 폐단 지적했듯, 인지문의 정형이 못 된다. 맞지 않으면 고쳐야 한다. 언어라고 다를 바 없다. 변하지 않는 사물이 없듯이 언어 또한 고정하지 않고 변한다. 「용비어천가」의 'ᄇᆞ롤, 내히' 따위는 저 당시엔 일상이나 지금은 보기조차 어렵다.

그런데도 당대 문장가들, 이 편지를 받는 유한준 같은 이들은 '문필진한文必秦漢'이니, '시필성당詩必盛唐'이니 외워대며, 『천자문』을 아이들에게 강요했다. 문장 하려면 선진양한을 본받아야 하고, 시 지으려면 성당을 모범으로 삼아야 한다는 사대주의 전형 사고다. "아이의 총명함이 한자 만든 창힐을 주려 죽일 만하다"는, 맺음 말결에 『천자문』 학습이 잘못됨을 경고하는 연암의 의도가 또렷이 드러난다.

연암 선생 말씀 한 번 더 들어보자. 연암은 만년에 붓을 잡아 병풍에 '인순고식因循姑息 구차미봉苟且彌縫'이라 쓰고는 "천하 만물이 모두 이 여덟 글자로부터 잘못되었다天下萬物 皆從此八字隳壞"고 했다. '인순고식'은 낡은 습관이나 폐단을 벗어나지 못하고 눈앞의 안일만 취함이요, '구차

미봉' 역시 임시변통으로 잘못을 이리저리 꾸며 대충 땜질한다는 의미다. 『천자문』을 아무 의심 없이 부둥켜안고 최고라 여기는 관습, 이것이 '인순고식'이요, '구차미봉' 아닌가.

3-4 왕인이 일본에 『천자문』과 『논어』를 전했다는 기록이 있지만, 일본에 전한 『천자문』은 위魏나라 종요鍾繇, 151~230의 저술일 가능성이 크다. 우리가 보는 『천자문』은 이 종요의 저술에 여러 문헌들을 합쳐 양梁나라 무제武帝, 502~549 시기 주흥사周興嗣가 편집하였다고 보는 것이 옳다.

3-5 관념 틀거지를 거세해야 한다. 종종 인생판 행마법行馬法 터득한 이들은 묘수를 잘 둔다. 그것은 시대와 적당한 타협을 벌이는 짓이니, 바로 관념 틀거지에 낀 인생이다. 관념 틀거지에 낀 눈으로 『천자문』을 바라보니 이보다 더 좋은 글은 없었다. 혹 있다손 치더라도, 『천자문』을 대처할 만한 새로운 글을 만들 자신도 없고 굳이 그러한 생각을 타인들에게 엿보일 이유도 없다. 관념 틀거지를 벗어나려면 '왜?'와 '어떻게?'를 항시 노예처럼 끌고 다녀야 한다.

참고 · 보충자료

정약용, 『다산시문집』.

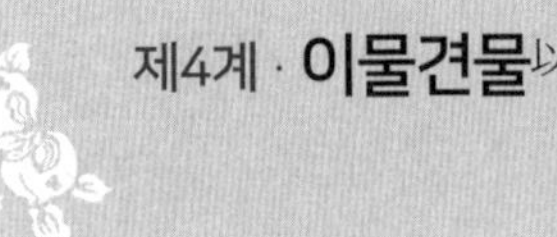
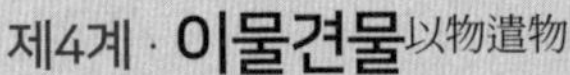

제4계 · 이물견물以物遣物

닭 치는 일 글로 풀어내라

4-1 속학은 속되고 정도가 낮은 학문이고, 아학은 고상해 정도가 높은 학문이다. 다산은 "이 세상에 살면서 두 가지 학문을 겸해서 공부해야 하니, 하나는 속학이요, 하나는 아학"이라 한다. 그러나 속학과 아학 공부는 각각 따로가 아니다. 속학이 아학이며 아학이 곧 속학이기 때문이다.

4-2 **안동답답***은 '기둥을 안은 것처럼 가슴이 답답하다'는 뜻의 안동답답按棟畓畓도 있다. 마치 우물 안 개구리와 매미에게 바다 이야기와 겨울 이야기 들려주는 격이다. 쇠귀에 경 읽기요, 말귀에 봄바람이다.

이 책 만들 무렵 풍 맞은 친구를 만났다. 말 주고받음은 물론이요, 간단한 산책에 한 잔 술도 괜찮았다. 벗은 뇌의 99%를 쓰지 못한다고 병원에서 진단받았다니 단 1% 뇌 기능만으로 생활에 큰 문제없음이다. 다만 음식 맛을 보거나, 냄새는 맡지 못한다고 한다. 그제야 맛 보거나, 냄새 맡는 이 모두 뇌의 영역임을 알았다. 슬픈 일이 있으면 아무리 맛있는 음식을 먹어도 맛을 모른다는 사실을 그때야 깨달았으니 안동답답이가 따로 없다.

* **안동답답**
안동답답우족탱(安東畓畓牛足撐)에서 나온 말이다. 안동의 미련한 사람이 소 등에 짐을 실을 때, 짐이 한쪽으로 기울면 기우는 쪽의 소 발굽을 돌멩이 같은 것으로 괴었다 하여 답답한 사람을 이르는 속담이다.

4-3 안동답답이는 다산 글 도처에서 여지없이 혼쭐이 난다. 아래 글은 「상중씨上仲氏」로 다산은 자연 색깔이 다양하거늘, 어찌 안동답답이처럼 일곱 가지 색으로만 규정짓느냐고 우리 됫박만 한 앎을 통매한다.

> 시험 삼아 풀잎이나 나무껍질을 채취하여 즙 내기도 하고 달이기도 해서 물 들여보니, 청·황·적·백·흑 따위 오색이나 자주색·녹색 이 외에도 이름 지어 형용치 못하는 여러 색깔이 튀어나와 기이하고 아름다운 게 매우 많습니다. (…중략…) 우리나라 사람들은 오색 이외에는 오직 자주색과 녹색 두 색깔만 알고 이외 모든 물건 빛깔을 다 버리고 사용하지 않습니다. 이른바 안동답답이겠지요.

다산의 「중씨께 답함答仲氏」이란 글도 그렇다. "옛 사람 법은 따를 만하면 따르고, 어길 만하면 어겨야 합니다. (…중략…) 선생께서는 요즈음 수학 전공하시더니 문자를 보면 반드시 수학으로 해결하려 드는군요. 이는 마치 선배 학자 중에 선禪 좋아하는 자가 불법佛法으로 『대학』 해석하려 함이고, 또 정현鄭玄이 별자리 모양 좋아하여 이로써 『주역』 해석하려 함과 같습니다. 모두 치우쳐서 '두루 섭렵하지 못한 데서 나오는 병통不周之病'입니다" 한다.

이 '두루 섭렵하지 못한 데서 나오는 병통'을 해결하기 위해 다산은 속학과 아학을 겸해야 한다고 한다.

4-4 벌레 수염과 꽃 잎사귀를 연암도 봤다. 연암이 한번은 어떤 촌사람

과 잠 잔 적이 있는데, 그 사람이 꽤 코를 골았나 보다. 벌레 수염과 꽃잎사귀 보듯 가만히 그 사람을 들여다본 연암은 「공작관문고서」에 이렇게 적어놓았다.

코 고는 소리가 얽매이지 않아 마치 토하듯, 휘파람 불듯, 한탄하는 듯, 숨 크게 내쉬는 듯, 후후 불을 부는 듯, 솥 물이 끓는 듯, 빈 수레 덜커덩거리며 구르는 듯했으며, 들이쉴 땐 톱질하는 소리 나고, 내뿜을 때는 돼지처럼 꿀꿀대었다.

여간 흥미롭지 않은 글이다. 코 고는 사람 묘사하려고 무려 아홉 가지 비유를 들어 열거한다. 코 고는 하찮은 일도 세밀히 봤을 때, 저토록 재미있는 글로 이어진다. 이 글이 글쓰기에 관한 글임을 상기한다면, 하찮은 일상이 얼마나 크게 작용하는지 알게 된다. 연암이 똥구덩이 보고 장관이라 하고 똥장군 지고 평생 살다 간 예덕 선생을 소설 속 주인공으로 삼은 이유도 여기서 찾는다.

연암의 「도강록渡江錄」 중 '호곡장好哭場' 한 구절만 더 본다.

사람들은 단지 칠정 가운데 오직 슬픔만이 통곡하게 만드는 줄 알고 칠정 모두 통곡됨을 모른다. 기쁨이 극에 달하면 통곡되고, 성냄이 극에 달하면 통곡되고, 즐거움이 극에 달하면 통곡되고, 사랑이 극에 달하면 통곡되고, 미움이 극에 달하면 통곡되고, 욕심이 극에 달하면 통곡된다. 연암 말대로 통곡 부르는 게 어찌 슬픔만이겠는가. 사실 기쁨, 성냄, 즐거움, 사랑, 미움, 욕심이 지나치게 되면 통곡으로 이어진다. 우물 안 개구리와 밭두덕 두더지처럼 안동답답이가 되지 않으려면 통곡 또한 벌레 수염과 꽃잎사귀를 보듯 자세히 살펴야 한다.

4-5 글 지을 마음으로 사물을 본 이덕무의 「잡제 1」이라는 시다.

비 온 못에 개골개골 무척이나 시끄러워	雨池閤閤太愁生
돌 던져 개구리 울음 그치게 하렸더니	拾石投黽欲止鳴
'안녕하시오' 여뀌 뿌리 푸른 글자 내고	無恙蓼根青出字
비늘 고운 금붕어 물결 차며 놀라 뛰네.	潤鱗金鯽撇波驚

잠시 귀 기울여본다. 누구나 듣는 개구리울음이 한 편 멋진 시가 됐다. 개굴개굴 개구리 울음이 꽤 시끄럽다. 그래, 조용히 하라고 돌멩이 던졌나 보다. 퐁당! 돌이 떨어져 파문 이는 곳을 보니 여뀌 뿌리 파랗게 드러나고 금붕어는 물결치며 놀랜다. "'안녕하시오' 여뀌 뿌리 푸른 글자 내고' 표현이 참 멋들어진다. 글 지을 마음이 없고서야 여뀌 뿌리가 어찌 인사를 하겠는가.

참고 · 보충자료

말로 모건, 류시화 역, 『무탄트 메시지』, 정신세계사.
베르나르 베르베르, 이세욱 역, 『상대적이며 절대적인 지식의 백과사전』, 열린책들.

제5계 · 사이비사似而非似

산수와 그림을 제대로 보아라

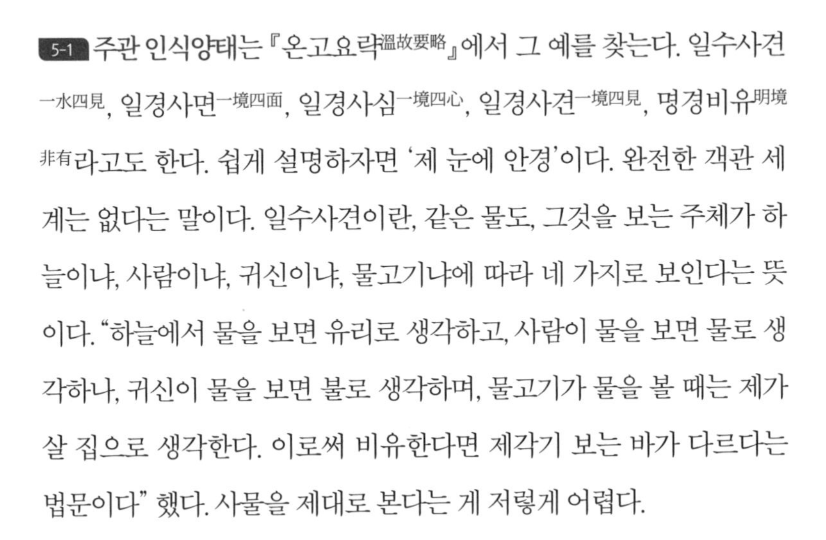

5-1 주관 인식양태는 『온고요략溫故要略』에서 그 예를 찾는다. 일수사견一水四見, 일경사면一境四面, 일경사심一境四心, 일경사견一境四見, 명경비유明境非有라고도 한다. 쉽게 설명하자면 '제 눈에 안경'이다. 완전한 객관 세계는 없다는 말이다. 일수사견이란, 같은 물도, 그것을 보는 주체가 하늘이냐, 사람이냐, 귀신이냐, 물고기냐에 따라 네 가지로 보인다는 뜻이다. "하늘에서 물을 보면 유리로 생각하고, 사람이 물을 보면 물로 생각하나, 귀신이 물을 보면 불로 생각하며, 물고기가 물을 볼 때는 제가 살 집으로 생각한다. 이로써 비유한다면 제각기 보는 바가 다르다는 법문이다" 했다. 사물을 제대로 본다는 게 저렇게 어렵다.

5-2 우리 눈을 의심하라. '몸이 천 냥이면 눈은 구백 냥'이라는 속담이 있다. 지각 형성 73%가 시각에 의존한다는 심리학자 통계도 있을 정도로 눈은 의존도가 높은 감각 기관이다. 하지만 저 속담과 통계를 믿고서는 사물을 제대로 관찰할 수 없다.

우리에게 자기 나이와 똑같은 두 마리 개犬가 있기 때문이다. 편견偏見과 선입견先入見이다.

"사람들은 아버지를 난장이라 불렀다. 사람들은 옳게 보았다. 아버지는 난장이였다. 불행하게도 사람들은 아버지를 보는 것 하나만 옳았다." 조세희의 소설 『난장이가 쏘아올린 작은 공』 서두다. 저 난장이 작은 어깨에, 나, 아버지, 어머니, 영호, 영희, '다섯 식구 목숨'이 붙어 있는 삶을 사람들은 보지 못했다. 사람들은 난장이를 편견과 선입견으로 한 가장이 아닌 난장이로만 본다.

다산처럼 읽고 연암처럼 쓰려면 편견과 선입견으로 사물 보는 눈을 끊임없이 의심해야만 한다.

어느 쪽이 더 길어 보이는가?

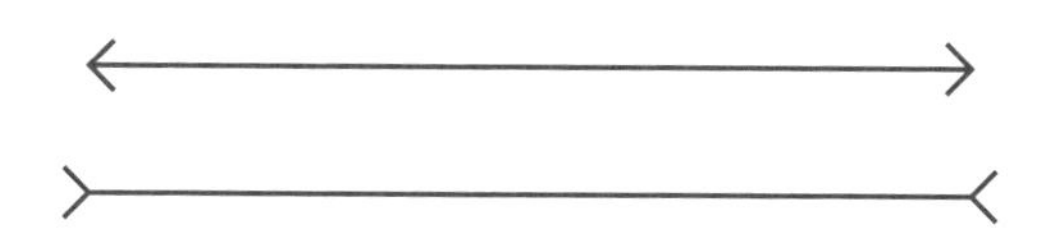

아래쪽이라고? 똑같다. 못 믿겠으면 자로 재보기 바란다. 착시 현상이니 대단할 게 없다. 아, 제주도에 비탈 위로 물이 흐르는 '도깨비도로'도 착시현상이잖은가. 우리가 눈을 믿지 말아야 하는 이유다.

직선을 그어보자.

혹 종이에 아래처럼 그리지는 않았는지?

상식이란 알아야겠지만 고집은 안 된다. 직선을 잘못 그렸다. 위는 직선이 아니라 선분이다. 선분은 아래처럼 선이 곧기는 하되, A에서 B를 잇는다. 환언하면 한계가 있는 직선이란 뜻으로 '유한 직선'이라 한다.

A ———————————— B

AB직선은 아래처럼 마냥 곧게 나간다. 끝이 없는 셈이다. 직선은 그냥 한정 없이 길어지는 '곧은 금'일 뿐이다.

이쁜이겠는가. 얼음 밑으로 흐르는 봄물은 생기의 노래를, 여름날 계곡 타고 쏟아지는 폭포는 청량한 눈의 즐거움을, 깊이를 알 수 없는 검푸른 물에서는 죽음과 공포를 느낀다. 하지만 사막의 물은 생명수가 되고, 시인에게 물은 만물을 잉태하는 어머니요, 공자에게 물은 쉬지 않고 흐르는 시간이 되지 않았나. '물' 하나만 해도 보기에 따라서는 이렇듯 귓맛에, 눈맛이 여간 아니다.

어느 책을 보니 색상마저도 사람에 따라 다르다고 한다. 같은 색 옷을 보여줘도 사람마다 느끼는 색이 다르다. 내 눈에는 진한 빨강색이거늘, 저이 눈에는 그보다 약간 옅은 색이다. 이는 사람 신체에 따라, 또는 문화 관습에 따라, 감각기관과 인식행태가 다르기 때문이다.

5-3 적과 마주한, 최고 검객은 적 칼끝을 보지 않는다. 상대방 눈을 본다. 검객이 자기 목을 겨눈 칼끝을 보지 않고 상대 눈을 보는 이유는 무엇 때문인가? 상대 눈이 칼보다 먼저 움직이기 때문이다. 목을 향해 내려

오는 칼날은 마음에서 시작해 손, 칼이라는 동선을 타고 내 목에 이른다. 마음이 칼의 가장 중심이지만 마음은 보이지 않으니, 마음의 창인 눈을 봐야 한다. 칼끝을 보는 순간, 상대방은 오간 데 없고 목은 이미 상대방 손에 있다. 칼이 글자라면 상대방 검객은 글자에 숨겨진 뜻이다.

5-4 척안은 뛰어난 안목이란 뜻이다. "석회는 물에 축축하니 젖어야 타고石灰澆則焚, 옻칠은 축축한 속이라야 마른다漆汁濕乃乾." 척안으로 세상을 본 정약용의 「고시이십사수」 한 구절이다. 어찌 젖어야 타고 또 젖어야 마르는가?

일상으로 척안을 돌려본다. 송곳 끝이 뾰족하다고? 그렇지 않다. 돋보기로 보면 뭉툭하다. 흔히 밤하늘 별은 반짝인다고 한다. 천만의 말씀이다. 반짝거리지 않는다. 1년은 365일인가? 정확히 말하자면 1년은 365.2422일이 맞다. 계이름 역시 그렇다. 도레미파솔라시도? 우리 선조들이 쓴 궁상각치우는 무엇이란 말인가? 1에서 10 중간은? 5가 아니라, 5.5가 맞다. 행복과 불행은 멀고 먼 관계? 아니다. 행복이라는 '행幸 자'와 괴로움이라는 '신辛 자'는 겨우 선 '하나一' 차이일 뿐이다. 순금은? 제아무리 높아야 99.99%까지밖에는 안 된다. 이 세상엔 어떤 물질이든지 100% 완벽한 물질은 존재하지 않는다고 한다.

관찰하면 파리 대가리나 모기 속눈썹도 본다. 척안이란 이렇듯 사물을 세세히 훑는 눈빛질이다.

5-5 망진은 의학 용어로 시진視診이라고도 하는데 바로 사물 관찰하는

마음눈이다. 즉 의사가 육안으로 안색과 눈, 입, 코, 귀, 혀 따위를 살펴보고 그 외부에 나타난 변화에 따라 병 증상을 진단하는 일이다. 글 쓰려는 자라면 응당 사물을 망진할 줄 알아야 한다.

5-6 〈매트릭스〉는 이 제5계를 정확히 관통하는 영화다. 바로 사이비사와 마음이다. 이 영화를 이해하려면 이 시대 화두인 '시뮬라시옹'부터 살펴야 한다. '시뮬라시옹simulation'은 시뮬라크르가 작용하는 동사다. '시뮬라크르simulacre'는 존재하지 않는데 존재하듯 만들어놓은 초과실재實在로 모사본模寫本이다. 초과 실재, 즉 모사본이란 실재를 베꼈지만 결코 실재가 아니다. 바로 사이비사다. 그런데도 이 시뮬라크르인 모사본이, 때로는 실재보다 더 생생하게 인식되는 현대사회다. 영화 〈매트릭스〉는 이 점을 예리하게 파고들었다.

예언자 오라클은 주인공 네오에게 '그노티 세아우톤γνῶθι σεαυτόν'이 '너 자신을 알라'임을 일러준다. 모피어스는 네오에게 "너는 마음의 감옥에서 태어났다"고 한다. 자신을 알고 마음의 감옥에서 벗어나 깨어있으라는 주문이다. 보고, 듣고, 느끼는 모두 가상 공간인 매트릭스다. 일상 현실이 모두 거짓이라는 끔찍한 진실, 그 깨달음은 고통이다. 깨어있기 위해 네오는 목숨을 건 싸움을 한다.

5-7 **빨간약** 먹으면 우리는 집단 가사상태인 매트릭스에서 빠져나와 원본인 현실을 본다. 매트릭스는 우리에게 파란약과 빨간약 중 하나 택하라고 한다. 지배질서에서 잘 훈육된 자들이 서성거리는 가상과 실

재 현실을 인식하려면 늘 깨어있어야 한다. 빨간약을 먹으면 되지만 혼자 고독한 길을 순례자처럼 가야만 한다. 파란약은 매트릭스다. 모두 기계가 통제해준다. 모든 사람들처럼 적당히 생각하고, 몸에 깊숙이 각인된 관습으로 옳고 그름을 따지지 않고 집단 무의식 속에서 산다. 내가 거울을 보지만 내가 없다. 마음이 조작된 일상 관습과 고리삭은 관성의 노예가 되어서다. 마음은 그렇게 자유 없는 감옥에 갇혔다.

〈그림 7〉 르네 마그리트, 〈금지된 복제〉

연암은 이미 이 시대 화두인 '시뮬라시옹'을 저 시대에 말해놓았다. "산수도 모르고 그림도 모르는군"이 바로 그것이다. 연암은 빨간약을 복용했다. 산수를 흡사하게 그려놓으면 통상 '같다'는 말을 쓰는데, 단지 '비슷'할 뿐이지 결코 같을 수 없다. '시뮬라크르'와 원본은 다르다. 시뮬라크르, 즉 연암 글 속 그림은 어디까지나 가짜다.

한 남자가 거울을 보나 거울 속에 얼굴이 없다. 르네 마그리트Rene Magritte, 1898~1967의 〈금지된 복제La Reproduction Interdite〉라는 그림(〈그림 7〉)이 그렇다. 그는 비슷한 가짜인 시뮬라크르 눈만 지녔다. 시뮬라크르 눈으로는 자기를 찾지 못한다. '파블로프의 개'처럼 과거에 경험한 형식과 규범 문화가 너무 몸에 젖어 조건반사conditioning로 반응하기 때문이다.

과거에 경험한 문화 중, 대다수는 시뮬라크르임을 모른다.

시뮬라크르는 원래 플라톤이 정의한 개념이다. 플라톤은 이 세계를 원형인 이데아, 복제물인 현실, 복제의 복제물인 시뮬라크르로 나눴다. 여기서 현실은 인간 삶 자체가 복제물이고, 시뮬라크르는 복제물의 재복제다.

참고 · 보충자료

박웅현 · 강창래, 『인문학으로 광고하다』, 알마.
박지원, 김혈조 역, 『그렇다면 도로 눈을 감고 가시오』, 학고재.
마르셀 뒤샹의 작품.
〈죽은 시인의 사회〉, 1989.
〈매트릭스〉, 1999.
〈안달루시아의 개〉, 1929.

제6계 · **혈유규지**穴牖窺之

창구멍을 뚫고 보아라

6-1 〈슈렉〉은 어린이 애니메이션 영화지만 관찰에 많은 도움을 준다. 슈렉은 괴물 같은 외모지만, 마음은 비할 데 없이 순수하다. 그는 모든 사물을 겉모습만으로 판단하는 세상을 "왜 사람들은 보이는 너머에 또 볼 게 있다는 사실을 알지 못하지" 하며 밤하늘 별을 올려다보며 안타깝게 중얼거린다.

말콤 글래드웰Malcolm Gladwell의 『블링크』라는 책을 보다 미국 최고 대통령이 최악 대통령임을 알았다. 그가 29대 미합중국 대통령인 워렌 G. 하딩이다. 하딩은 전혀 지적이지도 않고 포커, 술, 특히 여자사냥에 몰두하는 마초 기운 풀풀 풍기는 사내였다. 문제는 그의 외모였다. 나이가 들면서 하딩 외모가 어찌나 뇌쇄스러운(?)지, 누구나 '대통령감'이라는 데 이의를 제기하지 못했다. 그는 대통령에 당선됐고, 미국 역사상 최악의 대통령으로 남았다.

세상만사 다 그러하다. 눈에 보이지 않는 그곳에 진실이 숨었다. 그러니 한 번쯤은 의심하고 부인해야 진실을 찾는다. 선인들은 '의심의 유무'가 공부의 척도라고 여겼고 지금도 변함이 없건만 의심을 꺼린다. 의심하고 진실을 찾을 용기가 없어서다. 변화를 찾고, 현실을 직시하려는 마음눈이 글 쓰는 이에게 필요하다.

6-2 **내안과 외안**은 18세기 단문으로 실험 글을 즐겨 쓴 이용휴李用休의 「증정재중贈鄭在中」에서 찾았다. 이용휴는 '외안으로는 외부 사물을 살피고 내안으로는 이치를 살핀다' 하고는 "외안은 (사물에) 현혹되기 쉬우니 반드시 내안으로 바로잡아야만 한다. 그러하니 내부를 보는 눈이 더 온전하다外眼之所眩者 必正於內眼 然則其用全在內矣"고 한다. 내안과 외안 중, 굳이 따지자면 내안이란 마음눈으로 봐야만 온전한 사물 진면목을 본다는 견해다.

6-3 「**인상론**」에서 다산은 '상相(용모)은 습성으로 인하여 변하고, 형편은 인상에 따라서 그렇게 된다'며, 그 상만을 믿는 속세 이야기를 한마디로 '망령되다' 한다. 다산은 어릴 때 보면 모두가 예쁘지만 장성해서 달라진다며, "직업이 달라짐에 따라 습성도 다르고, 습성이 달라지면 인상도 이로 인하여 변하기 때문"이라고 그 이유를 댄다.

그런데도, 사람들은 이를 모르고 '그 상이 저렇게 생겨 그 습성도 저렇다' 하며, 서당에 다니는 아이들은 그 인상이 부드럽고 연하고, 시장의 무리는 그 인상이 검고 빤빤하고, 소와 말이나 먹이는 아이들은 그 인상이 더부룩하고, 강패江牌(뱃사공)나 마조馬弔(마부) 같은 무리는 그 상이 사납고 약빠르다고 여기는 현실을 개탄한다.

6-4 「**서림사 벽에 제하다**」는 송나라의 대문호 소동파蘇東坡가 여산을 찾았다가 안타까운 마음을 7언절구 한 수로 읊조린 것이다.

가로로 보면 고개요, 비스듬히 보면 봉우리라.	橫看成嶺側成峰
멀고 가깝고 높고 낮고, 보는 곳에 따라 제각각.	遠近高低各不同
여산의 진짜 모습을 알지 못함은,	不識廬山眞面目
단지 이 몸이 산속에 있어서라네.	只緣身在此山中

눈은 주관이다. 보는 자의 서있는 위치에 따라 여산은 저토록 다양하다. 그러니 참모습 보려면 어떻게 해야 하는가? 소동파가 산속에 있다고 하였으니, 산 밖으로 나와야 한다. 창 밖으로, 산 밖으로 나와야만, 그제야 참모습이 보인다.

6-5 '조하리의 창'이란 학설은 심리학자인 조지프 루프트Joseph Luft와 해리 잉햄Harry Ingham이 만들었다. 이 학설은 타인과 관계 속에서 자아가 어떤 상태인지를 설명하는 데 매우 유용한 이론이다. 저이들에 따르면 '마음의 창'에는 네 가지 영역이 존재한다.

나도 알고 상대방도 아는 '열린 창open area', 나는 알지만, 상대방은 모르는 '숨겨진 창hidden area', 나는 모르지만, 상대방은 쉽게 나를 관찰하는 '보이지 않는 창blind area', 나도 상대방도 모두 알지 못하는 '미지의 창unknown area'이다.

한 사람 마음조차도 이렇게 네 개 창이 존재한다. 사물 또한 이와 다를 게 없으니 창구멍 뚫고 보려는, 혈유규지라야만 우주 질서도 단박에 꿰뚫는 통시洞視로 나아간다.

참고 · 보충자료

조앤 에릭슨, 박종성 역, 『감각의 매혹』, 에코의서재.
다이앤 애커먼, 백영미 역, 『감각의 박물학』, 작가정신.
말콤 글래드웰, 이무열 역, 『첫 2초의 힘, 블링크』, 21세기북스.

제7계 · 광휘일신光輝日新

빛은 날마다 새롭다

7-1 진공묘유의 외연을 넓히면 세상 진리는 어느 특정한 곳에 특정한 형태로 비밀스럽게 간직된 게 아니다. 이 세상 모든 곳에 진리가 있다는 말이다. 『노자』 제45장 '홍덕洪德'에 "최고 달변가는 마치 말더듬이 같다大辯若訥"는 말이 있다. 언뜻 들으면 모순인 말이지만 곰곰 새기면 그렇지도 않다. 말더듬이가 온 정성 들여 겨우 전한 제 뜻이나 달변가의 제 뜻 전달이나 동일하기 때문이다.

어디 이뿐인가. 한 장 종이에서도 진공묘유를 찾는다. 텅 빈 종이 안에는 구름, 햇살, 대지, 벌목꾼, 제지공으로 꽉 차있다. 구름이 없다면 물이 있을 수 없고, 물과 햇살이 없다면 나무들은 대지에서 자랄 수 없다. 나무들이 없다면 벌목꾼도 없고, 벌목꾼이 없다면 제지공이 종이를 만들 수 없다. 텅 빈 종이 한 장에도 이렇듯 묘한 진리가 그득하다.

7-2 '인지문'이란 '천지문天之文'과 '지지문地之文'과 함께 삼재론三才論이다. '천지문'은 일日 · 월月 · 성星 · 신辰이고, '지지문'은 산山 · 천川 · 초草 · 목木이며, '인지문'은 시詩 · 서書 · 예禮 · 악樂으로 사람이 표현한 글이다. '천지문'이나 '지지문'은 말이 없다. 말은 어디까지나 '인지문'이 짓는다. 연암과 다산 당대, 대다수 문인들은 안타깝게도 '인지문' 전형을 한나라와 당나라 글에서 찾았으나 연암은 달랐다. '인지문'은 변화를 추

구하기에 전범이 없다는 언어관을 지녔기 때문이다.

7-3 '다치 사고'는 연암의 언어 인식이다. 대부분 사람은 '이치 사고 二値思考, two-valued orientation'로 세상을 관찰한다. 이치 사고란, 어떤 대상을 두 개 대립된 상황으로 나누고, 둘 중 한 쪽만 택하고 딴 쪽을 버리는 사고방식이다. 다치 사고는, 세계를 여러 각도에서 바라보고, 다양한 각도로 재고 판단한다. 이치 사고보다는 다치 사고가 더 열린 사고이며 과학 사고다. 연암 글에서 종종 보는 착상이 기발한 글들은 이에 연유한다.

7-4 고양이 눈에서 시간을 찾기는 송나라 심괄沈括, 1031~1095의 『몽계필담夢溪筆談』에 실린 이야기다. 구양수가 한 떨기 모란꽃 아래 고양이가 앉아있는 그림을 얻어 아는 이에게 품평을 요구한다. 이 이가 말하기를 "꽃이 피고 색이 말라있으니, 해가 중천에 떴을 때 모란이군요. 정오 고양이 눈의 검은 눈동자가 실낱같이 가느니, 이 또한 정오의 고양이 눈이오" 하더란다.

고양이 눈동자는 아침과 밤에는 둥글고 낮이 되면 세로로 줄어 들어 실낱만 하게 된다. 따라서 선인들은 고양이 동공으로 시간을 알았다. 빙허각憑虛閣 이씨李氏가 엮은 생활 경제 백과사전인 『규합총서閨閤叢書』에는 이보다 더 자세한 고양이 눈동자가 보이니 그 부분을 옮겨본다.

자오묘유시는 한 오라기 실 같고, 子午卯酉一條線

진술축미시는 대추씨 모양이에요. 辰戌丑未棗兒形
인신사해시는 둥글기가 거울이고, 寅申巳亥團如鏡
열두 때 귀신같이 딱 들어맞네요. 十二時神如鐵定

'자오묘유시'부터 보자. 밤 11시에서 1시는 자시, 낮 11시에서 1시는 오시, 새벽 5시에서 7시는 묘시, 초저녁 5시에 7시는 유시다. 이때 고양이 눈이 한오라기 실같이 가늘어진다.

'진술축미시'는 이렇다. 아침 7시에서 9시는 진시, 저녁 7시에서 9시는 술시, 한밤 1시에서 3시는 축시, 한낮 1시에서 3시는 술시다. 이때 고양이 눈은 대추씨 모양을 한다.

'인신사해시'는 이렇다. 한밤을 지난 3시에서 5시는 인시, 한낮을 지난 1시에서 3시는 신시, 한낮이 되기 전 9시에서 11시는 사시, 한밤이 되기 전 9시에서 11시는 술시니, 이때 고양이 눈이 거울처럼 동그래진다는 시다. 관찰을 제대로 한 꽤 술명한 글이다. "예술은 고양이 눈빛처럼 변하는 게 아니라 뿌리 깊게 한 세계를 파고듦"이라는 박수근 화백 예술론을 한 줄 첨부한다.

7-5 살구꽃에서 어여쁜 소실을 찾기는 유박柳璞, 1730~1787의 『화암수록花菴隨錄』에서다. 『화암수록』은 유박이 백화암이란 화원을 경영하며 그 경험을 적은 책이다. 이 책을 보면 꽃 품평하는 사물 보기가 여간 흥미롭지 않다. 품평은 물건이나 작품의 좋고 나쁨을 평한 글인데, 글 하는 이들은 곧잘 시품詩品 · 서품書品 · 화품花品 · 화품畵品놀이를 하였다. 품평

은 1글자, 2글자, 4글자로 된 게 많은데, 유박은 4자와 8자로 정리한다. 유박이 얼마나 깊이 꽃을 관찰하고, 이를 다시 상징 어휘로 묘사했는지 몇 개만 든다.

배(梨) : 우아한 부인이네(閑雅婦人)

옥잠화(玉簪花) : 영리한 사미승이라(伶俐沙彌)

살구꽃(杏) : 빼어나게 예쁜 젊은 소실(絶等小星)

패랭이꽃(石竹) : 곡할 줄 모르는 꼬마녀석일세(不哭孩兒)

왜홍(倭紅) : 온갖 꽃 어질어질 꽃 숲에서 제 맘대로(眩脫百花, 擅權花林)

해당화(海棠花) : 어여쁜 눈매 덜 깬 잠에 몽롱해라(淸揚婉兮, 睡痕朦朧)

백일홍(百日紅) : 어찌 꼭 무궁화만 고울까? 얼굴이 붉고 윤기가 도네(何必舜英, 顔如渥丹)

치자(梔子) : 파리한 두루미요 구름 속 기러기라, 곡기를 끊고는 세상에서 도망하네(瘦鶴雲鴻, 絶粒逃世)

모두 넉 자, 혹은 여덟 자다. 배를 '우아한 부인', 옥잠화를 '영리한 사미승'도 참신하지만, 살구꽃을 '빼어나게 예쁜 젊은 소실'이라거나 패랭이꽃을 '곡할 줄 모르는 꼬마 녀석일세', 해당화를 '어여쁜 눈매 덜 깬 잠에 몽롱해라' 하였다. 앙증맞은 인상 주는 표현이다. '정오의 고양이 눈'을 보듯, 꽃을 관찰했기에 저러한 상징을 얻는다. 결코, 물수제비 뜨듯 하는 얕은 눈길로는 감당치 못할 표현이다.

참고 · 보충자료

고바야시 야스오 외, 오상현 역, 『지의 기법』, 경당.
정민, 『18세기 조선 지식인의 발견』, 휴머니스트.

03
책 읽기
讀論

제8계 · 선립근기先立根基

먼저 바탕부터 세워라

8-1 효제는 『논어』 「학이學而」편에서 그 이유를 귀띔받는다. 「학이」편에 "그 사람됨이 효제하면서도 윗사람 범하기 좋아하는 자는 드물다. 윗사람 범하기 좋아하지 않으면서 난 일으키기 좋아하는 자는 있어본 적이 없다. 군자는 근본에 힘쓴다. 근본이 서면 도道가 생겨난다. 효와 제는 인仁을 행하는 근본이다" 한다.

결국 '효제'라 함은 단순하게 부모에게 효성스럽고 형제간 우애 정도로 끝나는 말이 아니다. 효제는 군자 근본이요, 도요, 인으로 나아가는 행동이기 때문이다. '인仁'은 유교 최고 덕목이다. 즉 효제만 있으면 법과 도덕에 어긋나거나 사회 화평 깨뜨리고 인륜 저버리는 몰염치한 행동을 하지 않는다. 자기 어버이와 형제간의 우애는, 나아가 남 어버이와 형제에게까지 미치고, 나아간다면 온 천하 사람에게 미치므로 인仁이라 했다.

8-2 '행동'이라는 '실천'의 독서를, 다산은 "만 백성 윤택하게 하고 만물 번성하게 자라게 해야겠다는 생각澤萬民育萬物底意思"이라고 말한다. 행동과 실천이 독서 부산물이 아니라 그 자체라는 뜻이다. 그러한 후라야만 독서군자讀書君子라고 대못 두어 개 쿡 찔러 놓았다. 책을 한낱 지식 놀음이나 글 쓰는 방편으로서만 보는 오늘날 독서군자들에게 주의

촉구하는 경구다. 콘센트에 플러그만 꽂으면 충전되는 '핸드폰식 메커니즘 독서'로는 인정머리 없는 기계음만 두뇌에 주입할 뿐이다.

8-3 실용지학은 이 시대 화두며 독서 장력張力이다. "여러분은 이제껏 속아왔어요. 부자들은 인문학을 배웁니다." 1995년, 미국 언론인 얼 쇼리스Earl Shorris는 이 말을 외치며 노숙자, 빈민, 마약중독자, 죄수들을 대상으로 철학과 시, 미술사, 논리학, 역사 따위를 가르치는 '클레멘트 코스'를 열었다. 책과 절망인 삶의 만남이요, 바로 실용지학이다. 절망을 독서로 맞선 이들은 결국 대성공을 거둔다. 절망을 희망으로 바꾸는 힘이 책 속에 있기 때문이다. 저들이 읽은 책들은 하나같이 고전 인문서적이다.

다산은 '실용지학에 마음을 두었고 경세제민에 관한 고인 글을 즐겨 읽었으며, 만민에게 혜택 주고 만물 기르고자 하는 생각을 마음속에 곧추세운 뒤라야만 바야흐로 글 읽는 군자노릇을 한다'고 생각했다. 오늘날 독서의 장에서 '실용지학'이나 세상 다스리고 백성 구제한다는 '경세제민經世濟民'과 다소 거리 있을지 모르나, '마음속에 확립'된 뜻만 잘 갈무리해둔다면 그 거리를 얼마든 줄인다.

8-4 정조는 내로라하는 독서광이었다. 그는 "뜻은 배움으로 인해 서고, 이치는 배움으로 인하여 밝아진다. 독서의 공에 힘입지 않고도 뜻이 확립되고 이치에 밝은 사람이 있다는 말을 들어보지도 못했다"(『일득록』 권5)고 독서를 한껏 치켜세웠다. 정조 말처럼 독서 통해 배움 갖고

이 배움에 따라 뜻이 서고 이치에 밝아진다.

독서 통해 '뜻이 서고 이치에 밝아진다'는 말에서, 독서가 행동과 실천으로 이어진다는 유추 또한 어렵지 않다.

8-5 초서지법은 다산이 학문(독서) 요령으로 든 방법이다. 그는 '항상 한 권 책을 읽을 때에는 오직 내 학문에 보탬이 될 만한 게 있으면 뽑아 모아라. 그렇지 못하다면 눈을 두지 마라. 이렇게 하면 비록 백 권 책이라도 열흘 공부에 불과하다'라고 한다. 실상 다산의 수많은 저서는 다양한 분야를 두루 섭렵하였는데, 모두 이 초서지법에 연유한다. 조선 말 사전인 『아언각비』부터 음악서인 『악서고존』, 정치서인 『목민심서』와 『경세유표』, 의학서인 『촌병혹치』와 『마과회통』, 법률서인 『흠흠신서』, 기타 『모시강의』, 『매씨서평』, 『상서고훈』, 『상서지원록』, 『상례사전』, 『사례가식』, 『주역심전』, 『역학제언』, 『춘추고징』, 『논어고금주』, 『맹자요의』 들. 여기에 2,000여 편이 넘는 시와 여러 편지글 따위가 바로 그 방증인 셈이다.

심지어 둘째 형에게 보낸 글을 보니 '개고기 요리법'까지 초서해놓았으니 이렇다.

> 형님! 들깨 한 말을 이 사람 편에 부쳐드리니 볶아서 가루로 만드세요. 채소밭에 파 있고 부엌에 식초 있으면 이제 개 잡을 차례입니다. 또 삶는 법 말씀드리면, 우선 티끌이 묻지 않도록 달아매 껍질 벗기고 창자나 밥통은 씻어도 그 나머지는 절대로 씻지 말고 곧장 가마솥 속에 넣어서 바로

맑은 물로 삶습니다. 그러고는 일단 꺼내놓고 식초·장·기름·파로 양념해 더러는 다시 볶기도 하고 더러는 다시 삶는데 이렇게 해야 훌륭한 맛이 납니다. 바로 초정 박제가의 개고기 요리법입니다.

12살이나 위인 초정 박제가와 친분이 있던 정약용이 언젠가 초정이 개고기 삶는 것을 보고는 초록해 뒀던 듯하다.

하루에도 수백 권 책이 쏟아지는 지금엔 더욱 그렇다. 모두 다 읽고 기억하지 못한다. 그래 읽을 책 선정하고, 읽은 책에서 요긴한 대목을 뽑아둬야 한다. 초서하는 방법은 각기 편한 대로 좋다. 저자는 '논문', '저서', '단서장사', '원고', '글항아리' 따위 여러 꾸러미를 만들고, 논문에는 생각 중인 논문 주제를, 저서에는 지금까지 저서와 논문을, 단서장사에는 짤막한 글들을, 원고에는 지금 진행 중인 원고를, 글항아리에는 항시 책을 읽고 초서한 글들을 기록한다.

8-6 정조도 『일득록』 권4와 권5에서 "나는 평소 책을 볼 때에 반드시 초록해 모으는데, 이는 사실의 긴요한 대목 파악하고 문사文詞 정수 모으기 위해서다", "책 볼 때는 반드시 초록해야 하니, 그렇게 해야 오래도록 받아들게 된다" 했다.

초록했으면 독서 노트도 만들어야 한다. 정조는 『일득록』 권2에 그 방법을 소개한다.

나는 젊어서부터 독서를 좋아해서 바쁘고 소란스러운 가운데서도 하루도 정해놓은 분량을 읽지 않은 적이 없었다. 읽은 경(經)·사(史)·자(子)·집(集) 대략만 계산해 봐도 그 수가 푸지다. 그래 독서기(讀書記)를 만들고자 하여, 사부(四部)로 분류한 다음 각각 책 밑에 편찬한 사람과 의례(義例)를 상세하게 기록했으며, 끝에는 어느 해에 송독했다고 내 평론 덧붙여서 책을 만들었다. 읽은 책을 품평해놓으면 사람들이 두루 볼 뿐만 아니라, 나 또한 여가 시간에 한가히 뒤적이면 평생 공부가 낱낱이 눈에 들어온다. 반드시 경계하고 반성함이 많기 때문이다.

이를 정리하자면 아래와 같다.

① 독서장을 만든다.

② 먼저 책을 분야별로 분류한다.

③ 편찬자와 책 체제를 상세히 기록한다.

④ 읽은 날짜와 작품평을 기록한다.

이제는 독서과정을 본다. 정조는 역시 『일득록』 권5에서 "독서하는 사람은 매일매일 공부할 과정 세워놓음을 가장 중요하게 여겨야 한다. 비록 하루 동안 읽은 양이 많지 않더라도, 공부가 쌓여 의미가 푹 배어들면 한꺼번에 여러 권 책을 읽고 곧 중단한 채 잊어버리는 사람과 그 효과가 천지차이다" 한다. 일과 정할 때는 자기 수준과 상황 고려해 책 선별하고 주 단위, 혹은 월 단위, 또는 연간 계획을 세우는 것이 좋다.

정조는 위와 같은 책에서 "지나간 몇 해 삼여三餘(겨울, 밤, 비올 때) 공부는 직접 편찬한 책 읽는다는 원칙을 세웠다. 을묘년에는 『주서백선』 읽고, 병진년에는 『오경백편』 읽고, 정사년에는 『사기영선』 읽고, 무오년에는 『팔자백선』 읽었다. 올겨울에는 또 다행히도 처음 마음먹은 대로 『춘추』를 읽었으니, 뜻이 있으면 끝내 이루게 되지 않을까" 한다. 정조는 이렇듯 일 년 단위로 독서 과정을 면밀히 세웠다.

8-7 연암도 4년간이나 주희의 『자치통감강목』을 봤으나 잊어 버리자 초록한 책을 만들고야 만다. 연암 독서법은 정조와 각론은 살짝 다르지만, 체계라는 결론은 동일하다. 연암은 「원사原士」에서 "글 읽는 법은 일과 정함보다 더 좋은 게 없고, 질질 끌기보다 더 나쁜 게 없다. 많이 읽으려도 말고, 속히 읽으려도 말라. 읽을 글줄 정하고 횟수 제한해 오로지 날마다 읽어라"라고 경계한다. '일과 정하라'는 말은 읽을 분량을 체계화함이요, '질질 끄는 것보다 더 나쁜 게 없다'는 집중력 잃을지 모르기에 하는 말이다.

연암은 또 '미리 읽을 글줄 정하고 횟수 제한하여 날마다 읽어라'고 한다. 다독한들 모두 제 글이 되지 않기에 하는 말이다. 연암은 '뜻이 정밀해지고 의미 밝게旨精義明' 하는 곳이 바로 여기라고 이어지는 글에 써놓았다.

참고 · 보충자료

이지성, 『리딩으로 리드하라』, 문학동네.

정조, 남현희 역, 『일득록』, 문자향.

정약용, 박석무 역, 『유배지에서 보낸 편지』, 창비.

제9계 · **이여관지**以余觀之

내 뜻으로 읽어내라

9-1 아르투르 쇼펜하우어의 독서관은 한마디로 '내 뜻으로 읽어라'다.

독서는 타인에게 자신 생각을 떠넘기는 행위다. 책 읽는 동안 우리는 타인이 밟았던 생각 과정을 더듬는 데 지나지 않는다. 글씨 쓰기 연습 하는 학생이 선생이 연필로 그려준 선, 붓으로 따라가는 행동과 비슷하다. (…중략…) 독서 첫 번째 특징은 모래에 남겨진 발자국과 같다는 점이다. 즉, 발자국은 보이지만, 그 발자국 주인이 무엇을 보고, 무엇을 생각하는지 모른다. 그러므로 중요한 것은 발자국 따라가는 행동이 아니라 주변에 무엇이 보이는지 확인하는 길이다.

쇼펜하우어는, 독서는 타인에게 자신 생각을 떠넘기는 행위이기에 모래에 남겨진 발자국 따르듯 하지 말라고 한다.

혹 우리나라 독서율이 이러한 발자국 따라가기 아닌가 하여 몇 자 덧놓는다. 중고등학생은 그렇다 해도 초등학생, 특히 유아기 독서 열풍은 아주 바람직하지 못하다. 유아기 과잉 독서는 책 의미를 몰라 문자만 암기함에 지나지 않기 때문이다. 이를 하이퍼렉시아hyperlexia(초독서증)라 하는데, 끝내는 유사자폐로 이어진다는 의학계 진단이다. 이런 어리석은 독서를 성호 이익 선생은 '매독환주買櫝還珠'라고 했다. '매독

환주'란 빈 궤짝만 사고 그 궤짝 안에 들어있는 진짜인 진주는 되돌려 주는 어리석음'을 말한다.

소설 속 이야기이긴 하지만 세르반테스의 『돈키호테』에는 "그는 지나치게 책 읽는 일에만 빠져들어 무수한 밤을 책 읽느라 지새웠고, 책 읽으면 읽을수록 책 속에서 헤어 나오지 못했다. 그러다 보니 잠자는 시간은 점점 줄어들고 책 읽는 시간은 많아져서 머릿속은 텅 비고 마침내 이성을 잃어버렸다"는 대목이 나온다. 아무런 의심 없이 책이 챙겨주는 정답 외우는 돈키호테 독서 행위는, 책을 읽는 게 아니라 책에게 읽힘을 깨달아야 한다.

9-2 피에르 바야르는 프랑스 파리 제8대학 교수로, 독자의 '적극개입주의 독서'를 주창한다. 예를 들어 『셜록 홈즈』에서 홈즈가 지목한 범인은 틀렸다거나 『햄릿』에서 삼촌 클로디어스가 왕을 죽이지 않았다는 따위다. 독자는 얼마든 다른 범인을 새로운 추리소설 쓰듯이 풀어내야 한다는 뜻이다. 독자의 상상력을 독서의 우듬지에 두는 견해다. '개입주의 독서법'이든, '추리 비평'이든, '창조하는 오독'이든 간에 저 '이의역지 독서법'과 동어반복이다. 책을 그릇 해석하는 오독誤讀이 좀 있는들 어떠하랴. '창조하는 오독'은 모순이지만, 구래의 독법을 답습하기보다는 낫다.

창의란 말이 나왔으니 잠시만 지면을 할애한다. 트위터 본사에 가면 "내일은 더 좋은 실수를 하자Let's make better mistakes tomorrow!"는 문구가 거꾸로 걸려있단다. 실수 범하지 않는 창의성은 없기에 '더 좋은 실수'라

하였다. 창의성과 실수가 동전 양면이듯 창의성과 오독 또한 이음동의어다. 창의성 있는 독서는 오독을 전제로 한 산물이기 때문이다. 따라서 글을 서론·본론·결론, 혹은 기·승·전·결인 메커니즘 작동 혹은 알고리즘으로 오인하면 안 된다. 글은, 글자라는 실핏줄로 연결된 유기체로 이해해야 한다. 그래야만 아무도 눈여겨보지 않는 글에서 쿵쾅거리는 '울림'을 듣는다.

울림은 『구운몽』의 인생무상이란 주제도, 『춘향전』의 열녀라는 주제도 바꾼다. 저 젊은 청춘들 교과서에 '인생무상'과 '열녀'라 적바림함은 좀 가혹하지 않은가. 『구운몽』을 지은 김만중과 『춘향전』을 최초로 구상한 어떤 이와 삼자대면할 일도 아니다. 두 소설 주제를 '성진도 후회했으니 힘껏 삽시다!'와 '신분상승 위한 춘향의 지혜' 따위로 바꾸면 어디가 덧나나? 글 읽으려는 자라면 "시 아는 어려움이 시 짓는 어려움보다 심하다知詩之難 甚於爲詩之難"는 『소화시평小華詩評』 서문을 곰곰 되새김질해야 마땅하다.

9-3 이심회지 독서법을 좀 더 살핀다. 제대로 된 독서를 하려면 아래 글 꼼꼼히 읽어야 한다. 연암의 「답경지삼答京之三」의 일부분이다.

> 그대가 태사공(사마천)의 『사기』를 읽었다고는 하나 그 글만 읽었지, 그 마음은 읽지 못했는가 보오. 어째서 그러냐 하면, 「항우본기」 읽고서 성벽 위에서 전투 관망하는 장면이나 생각하고, 『자객열전』 읽고서 고점리가 축(筑) 치는 장면이나 생각하니 말이오. 이런 것들은 늙은 선생들이나

늘 해대는 진부한 이야기이니, 또한 '살강 밑에서 숟가락 주웠다'는 말과 무엇이 다르겠소. 아이들이 나비 잡는 것을 보면 사마천 심정을 깨닫는다오. 앞다리는 반쯤 구부리고 뒷다리는 비스듬히 추켜든 채 손가락 벌리고 다가서서 막 잡았는가 싶었는데 나비는 날아가 버리지요. 사방 돌아보매 아무도 없어 겸연쩍어 씩 웃다가 장차 부끄럽기도 하고 화가 나기도 하는, 이것이 사마천이 글 지을 때라오.

연암 가로되, 『사기』를 읽었다고는 하나 '글만 읽었지 그 마음은 읽지 못했다'고 하며, "살강 밑에서 숟가락 줍는 격廚下拾匙"이라고 뚝 자른다. 마음은 글을 짓는 저자 태사공 마음이다. 연암은 그 이유를 「항우본기」와 『자객열전』 독서로 든다. '「항우본기」를 읽고서 성벽 위에서 전투 관망하는 장면이나 생각하니'라는 말부터 본다. 이 장면은 항우 군대가 거록에서 진秦나라 군대를 무찌를 때다. 항우 기세에 눌린 다른 장수들은 성벽 위에서 그 전투 장면만 넋을 잃고 바라본다.

연암은 이 장면에서 독서자가 '그 마음讀其心'을 읽지 못했다고 한다. 독서자가 읽어야 할 '그 마음'은 바로 파부침주破釜沉舟, 즉 죽기 각오하고 명령 내린 항우와 병사들 마음이다. 항우는 진나라와 싸울 때, 타고 왔던 배를 부수어 침몰하라고 명령을 내린다. 그러고는 밥솥을 모조리 깨뜨리고 주위 집들도 깡그리 불태웠다. 병사들 손에는 단 3일분 식량뿐이다. 이제 돌아갈 배도, 밥 지어 먹을 솥도, 새벽이슬 막아줄 거처도 없다. 항우와 병사들은 목숨을 걸고 싸우는 수밖에 없었고 결국 승리한다.

「항우본기」에서 읽어내야 할 '그 마음'이다. 그것은 항우와 병사들이 죽기 각오하고 싸우는 마음, 그리고 이를 어떻게 하면 명확하게 기술할까 애태우는 저자 태사공 마음이다. 그런데 성벽 위에서 전투를 관망하는 장면이나 생각하니 「항우본기」를 읽었어도 읽지 않은 것과 다를 바 없다고 한다.

『자객열전』에서 '고점리가 축 치는 장면이나 생각'도 그렇다. 위나라 출신 자객인 형가荊軻는 축 잘 치는 고점리와 절친한 사이다. 형가는 술 취하면 곧잘 고점리가 치는 축에 맞추어 노래 부르기를 즐겼다. 어느 날 형가는 진시황 암살 임무를 띠고 떠나기에 앞서 고점리가 치는 축에 맞춰 비장한 노래를 부른다.

그러나 진시황 암살은 실패하고, 형가는 진시황 칼날에 여덟 번이나 찔려 죽고 만다. 이제 고점리가 축을 이용해 형가 원수 갚으려 진시황 앞까지 가는 데 성공한다. 그 대가는 혹독하여 고점리는 눈을 뽑혔다. 고점리는 납을 장치한 축으로 진시황을 내리치지만 실패하고 만다. 고점리 목은 그 자리에서 떼인다.

『자객열전』의 축筑은 이렇듯 형가, 고점리, 진시황과 팽팽히 얽혀 냉엄한 비극성을 들려준다. 『자객열전』에서 태사공은 이러한 비극을 담아낸 축 소리를 숨겼다. 여덟 번 칼을 맞고 쓰러진 형가와 눈을 뽑히면서까지 진시황에게 다가가 축으로 내리친 고점리, 그리고 이 둘 마음을 축 소리에 담아보려 한 태사공 마음, 이 마음이 바로 독서자가 읽어내야 할 '그 마음'이다.

태사공 개인 신변 정황도 한껏 고려해야 한다. 태사공 사마천은 이릉을 변론하다 애꿎게 성기를 거세당하는 궁형을 받았다. 제25계에서 다시 언급하겠지만, 이런 사마천이 부끄럽기도 하고 화가 난 경지에서 쓴 글이 바로 『사기』와 『자객열전』이다. 사마천은 '하늘 도리는 옳은가, 그른가天道是耶 非耶'를 저술의 화두로 삼을 수밖에 없었다. 윗글에서 연암이 말하는 '장차 부끄럽기도 하고 화가 나기도 하는', 장수장노將羞將怒 마음은 바로 사마천의 이러한 정황을 아울러 읽어낸 고심 끝 넉 자다.

연암은 윗글에서 '씩 웃다가 장차 부끄럽기도 하고 화가 나기도 하는 매우 겸연쩍은 상태'를 사마천 글 지을 때라고 한다. 나비를 잡았으면 글은 이뤄지지 않는다. 잡힐 듯 잡히지 않는 세상이다. 마음을 도스르고 온 힘을 다하여 이제는 득의의 웃음을 지으려는 순간, 물거품이 돼버린다. 나비를 잡지 못하는 사마천의 장수장노, 곧 '부끄러운 듯 성난 듯한 마음'이다. 이 말은 시대에 영합하는 글을 통해 출세와 영달은 결코 꾀하지 않겠다는 다짐장이다. 벼슬 못한 선비로서 부조리한 세상을 향한 올곧은 소리를 내는 데서 오는 '부끄러운 듯 성난 듯한 마음'을 글 쓰는 이로서 마음에 담겠다는 뜻이다. 글재주를 통한 조선 후기 권력과 환전을 차갑게 거절하는 연암 내면 소리이기도 하다.

그런데 이러한 『사기』, 『자객열전』을 독자들은 한낱 장면 묘사로만 읽어댄다. 연암이 '늙은 선생들이 늘 해대는 진부한 이야기'라 나무라는 이유도, 또 아무 일도 아닌데 무슨 큰일이나 난 듯 떠들 때 쓰는 속담인 '살강 밑에서 숟가락 줍 듯'까지 끌어온 이유를 알 만하다.

9-4 마음이 또 나왔다. 이미 제1계에서도 살핀 이 마음은 이 책 전체를 관통하는 용어이기도 하다. 모르고 하는 적바림이 아니다. 그만큼

중요하다는 의미다.

TV 화면에 춤추는 한 여성이 눈을 붙잡는다. 경쾌한 리듬에서 은은한 일렁임이 이는 무도곡까지, 자이브, 룸바, 차차차, 스포츠 댄스로 안무를 바꿔가며 음악에 몸을 싣는다. 김보람이라는 여성, 놀랍게도 그니는 청각 장애자로 소리를 전혀 듣지 못한단다. '어떻게 음악에 맞추느냐'는 사회자의 당연한 물음에 이어지는 그니의 명랑한 대답.

"마음으로 들으면 돼요."

9-5 자기 주견 굳건히 다진 뒤에야 내 뜻으로 책 읽는다. 에디슨이 1,093개 특허 따고, 세계 인구 0.2% 유태인이 노벨상 수상자의 22%를 배출했으며, 시카고대학이 인문고전 100권 읽게 하여 노벨상 왕국이 됐다는 따위, 지식나부랭이나 몇 추스르거나 울레줄레 남들 따라 시험이나 영달 위해 줄이나 긋고자 책 잡는 독서로는 결코 사마천 마음을 읽지 못하고 연암 꾸지람도 피하지 못한다. 글 읽는 이라면 마땅히 자기 주견을 굳건히 한 뒤에 내 뜻으로 읽어야 한다.

9-6 같은 책도 서로 다른 의미 얻는 경우는 학자라면 누구나 인정한다. 예를 들어본다. '낮말은 새가 듣고 밤말은 쥐가 듣는다'는 우리네 속담이 있다. 사전을 찾으면, '아무도 안 듣는 데서라도 말조심해야 한다', 혹은 '아무리 비밀히 한 말이라도 반드시 남 귀에 들어가게 된다'로 정리해놓았다. 그런데 다산은 이를 '주언작청 야언서령晝言雀聽 夜言鼠聆(낮

말 참새가 듣고 밤말 쥐가 듣는다)'이라고 번역해놓고는 '계신언야戒愼言也'로 주석을 달아놓았다. '계신언야'란 '말 삼가고 경계하라'는 뜻이다. 그런데 홍만종은 이를 '주언작청 야어서청晝言雀聽 夜語鼠聽(낮말 참새가 듣고 밤말 쥐가 듣는다)'이라 번역하고는 '언암중지사 인필지지言暗中之事 人必知之'라 풀었다. '몰래하는 일 사람들이 반드시 안다'는 뜻이다. '말 삼가고 경계하라'는 다산 뜻풀이와 '몰래하는 일 사람들이 반드시 안다'는 분명한 차이를 보인다. 현재 우리는 이 둘을 모두 쓰는 셈이다.

예를 하나만 더 든다. '닭 쫓던 개 지붕 쳐다본다.' 알다시피 개에게 쫓기던 닭이 지붕으로 올라가자 개가 지붕만 쳐다본다는 뜻으로, 애써 하던 일이 실패로 돌아가거나 남보다 뒤떨어져 어찌 할 도리가 없이 됨을 비유적하는 말로 쓰인다. 다산은 이를 '간계지견 도앙옥은赶鷄之犬 徒仰屋檼(닭 쫓던 개 지붕 마룻대만 쳐다본다)'이라 번역하고는 '유동학경진 기우선승喩同學競進 其友先升'이라 한다. 해석하자면 '함께 공부한 벗과 경쟁하다가 벗이 먼저 지위에 오르다'라는 말이다. 그런데 이덕무는 이를 '구축계 옥지제狗逐鷄 屋只睇(닭 쫓던 개, 다만 지붕만 흘겨보다)'라 하고는 '언사패이무료야言事敗而無聊也'로 적었다. 해석하자면 '어떤 일에 낭패당해 멀쑥하게 되었다'이다. 지금 우리는 이덕무 해석을 따른다. 한자 번역은 유사하지만 해석이 조금씩 다르다. 이렇듯 동일한 속담 하나도 세월에 따라, 지역에 따라, 학자에 따라, 해석이 얼마든 다름을 독서자라면 적극 받아들여야 한다.

9-7 '장수는 목 없고, 여인은 어깨 없다'는 멋진 '화론畵論'이다. 어찌 목

없고 어찌 어깨 없겠는가? 이유는 장수의 우람한 기상은 목 없는 듯 짧게 그리는 데서 드러나고, 미인의 요염한 자태는 어깨 없이 부드럽게 흘러내린 곡선 통해 얻기에 이를 강조하여 그리지 않았다. 장수 특징을 우람한 체격이나 혹은 부릅뜬 눈에서 찾고, 아름다운 여인 특징을 가녀린 허리와 어깨선으로 그렸다면 그저 그런 그림에 지나지 않는다. 내 뜻으로써 장수와 여인 특징을 읽어낸 얼마나 멋진 이여관지인가.

참고 · 보충자료

슬라보예 지젝 외, 이운경 역, 『매트릭스로 철학하기』, 한문화.
피에르바야르, 백선희 역, 『셜록 홈즈가 틀렸다』, 여름언덕.
홍만종, 안대회 역, 『소화시평』, 국학자료원.

제10계 · 선명고훈先明詁訓

먼저 글자 뜻부터 밝혀라

10-1 도이상기천석은 예부터 전해 내려오는 이야기인데 심노숭의 『남천목록南遷目錄』에 보인다.

한 고을 원님이 있는데 일자무식이었단다. 한번은 곡식을 꿔가고는 갚지 않은 자들 명부를 봤다. 그 명단 끝에 '도이상기천석都已上幾千石'이라고 적혔다. 앞에 내용이 무엇인지는 모르지만 '천석千石'은 눈에 들어온다. '천석꾼'이면 갑부 소리 들을 때이니, 일자무식 원님이 보기에도 문제가 적지 않다. 버럭 큰소리 지르고야 만다.

'아니, 도이상이란 놈이 누군데, 몇천 석이나 꿔가서는 갚지 않는 게냐. 당장 잡아들이렷다!'

아전들은 어안이 벙벙하다. '도이상'은 사람 이름이 아니라, '도합都이상已上'이기 때문이다. 그러니까 이 글은 고을 사람들이 꿔간 돈이 '도합, 이상 몇천 석'이란 뜻이다. 이야기 주인공은 기장현감 유환인柳煥寅이란 자다.

10-2 『논어고금주』는 주자의 『논어』 해석이 옳지 못함을 짚은 책으로, 다산의 선명고훈 독서 예를 제대로 본다. 조선 시대 사문난적으로 몰릴까 두려워 감히 주자 해석을 범하지 못할 때다. 그러나 다산은 정연한 논리로 주자 해석을 정면에서 뒤집어 이 책을 썼다. 그 한 예를 본다.

『논어』「옹야雍也」편에 "얼룩소 새끼라도 털빛 붉고 또 뿔이 났으면, 쓰고 싶지 않더라도 산천 신령은 그를 버리겠는가"라는 부분이 있다.

독자들은 이 '얼룩소犂牛' 잘 기억해두기 바란다. 얼룩소는 얼룩덜룩해서 제사의 희생으로 쓰지 못하는 천품賤品이다. 쓸모없는 소라는 뜻이다.

이 대목을 주자는 '중궁(얼룩소 새끼로 비유)은 아버지(얼룩소로 비유)가 미천하고 행실이 악하므로, 공자께서 이것으로 비유하셨다. 아버지 악함이 그 자식 선함을 폐하지 못하니 중궁처럼 어진 이는 마땅히 세상에 쓰여야 한다'고 했다. 조선 학자들은 모두 주자 설을 의심치 않고 따랐으니 중궁 아버지가 얼룩소요, 아들 중궁은 얼룩소 새끼다. 결론은 '아버지보다 아들인 중궁이 낫다'다.

다산은 '아니다非也!'로부터 시작한다.

> 아니다! 중궁 아버지가 설령 선하지 않다 하더라도 그것을 지적해 '얼룩소 새끼' 했다면 군자 말이 아니다. 공자께서 어떻게 이런 말씀을 했겠는가? 왕충의 『논형』에 중궁을 백우(伯牛) 아들이라 하였고 반드시 근거가 있다. 백우는 안연, 민자건과 함께 공자 제자 10명 중, 덕행으로 이름난 인물이다. 백우가 병들어 있을 때, 공자께서도 몹시 애석하게 여겨 '이런 사람이 이런 병에 걸리다니!' 하고 안타까워하셨으니, 그 어짊을 알 만하다.

다산은 '아니다!'라고 딱 못 박는다. 이유는 공자께서 어떤 분인데, 중궁을 '얼룩소 새끼犂牛之子'에 비유하겠느냐이다. 설령 중궁 아버지가

악하더라도, 그것을 지적하여 '얼룩소 새끼'라 부른다면 어찌 되겠는가? 아들 앞에서 아버지를 '얼룩소'로 만든 셈이니, 그런 모욕이 어디 있는가? 군자이신 공자께서 그러할 턱이 없다는 다산의 지적이다.

이제 다산은 왕충의 『논형』을 찾아, 중궁이 백우 아들임까지 밝힌다. 백우는 안연, 민자건과 함께 공자 제자 10명 중, 덕행으로 이름난 인물임도 찾아낸다. 중궁 아버지가 얼룩소가 아님은 증명된 셈 아닌가.

한 발짝 더 깊숙이 들어간다. '얼룩소'다. 다산은 얼룩소를 소 중에 낮은 등급인 천품이지만, 제사 중에서 질이 낮은 산천山川 제사에 사용했다는 고증을 찾아낸다. 해석이 완연 다르게 된다. 아들인 중궁 어짊이 아버지 백우만 못하기에 그 존재를 좀 낮춰 '얼룩소 새끼'라 했다는 뜻이다. '아버지가 아들보다 낫다'는 귀결이다.

꽤 길었다. 정리하자. 주자 해석과 다산 해석을 나란히 놓는다.

주자 : 아들이 아버지보다 낫다. 중궁(얼룩소 새끼로 비유)은 아버지(얼룩소로 비유)가 미천하고 행실이 악하므로, 공자께서 이것으로 비유하셨다. 아버지 악함이 그 자식 선함을 폐하지 못하니 중궁처럼 어진 이는 마땅히 세상에 쓰여야 한다고 말하셨다.

다산 : 아버지가 아들보다 낫다. 중궁 아버지인 백우는 공자 제자 10명 중, 덕행으로 이름날 정도 인물이므로, 공자께서 아비만 못하기에 중궁을 얼룩소 새끼로 비유하셨다. 그렇지만 비록 아비만 못한 중궁이더라손 치더라도, 세상에서 작은 인재로는 쓸 만하다.

독자들은 누구 견해를 따르겠는가? 주자인가, 다산인가? 주자 견해가 옳다면, 옛 문헌 철저히 고증해 이렇게 해석하게 된 다산을 뒤집어야만 한다. 모르긴 몰라도 다산의 '선명고훈 독서'가 꽤 필요하리라. 덤으로 '선명고훈 독서'를 하느라, 복숭아뼈가 세 번이나 뚫어졌다는 '과골삼천踝骨三穿'도 독서자라면 챙겨둬야 한다.

10-3 『아언각비』의 '소인小引'에서 다산은 『아언각비』를 짓는 이유를 배움에서 푼다.

> 배움이란 무엇인가? 배움은 깨달음이다. 깨달음이란 무엇인가? 깨달음은 그릇된 점을 깨달음이다. 그릇된 점을 깨닫는다 함은 어떻게 함인가? 바른말에서 깨달을 뿐이다. 말하는데, 쥐 눈을 가리켜 옥덩이(璞)라 하다가 잠깐 있다 깨닫고는 '이것은 쥐일 뿐이야. 내가 말 잘못했어' 하고, 또 사슴 가리켜 말(馬)이라고 하다가 잠깐 있다 깨닫고 '이것은 사슴일 뿐이야. 내가 말 잘못했어' 한다. 그리고 이미 저지른 잘못을 깨닫고 나서 부끄러워하고 뉘우치고 고쳐야만 이것을 배움이라 한다.

결국, 다산이 말하는 배움은 "그 잘못 깨닫고 부끄러워하고 뉘우치고 고침既覺 而愧焉 悔焉 改焉"이요, 그 그릇된 점 깨닫게 하는 '바른 말雅言'이다. '이것은 쥐일 뿐이야', '이것은 사슴일 뿐이야'가 그릇된 점 깨닫게 하는 '바른말'이다. 이렇듯 잘못을 고쳐나가는 과정이 바로 선명고훈 독서다.

10-4 궁극도저는 「기유아」에 보인다. 다산은 "오늘 한 가지 사물에 끝까지 이치 파고, 내일 한 가지 사물에 끝까지 이치 파고듦도 모름지기 이렇게 시작한다. 격格은 끝까지 이치를 파고들어 밑바닥까지 도달한다는 뜻이다. 끝까지 이치 파고들어 밑바닥까지 도달치 못한다면 아무런 이익이 없다"고 적어놓았다.

10-5 정연밀핵은 「매씨서평서梅氏書平序」에 보인다. 다산은 "마음 잡고 공평해야 함은 반드시 변론에 있으나 그 근거가 기이하고 변론이 호쾌해 정밀히 연구하고 샅샅이 파헤치지 않으면 거만한 사람 기세 꺾기 어렵다"고 한다.

10-6 연암의 '김황원 시 비판'은 바로 선명고훈 독서에서 비롯된 평이다. 『열하일기』 「관내정사關內程史」를 보자. 연암이 북경 여행 중, 영평부永平府라는 곳에 이르자 그 지형이 평양과 흡사해 대동강, 부벽루를 연상하며 김황원金黃元, 1045~1117이 부벽루에 올라가서 지은 시를 끌어온다. 당시 문헌을 보면 김황원 시는 온 조선 문인에게 회자되며 찬탄 대상이었다. 연암은 이를 영 마뜩찮게 여긴다. 일단 조선 문인들이 찬탄해 마지않았다는 김황원 시를 보자.

길게 뻗은 성 한 모퉁이 용용히 흐르는 강물이요	長城一面 溶溶水
넓은 벌판 동쪽 머리에는 점점이 박힌 산이로세.	大野東頭 點點山

모든 사람이 칭찬해 마지않는 이 시를 연암은 대수롭지 않게 생각하며 그 이유를 이렇게 적는다. "용용은 큰 강물 모양새가 아니요, 동두점점산은 멀어봤자 사십 리에 불과할 뿐이다. 그런데 어떻게 '넓은 벌판'이라고 부른단 말인가溶溶非大江之勢 東頭點點之山 遠不過四十里耳 烏得稱大野哉"라고. 연암은 '용용'과 '동두점점산'이란 어휘가 사실과 맞지 않는다고 지적했다. 연암의 지적대로 40리밖에 안 되는 거리에 웬 '넓은 벌판'이며, '용용'이라는 말 또한 강물이 조용하게 흐르는 표현으로 '대하'와는 어울릴 수 없다. 그런데도 많은 문헌에서 김황원이 이 구절을 짓고 시사詩思가 다해 통곡하고 돌아갔다며 고려 대시인으로 추켜세워 놓았으니, 연암이 선명고훈 독서로 이를 바로잡았다.

10-7 위백규의 '아홉 자 샘물'은 선명고훈 방법으로 눈여겨볼 만하다. 장흥의 다산에 다산정사茶山精舍 짓고 학문에 힘쓰며 제자들 가르쳤던 존재 위백규는 학문(글 짓는 방법)하는 방법을 그의 『존재집存齋集』「김섭지에게 주다與金燮之」에 적어놓았다.

> 글 지으려 하는 자는 먼저 책 읽는 방법을 알아야 한다. 마치 우물 파는 사람이 먼저 석 자 흙 파면 축축한 기운 보게 되고, 또 더 파서 여섯 자 깊이에 이르면 그 탁한 물 퍼낸다. 또 파서 아홉 자 샘물에 이르러서야 달고 맑은 물 긷는 이치와 같다.

위백규는 "아홉 자 샘물에 이르러서야 달고 맑은 물 긷는다穿到九尺泉

汲出其甘淡"고 한다. 이른바 『논어』에 보이는 학문은 우물을 파는 이치와 같아 하면 할수록 어려워짐을 비유한 학여천정學如穿井이란 이를 두고 하는 말이다. 글 뜻 온전히 이해하려면 글자 하나까지 파고들어야 한다는 선명고훈과 다를 바 없다.

10-8 '소 잡는 칼'은 『장자』「양생주養生主」에 나온다. 소를 잡는 포정庖丁이 처음에 소 잡을 때는 온통 소만 보이다가 3년이 지난 뒤에야 비로소 부위별로 소가 보였고, 수많은 시행착오 끝에 경지에 이르니 눈으로 보지 않고 신神으로 소를 대했다. 두께가 없는 칼날로 빈틈 찔러 부위별로 베어내기 때문에 19년이 지나도록 칼날이 숫돌에 막 갈아낸 듯 예리했다. 흔히 포정해우庖丁解牛 이야기로 안다. 이 포정이 한낱 기예가 아닌 도의 경지에 이르렀기에 문장 솜씨에 빗댄 말이다.

10-9 『현호쇄담』의 '임경의 시 해석'부터 본다.

나귀 등에 봄 잠이 달콤하여,	驢背春眠穩
푸른 산 꿈속에서 갔네.	青山夢裡行
깨어나 비 지나간지 아니	覺來知雨過
시냇물 소리 새롭게 들리네.	溪水有新聲

「봄잠春睡」이라는 김득신의 시다. 시 한번 읽어보자. 나귀 등에서 봄잠 설핏 들었나 보다. 꿈속에서 푸른 산을 찾다가 깨어보니 이미 비가

지나갔다. 시냇물 소리 새롭게 들린다. 아마도 빗물에 내가 불었나 보다. '나귀 타고 가며 봄꿈 꾸는 여유로움' 정도로 읽으면 될까. 이 시는 꽤 유명하다.

하지만 조선 숙종 때 문사인 임경은 이 시를 전연 다르게 본다. 3, 4구를 보면 비가 지나간 뒤에 시냇물 소리 들린다고 한다. 비가 지나간 뒤에 시냇물 소리 들릴 정도라면 꽤 세차게 쏟아졌다는 말이다. 임경은 폭우 만났는데도 잠 깨지 않고 비가 지나간 뒤에야 알았다 하니, 웬 잠꼬대냐고 이치에 맞지 않음을 통박한다.* 더더욱 흔들리는 나귀 등에서 깊은 봄잠 즐겼음도. 세밀히 보는 데서 시 해석도 새로워진다. 이 또한 선명고훈 독서다.

* 통박한다 : 매섭고 세차게 나무란다

참고 · 보충자료

정약용, 김종권 역, 『아언각비』, 일지사.

제11계 · 영양괘각羚羊掛角

영양이 훌쩍 뛰어 나뭇가지에 뿔 걸다

11-1 언어 한계성, 제아무리 언어를 다듬어야 언어로 다 표현 못 한다는 뜻이다. "도가도비상도, 명가명비상명道可道非常道, 名可名非常名"이란 말을 보자. 『노자』 첫 구절로 언어 한계성을 12자로 콕 집어냈다. '도가도비상도'는 '도를 도라고 하면 참 도가 아니다'라는 뜻인데, 범상치 않은 말이라 한정된 언어로 설명하기가 난감하고 논의 밖이니, '명가명비상명'만 보자. '이름을 이름이라 하면 참 이름이 아니다'라는 뜻이다. 쉽게 풀자면 말로 형상화된 이름은 실제 이름이 아니라는 말이다.

내가 '공부!' 외쳤다 치자. 독자들께서는 공부라는 말을 듣고 무엇을 생각하나? 취직, 학문, 지겨움, 즐거움, 영어, 국어, 학교 ……. 그야말로 만인만색 공부가 나타난다. 제각각 경험 세계가 다르기에 '공부!' 하면 떠오르는 생각이 엇박자를 빚을 수밖에는 없기 때문이다.

서양에서는 이를 각 개인 머릿속에 저장된 사회 관습 언어인 랑그langue, 시니피에signifié(말에서 소리로 표시하는 의미를 이르는 말)와 특정 개인이 특정 장소에서 실제로 발음하는 언어인 파롤parole, 시니피앙signifiant(귀로 듣는 소리로 의미를 전달하는 형식을 이르는 말)으로 구분해 언어학에서 기본으로 다룬다. 이 언어 한계성이 곧 글쓰기 한계성이다. 단순히 글자만 뒤쫓다 저 나뭇가지에 걸린 작가 뜻을 지나치는 경우가 허다한 이유이기도 하다.

11-2 염화미소를 읽은 가섭

말로써 설명할 수 없는 심오한 뜻은 마음으로 깨닫는 수밖에 없다는 말이다. 석가모니가 연꽃을 들어 보이자 팔만대중 중에 가섭迦葉만이 그 뜻을 알고 미소 지었다는 데서 유래했다. 이심전심以心傳心 · 교외별전敎外別傳 · 불립문자도 같은 뜻이다.

11-3 정지상의 「송인」이라는 시를 보자.

비 갠 긴 둑에 풀빛이 더욱 푸른데,	雨歇長堤草色多
님 보내는 남포에 슬픈 노래 흐르네.	送君南浦動悲歌
대동강 물은 어느 때 돼야 마르려나,	大同江水何時盡
이별의 눈물 해마다 푸른 물결 돋우네.	別淚年年添綠波

이별을 제재로 한 우리나라 송별시 중 백미로 꼽힌다. 대조법과 도치법 · 과장법 따위 표현 기교를 써 임과 이별하는 애달픈 정서를 애틋하게 노래한 이유도 있지만, 압권은 결구다. '이별의 한을 대동강 물에 비유해 돋운다'는 표현 극대화는 신운이 감돈다고 할 정도로 극찬 받는다. 신운이란 고상하고 신비스러운 기운으로 글 읽고 그 무엇이 느껴질 때, 그것을 '신운神韻이 감돈다'고 한다. 이 신운은 글자 밖에서나 얻는 미묘한 기운으로 작가의 정신이다.

중국의 오진염吳陳琰은 「잠미속집서蠶尾續集序」에서 이 신운을, "매실은 신맛에 그치고 소금은 짠맛에 그친다. 음식이라면 시고 짜지만, 맛은 시고 짠 바깥에 있다. 시고 짠 바깥에 있다? 맛 밖에 맛이다. 맛 밖에 맛, 이것이 신운이다"로 멋지게 설명했다.

이렇듯 신운은 말 밖에서 찾아야 한다. 말은 뜻을 다하지 못하기 때문이다. 말 많을수록 오히려 뜻은 적다. 작가는 이를 알고 글을 그쳤으니, 작가의 정신인 신운은 독자 역량에 따라 몫몫이 달라지게 마련이다. 한시에서 마지막 구는 어떤 시인이든 가장 애쓴다. 착상·감각·표현을 고도로 응집시킨 이 시 마지막 구 역시 그렇다. 한시를 볼 때는 영양이 훌쩍 뛰어 나뭇가지에 뿔을 건 결구를 잘 읽어야 한다.

연암 역시 박종채朴宗采, 1780~1835 입을 빌린 『과정록』 권4에서 이 결구를 단속한다. "글 짓는 법은 결구 말 전환하는 곳에서 글자 정돈되고 무거워진 연후에야 음향 밝고 문리 분명해졌다." 언외言外의 정이라는 여운이 여기에서 생길 수밖에 없다. 작자가 말하지 않고 '한 말', 그리지 않고 '그린 그림'은 온전히 독자 몫이다. 신위申緯, 1769~1847는 이를 '그려지지 않은 이것이 그림이요, 그려진 이것은 가짜非畵是畵 畵是假'라고까지 했다. 그러니 독자는 그려지지 않은 데서 그린 뜻을 찾아야 한다.

11-4 사랑하는 임 그리는 기생 매창의 시에서 영양괘각을 찾는다.

그리워 말 못 하는 애타는 심정,	相思都在不言裏
하룻밤 괴로움에 머리가 센다오.	一夜心懷鬢半絲
얼마나 그리웠나 알고 싶거든,	欲知是妾相思苦
금가락지 헐거워진 손가락 보오.	須試金環減舊圍

잠조차 오지 않는 불면의 밤. 이리 뒤척 저리 뒤척, 한밤 꼬박 임 그리는 여인 마음이다. 얼마나 그리운지 매창은 말하지 않는다. 다만, 정지상의 결구처럼 여운으로 처리해놓았다. '금가락지 헐거워진 손가락 보오'라. 적어놓지는 않았지만, 매창의 그리움을 저 손가락에서 능히 읽는다.

옥봉이란 시인이 내쫓김당한 뒤 남편 마음 돌리기를 기다리며 지은 시에 "만약에 꿈속 혼이 다닌 자취가 남는다면 문 앞 돌길은 반이나 모래 되었을 거여요若使夢魂行有跡 門前石路半成沙"라는 구절도 이와 같다.

11-5 김상용 시인의 「남으로 창을 내겠소」는 말 줄임으로써 언어 한계성을 오히려 극복했으니 잘 음미해 보자.

남으로 창을 내겠소.
밭이 한참갈이

괭이로 파고
호미론 김을 매지요.

구름이 꼬인다 갈 리 있소.
새 노래는 공으로 들으랴오.

강냉이가 익걸랑

함께 와 자셔도 좋소.

왜 사냐건

웃지요.

왜 사냐건 웃지요. '왜 사냐'는 물음을 웃음으로 처리한다. 웃음 속에 들은 의미를 구구절절 설명한들, 이 '웃음' 당해낼 만한 시어는 없다. 이 시어는 저 유명한 이백의 「산중문답」 1, 2구인 '묻노니, 당신은 왜 푸른 산중에 살지요問爾何事棲碧山? 웃으며 대답치 않으니 마음 절로 한가롭네笑而不答心自閑'의 차용이지만.

11-6 왕희지의 「설야방대」는 눈 온 날이면 생각나는 글로 영양괘각으로 한껏 여운을 뽐낸 글이다. 『세설신어世說新語』에 전하는데, 대문호 왕휘지王徽之 이야기다. 왕휘지는 본디 풍류가 뛰어난 사람으로 산음山陰이란 곳에 살았다.

밤에 큰 눈이 내린다. 잠에서 깨어 창문 열어젖뜨리고, 술 한잔 마신다. 사방은 눈빛으로 희디희니 갑자기 마음이란 녀석 갈피 못 잡고. 여기에 낙양 종이 값깨나 끌어 올렸다는 「초은시招隱詩」 읊으니, 문득 섬계剡溪에 사는 친구 대안도戴安道가 생각난다. 즉시 조그마한 배에 몸 싣고 노 저어 친구 찾아간다. 밤 지새워 가니 친구 집 문 앞이다.

왕휘지는 그만 배를 되돌려버린다.

왜 그 친구를 보지 않고 되돌아왔을까? 어리석은 누가 그 까닭을 물었나 보다. 왕휘지 가로되, "내가 본디 흥이 나서 갔다가 흥이 다해서 돌아왔다네. 어찌 꼭 안도를 보아야만 하겠는가" 한다. 그 '흥'이 무엇인지 구구절절 설명할 필요 없다. 당나라 사공도司空圖, 837~908의 「이십사시품二十四詩品」 중 12구인 함축에 '한 글자 짓지 않아도 풍류를 다 얻었나니不著一字 盡得風流'와 잇고 싶은 구절이다. 저 흥 경지가 영양괘각이다.

11-7 도연명의 「음주 5」다.

(…전략…)

동쪽 울 밑에서 국화 꺾어 들고,	採菊東籬下
여유롭게 남산을 바라보네.	悠然見南山
산 기운은 해거름에 아름답고,	山氣日夕佳
날던 새들 짝 지어 돌아오네.	鳥相與還飛
이 가운데 참뜻이 있거늘,	此中有眞意
무슨 말인가 하려다 잊었노라.	欲辯已忘言

번잡한 세상사 피하여 숨어 사는 은자의 초연한 심경을 읊은 시이다. 도연명 생각은 저 마지막 구에 있다. 멀리 남산 바라보고 새들은 짝 지어 돌아온다. 도연명 머릿속을 무엇인가 휙 스치고 지나간다. 이것이 도연명이 이 시에서 말하고자 하는 참뜻이다.

도연명은 "무슨 말인가 하려다 잊었노라"며 말을 끊어버렸다. 영양이 뿔 걸었으니 독자 차례다.

11-8 '십분심사일분어'는 마음에 품은 뜻 많으나 말로는 그 십분의 일밖에 표현 못한다는 의미다. 제 아무리 혓바닥이 장구채 놀듯 현란하여도 말은 뜻 다하지 못하는 법, 글은 어떠하겠는가. 중국의 내로라하는 시인 백거이白居易도 「대서시일백운기미지代書詩一百韻寄微之」에서 '심사를 한마디 말에서 안다心事一言知'고 한다.

그러니 저 이의 심사를 한마디 말에서 알려면 10분의 9는 체독體讀해야만 읽는다. '체독'이란, 글 읽을 때 글자로 표현하지 않은 데서 글쓴이 참뜻 찾으라는 의미다. 문제의식을 가지고 독서한다는, 그러한 마음가짐이라야 먹 갈고 마음 도슬러* 먹고, 붓 잡은 글쓴이 뜻을 따라잡는다. 이래야만 독서의 출력이 글쓰기의 예지로 이어진다.

* 도슬러 : 무슨 일을 하려고 별러서 마음을 다잡아 가져

『채근담菜根譚』「후집後集」에 이런 말이 있으니 잘 새겨들어야겠다.

> 사람들은 글자 있는 책은 읽을 줄 알아도, 글자 없는 책은 읽을 줄 모르며, 줄 있는 거문고는 탈 줄 알아도 줄 없는 거문고는 탈 줄 모르니, 형체에 집착할 뿐 정신을 활용하지 못했기 때문이다. 어찌 거문고와 책의 참맛을 알겠는가.

윗글을 바탕으로 펩시콜라 광고(〈그림 8〉)를 해석해보자. 광고 문구는 단 한 자도 없고 쥐구멍, 고양이 꼬리, 찌그러진 펩시콜라 캔만 보인다. 그렇다. '고양이

〈그림 8〉 다이어트 펩시 광고.
'고양이가 펩시콜라를 마시고 날씬해져 쥐구멍에 들어갔다'는 의미다.

가 펩시콜라 마시고 날씬해져 쥐구멍에 들어갔다'는 의미다. 이 광고에 무슨 말이 필요하겠는가. 말은 때론 침묵보다 못하다.

11-9 연천 홍석주는 독서 등급을 다섯으로 나누었다. 영양을 찾지 못한 독서는 최하 5위다.

1위 : 이치 밝혀 몸 바르게 하는 독서

2위 : 옛글 널리 익혀 일에 적용하는 독서

3위 : 문학 배워 세상에 이름 드날리는 독서

4위 : 기억력이 뛰어나 남에게 뽐내는 독서

5위 : 하릴없이 시간만 죽이는 독서

11-10 책 밖에, 말 밖에, 글쓴이 마음이 있어서란다. 작가들은 제 마음을 글 속에 다 표해놓지 않는다. 검은 글자 몇 보고 책 다 봤다며 덮어버리는 어리석은 독서는 말아야 한다. '동물은 대상을 욕망하지만 인간은 욕망을 욕망한다.' 모자가 거리를 점령한다고 혹한의 계절이라 생각하면 오해다. 한여름에도 털모자를 쓴 젊은이들을 캠퍼스에서 얼마든 보기 때문이다.

그들은 한여름 털모자에 멋진 욕망을 감췄다. 문자 표면만 엉금거리다가는 작가의 욕망이 빚은 글 육체 즉, 언어의 은유성을 보지 못한다. 문자라는 손칼을 열고 작가가 은밀히 숨겨 놓은 욕망이란 차꼬를 잘라야만 한다.

소설 쓰기는 스트립쇼(strip show)와 비슷한 의식이다. 스트립걸이 음탕한 조명 밑에서 옷 벗어던지며 자신의 감춰진 매력을 하나하나 보여주듯, 소설가 역시 작품을 통해 공공연하게 자신의 은밀한 부분을 발가벗는다.

둘 사이에는 차이점이 있다. (…중략…) 스트립쇼에서는 무희가 옷 입고 등장해서 발가벗고 끝나지만, 소설의 경우에는 전위된 행위다. 즉, 소설가는 옷을 반쯤 벗고 시작해서 마지막에 가서는 다시 옷을 입는다.

윗글은 페루 소설가 마리오 바르가스 요사Mario Vargas Llosa가 『픽션에 숨겨진 이야기』에서 전언한 내용이다. 소설 마지막 장을 덮을 때, 혹은 소설 읽다가 우리는 종종 제목을 다시 보거나 앞 장으로 손 놀리는 자신을 목격하곤 한다. 독자의 저러한 행동은 글을 제대로 읽는 이라면 당연한 귀결이다. 작가는 독자에게 이야기하지만, 심술궂게도 은밀하게 숨기는 그 무엇이 있어서다.

글은 빙산과도 같아서 밑에 숨은 의미를 파악함이 무엇보다 중요하다. 이따금 글을 뎅글뎅글 읽으며 색독色讀만 하는 자들을 본다. 색독은 문장 전체 의미를 파악하지 않고 글자가 표현하는 뜻을 이해하며 말의 향연으로만 해석하려 드는 독서다. 글 읽을 때 문장 전체 의미를 파악하지 않고 눈동자만 바삐 굴려 글자 뜻만 이해하며 읽는 '색독'은 저 음탕한 조명 밑에서 옷 벗어던지며 야릇한 추파 던지는 스트립쇼에 지나지 않는다. 책마다 순례한다고 잘하는 독서가 아니다. 내용 살피지 않고 함부로 판단하는 '덮어놓고 열넉(닷) 냥 금'이나 '도감포수 마누라 오줌 짐작'이란 말과 다를 바 없으니 아주 책을 잘못 읽었다.

참고 · 보충자료

『맹자』

『장자』

제12계 · 관서여상觀書如相

관상 보듯 글을 보라

12-1 독화법으로 보는 동서양 그림은 사뭇 다르다.

페르난도 보테로Fernando Botero Angulo의 〈바닷가재가 있는 정물〉(〈그림 9〉)이란 그림부터 이야기를 시작한다. 큼지막한 바닷가재가 식욕 돋우는 그림이다. 하지만 먹음직스럽게 그려진 이 그림은 '식욕'이 아닌, '불성실' 혹은 '표리부동'으로도 읽어도 무방하다. 17세기 유럽인들에게 물었다면 틀림없이 '그렇다'고 답한다. 17세기 유럽인들은 가재와 게, 특히 게가 옆으로 기어 다니는 데에 착안해 '어디로 흘러갈지 모른다'로 해석하고, 이를 다시 '불성실'과 '표리부동'으로 연결지었다.

〈그림 9〉 페르난도 보테로, 〈바닷가재가 있는 정물〉

같은 시기 동양인에게 물으면 엉뚱한 해석이 나온다. '과거급제'다. 동양에선 게의 딱딱한 등을 '등딱지 갑甲'과 연결 짓고, 이를 과거에서 으뜸으로 급제하는 '갑제甲第'로 해석한다. 동양화에서 갈대나 살구꽃, 쏘가리, 오리, 맨드라미, 닭은 모두 과거급제와 관련된 그림이다. 이것은 동서양 독화법에 그칠 문제가 아니다. 모든 사물의 겉만 보아서는 오류를 언제든 범하기 때문이다.

단원의 〈해탐노화도〉(〈그림 10〉) 왼쪽 위에 한자로 써놓은 글귀는 아래와 같다.

해용왕처야횡행(海龍王處也橫行).

〈그림 10〉 김홍도, 〈해탐노화도〉 (간송미술관 소장)

'바다 용왕 있는 곳에서도 옆으로 걷는다'는 뜻이다. 용왕 앞에서도 옆으로 걷는 당당함, 그야말로 강단 있는 게 형상이다. 게를 '횡행개사橫行介士'라는 별명으로 부르는 이유다. '옆으로 걷는 개결한 선비'라는 뜻이다.

안국선의 『금수회의록禽獸會議錄』이란 신소설은 동물들이 인간의 온갖 악행을 토론한다는 내용으로 여기에도 게가 등장한다. 게는 다섯 번째 등장해 창자가 썩어빠진 지조와 절개가 없는 조선인을 비판한다. 이 소설에서 게는 '무장공자無腸公子'라 칭한다. '속없는 공자'란 뜻이다. 이러한 무장공자 게지만 제아무리 급해도 아무 구멍에나 들어가지 않는다고 한다. 그러고는 자신들에게 창자가 없다 비웃는, 창자는 있지만, 소신 없고 애국심 없는 구한말 조선인을 한껏 조롱한다.

(안타깝게도 최근 학계에서 『금수회의록』이 일본 메이지 시기 정치소설 『금수회의 인류공격』을 번안한 작품이라는 주장이 제기됐다.)

12-2 이가환은 '독자의 발견'을 「솔경시서率更詩序」에 적었다. 시는 글 밖에 뜻이 있고 작자조차 이를 모르기에 독서자가 이를 알아내야 한다는 뜻이다. 적극 독서를 한껏 요하는 발언이다.

> 시는 신령스러운 물건이라. 글자 쌓아 구(句)가 되고 구 쌓아 장(章)을 만든다. 장과 구가 아니라면 소위 시는 이뤄지지 않는다. 그러나 시가 된 까닭은 항상 장과 구 밖에 있다. 작자 스스로도 혹 알지 못하는 것을 독서자가 이를 안다.

12-3 다산의 글들은 대부분 층체판석법層遞判析法이다. 「중수만일암기重修挽日菴記」와 「여유당기與猶堂記」를 예로 들어본다.

「중수만일암기」를 보면 "누에고치 열흘 만에 집 버리고, 제비는 여섯 달 만에 집 버리고, 까치는 일 년 만에 집 버린다. 그 집 지을 때 누에는 창자에서 실 뽑아내고, 제비는 침 뱉어 진흙 만들고, 까치는 힘껏 풀과 볏짚 물어오느라 입 헐고 꼬리 빠져도 피곤한 줄 모른다. 이것을 보는 사람들은 그들 지혜를 낮게 생각하고 그 삶을 애석하게 여긴다. 인간의 붉고 푸른 정자와 누각도 잠깐 사이에 먼지가 돼버리니, 인간들 집짓기도 이 미물들과 다름 없다"로 시작한다. 누에고치, 제비집, 까치집, 사람들 지혜로 글이 차차 단계별로 나아간다. 분석이다. 분석력을 키우려면 길을 걸으며 본 사물을 모두 적어 넣고 그 공통점과 이유를 곰곰 나누고 묶고 풀어도 좋다.

「여유당기」에서 층체판석법을 찾아본다. '일'을 '자기가 하고 싶다와

하고 싶지 않다'로 나눠 차분히 단계별로 분석해 나간다.

자기가 하고 싶지 않으나 부득이 해야 하는 일은 '그만둬서 안 될 일'이요, 자기는 하고 싶으나 남이 모르게 하고 싶어서 하지 않는 일은 '그만둬야 하는 일'이다. 그만둬서 안 될 일은 언제나 하지만, 자기가 하고 싶지 않아 때로 그만둔다. 그만둬야 하는 일은 언제나 하지만, 남이 모르게 하고 싶어서 또한 때로 그만둔다. 진실로 이와 같다면 천하에 도무지 일이란 없다.

다산의 층체판석 독서법과 관서여상은 글을 분석하는 데 유용한 방법이다. 차근차근 단계별로 정밀히 따지고 들어가면 글이 새롭다. 첨언하자면 글뿐만 아니라 작가 머릿속까지 샅샅이 살피면 더욱 좋다. 층체판석 독서법과 관서여상은 논리를 요하는 글을 쓸 때 유용한 방법이지만, 일반 문예문이라고 다를 바 없다.

12-4 노파의 말과 비슷한 글이 연암 글 중에 하나 있어 소개한다. 이 글은 이자후李子厚의 득남得男을 축하한 시축詩軸 서문이다. 인을 끌어와 사내아이가 가문 이음을 설명하는데, 이 또한 층체판석이다.

초목에 비유해보자. 이미 열매를 맺었다면 당연히 종자를 뿌리게 된다. 종자란 '생명을 끊임없이 낳게 하는 길(生生之道)'이다. 그러므로 인(仁)이라 한다. 인이란 '쉬지 않는 길(不息之道)'이기 때문에 그 인을 씨앗(子)이라 한다.

참고 · 보충자료

이가림, 『미술과 문학의 만남』, 월간미술.
진중권, 『미학 오디세이』 2, 휴머니스트.

제13계 · 여담자미如啖蔗味

글맛이 사탕수수 맛이다

13-1 글을 꽃에 비유한 문인은 한유韓愈다. 그의 '학자들을 나오게 해서 해명한 글'인 「진학해進學解」에 보면 "함영저화 작위문장含英咀華 作爲文章"이란 글귀가 있다. 꽃봉오리 입에 머금고 꽃을 씹어 맛보듯 문장 진미 알며 문장 짓는다는 의미다. 꽃을 보기만 해서는 꽃을 모른다. 꽃을 씹어 맛보듯 글의 진미는 저러할 때 나오고 독서는 비로소 살아있는 활독서가 된다.

13-2 '진미'와 '간진'은 조선 말엽 탕옹宕翁의 '패설론稗說論'에 보인다. 탕옹은 우리 고소설비평의 빛깔과 표정을 넉넉히 보탠 이다. 탕옹 비평은 또 이렇다.

> 패관(소설가) 말을 비유하자면, 입 상쾌하게 하는 음식과 창자 기쁘게 하는 반찬을 진미로 갖춰 그 진하고 연하고 기름진 고깃덩어리처럼 맛나는 음식을 늘 먹을 수는 없지만, 때때로 간식 먹음과 같다.

참참이 먹는 곁두리間進를 끌어온 비평이다. 일상화된 감각 틀을 버려야만 얻는 입맛 당기는 소설비평이 여간 재미난 게 아니다. 수만 단어 알지도 못하는 헛소리나 점잔 빼는 지식 자랑보다 훨씬 감칠맛 난다. 맛을 읽어라. 후출하다면* 좋아하는 책 한 권 펼쳐놓고 흐벅진* 식탐 한번 부려볼 만하다.

* 후출하다면 : 배 속이 비어서 매우 출출하다면

* 흐벅진 : 푸지거나 만족스러운

13-3 '삼월이망미'는 책 읽은 감회를 오감으로 이해한 비평어로 「삼한습유 서」에 보인다. 이 글에서 홍석주는 『삼한습유三韓拾遺』를 지은 김소행의 문장을 현란한 수식어로 몹시 칭찬한다. 그러고는 『삼한습유』를 본 충격이 참으로 큼을 '석 달 입맛 잊었다'고 미각비평을 한다. 얼마나 소설 읽은 감흥이 크기에 석 달이나 입맛을 잊었을까? 소설의 감동과 재미에 한껏 주목한 심미비평이라는 데 이론의 여지가 없다.

> 혹은 재능이 높이 뛰어나고, 혹은 얼음이 대번에 확 시원하게 풀리고, 혹은 무릎 치느라 팔이 피로하고, 혹은 거품 흘리면서 침이 튀고, 가까이는 밤새도록 잠 설치고, 멀리는 석 달 동안 입맛 잊었소.

독서 후 감흥을 솜씨 있게 잘 여며놓은 글이다. 이 정도면 군입가심*으로라도 소설 한 편 읽고 싶으니, 보암보암* 짭조름한 비평임이다. 영향력 없는 유사성이라고나 할까? 아리스토텔레스가 소리 높였던 이른바 카타르시스 효과다.

* 군입가심 : 군것질로 입 안을 개운 하게 가시어 내는 일

* 보암보암 : 이모저모 살펴보아 짐작할 수 있는 겉모양

그러니 이 책을 든 독자들이여! 소태 같은 글, 설겅거리는 글이라, 건건한 국물만 많고 건더기는 없는 멀건 월천국*만 들이밀며 타박 마시라. 가래떡 어슷썰기로 맵시 있게 썰어, 맑은 장국에

* 월천(越川)국 : 국물만 많아서 맛이 없는 국

넣고 끓여 내어서는, 빨간 실고추, 알고명, 야린 쇠고기 살짝 얹은 위에, 후춧가루 살살 뿌려낸 떡국 같은 글. 이런 맛깔스런 비평어들로 능치면 어떠할지. 빨·주·노·초 ……, 짠맛·신맛 ……, 백합·장미·해바라기들은 또 어떠한가?

13-4 이규보는 「답전리지논문서答全履之論文書」에서 글은 제각기 일가一家를 이뤄야 한다며 "배와 귤 맛이 다르지만 입에 딱 맞는다梨橘異味無有不可於口者"고 문장 개성을 든다.

13-5 허균도 「구소문략발歐蘇文略跋」에서 "문장이 저마다 맛이 있다文章各有其味"며 글을 푸줏간 저민 고기, 표범 태胎, 곰 발바닥, 메기장과 차기장, 회, 구운 고기 맛에 비유한다.

13-6 홍길주도 「이생문고서李生文藁書」에서 다독 폐단을 경계하며 "이것은 자구만 읽을 뿐이니 글 맛을 얻지 못한다是讀字句爾 非有得乎書之味也"고 했다.

13-7 이태준은 또 이 맛을 문장에 연결하여 "문장을 맛나게 하는 것은 허턱* 미사여구가 아니다. 날카로운 감각으로 대상에서 무엇이고 신新발견, 신新적발해내는 것이 있어야 한다"고 하였다. 이태준이 말하는 맛은 감각을 동원해 사물에서 찾아낸 새로운 의미다. 박제가가 말한 '세밀한 마음'은 이태준의 맛을 찾는 데도 유용할 듯싶다.

* 허턱 : 이렇다 할 이유나 근거가 없이 함부로

참고 · 보충자료

간호윤,『억눌려 온 자들의 존재증명』, 이회.
박영수,『색채의 상징, 색채의 심리』, 살림.

제14계 · 문장여화文章如畵

글은 그림이다

14-1 의경은 화가가 화폭 위에 경물을 그리면서 그 속에 자기 마음을 담아 표현한다. 경물은 객관인 물상物象(자연계 사물의 형태)에 지나지 않는데, 어떻게 자신의 마음을 얹는가? 화가는 말하지 못하므로, 화폭 위 경물이 직접 말하게 한다. 이를 '사의전신寫意傳神'이라 한다. 말 그대로 경물 통해 뜻을 묘사하고 정신을 전달해야 한다. 그 구체 방법이 '입상진의'다.

14-2 '입상진의'는 상세한 설명 대신 형상 세워 뜻을 전달하는 방법이다. 글 쓰는 자들은 보이지 않는 글을 써놓는데, 이것이 입상진의다.

조선 후기 석치石癡 정철조鄭喆祚, 1730~1781는 술 좋아하고 벼루 잘 만든 다재다능했던 이다. 한번은 이런 일이 있었다. 그는 어린 기생이 어찌나 예쁜지 그림 그려주겠다고 나선다.

"얘야, 머리 똑바로 하고 움직이지 말거라. 내 너를 예쁘게 그려주마." 정철조의 그림 실력이 녹록지 않음을 익히 아는 터다. 어린 기생, 검은 머리 살짝 매만지더니 잔허리 동인 치맛단 맵시 있게 당겨 옷매무새 내숭스럽게 여민다. 새벽별처럼 교태 어린 눈가엔 웃음까지 살짝 머금었다.

이윽고, 정철조가 "옜다! 네 초상화다此爾畵像" 하며 화선지를 내민다. 농염한 모란 한 송이 화선지에 동그마니 피었다. 예쁜 기생 표정 보지 못했으니 뒷얘기는 잇지 못하지만, '빵끗' 웃었으리라. 정철조는 기생 자태에서 꽃, 그것도 풍요로움을 상징하는 모란을 읽었다. 그래, 예쁜 기생 대신 탐스러운 모란을 초상화로 그렸으니, 그리지 않고 그리기요, 모란 통해 기생을 형상화했다. 이 형상화가 바로 입상진의다.

피카소와 같은 서양 추상화가들은 이 입상진의 수법을 즐겨 썼다. 독자 눈이 한가롭게 글줄을 지나치는 사이, 작가가 '손가락으로 가리킨 대상'인 입상진의는 사라지고 만다. 그러니 글 읽는 자, 손가락만 주시하는 어리석은 이처럼, 파리 대가리만 한 먹물만 따라잡아서는 영판 독서를 잘못하는 일이다.

〈그림 11〉 좌측에 있는 '황소'와 중앙 상단에 있는 '말'을 주의 깊게 보자. 황소 이미지는 1930년대 피카소가 반복해서 그렸던 도상이다. 피카소는 이 그림에서 '잔학'과 '절망'을 표현한다. 피카소는 그 잔학성을 황소에서 찾았고, 이 황소를 다각도로 포착한다. 그중, 포착된 황소 뿔 · 눈 · 코를 강하게 부각시킴으로써 잔학과 폭력을 단일하게 형상화

〈그림 11〉 파블로 피카소, 〈게르니카〉 (레이나 소피아 국립미술관 소장)

한다. 이제 말을 보자. 말 입과 동그란 눈동자, 바로 옆에는 창도 보인다. 황소와 대조로 암흑이요, 절망이다. 피카소는 황소 뿔과 말 입과 눈망울에서 잔학과 암흑이란 입상진의를 넣어뒀다.

피카소의 추상화抽象畫와 동양화의 입상진의는 다른 점도 있다. 황소와 말 이외에, 사람들, 칼 따위를 더 그렸다는 점이다. 그림 속에 복합 시선과 의미의 중층 해석이라는 이중텍스트 전략이다. 즉 피카소는 과거, 현재라는 시간도, 공간도 모두를 한 화폭에 담았다. 입상진의에 공간과 시간을 넣은 추상화 글쓰기도 시도해 봄직하다.

입상진의를 참조해 ①에서 ④의 화제畵題를 그림으로 그려보자.

① 어지러운 산, 옛 절 감췄네(亂山藏古寺).

② 꽃 밟으며 돌아가니 말 발굽에 향내 나네(踏花歸去馬蹄香).

③ 들 물엔 건너는 사람이 없어, 외로운 배 하루 종일 가로걸렸네(野水無人渡, 孤舟盡日橫).

④ 여린 초록 가지 끝에 붉은 한 점, 설레는 봄빛 많다고 좋은 게 아닐세(嫩綠枝頭紅一點, 動人春色不須多).

도화지나 다른 종이에 직접 그려보자. 제14계 말미에 화제 답을 풀어뒀으니 독자 여러분이 그린 그림과 비교해보라.

〈그림 12〉는 공재恭齋 윤두서尹斗緖, 1668~1715가 그린 자화상으로 입상진의의 대표 그림이다. 입상진의는 사의전신寫意傳神의 구체 방법이다. 사의전신이란, 말 그대로 그려진 경물을 통해 뜻을 묘사하고 정신을

전달한다는 의미다. 상세한 설명 대신 형상을 세워 이를 통해 뜻을 전달하는 방법이다.

이 초상화 눈이 바로 입상진의 요체다. 눈을 똑바로 보라. 형형한 눈동자가 살아있다. 그의 눈을 보노라면 등골이 오싹하다. 눈동자를 보지 못하면 이 초상화를 보지 못했다. 윤두서는 다산 어머니의 조부니, 다산에겐 외증조부가 된다.

〈그림 12〉 윤두서, 〈자화상〉

글쓰기도 마땅히 이러해야 한다. 고수들은 작품 속에 저러한 뜻을 넣어둔다. 연암 박지원의 「열녀함양박씨전」과 같은 소설이 이러하다. 겉은 함양박씨를 열녀라 하지만, 안은 과부의 성욕을 써 놓음으로써 열녀제도 모순을 입상했다.

14-3 형상화를 다른 말로 하면 이미지다. 형상화는 이미지를 구사해 뜻을 표현하는 행위이기에 특히 어떤 소재를 예술로 재창조하는 데 이용된다. 요즈음 이미지 광고는 대부분 이 형상화 수법이다. 이미지 광고는 상품 특성을 광고하지 않는다. 긍정이고 바람직한 인상을 기업이나

상품에 부여해 소비자에게 은근히 다가간다.

14-4 그림을 글로 읽어 본다. 모리츠 코르넬리스 에셔Maurits Cornelis Escher의 판화 〈그리는 손〉(〈그림 13〉)을 보면 오른손이 왼손을 다시 왼손이 오른손을 그린다. 이 판화는 보는 이에 따라 다양한 해석이 나온다. 에셔 설명은 이렇다.

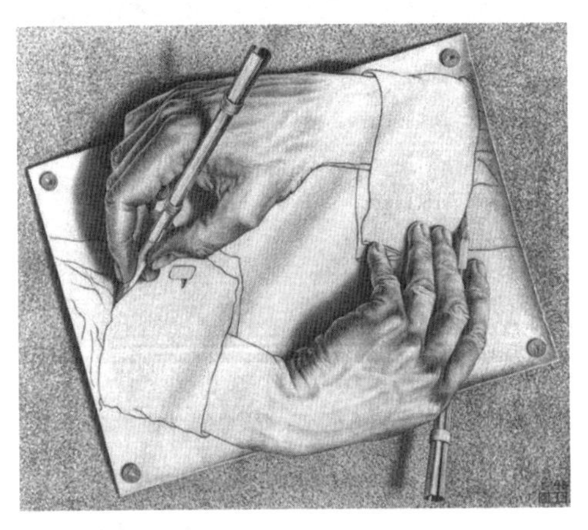

〈그림 13〉 모리츠 코르넬리스 에셔, 〈그리는 손〉

한 장의 종이가 압정으로 배경에 고정돼 있습니다. 연필 잡은 오른손이 소맷부리를 스케치합니다. 단지 대략 스케치만 할 뿐입니다. 하지만 소매에서 상세하게 그려진 왼손이 나와 평면에서 융기하여 살아 움직입니다. 이번엔 왼손이 오른손 소맷부리를 그립니다.

에셔의 설명은 왼손이 오른손을, 오른손이 왼손을 그린다는 무덤덤한 설명이다. 에셔는 네덜란드 화가로 판화 작품에 수학 개념을 도입했다. 그는 주변을 보이는 대로 그리지 않고 자기 상상에 기본을 두고 내적 이미지를 표현한다. 그의 판화는 평면 규칙 분할을 바탕으로 한 무한한 공간과 공간 속 원과 회전체 따위가 작품 중심을 이뤘다.

이를 박종하는 『그림으로 읽는 성공의 법칙』에서 이렇게 읽는다.

나는 어느 날 에셔의 〈그리는 손〉을 보면서 작품 속 두 손에 엄마와 아들을 대입해 봤다. 아들이 공부를 잘해서 엄마에게 칭찬받고 엄마에게 칭찬받은 아이가 공부를 잘한다. (…중략…) 에셔의 〈그리는 손〉처럼 우리는 서로 서로를 만들면서 산다. 당신은 당신이 만나는 친구를 만들고 또 그 친구가 친구를 만든다.

판화를 인용한 아래에는 "나와 세상은 서로를 그리는 손이다. 내가 세상을 만들까, 아니면 세상이 나를 만들까"라고 적어놓았다. 전혀 딴 판이다. 『그림으로 읽는 성공의 법칙』에서 이 판화를 성공의 법칙으로 바꿔 버렸다. 오독이냐고? 아니다. 이게 제대로 읽은 그림이다. 책도, 그림도, 저자 손을 떠난 순간부터 더 이상 저자 책이 아니다. 안이 곧 밖인 뫼비우스 띠처럼 무한한 패러독스가 숨은 이 판화를 선생인 나는 또 이렇게 읽는다.

줄탁동시(啐啄同時)라는 말이 있습니다. '줄'은 병아리가 알 깨고 세상으로 나오려 쪼는 행위를, '탁'은 어미닭이 알 쪼아 새끼가 알 깨는 것을 도와주는 행위입니다. 이 '줄'과 '탁'이 동시에 일어날 때, 병아리는 알 깨고 세상을 봅니다. 선생과 제자의 가르침과 배움 또한 이러합니다. 학생의 노력과 선생의 가르침이 맞닥뜨릴 때, 학생은 새로운 세상을 보고, 선생 또한 가르치는 이로서 즐거움을 느낍니다. 한 손이 어미 닭이 알 쪼는 '탁'이라면 한 손은 병아리가 알 깨는 '줄'이고, 한 손이 물 끌어 올리는 '마중물'이라면 한 손은 마중물로 '끌어 올려진 물'입니다.

오늘은

종지부終止符처럼

어딘가에 콱,

찍히고 싶은

날

〈그림 14〉 김정희 · 정중화, 「오늘은」

글을 사진으로 읽는 것도 매우 흥미롭다. 하지만 한 가지 유념해야 한다. 글이 가진 언어의 힘이 그림보다 한 수 위라는 점이다. 이 언어의 힘은 가히 폭력성을 띤다. 폭력성이란, 언어가 가진 의미장意味場이 발화상황과 맞물려 빚어내는 강한 힘이다. 〈그림 14〉는 김정희 · 정충화 시화집 『환몽』에서 발췌한 「오늘은」이란 시와 사진인데, 시가 사진을 압도하여 더욱 단단한 종지부를 찍어댄다.

타이포그래피typography라 하여 글자를 배열하여 이미지를 전하는 예술(디자인)도 흥미롭다. 그림과 글이 하나가 돼 새로운 이미지를 건넨다.

14-5 선덕여왕은 그림 하나 잘못 읽어 엉뚱한 결과를 빚었다. 우리가 잘 아는 일연의 『삼국유사』에 보이는 「선덕왕 지기삼사善德王 知幾三事」다. '지기삼사'란, '세 가지 일의 기미를 지혜롭게 알아챘다'는 말이다. 우선

둘째부터 보자. 둘째는 영묘사 옥문지에 개구리가 울어대자 이를 적병이 들어왔다 하여 처리한 일이요, 셋째는 자기가 죽을 날 예언이다.

첫째는 이 글에서 다루고자 하는 당 태종이 보낸 모란 그림이다. 당나라 태종이 홍색 · 자색 · 백색, 이 삼색 모란꽃 그린 그림과 그 씨앗 석 되를 보내왔다. 선덕여왕은 모란꽃 그림을 보고 '이 꽃은 틀림없이 향기가 없을 게야' 하고 그 씨앗을 궁전 뜰에 심어보게 하였다. 과연 왕의 말과 같았다. 후일 왕에게 물어보니, 나비 없어서였다는 「선덕왕 지기삼사」 내용이다. 『삼국사기』 「진평왕」조에도 거의 같은 내용으로 '나비와 벌이 없어서였다'고 기술했다. 과연 그럴까?

성호星湖 이익李瀷, 1681~1763은 조선 후기 실학자다. 다산은 '내 큰 꿈은 대부분 성호를 마음으로 본받음으로써 깨치게 되었다'고 할 만큼 이익을 존경했다. 이익이 그의 『성호사설』 권5 「만물문」 '모란무향牧丹無香'에서 저 선덕여왕 지혜를 의심한다. "선덕여왕은 〈모란도〉를 보고 모란이 향기 없음을 알고서 이르기를, '남달리 고와도 벌과 나비는 찾아오지 않는다'고 했으나, 내가 경험해보니 반드시 그렇지도 않다. 다만 꿀벌이 없는 까닭은, 꽃은 곱지만 냄새가 나쁘기 때문이다. (…중략…) 물리학에 널리 아는 이는 세심히 살펴야 한다"고 말한다.

결론부터 보자.

모란에는 나비도 벌도 날아든다. 선덕여왕은 물론이고, 성호도 틀렸다. 당나라 시인 위장韋莊이 백모란을 읊은 시에, '지난밤 달은 물 같이 맑아 뜰에 오르자 선뜻 오는 그윽한 향기'라는 구절이 있다. 당나라 시인 이정봉 역시 홍모란 시에서 '밤이라 깊은 향기 옷에 물들고 아침이라 고은 얼굴 주기酒氣 올랐네' 한다. 저자가 이를 확인하기 위해 한국화훼협회에 문의했는데, 벌도 향기도 있단다.

그렇다면 왜 나비 없는 그림을 보냈을까?

잠시 모란의 문화 특성을 살펴본다. 모란은 한자로 목단牡丹이다. 굵은 뿌리에서 새싹이 돋아나 수컷 형상을 했기에 수컷 모牡 자를, 붉어서 붉은 단丹 자를 쓴다. 모란 꽃말은 '부귀, 영화, 군자' 따위다. 우리나라에서는 화중왕으로 군림해왔으니, 임제의 소설 「화사」에서도 매화, 부용과 함께 주인공이잖은가. 활짝 핀 꽃 모양이 어느 꽃보다도 크고 복스러워 보이며 호화롭고 아름다우면서도 야하지 않아 마치 군자를 보는 듯해서다. 그래서 모란은 대개 부귀를 나타내는 꽃으로 일컫는다.

〈그림 15〉 민화 〈모란도〉

또 이 모란이 목련, 해당화와 함께 그려진 그림도 있다. 이 그림은 모란의 부귀, 목련의 옥, 해당화의 당을 함께 읽어 '부귀옥당富貴玉堂'이라 한다. '귀댁에 부귀가 깃들이길 바랍니다'라는 뜻이다. 지금은 많이 없어졌지만 병풍 그림, 한옥 벽장문은 어김없이 모란 그림이고, 또한 안뜰이나 후원에는 반드시 모란을 심었으며, 도자기, 장롱, 문갑 따위 어느 곳에서나 보였다. 특이한 점은 우리나라 〈모란도〉에는 나비와 벌이 보이지 않는다는 점이다.

동양화를 볼 때는 유념해야 할 넉 자가 있다. '흉중성죽胸中成竹'이다. 이 말은 소식蘇軾, 1306~1401의 말로 '화가가 대나무 그림 그리기 전에 가슴속에 대나무 그림을 그려놓아야 한다'는 뜻이다. 서양화는 사물을 보며 이젤을 세워놓고 그 자리에서 그림을 그리지만, 동양화는 사물을 일단 마음에 넣어 집에 와 고요한 가운데 화선지 펼쳐놓고 그린다. 응당 감상법이 다를 수밖에 없다. 이 민화 〈모란도〉(〈그림 15〉) 역시 뒤꼍에 핀 모란이 아니라 마음속에 그려놓은 모란이다.

이제 당 태종이 보낸 〈모란도〉에 나비 없는 이유 대보자.

중국에서 나비를 뜻하는 '접蝶' 자는, 60~80세 노인을 가리키는 '질耋' 자와 발음이 '디에dié'로 같다. 모란과 나비를 함께 그리면 60~80세까지 부귀영화 누리라는 뜻이 되고 만다. 이런 그림은 없다. 겨우 60~80세까지만 살라고? 오래 살고 싶은 게 인지상정 아닌가.

14-6 시폭視幅과 독폭讀幅

이외에 글자 크기나 모양, 형태, 통계도표를 넓히거나 줄임으로써, 또한 각종 기호, 이모티콘 따위를 이용 표기함으로 얼마든 의미를 달리 전달한다.

참고 · 보충자료

강주배, 『무대리』, 메트로신문.
김정희 · 정충화 시화집, 『환몽』, 여름숲.
데리사와 다이스케, 『미스터 초밥왕』, 학산문화사.
M. C. 에셔 외, 김유경 역, 『M. C. 에셔, 무한의 공간』, 다빈치.
박종하, 『그림으로 읽는 성공의 법칙』, 디자인하우스.
이스트반 바여이, 『상상 이상』, 내인생의책.
프랭크런츠, 채은진 외역, 『먹히는 말』, 쌤 앤 파커스.

화제의 답 풀이 (문제는 310쪽)

① 어지러운 산, 옛 절 감췄네(亂山藏古寺).

이 문제는 송나라 휘종 황제가 도화서 화원을 뽑을 때 낸 화제(畫題)다. 일등 그림은 화면 어디를 보아도 절은 찾을 수가 없다. 대신 숲 속에 조그만 길이나 있고, 그 길로 중이 물을 길어 올라가는 장면을 그렸다. 중이 물을 길러 나왔으니 그 안 어디엔가 분명히 절이 있을 터이다. 화제에서 요구하는 '장(藏)', 즉 '감추었네'를 이 화가는 이렇게 그려냈다.

② 꽃 밟으며 돌아가니 말 발굽에 향내 나네(踏花歸去馬蹄香).

유성(兪成)의 「형설총설(螢雪叢說)」에 보인다. 일등 그림은 달리는 말 꽁무니를 따라 나비 떼가 뒤쫓아 가는 그림이다. 말발굽에 향기 나기에 나비는 꽃인 줄 오인하여 말 꽁무니를 따라갔다.

③ 들 물엔 건너는 사람이 없어, 외로운 배 하루 종일 가로 걸렸네(野水無人渡, 孤舟盡日橫).

등춘(鄧椿)의 「화계(畫繼)」에 나오는 이야기다. 일등 그림은 사공이 뱃머리에 누워 피리를 비껴 분다. 시는 어디까지나 건너는 사람이 없다고 했지 사공이 없다고 하지는 않았다. 들 물 건너는 사람 없어, 하루 종일 기다림에 지친 사공이 드러누운 배가 오히려 이 시의 무료하고 적막한 분위기를 잘 드러낸다.

④ 여린 초록 가지 끝에 붉은 한 점, 설레는 봄빛은 많다고 좋은 게 아닐세(嫩綠枝頭紅一點, 動人春色不須多).

진선(陳善)의 「문슬신어(捫蝨新語)」에 나오는 이야기다. 일등 그림은 화면 어디에서도 붉은색을 쓰지 않았다. 다만 버드나무 그림자 은은한 곳에 자리 잡은 아슬한 정자 위에 한 소녀가 난간에 기대어 서있을 뿐이다. 중국 사람들은 흔히 여성을 '홍(紅)'으로 이해했으므로, 결국 그 소녀로써 홍일점을 표현했다.

제15계 · 춘화도법春花圖法

사랑은 방 안에 있다

15-1 그리지 않고 그린 무엇을 읽어라. 긍재兢齋 김득신金得臣, 1754~1822의 〈반상도班常圖〉(〈그림 16〉)를 읽어보자.

〈그림 16〉 김득신, 〈반상도〉 (평양조선미술박물관 소장)

양반과 상민이 사뭇 대조된다. 말 위에 점잔 빼고 앉으신 양반종兩班種 어르신 말고는 모두 고단한 삶 사는 이들이다. 전모 쓴 저 여인 두 손 모아 절하고, 그 옆 사내는 죽을죄 지어 마당꿇림이라도 당하는지 아예 땅에 코 박고, 맨 뒤에 남정네는 허리 휘었다. 양반종 제외하고는 다들 그렇게 살았다. 하기야 지금도 이러구러 사는 이들이 저때보다 적다곤 못한다.

이해를 더하기 위해 박제형朴齊炯, 朴齊絅의 『조선정감朝鮮政鑑』을 인용해본다. 여기서 인용한 부분은 연암의 「양반전」 첫머리에 나오는 사족이다.

> 선비로서 네 당파 자손들은 비록 글 몰라도 스스로 사족(士族)으로 행세하며 마을에서 제멋대로 행동한다. 시골 백성 억압해 밭 갈지 않고 베 짜

지도 않으면서 의식이 풍족하다. 모두 백성들 살림을 박탈해서다. (…중략…) 평민이 사족 노여움 사면 종 보내 묶어다가 채찍으로 고문하며 오형(五刑) 갖추기도 하는데, 관가에서는 금지하기는커녕 당연하다는 듯 보아넘긴다. 백성으로서 사족 욕한 자 있으면 관에서 보내는 율법 매기고 심하면 사형에 처하기도 하니, 백성이 사족을 두려워하여 귀신같이 섬긴다.

조선에는 양반종이라는 별종이 낮은 백성 죽이고 살리는 생살여탈권生殺與奪權을 저렇게 쥐었다. 오죽했으면 사보두청이라는 말이 있을까. 사보두청은 사포도청私捕盜廳으로 개인포도청이니, 권세 있는 집에서 백성을 함부로 잡아다 사사로이 처벌함을 빈정거리는 말이다.

15-2 춘화도는 조선 후기에 진경산수화와 함께 정조 연간에서 순조까지 그 절정기를 이뤘다. 김홍도金弘道, 1745~? · 신윤복申潤福, 1758~?같은 여러 작가들이 그린 이 춘화도는 민중 삶과 체취가 물씬 풍기는 풍속화였다. 특히 19세기 풍속화에서 성희性戱를 직설로 담은 춘화첩도 유행했는데, 「광한루기」 소설평은 춘희의 도색桃色 유희遊戲 장면을 적나라하게 그린 작품들과는 전혀 다른 은은한 멋 담은, 뜻을 그림 속에 저며 둔 화폭이다. 대상도 논다니가 아니라, 기품과 맵시 있는 여염집 여인들이었다.

구한말 유명한 화가 허소치許小痴를 고종이 불렀다. 고종은 그를 골탕 먹이려고 남녀가 사랑 나누는 춘화도 한 장 그리라 한다. 얼마 후 소치는 이런 그림을 올렸다. 깊은 산속 외딴 집, 섬돌 위에 남녀 신발 두 켤레가 나란히 놓였다. '환한 대낮, 닫힌 방안 진진한 일은 알아서 상상하옵소서라'는 재치다. 제14계에서 본 입상진의入象盡意를 이용한 그림이다.

〈그림 17〉〈춘화도〉

춘화도는 남녀 간 운우지정을 그린 그림이다. 그러나 이 그림처럼 밀애의 현장성을 감상자 안목에 맡긴 화폭도 있다. 댓돌 위에 있어야 할 신발이 마루에 올라와 있으니 야릇한 관계일시 분명하고 큰 방석은 앉은 이가 서둘러 일어났는지 비뚜름하다. 두 남녀 춘정春情이야 마루 왼편 발그레한 춘화春花로 보암보암 눈짐작이 되니, 이제 눈썹달이 침침이 내리비치는 야밤이나 창호窓戶에 여명 우려든 새벽녘까지 방 안 풍경은 온전히 감상자 몫이다. 저 방 안에 능갈치는 사내와 하느작거리며 교태부리는 여인이 있다 한들 어긋남이 없으리라.

15-3 **'디지털 시대의 아날로그식 글 읽기'**란 이렇다. 디지털digital이 측정량을 불연속 수치로 표시한다면 아날로그analogue는 연속된 물리량으로 나타낸다. 문자판에 바늘로 시간 나타내는 시계, 수은주 길이로 온도를 나타내는 온도계 따위가 아날로그다. 따라서 아날로그는 유추·진실 탐구가 선행한다. 재단裁斷이 아니라 전체 문맥 속에서 진실을 찾아야 한다. 말하지 않고 말하기요, 그리지 않고 그리기니, '산은 끊어져

도 구름 속에 봉우리는 이어진다山斷雲連'는 경구를 새겨들어야 한다.

글 없는 그림 읽기는 창의적인 책 읽기에 도움을 준다. '이스트반 바여이'의 『상상 이상』이란 책을 보면, 활 쏘는 그림이 어느새 손목시계로, 또 손목시계 찬 손이 손목시계 찬 채 그림 그리는 소년으로 이어진다. 시사 만화가 프랜스 마세릴의 〈문자 없는 소설들novels without words〉과 린드 워드의 목판화 형식인 〈그래픽 소설들graphic novels〉은 문자를 쓰지 않고 스토리를 전개하는 그래픽 스토리텔링으로 매우 흥미롭다.

〈그림 18〉은 윌 아이너스의 저서 『윌 아이너스, 그래픽 스토리텔링과 비주얼 내러티브』(조성면 역, 비즈앤비즈)에 실린 그림인데 원시인이 동물 싸움을 보고 벽화를 그린다. 글 없는 그림책은 무한한 아날로그적 언어 세계를 보여준다. 특히 소리 내어 읽는다면 읽을 때마다 이야기가 달라진다는 점도 우리 독서를 살찌운다.

〈그림 18〉

참고 · 보충자료

간호윤, 『그림과 소설이 만났을 때』, 새문사.

오주석, 『한국의 미 특강』, 솔.

윌 아이너스, 조성면 역, 『윌 아이너스, 그래픽 스토리텔링과 비주얼 내러티브』, 비즈앤비즈.

이가림, 『미술과 문학의 만남』, 월간 미술.

이스트반 바여이, 『상상 이상』, 내인생의책.

조용진, 『서양화 읽는법』, 사계절.

허균, 『뜻으로 풀어 본 우리의 옛그림』, 대한교과서.

제16계 · 성색정경聲色情境

글은 소리, 빛깔, 마음, 뜻이다

16-1 성 · 색 · 정 · 경을 단순히 소리, 색, 마음, 뜻으로 이해해선 안 된다. 소리는 자연 소리와 일상 소리로 나뉜다. 자연 소리는 물소리 · 빗소리 · 물결소리 · 메아리 · 바람소리 · 새소리 · 풀벌레소리 · 매미소리 · 기러기소리 따위고, 일상 소리는 다듬이소리 · 웃음소리 · 이야기소리 · 기침소리, 신발 끄는 소리, 노랫소리 · 닭 우는 소리 · 코 고는 소리 · 풍악소리 · 도장 찍는 소리 들이다. 이 모든 소리는 글 속에서 청각을 자극해 정감을 고취하거나 생동감을 불러일으키는 따위 글 분위기에 제 역할을 한다. 연암의 「열녀함양박씨전 병서烈女咸陽朴氏傳 幷書」로 예를 든다. (제31계에서 한 번 더 인용하기에 그 일부만 본다.)

> 혈기가 때로 왕성해지면 과부라 해서 어찌 정욕이 없겠느냐? 가물가물한 등잔불이 제 그림자 조문이라도 하듯, 고독한 밤에는 새벽도 더디 오더구나. 처마 끝에 빗방울 똑똑 떨어지고, 창가에 비치는 달이 흰빛 흘리는 밤, 나뭇잎 하나 뜰에 흩날리고, 외기러기 먼 하늘에서 우는 밤 멀리 닭 우는 소리조차 없고, 어린 종년 코 깊이 골고 가물가물 졸음도 오지 않으면 내가 누구에게 이 괴로운 심정을 하소연하겠느냐?

연암이 그려낸 과부 방 안 정경이다. 이 짧은 글 속에 성 · 경이 모두

들었다. 빗방울 소리, 나뭇잎 소리, 외기러기 소리, 종년의 코고는 소리에 치마끈을 동여매는 과부 슬픔이 응결진다. 성이다. 정은 이 소리 속에 들은 정욕을 참아내는 인고忍苦다. 색은 달이 흰빛 흘리는 밤에서 찾고, 경은 바로 수절하는 과부의 뜻이다. 그러니 이 글 읽으며 저 성·경을 지나침은 과부의 슬픔도 수절 뜻도 모름이니, 읽기는 했으되 읽지 않음만 못하다. 소 닭 보듯 닭 소 보듯, 무심히 스님 얼레빗질하듯 글자만 훑었으니 소설 주제도 영판 잘못 짚는다. 「열녀함양박씨전 병서」 주제는 함양박씨를 열녀로 기림이 아니다. 과부에게도 여성으로서 '성욕'이 있음과 '열녀제도' 모순에서 찾아야 한다.

「덴동어미화전가」로 마음(정)을 한 번 더 짚는다. 덴동어미는 '마음'이 그 이유라고 답한다. 마음 도스르고 아래 글 읽는다면 덴동어미가 메나리조로 불러대는 신산한 서글픔을 듣는다.

> 고운 꽃도 새겨보면, 눈이 캄캄 안 보이고
> 귀도 또한 별일이지, 그대로 들으면 괜찮은걸
> 새소리도 고쳐 듣고, 슬픈 마음 절로 나네
> 마음 심자가 제일이라, 단단하게 맘 잡으면
> 꽃은 절로 피는 거요, 새는 예사 우는 거요
> 달은 매양 밝은 거요, 바람은 일상 부는 거라
> 마음만 예사 태평하면, 예사로 보고 예사로 듣지
> 보고 듣고 예사하면, 고생될 일 별로 없소

참고로 유음(ㄹ)이나 비음(ㅁ·ㄴ·ㅇ), 모음으로 끝내면 글이 밝고 경쾌한 느낌 준다. '더욱이'보다는 '더군다나' 따위로.

16-2 소리를 좀 더 살핀다. '성무애락', 즉 소리에는 슬프고 기쁨이 없다. '꽃이 난간 앞에서 웃는데 소리 들리지 않고, 새가 수풀 아래서 우는데 눈물 보기 어렵구나花笑檻前聲未聽 鳥啼林下淚難看'라는 시구를 좀 보자. '꽃이 웃는다' 하였고, '새가 운다'고 한다. 생각해보자. 정녕 꽃이 웃고 새가 우는가? 아니면 관성으로 꽃이 웃고, 새가 운다고 하는가?

「성무애락론聲無哀樂論」에서 혜강嵇康, 223~262은 '음악音樂에는 애락哀樂이라는 인간 감정이 담겨있지 않다'고 한다. 혜강 말을 이해하려면 오감을 살펴야 한다. 우리는 오감 통해 사물을 인지한다. 문제는 시각·미각·촉각·후각·청각 중, 지나치게 시각을 중요시한다. 보이지 않음은 믿지 못해서기도 하지만, 부지불식중에 관습화돼서다.

태초에 청각이 역사를 시작했다. 사실 새삼스럽지도 않다. 인간 역사를 기록한 언어, 즉 말과 글 중 시작은 말이기 때문이다. 『성서』도 '태초에 말씀이 있었다'고 기록했다. 시각·미각·촉각·후각은 드러나지만, 청각만큼은 보지도, 맛보지도, 느끼지도, 만지지도 못한다. 이 모자란 부분을 채우려면 잘 들어야 한다. 청각의 청聽은 유심히 들으라는 뜻이다. 청약불문聽若不聞, 혹은 청이불문聽而不聞이란 말도 그렇다. 듣고도 못 들은 체한다는 의미다. 청聽은 가려들음이요, 문聞은 저절로 들려오는 소리다.

자세히 들으면 들리는 것을, 편하게 눈으로만 찾으려 드니 들리지 않는다. 저런 성의 없는 행동이라면, 아예 보이는 사물도 보지 못하니 귀밝이술 마신들 소용없다. 글 쓰고자 하는 이, 청각을 오감 우듬지에 둘 때, 새로운 세계를 본다는 말 가슴에 새겨야 한다.

다시 혜강 말을 본다. '음악에 슬픔과 기쁨이 없다', 번역하자면 '마음으로 듣는 음악 오르가즘'이다. 혜강이 말한 요체는 '인간 마음에 애락이 있다'다. 이 장 끝에 일부를 새겨 둔 연암의 「일야구도하기一夜九渡河記」와 유사한 견해다. 혜강의 처지로 본다면 새 울음은, 그저 짐승 목울림에 지나지 않는다. 이런 목 울림에 인간 고뇌와 애락 담아 읽는 인간이 주제넘기도 하고, 자못 이기라는 생각이 든다. 듣는 이가 슬프면 슬프디 슬픈 구성진 『춘향전』의 옥중가 가락이요, 기쁘면 자진모리장단 휘몰아치는 이몽룡 어사출또 장면처럼 들리지 않겠는가.

여기서 "음악은 우리에게 그냥 들림과 주의 깊게 들음을 구분하도록 한다"라는 작곡가 이고르 스트라빈스키 말에 주의해야 한다. 주의 깊게 들으면 들리는 소리가 새롭기 때문이다.

「성무애락론」과 유사하지만 다른 견해 펴는 글이 있어 소개한다. 조선 후기 문인 이옥의 「개구리 울음 읊은 부 후편後蛙鳴賦」이란 소품이다. 이 글을 보면, 주인은 '개구리 울음에 감정이 들었다' 하고, 객은 '개구리 울음에 감정이 없다'고 다툰다.

주인과 객 중, 누구 말이 옳을까?

이를 이해하기 위해 이옥을 잠시 마주해야 한다. 이옥은 1790년에 생원시에 급제하였고 성균관 유생으로 있던 1795년, 응제應製의 표문에 소설 문체를 썼다는 이유로 충군充軍의 벌을 받았다. 1800년 2월에 완전히 사면되었으나, 관직에 나아가지 못하고 불우한 생활을 한다. 사실이면서 나른한 정감의 글쓰기를 중시하는 그는 매우 개성 있는 시와 산문을 남겼다. 그의 「독주문讀朱文」이란 글을 보고 논의를 잇자.

> 주자의 글은 이학가가 읽으면 담론을 잘하고, 벼슬아치가 읽으면 상소문에 능숙하고, 과거시험 보는 자가 읽으면 대책문에 뛰어나고, 촌사람이 읽으면 편지 잘 쓰고, 서리가 읽으면 장부정리에 익숙해진다. 천하의 글은 이것으로 족하다.

「독주문」이란, '주자의 글을 읽다'라는 뜻이다. 주자가 누구인가. 주자학을 집대성한 이로 조선 500년간 그토록 숭앙해 마지않았던 송대 유학자다. 그의 말은 조선 유학자들에게 교리로 신성불가침 영역이었다. 자칫 그의 심기라도 거슬리면 교리를 어지럽히고 사상에 어긋나는 언행을 했다고 사문난적斯文亂賊으로 몰린다. 숙종 때 대학자인 윤휴尹鑴조차 유교 경전을 주자의 견해대로 따르지 않는다 하여 사문난적이라고 비난받을 정도였다.

이런 주자 글을 담론이나 잘하고, 상소문이나 잘 짓고, 대책문에 뛰어나게 된다는 말도 폄하인데, 나아가 촌사람 편지 잘 쓰게 되고, 서리 장부정리에 익숙해진다고까지 한다. 유교의 도리로 조심성 있게 모실 주자 글을 일상에 갖다 붙이니, 모욕도 이만저만이 아니다. 이렇게 이옥은 전범이란 말로 옥죄는 문장 일체를 부정하며 자신이 사는 시대에 자기 마음에서 우러나오는 진솔한 언어창출을 추구하였다.

「개구리 울음 읊은 부 후편」에서 이옥의 견해는 주인이다. 이옥은 당연히 개구리 울음에는 감정이 있다 한다. 객은 개구리 울음에 감정이 없다고 맞받는다. 개구리는 소리만 낼 뿐, 실행에 옮기지 못하므로 개구리 울음에는 뜻이 없다가 객의 주장이다.

이옥은 그가 살던 시대를 고통으로 일관한 이다. 고통의 심정으로 잉태한 문학이었기에, 하찮은 개구리 울음일망정, 자신의 글 글자마다 행간마다 내면의 소리가 밴 것처럼 이해하였다. 같은 소리건만 혜강과 이옥이 저렇고 이렇게 다르다. '혜강이 맞다', '이옥의 견해가 옳다'는 이 글에서 시비할 문제가 아니다. 동일한 사물과 현상 바라봄이 이토록 다름을 아는 일이 중요하다.

아래는 「일야구도하기」다. 원문이 길므로 그 일부만 싣는다. 「일야구도하기」는 연암의 글 중에서도 대표작으로 『여한십가문초麗韓十家文抄』에도 실렸다.

(…전략…) 나는 문 닫고 드러누워 냇물 소리를 구별해 들어본 적이 있다. 깊숙한 솔숲에서 울려 나오는 솔바람 소리, 이 소리는 청아하게 들린다. 산 쪼개지고 언덕 무너지는 소리, 이 소리는 격분한 듯 들린다. 뭇 개구리들 다투어 우는 소리, 이 소리는 교만한 듯 들린다. 수많은 축(筑)이 번갈아 울리는 소리, 이 소리는 노기에 찬 듯 들린다. 별안간 떨어지는 천둥 소리, 이 소리는 놀란 듯 들린다. 약하기도 세기도 한 불에 찻물 끓는 소리, 이 소리는 분위기 있게 들린다. 거문고 궁조(宮調) · 우조(羽調)로 울려 나오는 소리, 이 소리는 슬픔에 젖어 있는 듯 들린다. 종이 바른 창문에 바람 우는

소리, 이 소리는 의심 품은 듯 들린다. 그러나 이 모두가 똑바로 듣지 못했다. 단지 마음에 품은 뜻이 귀로 소리를 받아들여 만들어 냈을 따름이다.

(…중략…) 내가 아직 요동 땅에 들어오지 못했을 무렵이다. 바야흐로 한여름 뙤약볕 밑을 지척지척 걷는데, 홀연히 큰 강이 앞을 가로막아 붉은 물결 산같이 일어나서 끝이 안 보였다. 아마 천리 밖에 폭우로 홍수 났기 때문인 듯하다. 물을 건널 때에 사람들이 모두 고개 쳐들고 하늘 우러러보기에, 나는 그들이 모두 하늘 향해 묵도 올리려니 했다.

한참 뒤에야 비로소 알았다. 그때 내 생각은 틀렸다. 물 건너는 사람들이 탕탕(蕩蕩)히 돌아 흐르는 물을 보니, 굼실거리고 으르렁거리는 물결에 몸이 거슬러 올라가는 듯했다. 갑자기 현기증이 일면서 물에 빠질 듯하여 얼굴을 젖혔으니, 하늘에 비는 기도가 아니라 숫제 물을 피하려는 심사이다. 사실 목숨이 위태로운 그 잠깐 사이에 무슨 기도할 겨를이 있겠는가!

그건 그렇고, 그 위험이 이러한데도 이상스럽게 물이 성나 울어 대진 않았다. 배에 탄 모든 사람들은 요동 들이 널따랗고 평평해서 물이 크게 성나 울지 않는다고 했다. 이것은 물을 잘 알지 못하는 까닭에서 나온 오해다. 요하가 어찌하여 울지 않겠는가? 그건 밤에 건너지 않아서다. 낮에는 눈으로 물을 보니, 그 위험한 곳 보는 눈에 온 정신이 팔려 오히려 눈 있음을 걱정해야만 할 판이다. 무슨 소리가 귀에 들려오겠는가. 그런데 이젠 낮과는 반대로 밤중에 물을 건넌다. 눈엔 위험한 광경이 보이지 않고 오직 귀로만 위험한 느낌이 쏠리니 귀로 들리는 물소리가 무서워 견딜 수 없다.

아, 나는 그제야 도(道)를 알았다. 마음 잠잠하게 하는 자는 귀와 눈이 누가 되지 않고, 귀와 눈만 믿는 자는 보고 듣는 게 더욱 밝아져서 큰 병 됨을 깨달았다.

나를 시중해주던 마부가 말한테 발을 밟혀 그를 뒷수레에 실었다. 내 손수 말 고삐를 붙들고 강 위에 떠 안장 위에 무릎 구부리고 발 모아 앉았다. 한 번 말에서 떨어지면 곧 물이다. 그곳으로 떨어지면 물로 땅 삼고, 물로 옷 삼고, 물로 몸 삼고, 물로 성정(性情) 삼으리라. 이러한 마음 판단을 한 번 내리자, 내 귓속에서는 강물 소리가 마침내 그치고 만다.

무려 아홉 번이나 강을 건넜는데도 두려움 없고 태연하니, 마치 방 안 의자 위에 앉아있고 기거하는 듯했다.

(번역은 '한국고전종합DB'에서 인용했으며 일부만 손봤다.)

연암은 뒤를 이렇게 잇는다.

소리와 빛은 모두 외물이다. 이 외물이 항상 눈과 귀에 누가 되어 보고 듣는 기능을 마비시켜 버린다. 사물조차 이와 같은데, 하물며 강물보다 훨씬 더 험하고 위태한 인생 길을 건너갈 적에 보고 들음이야말로 얼마나 병이 될까.

연암은 이렇듯 넘실거리는 강물을 변용시켜 내면세계를 표현하였다. 우리 인생도 잘 보고, 잘 듣는 데 있지 않을까? 글 쓰려는 이라면 마땅히 성 · 색 · 정 · 경으로 만물을 읽어야 한다. 저 위에 적어 놓은 총명한 삶은 덤이다.

참고 · 보충자료

이옥, 「개구리 울음을 읊은 부의(後蛙鳴賦)」 후편.

혜강, 한홍섭 역, 『성무애락론』, 책세상.

제17계 · 일세일장一歲一章

한 해는 한 악장이다

17-1 홍길주는 글자가 살아있다고 하였다. "오직 문자만 천지 사이에 늘 살아있어 죽지 않을 뿐이다. (…중략…) 늘 큰 도읍 시장에 가보면 천만 사람 모여 왁자지껄 떠드는데 마치 제자백가들이 글 펼쳐 놓고 읽는 듯하다."(「제자휘서諸子彙序」) 많은 이들은 이렇듯 살아있는 글자를 책상에 앉아 밋밋이 읽어만 댄다.

17-2 음악은 앞 계에서도 일별하였지만 글과 불가분 관계다. 공부 종주국 중국을 만들어놓은 공자께서 대단히 음악을 즐겼으니, 이분 말씀도 들어본다. 그는 음악으로 덕을 배양한다고 여겼다. 그리하여 국가 통치할 적에 순 임금의 음악인 소韶를 강력히 주장했다. 순 임금이 태평성대 이끌었으니 그 음악도 당연히 좋다는 연계론이다. 공자는 순 임금 음악을 듣고는 어찌나 좋은지 3개월 동안 고기 맛을 잊었다고도 한다. 공자는 순 임금 음악을 "참으로 아름답고 또한 참으로 훌륭하다"고 했지만, 혁명을 통해 주나라 건국한 무왕 음악은 "참으로 아름다우나 훌륭함을 다하지는 못하였구나" 한다. 주나라 무왕이 건국하는 과정에 많은 피를 흘렸기 때문이다. 순 임금 음악과 무왕 음악을 듣지 못하기에, 공자 말씀처럼 음악에 그 주인들 덕성이 있는지는 모르겠다.

공자처럼 음악으로 국가를 통치하고자 한 이가 또 있었다. 세계사 속에 악역을 자임한 아돌프 히틀러Adolf Hitler, 1889~1945다. 그는 리하르트 바그너Richard Wagner, 1813~1883 음악을 틀어 놓고 폭격 명령을 내렸다. 게르만의 서사시와 음률을 바탕에 깐 바그너 음악과 게르만주의를 외친 히틀러는 궁합이 잘 맞았다. 히틀러는 바그너의 〈니벨룽겐의 반지Der Ring des Nibelungen〉라는 오페라를 들으며 폭격 명령을 내렸고, 유태인 학살 장소인 아우슈비츠의 형무소에서도 이 음악이 울려 퍼졌다.

이 이유로 유태인들은 지금도 바그너 음악을 금지한다고 한다. 누군가에겐 음악音樂이, 누군가에겐 어지러운 소리인 '음악淫樂'인 예이다. 자기 음악이 음악淫樂으로 변한 걸 알았다면 바그너 심기가 꽤나 불편할 듯하다. 바그너가 게르만주의를 그의 음악에 담았을지언정, 히틀러와 같은 행동을 염두에 뒀는지는 그만이 알 일이지만 말이다.

이와 상반하는 경우도 있다. "천 곡 악곡을 연주해본 뒤라야 소리 깨닫고 천 개 검을 본 뒤라야 보검 안다凡操千曲而後曉聲 觀千劍而後識器." 『문심조룡文心雕龍』 제48장 「지음知音」에 보이는 말이다. 음악音樂과 음악淫樂을 제대로 읽으려면 책을 두루 보는 박문博文의 자세가 필요하다. 박문이야말로 깊이 있는 감상으로 이끌어준다. 『문심조룡』은 유협劉勰이 지은 중국 최고 문학이론서로 '문심'이란 글 쓰는 마음이요, '조룡'은 글 꾸밈이다.

셰익스피어 작품에서 영감 얻어 작곡된 곡은 2만 1,000여 곡이 넘는다. 그중 널리 알려진 곡만 짚어도 시벨리우스의 〈폭풍우〉, 쇼스타코비치의 〈맥베스 부인〉, 차이콥스키의 〈로미오와 줄리엣〉, 멘델스존의 〈한여름 밤의 꿈〉, 그리고 베르디의 장엄한 오페라 〈오셀로〉와 프로코

피예프의 발레곡 〈로미오와 줄리엣〉 들이 있다.

그러니 책도, 음악도, 세상일도 잘 읽을 일이다. 아름다운 음악을 세상 어지럽히는 음악으로 읽듯, 독서도 글쓰기도 자칫 잘못하면 그렇게 된다. 일제치하 친일 문학가, 독재정권에 아부하는 글들이 바로 저 히틀러 동무들 아닌가? 문장 좋다고 내용이 훌륭한 글도 아니고, 이 시절에 훌륭하다 치하받은 글을 후일 휴지통에서 찾게 되기도 한다.

17-3 김만중은 글을 악기에 견줬다. 『구운몽』을 짓고 우리말을 사랑한 서포西浦 김만중은 글을 악기에 견줘 매우 흥미로운 견해를 편다. 서포는 "문장이란 금석사죽金石絲竹(네 가지 악기를 통틀어 이르는 말. 종, 경쇠, 현악기류, 관악기류를 이름) 아우를 수가 없으니 각기 특이한 경지가 있어서다. 만약 아우르면 반드시 제 소리를 이룰 수 없다文章如金石絲竹 其聲不能相兼 而各有所至 苟欲兼之 則亦未必成也"(『서포만필』)고 한다. 제각각 악기 소리 다르듯, 글 또한 그러해야 한다는 말이다. 제 소리 내라는 뜻이니, 독성 또한 제각각 달라야 함을 서포 글에서 읽는다.

중국의 소설가 겸 문명비평가 임어당林語堂 말로 끝맺자.

> 청년 시절 독서는 문틈으로 달 바라봄이고, 중년 시절 독서는 자기 집 뜰에서 달 바라봄이요, 노년 독서는 창공 아래 정자에 올라 달 바라봄이다. 책 읽는 깊이가 체험에 따라 다르기 때문이다.

17-4 기 · 운 · 신 · 격은 『광한루기』에 보이는데, 소엄주인이 소설 읽는

수용론자 태도를 적은 비평어로 가득찼다. 조선 후기 한글 『춘향전』이 너무 요야하다며 한문으로 지은 『광한루기』 속 비평어들은 당시 소설의 가치를 고급문학 위치로 패러다임을 변화하려 한다. 소엄주인은 「광한루기 독법」에서 소설 독법으로 기·운·신·격론을 든다. 이 용어는 당시에 널리 퍼진 시론詩論이며 동시에 화론畵論이기도 하다.

소엄주인은 이 '기氣·운韻·신神·격格' 넉 자로 작품을 읽어냈으니, 부연하자면 소설(문학)과 음악·미술을 아우르는 예술 총체로서 소설을 인식한 비평어라고 할 만하다.

이 독법을 정리하면 다음과 같다.

① 미각 : 술(酒) → 독서 → 조기론

② 청각 : 거문고(琴) → 독서 → 조운론

③ 시각 : 달(月) → 독서 → 조신론

④ 시각(촉각) : 꽃(花) → 독서 → 조격론

술酒, 거문고琴, 달月, 꽃花은 모두 독서 상황이다. 술, 거문고, 달, 꽃이 직접 독서물 그 자체는 아니나 독서에 영향을 미치는 요소들임은 분명하다. 각기 다른 저러한 독서 상황에서 글 읽기에 응당 독서 감상이 다를 수밖에 없다.

술 한잔 거나하게 하고 읽는 『춘향전』과 맨정신으로 읽는 『춘향전』이 같을까? 음악 연주하며 『돈키호테』를 보고, 달빛 받으며 「메밀꽃 필 무렵」을, 또 꽃구경 하며 「국화 옆에서」라는 시를 읊는다면?

모르긴 몰라도 미각, 시각(촉각), 청각이 자연과 교감을 통해 흥취 돋우는 가운데 책을 읽는다면 분명한 차이가 존재한다. 외국어를 빌자면, 책 속의 글자 그대로는 텍스트text고, 사정이나 형편은 컨텍스트context다. 예를 들어보자. '사랑한다'는 말을 이몽룡이 그네 뛰는 춘향이에게 할 때와 헤어지는 날 한 말은 같으면서 다르다. '사랑한다'는 말은 텍스트로 같지만, 문맥 환경 컨텍스트는 영 딴판이다. 만날 때 '사랑한다'는 아름답게 들리겠지만, 헤어질 때 '사랑한다'는 춘향의 눈물만 흘리게 하는 가혹한 소리일 뿐이다. 상황이 다르면 문맥도 다르다.

이제 기·운·신·격을 보자. 이 용어는 독성에서 한발 더 나아간다. 기·운·신·격은 "술 마시며 읽으면 기를 돕고, 거문고 타면서 읽으면 운을 돕고, 달을 마주하고 읽으면 신을 돕고, 꽃 구경하면서 읽으면 격을 돕는다宜飮酒讀可以助氣 宜彈琴讀可以助韻 宜對月讀可以助神 宜看花讀可以助格"는 뜻이다.

다시 다산 시 한 수 읊어보자.

소나무 단에 하얀 돌 평상은,	松壇白石牀
바로 내가 앉아 거문고 타는 곳.	是我彈琴處
산객은 거문고 걸어두고 가버렸지만,	山客掛琴歸
바람이 불면 저절로 소리를 내는구나.	風來時自語

소나무 아래 하얀 돌 평상에 앉아 다산이 거문고 탄다. 얼마쯤 흘렀을까. 다산은 거문고를 나뭇가지에 걸어두고 내려온다. 산바람이 와서

거문고를 스치고 지나간다. 휘잉! 거문고 소리가 다산의 걸음을 따라 나선다. 멋진 시다. 기·운·신·격의 거문고를 타면서 읽으면 운을 돕는 격이다.

술로 건너간다. 기·운·신·격에서 술 마시며 읽으면 기를 돕는다고 한다. 소동파는 시 「동정춘색洞庭春色」에서 술을, "응당 시 낚는 낚싯대요, 시름 쓰는 빗자루라 부르리" 한다. 소동파의 저 말이 기·운·신·격을 두고 한 말인지는 모르나 기·운·신·격이 독서 감흥을 낚는 낚싯대로 쓰였음은 틀림없다.

만해卍海의 「춘주春晝」라는 연시조다. 풀이하면 '봄날의 낮' 정도 의미다.

> 따스한 볕 등에 지고 유마경 읽노라니
> 가벼웁게 나는 꽃이 글자 가린다
> 구태여 꽃 밑 글자 읽어 무삼하리오.

「춘주」 2수 중, 1수다. 『한용운 시전집』에는 「춘화春畵」, 즉 '그림같은 봄날'이라고 하였다. '봄날의 낮'이든, '그림 같은 봄날'이든, 깨달음 세계를 읊은 선시다. 나른한 졸음이 오는 봄날 한낮. 만해가 따스한 봄볕 등에 지고 불교 경전인 『유마경』을 읽는다. 어디선가 팔랑, 봄꽃이 날아와 『유마경』 한 글자 위에 앉는다. 만해는 구태여 꽃 밑 글자 읽을 필요 없다고 한다. 어찌 『유마경』 속에 진리가 있겠느냐는 깨달음이다. 선가에서는 부처님 말씀 깨닫고 보면 경전은 휴지 조각과 같은 무용지물이라 한다. 나른한 봄날의 볕, 어디선가 날아온 꽃잎 한 장이 깨달음의 세계로 만해를 이끌었다. 이 또한 기·운·신·격의 독서다.

참고·보충자료

홍길주, 이홍식 역,『상상의 정원』, 태학사.
홍길주, 정민 역,『19세기 조선 지식인의 생각 창고 – 홍길주의 수여방필』, 돌베개.

04 생각하기

思論

제18계 · 언외지의言外之意

글 밖에 뜻이 있다

18-1 관중의 말이다. 『관자管子』 권16 「내업內業」에 보인다. 원문은 "생각하고 또 거듭 생각하라. 생각이 통하지 않으면 귀신이 통하게 해준다. 귀신의 힘을 입어서가 아니라 온 정기를 다 모아서다思之思之, 又重思之, 思之而不通, 鬼神將通之, 非鬼神之力也, 精氣之極也"라는 구절이다.

18-2 위백규는 "고인 시 중에 대나무 뿌리 땅 위에 솟아오르니 휘어진 용 허리 같고, 파초 잎사귀 창에 마주하니 봉황 꼬리 같구나"라는 예를 든다. 이 시는 '대나무 뿌리를 휘어진 용 허리'로 '파초 잎사귀를 봉황 꼬리'로 비유한다. 이 구절에서 '언외지외에 있는 풍부한 여운과 함축'을 찾을까?

위백규는 "그 형상은 비슷하게 본떴고 말 뜻은 부드럽고 담백하며 시구는 정교하니 어찌 아름답지 않겠는가" 하고 일단은 추어주나, 곧 "다만 대나무 뿌리는 대나무 뿌리일 뿐이요, 파초 잎사귀는 파초 잎사귀일 뿐이라 했으니, 여의餘意(말에 함축된 속뜻)와 신채神采(정신과 풍채)가 없다. 용 허리와 봉황 꼬리와 같다면 용처럼 굽었고 봉황처럼 길 뿐이라 했으니, 다시 여운餘韻(남아 있는 운치나 울림)과 기격氣格(기품과 격조)이 없다"고 일갈한다.

영 마뜩잖다는 뜻이다. 대나무 뿌리를 휘어진 용 허리로, 파초 잎사귀를 봉황 꼬리로 비유했기에 그 형상이 비슷하게 그렸음은 일단 인정한다. 문제는 단순 비교하였을 뿐, 대나무 뿌리와 파초 잎사귀의 진면목은 그려내지 못했다는 지적이다. 즉 '휘어진 용 허리'와 '봉황 꼬리'가 지닌 고유의 정신, 혹은 개성 없음을 꼬집는 발언이다.

〈그림 19〉〈루빈의 컵〉

18-3 언외지의를 〈루빈의 컵〉이라는 그림으로 설명해본다. 〈그림 19〉에 무엇이 보이는가? 어떤 사람은 그림에서 흰 부분인 컵을 먼저 보고, 어떤 사람은 까만 부분인 마주 보는 사람 옆얼굴을 먼저 본다. 대부분은 컵을 먼저 본 뒤, 두 사람 옆얼굴을 인식한다. 컵은 도형圖形이고, 두 사람 마주 본 얼굴은 소지素地, 즉 그림 바탕이기 때문이다. 도형은 견고해 물체성을 가지며, 소지는 박약해 소재성을 가진다. 당연히 도형이 강한 힘으로 소지를 통제하니, 두 사람 마주 본 얼굴 먼저 본 사람은 컵을 먼저 본 사람에 비해 적다(사람에 따라서는 도형과 소지가 바뀔 경우도 있다). 우리가 보는 사물은 이렇듯 도형과 바탕을 이루는 소지로 이뤄진다. 보통은 도형에만 주목하고 소지는 경시해버리기 쉽지만, 소지 없이는 도형을 만들지 못한다.

글이 도형이라면 글 밖은 소지다. 소지를 잘 챙겨둬야 글이 산다. 서거정은 "옛날 시 평하는 자가 시 일컫기를, 말로 그리기 어려운 정경을 그리되 눈앞에 있는 듯이 하고 말로 다하지 못한 뜻을 함축해둔 언외지의를 본 연후에야 시를 안다 할 만하다"(『동인시화』 권상60)고 했다. 시 감상하는 자에게 언외지의를 촉구하는 구절이다. 이 언외지의가 바로 소지요, 작자가 말하고자 하는 뜻이다.

소지는 울음과 울음 사이 정적을 읽고 침묵 속에서도 생동을 읽어야 한다. 교실 안, 재재거리는 아이들 틈에 턱 괸 한 아이 멍하니 창문을 내다본다. 교실 안을 바라보는 선생은 턱 괴고 창문 내다보는 아이에게 주목한다. 창문 내다보는 아이가 도형이라면 재재거리는 아이들은 소지가 된다. 소지인 아이들 재잘거림이 흥성할수록, 분주한 아이들 동선을 추적하는 표현이 길수록, 턱을 괸 아이는 강한 힘으로 선생 눈길을 잡아끈다. 우리가 자칫 간과하기 쉬운 소지를 잘 챙길 때, 도형은 또렷이 나타난다.

18-4 사물 바라보는 방식을 달리하면, 사물 본질이 달리 보이기 때문이다. 예를 들어 안도현 시인의 '연탄재 함부로 발로 차지 마라 / 너는 / 누구에게 한 번이라도 뜨거운 사람이었느냐'라는 시 「너에게 묻는다」는 하찮은 연탄재의 재발견이다. 사물 밖에서 글 밖에서 생각할 때, 책상이 동반자가 되고, 화장실은 천국 공간으로, 시계는 최고 독재자요, 하이힐은 그니 콧대 높이가 된다.* 생각은 그만큼 글을 주조해내는 거푸집이니, 생각이 극한에 이를 때 새로운 글쓰기, 창의 있는 글쓰기로 나아간다.

*빈 종이를 노려본다고 글이 나오지 않는다.

'최고 건축물은 주위 환경을 돋보이게 하는 건축이다'라는 건축계 명언은 곱씹을수록 의미가 꽤 웅숭깊으니, 장자 왈, "침묵도 하나의 언어며, 웅변이다"라는 말과 능히 반어로 당길 만한 비유다. 침묵도 경청해야 한다. 언어이기 때문이다. 한용운의 「님의 침묵」이란 시가 사랑

받는 이유를 '침묵이 통제해주는 역동성'이란 모순에서 찾는 이유다.

'안경 사업하는 우리 경쟁자는 성형외과다'라거나 '우리 매장은 안경점이 아니라 패션액세서리 매장이다', '중국집 경쟁자는 옆에 들어선 부흥각이 아니라 피자가게여야 한다' 따위도 챙겨 볼 문장이다.

참고 · 보충자료

김인후 편, 정후수 역, 『백련초』, 문이재.
미리암 프레슬러, 유혜자 역, 『행복이 찾아오면 의자를 내주세요』, 사계절.
정민, 『한시미학산책』, 솔.

제19계 · 박문강기博聞强記

널리 듣고 잘 기억함만으론 안 된다

19-1 앎

엊그제 '국립생물자원관'을 찾았다가 내 앎이 얼마나 짧은지 알았습니다.

지구상 생물종이 무려 1,000만 종이라는 사실, 이 중 알려진 생물종은 175만 여 종, 우리나라에는 10만 종 생물이 살고, 겨우 29,828종만 학계에 보고됐다는군요.

내 책상 위 놓인 국어사전을 펼쳐봅니다. 31만 어휘나 됩니다.

한 곳을 펼쳐 내가 아는 단어를 세어 봅니다.

하나, 둘, …… 다섯을 못 넘습니다.

어디 가서 국어 선생이란 말 말아야겠습니다.

언젠가 '국립생물자원관' 찾은 충격을 블로그에 써놓은 글이다. 내 앎이 참 좁음을 느낀다.

19-2 물극필반의 예는 우리나라로 좁혀도 부지기수다. 여자화장실 표지는 빨강인가, 파랑인가? 빨강이다. 서양 색채 개념이 들어와 이렇게 됐다. 동양에서는 빨강이 양이고 남성이다. 당연히 여성은 파랑이어야 한다. ☆은 별이다. 그렇다면 ◯와 같다. 동양에서는 별을 ◯로 보았

다. ☆은 우리에겐 꽃이다. 구한말, 별이 그려진 성조기를, '꽃 그려진 깃발의 나라'인 화기국花旗國으로 적바림해놓았다. 동양에서는 녹색이 동쪽을 상징하지만 서양은 반대인 서쪽이다.

동양과 서양뿐 아니라 중국과 우리도 차이난다. 한자어에 '만절필동萬折必東'은 모든 강은 굽이굽이 반드시 동쪽으로 흐른다는 뜻이다. 지금은 본뜻대로 되거나, 혹은 충신 절개는 꺾지 못한다는 말로 쓰인다. 생각해보자. 중국에서 보면 동쪽으로 흐르지만, 우리로 보면 어느 쪽인가? 한반도 지형은 동고서저이니, 굳이 말한다면 만절필서萬折必西라야 한다.

19-3 콜럼버스의 달걀은 인간 기억을 지배하는 가상현실인 매트릭스matrix다. 저 사람 생각으로 내가 산다면 나에겐 이 세상이 매트릭스다. 내 정신 코드가 저 사람에게 끼워져 있기 때문이다. 콜럼버스 달걀이란 말도 그렇다. 이 말은 '알면서 한 번도 시도하지 못한 사람과 시도한 사람의 차이, 그것이 세상을 변하게 하는 힘'이라는 의미로 쓰인다. 하지만 정말 그럴까? 한편으로 달걀을 깨서 세운 콜럼버스 생각이 꽤 창의로 읽히지만, 곰곰 생각해보면 사실 한낱 임기응변에 불과하다. 더해 달걀이 소중한 생명을 담았다는 데 착안한 생태주의와 아메리카 대륙 발견이 결국 제국주의 시발이란 점까지 꾀해 본다면, 문명사와 역사로 본 콜럼버스 달걀은 아주 다른 반론 기회를 제공할 뿐이다. 그런데도 '콜럼버스 달걀'만 최고지식인 양 붙들고 자랑하는 경우를 너무 자주 대면한다. 이래서야 한 발짝도 더 생각이 나아가지 못한다. 이제

는 생각지도 좀 바꾸자. 이렇게 바꾸면 안 될까? '달걀은 왜 타원형일까?' 또 콜럼버스 항해한 점을 상기하면 지구地球보다는 해구海求가 옳지 않을까? 지구 71%가 바다이기 때문이다.

19-4 차치리식 사고는 『한비자』에 보인다.

차치리라는 사람이 어느 날 장에 신발을 사러 가기 위하여 발을 본떴습니다. 이를테면 종이 위에 발을 올려놓고 발 윤곽을 그렸습니다. 한자(漢字)로 그것을 탁(度)이라 합니다. 그러나 막상 그가 장에 갈 때는 깜빡 잊고 탁을 집에 두고 갔습니다. 신발 가게 앞에 와서야 탁을 집에다 두고 왔음을 깨닫고 탁을 가지러 집으로 되돌아갔습니다.

제법 먼 길을 되돌아가서 탁을 가지고 다시 장에 도착하였을 때는 이미 장이 파하고 난 뒤였습니다. 그 사연을 듣고는 사람들이 말했습니다.

"탁 가지러 집에까지 갈 필요가 어디 있소. 당신 발로 신어보면 될 일이 아니오."

차치리가 대답했습니다.

"아무려면 발이 탁만큼 정확하겠습니까?"

융통성 없는 사고는 고집스런 글만 만들고, 사고 단절을 초래한다. 이것이 바로 글쓰기에서 버려야 할 '차치리식 사고'다.

19-5 몰입과 다독 하면 일본의 지성知性 다치바나 다카시立花隆의 한무

큲독서를 연상한다. 그의 저서 『나는 이런 책을 읽어 왔다』에서 'I/O 비율 100대 1'이란 말을 한다. 몰입의 글읽기와 글쓰기다. I는 입력Input(책 읽기)이요, O는 출력output(글쓰기)이다. '100대 1 법칙'은 술명한 글 1편을 쓰기 위해서는 100권 읽어야 한다는 셈이다.

연암도 『열하일기』 「도강록」 '6월 24일'에서 압록강鴨綠江에 대해 네댓 줄 쓰는 데 무려 『당서唐書』, 『산해경山海經』, 『황여고皇輿考』, 『양산묵담兩山墨談』 들 네 권이나 인용한다.

오죽했으면 영조英祖 11년(1735) 을묘년 과거시험 시제가 '독서가 연단이다讀書如鍊丹'였다. 연단鍊丹이란 신선神仙이 되기 위해 공부하는 사람이 만드는 약이다. 연단은 단사丹砂 따위 귀중한 약재를 특수한 방법으로 오랜 시일 담금질한다. 정신을 집중하지 못하면 마지막에 가서도 실패하고 만다. 이 집중이 대상에 집중하는 몰입이다. 몰입은 끊임없이 변화하려는 속성인 주의력을 일정 기간 대상에 머물게 하는 고도의 정신활동이다. 이러한 몰입 자세로 책 읽기를 쓰기의 100배는 해야 한다. 비록 비아냥거림이지만 '글공부하다가 미쳐서 중얼대는 송 생원'이나 판소리 대가들이 똥물 먹어 득음했다는 말은 이 몰입을 말해준다. 이렇듯 격렬한 고통을 수반한 독서가 새로운 사고로 이어짐은 굳이 설명할 필요조차 없다.

19-6 **'수레바퀴도 벼룩에서 나온 걸.'** 정신을 한곳에 집중한 가운데 수많은 세월 동안 공력을 쌓아야만 걸작이 나온다는 말이다. 비위飛衛가 기창紀昌에게 활쏘기를 가르칠 적에, 벼룩 한 마리 실에 꿰어 창문에 걸

어놓고 매일 시선을 집중시켰다. 그 결과, 3년 뒤에 기창 눈에 벼룩이 마치 수레바퀴처럼 크게 보여 활의 명인이 됐다는 몰입에 관한 이야기다. 『열자列子』 「탕문湯問」에 보인다.

19-7 '오행병하'는 '다섯 줄 한꺼번에 내리 읽는다'는 뜻으로 매우 빨리 읽음을 비유하는 말이다. 속독은 선인들도 꽤 즐긴 듯하다. 성혼은 7~8줄을, 이이는 10줄을 내리 읽었다고 두 분 대화에 보이니 대단한 속독가다. 또 다산도 속독했지만, 저자와 같은 보통인으로서야 읽었다 해서 읽은 게 아님은 따로 말 놓을 필요 없다. 연암은 "많이 읽으려도 말고, 속히 읽으려도 말라" 했으니 자칫 다독과 속독에서 비롯된 수박 겉핥기식 책 읽기를 경계하는 말이다.

19-8 '지독가'는 모두 뛰어난 독서가로 '느리게 읽기'와 '거듭 읽기'를 한다. 백 번 읽고 백 번 쓴다, 독서 군주였던 세종대왕은 재독再讀, rereading을 강력하게 주장한다. 후한 말기에 동우董遇라는 이가 있었다. 그는 집안이 가난해 일하면서도 책을 손에서 떼지 않고 부지런히 공부한다. 후일 황문시랑이란 벼슬에 올라 임금 글공부 상대를 하였으나, 조조曹操의 의심을 받아 한직으로 쫓겨났다. 동우가 벼슬자리에서 물러나 있자, 각처에서 그의 학덕을 흠모하여 글공부 배우겠다는 사람들이 몰려들었다. 동우는 이들에게, '나에게 배우려 하기보다 집에서 그대 혼자 책을 몇 번이고 자꾸 읽어보게. 그러면 스스로 그 뜻을 알게 될 걸세' 하고 점잖게 거절한다.

명재 윤증尹拯의 『명재유고』 권25에 「정석로에게 답함答鄭錫老」(갑신년 1월 13일)이란 글로 세종대왕식 독서에서 한 발 더 나간다.

『대학혹문(大學或問)』은 백 번 읽어서 맛을 알지 못하면 또 백 번 더 읽고, 또 맛을 알지 못하면 또 백 번 더 읽으면 거의 그 맛을 알게 됩니다. 이렇게 해서 한 책을 통달하면 다른 책들은 읽기 어렵지 않습니다.

이외도 영조는 『소학』을 100번 넘게 읽었으며, 백호 임제는 『중용』을 800번, 우암 송시열은 『맹자』를 1,000번 넘게, 세종대왕은 「구소수간歐蘇手簡」을 1,100번, 일두 정여창은 『소학』 한 권만 30년 넘게 읽었으며, 공자는 『주역』을 어찌나 힘껏 읽었는지 묶은 끈이 3번이나 끊어져 위편삼절韋編三絶 고사 주인공이 됐다. 백곡 김득신은 사마천의 「백이전」을 무려 1억 1만 3,000번, 지금 수치로는 11만 3,000번 읽고 1만 번 이상 읽지 않은 책은 아예 독서 목록에 올리지도 않는다. 그래 서실 이름조차도 '억만재億萬齋'라고 했으니 그 독서력 정말 대단하다.

그렇다면 수백 번 눈으로 읽는 정독과 직접 손으로 써보기 중, 어느 것이 더 효과일까? 굳이 가리자면 선인들은 쓰기를 더욱 쳤다. 고려 대문호 이규보는 「오선생 덕전 애사 병서吳先生 德全 哀詞幷序」에서 "백 번 읽어도 마음먹고 한 번 쓰기만 못하다百讀不如一寫之存心"고까지 한다. 백 번 읽고도 시간이 남으면 한번 써 보아라. 한 차례만으로도 박람강기를 극복한다.

19-9 생각의 지도를 바꿔야만 글을 쓴다. 『생각의 지도』를 보며, 우리

가 얼마나 고정된 생각을 하는지 알았다. 『생각의 지도』는 리처드 니스벳Richard E. Nisbett이 지은 책이다. 리처드 니스벳은 이 책에서 동양과 서양이 세상 바라보는 서로 다른 시선을 찾는다. 내용을 대강 정리하면 이렇다.

고대 중국과 고대 그리스 전통을 이어받은 동양과 서양은 서로 다른 자연환경, 사회구조, 철학사상, 교육제도로 인하여 매우 다른 사고방식과 지각방식을 보인다. 동양은 서양에 비하여 종합하여 사고하기 때문에, 부분보다는 '전체'에 주의를 기울이고, 사물을 독립해 이해하기보다는 그 사물이 다른 사물들과 맺는 '관계'를 통해 파악한다. 반면, 서양은 동양에 비해 분석으로 사고하기에, 전체보다는 사물과 사람 자체인 '부분'에 주의를 기울이고, 사물과 관계를 '독립'을 통해 파악한다. 동양이 모순과 변증법의 논리라면, 서양이 형식논리나 규칙 논리를 애용하는 이유는 모두 이와 관련된다.

이런 질문이 있다고 치자. 예슬, 대철, 호윤 순으로 내 앞에 서 있다. '누가 가장 앞에 있을까?' 물어볼 것도 없이 예슬이라고 대답한다. '동양인'이라는 단서를 붙인다면.

동일한 질문을 서양인들에게 하면 어떠할까? 결과는 반대다. 서양인은 맨 뒤에 있는 호윤이 가장 앞에 있다 한다. 이유는 간단하다. 동양인은 대상을 중시하여, 예슬 ← 대철 ← 호윤 순으로 자기를 본다고 생각한다. 결국, 나 ← 예슬 ← 대철 ← 호윤 순이기에 예슬이 가장 앞에 있다고 생각한다. 서양인은 나를 중시해서, 나 → 예슬 → 대철 → 호윤 순이기에 호윤이 가장 앞에 있다고 생각한다. 동양인은 대상 중심으로 보지만, 서양인은 자기 중심이기 때문이다. 서양인들이 'I'를 항상 대문자로 쓰며 '나'를 중요시하는 이유가 여기서 나왔다.

『생각의 지도』는 공동체 균질성을 굳건히 믿는 우리에게 흥미로운 생각 틀을 보여준다. 단순히 '문화상대주의'라는 말로 넘어갈 문제가 아니다. 나는 내 주변인들의 합이 아닌 나여야 한다. 글 쓰는 이라면 반드시 두어 번 되짚어야 한다. 동서양은 저토록 생각 지도가 다른데도 우리는 지나치게 서양 사고에 의존하려고만 든다. 이는 수입한 글쓰기 책뿐만 아니다. 우리는 책 읽을 때, 사물 바라볼 때, 토론할 때, 글 쓸 때, 동양인으로서 사고 틀이 있음도 분명히 인식해야 한다. 우리 생각 지도가 비슷함은, 글 또한 도긴개긴이라는 뜻이기 때문이다. 새로운 사고는 대단한 고민거리이나 고민하는 시간에 비례해 사고 폭이 넓어진다.

우선 동양식 사고의 장점과 단점을 명확히 파악하고, 또 동양에서, 더 좁게는 한국식 사고로 꽁꽁 묶인, 각인된 기존 틀을 과감히 탈피해야 한다. 동양을 폄하하는 서양 오리엔탈리즘Orientalism도, 반대로 동양이 가진 옥시덴탈리즘Occidentalism도 마땅히 벗어나야 한다.

참고 · 보충자료

김용규, 『설득의 논리학』, 웅진 지식하우스.
리처드 니스벳, 최인철 역, 『생각의 지도』, 동문선.
헬레나 노르베리 호지, 양희승 역, 『오래된 미래』, 중앙북스.

제20계 · 창오적오蒼烏赤烏

푸른 까마귀라 해도 붉은 까마귀라 해도 좋다

20-1 블랙 스완은 검은 백조白鳥다. 이미 18세기 오스트레일리아에서 발견됐다. 검은 백조 출현은 흰 백조만 봤던 모든 이들의 경험 세계를 무참히 무너뜨렸다. 더 이상 백조는 이전 백조가 아니다. 블랙 스완은 이제 존재하지 않는 극한값을 나타내는 은유적 표현에서 '불가능하다고 인식된 상황이 실제 발생함'이란 상징 의미로 바뀌었다.

이런 상황 몇을 더 생각해본다. '무무無無'는 없을 무無 자 겨우 두 개뿐이다. '없고 없다.' 그렇다. 전혀 없다는 뜻이다. 한 번 더 해보자. '없는 게 없다.' 정반대 뜻으로 모두 다 있다는 의미다. 한 번 더 해도 된다. '없고 없다는 없는 게 없다이다' 단 두 글자 '무무'의 묘의에서 얻은 해석이 저토록 다르다.

'우리는 결코 내일을 만나지 못한다'는 간단한 진실도, 내일이란 평범한 일상어를 곰곰 짚으면 얻는다. 택당 이식은 『택당선생속집』 권5 「시詩」에서 '솥에 하늘과 땅을 어떻게 넣어 끓이리요'라고 했지만, 도원道原이란 스님은 '반 됫박들이 솥에 하늘과 땅도 끓인다'고 한다. 생각하기 나름이다. 마음 가라앉히고 깊이 파고 들면 해석도 저렇게 다르다. 마음이 있어야만, '보인다 → 보다 → 눈여겨보다'와 '들린다 → 듣는다 → 귀담아듣는다' 순으로 나아간다.

마음이 있어야만 눈여겨보고, 귀담아듣는다.

중국의 비평가 김성탄은 이를 실천해서 "나는 우리집 마당에서 세상 본다"고 했다. 꼭 현장경험Field Work을 해야만 세계를 보는 것이 아니다. 글 쓰겠다는 마음자리, 그 마음으로 사물을 보고 또 보면, 안마당 흙이 이웃 마을과 통하고 산 넘어 다시 이웃 마을로, 이웃 마을이 이웃 나라 국경을 가볍게 넘어선다.

20-2 푸른 까마귀라는 어휘에 주목해본다. 글쓰기는 직관과 감정으로 승부하는 과학이 아니다. 글쓰기는 어휘를 통한 사고 과정이기에 반드시 언어 인식을 수반한다. 언어 인식이란 눈으로 복제된 사물을 마음으로 재복제하는 수순을 밟는다. 눈이 선수先手라면, 마음은 후수後手다. 선수는 후수를 당기고, 후수는 선수를 이끌어야 한다. 언어 인식을 향상하려면 선수와 후수를 잇는 어휘력을 증진해야 한다. 사물은 눈으로 보지만, 정리는 어휘이기 때문이다.

예를 들어 '붉다, 불그죽죽하다, 불그레하다, 발그족족하다, 빨그족족하다, 벌그스름하다' 따위, 어휘가 풍부할수록 표현이 정확해진다. 저자의 경험으로 미뤄보건대 어휘력 신장이야말로 오이 붇듯 달 붇듯 문장력을 키워준다. 어휘력을 확장하기 위해서 직·간접 경험 확충을 요구하는 사고 영토를 넓혀야 한다. 새로운 정보가 이미 저장된 정보를 자극하고, 인식과 사유 수준을 상승케 하는 측면을 고려해야 해서다. 이때 연상 작용은 사고 영역을 확장하는 데 적절한 도움을 준다.

공자와 자공 대화부터 보고 연상 작용도 살핀다.

"가난하면서 아첨하지 않고 부자이면서 교만하지 않다면 어떻습니까."

"좋구나. 그러나 가난하면서 즐거워하고, 부자이면서 예 좋아함만은 못하구나."

자공은 '가난하면서도 아첨하지 않고 부자이면서도 교만하지 않다면 어떻습니까' 물었다. 공자는 제자 말을 그대로 받아 '아첨'을 '즐거움'으로, '교만'을 '예를 좋아함'으로 슬쩍 고치고, '만은 못하구나未若'를 덧붙였다. 몇 자 글자만 바꾸었을 뿐인데, 자공과 공자 학문 깊이가 현격히 드러나는 이유가 무엇일까? 자공은 '가난한 자'는 아첨하고 '부한 자'는 교만을 보고 '-않다면'이라는 가정법으로 돌려 생각한다.

자공이 '가난한 자 → 아첨, 부한 자 → 교만'이라고 생각한다면, 공자는 '가난한 자 → 아첨 → 즐거움, 부한 자 → 교만 → 예를 좋아함'으로 한 단계를 더 나아간 셈이다. 여기에 다시 '만은 못하구나'未若라는 비교 부사격을 써서 '즐거움'과 '예 좋아함'을 강조한다.

이렇듯 한 단어가 지닌 여러 가지 함축 의미 떠올림을 연상 작용이라 한다. 이런 작용을 연속으로 또 다른 단어로 연결시켜 나아갈 때, 연상을 조직화한다. 결국 연상 조직이란, 동시다발로 함축 내용을 선별해서 조직해나가는 사고 확장 과정이 된다. 이러한 과정은 저장된 이전 지식을 기억해내는 정신 활동이다. 기억해낸 개념들이 연결되며, 다른 개념과 만남을 꾀한다. 다른 개념과 만남은 새로운 낱말에게 연결하는 기회를 제공한다.

〈도표 1〉과 같은 예를 들어보자. 이미 경험된 각 낱말 속성을 연결하

〈도표 1〉

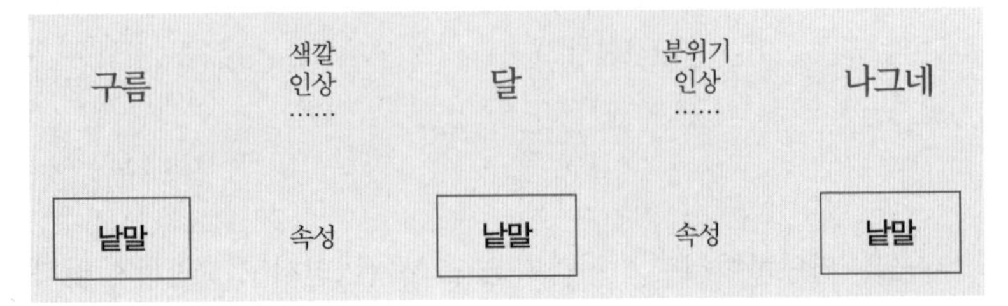

는 사고 과정을 보여준다.

'구름에 달 가듯이 가는 나그네'라는 박목월 선생의 「나그네」 한 구절은 이와 같이 해서 만들어졌다. 학생들에게 이 연상 작용을 과제로 내줬더니, '사랑 : 아이스크림 : 이별', '함박눈 : 고향 : 친구', '오뚝이 : 잡초 : 과제', '단정함 : 단발 : 실연', '아킬레스건 : 약점 : 인간', '안경 : 세상을 보게 함 : 선입견', '피라미드 : 수수께끼 : 사람', '삼겹살 : 은행 : 발 냄새' 따위를 연결 지었다. '사랑 : 아이스크림 : 이별'만 보자. '사랑과 아이스크림은 달콤함과 부드러움으로, 아이스크림과 이별은 차가움으로' 연결돼서다.

〈도표 1〉의 예는 아래와 같은 방법으로도 대신한다.

① 한 낱말을 연상되는 낱말로 끝말잇기해 보자.

군대 → 대열 → 열병 → 병사 → 사고 →

호수 → → → → →

② 낱말에 대해서는 느낌(속성)을, 느낌(속성)에 대해서는 낱말을 번갈아

가며 적어보자.

할머니 → 포근함 → 햇볕 → 따뜻함 → 사랑 →

즐거움 → → → → →

③ 유사한 뜻이나 속성을 가진 낱말을 계속 적어보자.

학교 → 유치원 → 어린이집 → 훈장님 → 선생님 →

무서움 → → → → →

④ 뜻이나 속성을 점층(확대)으로 연결해보자.

씨앗 → 새싹 → 나무 → 숲 → 산 →

촛불 → → → → →

⑤ 뜻이나 속성을 점강(축소)으로 연결해보자.

우주 → 은하수 → 밤하늘 → 별 → 개밥바라기 →

대한민국 → → → → →

또 한 사물을 선택하여 지배 감각을 바꿔도 유용한 방법이다. 지배 감각은 신 계시로 만든 성역이 아니기 때문이다. 보고 느끼는 자에 따라 얼마든 다르다. 달을 촉각, 미각, 후각, 청각 따위로 읽어도 생각 전환에 많은 도움을 준다. 그림을 듣고, 글을 맡고, 음악을 볼 수도 있다. 어떤 인물이나 상황에 자신이 처해있다 생각하고 감정이입해보거나, '까마귀 날자 배 떨어진다'는 속담을 역발상으로 '배 떨어지니 까마귀

난다'로 바꿔볼 때, 생각이 탄생한다.

20-3 「공작관기」에서 연암은 다음처럼 색깔을 바로 봐야 한다고 말한다.

> 무릇 색깔(色)이 빛(光) 낳고, 빛이 빛깔(輝) 낳으며, 빛깔이 찬란함(耀) 낳고, 찬란한 후에 환히 비치게(照) 된다. 환히 비침은 빛과 빛깔이 색깔에서 떠올라 눈에 넘실거려서다. 그러므로 글 지으면서 종이와 먹을 떠나지 못한다면 아언(雅言, 정확하고 바른 말)이 아니고, 색깔 논하면서 마음과 눈으로 미리 정한다면 정견(正見, 바로 봄)이 아니다.

이러한 언어 인식을 얻으려는 방법을 김조순金祖淳, 1765~1832에게 도움받자면 '고심'에서 시작한다. "무릇 고심하면 반드시 생각이 깊어진다. 깊이 생각하면 반드시 이치가 해박해지고, 이치가 해박하면 반드시 말이 새로워진다. 말이 새로워지고도 노력 그치지 않는다면 공교해지고, 공교해지고 노력 그치지 않는다면 귀신도 두려워할 만하게 되고 조화가 옮겨온다"(『풍고집楓皐集』 권16 '잡저' 「서금명원경독원미정고후書金明遠畊讀園未定稿後」)고 한다. 김조순은 내로라하는 문장가다. 저 고심이 없다면 새로운 언어는 없다. 연암 글에서 고심의 구체 어휘가 '창오가야蒼烏可也(푸른 까마귀)라도 괜찮다'다.

참고 · 보충자료

로버트 루트번스타인, 박종성 역, 『생각의 탄생』, 에코의 서재.
박지원, 「능양시집서」·「공작관기」
폴 아덴, 김지현 역, 『생각을 뒤집어라』, 김앤김북스.

제21계 · 역지사지易地思之

처지를 갈마들어 생각하라

21-1 맹자가 하우夏禹와 후직后稷, 안회顔回를 동일하게 여긴 이유는 이렇다. 중국 전설이 된 성인 하우와 후직은 태평한 세상에 자기 집 문 앞을 세 번씩 지나가면서도 공무 보는 중이라고 들어가지 않았다. 공자 제자 안회는 어지러운 세상 누추한 골목에서 물 한 바가지와 밥 한 그릇으로만 살았다. 공자는 가난한 생활을 이겨내고 도道 즐긴다며 이 안회를 칭찬했다.

이를 두고 맹자는 '하우와 후직과 안회는 같은 뜻을 가졌는데, 하우는 물에 빠진 백성이 있으면 자신이 치수治水 잘못하여 그들을 빠지게 했다고 여겼으며, 후직은 굶주리는 사람 있으면 스스로 일을 잘못하여 백성을 굶주리게 했다고 생각한다'고 한다. 그러고는 '하우와 후직과 안회는 처지를 바꿔도 모두 그러했을 걸'이라고 끝맺는다. 맹자는 '하우와 후직, 안회, 각각 생활 방식은 달랐지만, 사람이 마땅히 가야 할 길 갔음은 동일하다'는 의미로 이 세 사람을 묶었다.

이러한 역지사지 예를 몇 개만 더 든다. 조그만 작살로 그 큰 고래를 잡는다. 이유를 알고 보니 고래는 피가 멈추지 않는 혈우병 환자였기 때문이라는 사실도 새겨들을 만하다. '때가 가면 불가不可하다'는 말도 그러하다. 제아무리 비라도 가뭄 끝에야 좋지만, 가을 추수할 즈음이라면 아니 될 말이다. 가뭄으로 목 타는 자, 홍수나면 그나마 먹을 물조차 더러워 먹지 못한다.

십계명도 뒤집어보면 참 흥미롭다. '간음하지 말라, 도둑질하지 말라, 이웃 재물 탐내지 말라.' 생각할 것도 없이 간음 당할 쪽, 도둑질 당할 쪽, 재물 있는 사람이 만들었다. 모두 없는 자들이 저런 법규 만들어 어디에 쓰겠는가?

21-2 타인의 처지에서 생각해보기는 이렇다. 어떤 나무꾼이 있었다. 점심도 먹지 않고 일했지만 오늘도 친구 나무꾼 짐이 반 자는 더 높다. 늘 그러하듯 친구 나무꾼은 점심 먹고 한동안 쉬며 도끼날이나 갈자고 한다. 하지만 나무꾼은 친구 나무꾼을 이겨보려고 바쁘다며 온종일 도끼질을 쉬지 않는다. 허나 결과는 역시 같았다. 이유야 번연하다. 무딘 도끼날로 온종일 수고한들 날 선 도끼 당하지 못해서다. 글쓰기도 같은 이치다. 글에서 날이 선 도끼는 어휘와 구체성이다.

21-3 사물을 바꿔 생각해보기는 연암 글에서 넉넉히 찾는다. 연암은 종종 이 방법을 사용해 글을 구상하는데 여간 흥미롭지 않다. 하루는 빗줄기 하염없는 봄날이었다. 연암은 대청마루에 쌍륙雙六 펼쳐 놓고 놀이한다. 쌍륙은 여러 사람이 편 갈라 가지고 차례로 주사위 던져, 나는 사위대로 판에 말 써서 먼저 궁에 들여보내는 놀이다. 혼자 할 놀이가 아닌데도 한참을 그러더니, 이내 누군가에게 편지를 쓴다.

사흘간이나 비가 주룩주룩 내립니다. 어여쁜 살구꽃이 모조리 떨어져 마당을 분홍빛으로 물들였습니다. 나는 긴 봄날 우두커니 앉아서 혼자 쌍륙놀이 하지요. 오른손은 갑이 되고 왼손은 을이 되어 '다섯이야! 여섯이야!' 소리칩니다. 그 속에 나와 네가 있고 이기고 짐에 마음 쓰니, 문득 상대가 있고 짜장 적이라는 생각도 듭니다. 알지 못하겠습니다. 내가 내 두 손에게도 사사로움 두는 건지. 내 두 손이 갑과 을로 나뉘었으니 사물이고 나는 그 두 손에게 조물주 위치입니다. 그렇건마는 사사로이 한쪽 손 편들고 한쪽 손 억누름이 이렇습니다.

어제 비에 살구꽃은 모두 떨어졌지만, 꽃망울 터뜨릴 복숭아꽃은 이제 화사함을 뽐내겠지요. 나는 잘 모르겠습니다. 조물주가 복숭아꽃 편들고 살구꽃 억누르는 것 역시 사사로움을 두어서인지.

연암은 잡기놀이에서 글을 구상했다. 왼손과 오른손을 복숭꽃과 살구꽃으로 처지 바꿔 생각하여 고운 글결로 옮겼다.

21-4 동물의 처지에서 인간 생각해보기도 흥미롭다. 자신이 고양이를 싫어한다면, 자신이 고양이 처지를 변호하는 변호사가 돼 보기도 한 방법이다. 나쓰메 소세키夏目漱石, 1867~1916의 『나는 고양이로소이다』에서 인간을 묘사한 부분은 꽤 흥미롭다.

인간이란 동물은 사치스럽다. 발이 네 개 있는데도 두 개밖에 사용하지 않는 것부터가 사치다. 네 발로 걸으면 그만큼 빨리 갈텐데, 언제나 두 발로만 걷고, 나머지 두 발은 선물 받은 말린 대구포처럼 하릴없이 드리워 우습기만 하다.

참고 · 보충자료

게르드 브란튼베르그, 노옥재 외역, 『이갈리아의 딸들』, 황금가지.

나쓰메 소세키, 『나는 고양이로소이다』.

제22계 · 시비지중是非之中

옳고 그른 한가운데를 꿰뚫어라

22-1 대조변백은 대조법이다. 예를 들자면 백성과 탐관오리를 병아리와 독수리, 소나무와 송충이, 강아지와 표범, 남산골 늙은이와 나태한 고양이 · 살찌는 쥐로 은유하여 대조한다. 두 극단 어휘로 그 차이점을 뚜렷이 부각하려는 방법이다. 다산의 많은 시들에서 빈과 부, 귀와 천, 옳음과 그름, 생과 사, 정의와 불의, 원과 근 따위 단어를 배치해 글 주제를 드러내는 수법도 이와 동일하다. 다산의 「유흥遺興」이란 시는 공간과 시간, 전구와 후구가 대조를 이루며 사색당파 싸움질로 지새는 기막힌 조선 현실을 그대로 드러냈다.

산하는 옹색한 삼천리뿐인데	山河壅塞三千里
당쟁풍우는 다툼질이 이백 년	風雨交爭二百年

22-2 모순도 옳다는 시비지중이라야만 찾는다. 모순은 '창과 방패'라는 뜻으로, 말이나 행동의 앞뒤가 서로 일치되지 않을 때 쓰는 말이다. 초나라 한 시장, 장사꾼이 창과 방패 팔려고 외쳤다.

"이 방패 보십시오. 견고해 어떤 창이라도 막아냅니다."

"이 창 보십시오. 예리함은 천하 어떤 방패라도 단번에 뚫어버립니다."

구경꾼 중에 어떤 사람이 빈정댄다.

"여보! 그 창으로 그 방패 찌르면 어찌 되는 거요?"

『이야기 중국 논리학사』라는 책을 보다가 이 모순이 궤변이 아님을 알았다. '그 창으로 그 방패 찌르면 어찌 되는 거요.' 바로 빈정거린 사람이 지적한 이곳이다. 잘 보자. 과연 빈정거린 사람 말이 맞을까? 아쉽게도 빈정거린 사람의 말이 맞으려면 정지한 공간과 움직이는 시간이 동일해야 한다. 즉 '한 공간'에서 창으로 찌르고 방패로 막음이 '동시'일 때만 성립한다. 장사꾼은 '동시에'라는 조건을 넣지 않았다. 빈정거린 사람이 자의로 이 같은 조건을 넣었다.

장사꾼 말은 논리로 틀리지 않는다. 장사꾼이 "이 방패 보십시오. 견고해 어떤 창이라도 막아냅니다" 말했을 때, 장사꾼이 말하는 창은 없다. "이 창 보십시오. 이 예리함은 천하 어떤 방패라도 단번에 뚫어버립니다" 말할 때도 장사꾼이 말하는 방패는 없다. 창을 말할 때와 방패를 말할 때, 시차가 있어서다.

아리스토텔레스가 모순 조건을 "동일한 사항이, 동일한 관계에서, 동일한 사물에 속할 때"라 한 발언은 적절한 지적이다. '모순은 모순이 아니다'에서 '서로 반대되는 사물은 하나다'까지 나아간 견해가 15세기 철학자 니콜라우스 쿠자누스의 '반대의 일치coincidentia oppositorum'다. 이 말은 절대자인 신에게 모든 차별 · 대립 · 모순은 소멸해 동일하다는 설명이지만, 찔러주는 바가 예사롭지 않다.

예를 들어보자. 활 만드는 사람은 사람이 상하지 않을까 걱정하고 방패 만드는 사람은 사람이 상할까 걱정한다. 활과 방패는 모두 무기지만 만드는 이 걱정은 극 대 극을 오간다. 원을 작게 하면 원주는 차차 중심에 접근하고 무한히 작게 하면 마침내 중심과 일치한다. 반대로 원을 크게 하면 원주 곡선은 차차 ◯에 가까워지고, 무한히 크게 하면 마침내 곡선이 직선으로 바뀐다. 원이 점이요, 점이 직선이란 결과다. 활과 방패, 원 하나도 이러하거늘 모든 사물에서 시비지중을 찾으면 어떻겠는가?

22-2 손빈이 말을 바꾸지 않고도 승리한 이야기는 이렇다. 독자들이 '을'이라 가정한다면, 아래 상황을 어떻게 풀어나가겠는가?

> 갑과 을이 세 등급 경마시합을 했다.
>
> 상등마 대 상등마, 중등마 대 중등마, 하등마 대 하등마다.
>
> 갑의 말이 세 판 모두 이겼다.
>
> 말을 바꾸지 않아도 을이 이기는 방법은?

제나라 때 손빈孫臏이란 병법가의 지혜를 담은 이야기다. 대략은 이러하다. 전기 장군은 제나라 위왕과 경마 시합에서 매번 패배한다. 그 원인은 제나라 위왕 말이 몸집 좋고 힘이 강해 빨리 뛰기 때문이다. 제나라 위왕 상등마는 반 시간 동안 45리 뛰었고, 전기의 상등마는 반 시간 동안 43리 뛰었다. 제나라 위왕의 중등마는 반 시간 동안 41리 뛰었고, 전기의 중등마는 반 시간 동안 40리 뛰었다. 제나라 위왕의 하등마는 반 시간 동안 38리 뛰었고, 전기의 하등마는 반 시간 동안 36리 뛰었다. 전기 장군은 매번 경마 시합에서 결국 상등마 대 상등마, 중등마 대 중등마, 하등마 대 하등마와 시합해 모두 패배했다.

손빈은 다음과 같은 책략을 일러 주어 전기가 2 : 1로 승리하게 한다. '먼저 당신의 하등마로 위왕의 상등마를 대적해 첫 번째 시합은 져 주십시오. 두 번째 시합에서는 당신의 상등마로 위왕의 중등마를 대적하면 반드시 승리합니다. 세 번째 시합에서도 당신의 중등마로 위왕의 하등마를 대적하면 이 또한 승리합니다.'

22-3 진인사대천명은 '노력 다한 후에 하늘 명을 기다린다'는 뜻으로 모두들 좋게 여긴다. 그러나 만해 한용운은 '일의 성패는 오직 사람으로 말미암는다'며, '진인사대천명'이란 말이 마땅치 않다 한다.

『조선불교유신론』에서 그 이유를 대는 한용운 말을 들어보자.

천하에 어찌 일의 성패가 있겠는가? 오직 사람으로 말미암아 있을 뿐이다. 세상만사가 사람에게 관계되지 않고는 하나도 성공과 실패가 있을 수 없다. 일은 참으로 자립하는 힘이 없고 오직 사람 따라 결정된다면 일의 성패는 역시 사람 책임이다. 옛사람이 말하기를 '모사(謀事)는 사람에게 있고, 성사(成事)는 하늘이다'고 한다. 그 말을 따져보면 사람이 이룰 수 있는 모사를 했더라도 하늘이 그것을 실패로 만들며, 그 사람이 실패될 모사를 했더라도 하늘이 그것을 성공으로 이끈다는 말이다.

아! 그렇다면 사람의 흥패에 관하여 억울하게 만드는 일이 이보다 더함이 또 있겠는가. 하늘이 과연 사람이 꾀하는 일을 이루기도 하고 망치기도 한다면 이는 사람에게 그 자유를 잃게 한다는 말이다. 사람에게 그 자유를 잃게 한다는 말은 일찍이 듣지도 보지도 못한 일이다.

'진인사대천명'이 당연한 말인 듯하지만, 사람이 없다. 오로지 일의 결과는 하늘에 달렸다는 뜻이다. 이 말에는 하늘이 사람 삶을 주재한다는 기본 전제가 깔렸다. 사람이 사는 이 세상 문제를 하늘이 주재한다면 사람이 사는 게 아니라 하늘의 삶이 아닌가. 한용운은 이러한 시비지중의 허를 지적하였다.

참고 · 보충자료

가지신행(加地伸行), 윤무학 역, 『이야기 중국 논리학사』, 법인문화사.
김영민 외, 『소설 속의 철학』, 문학과지성사.

제23계 · 촉전지영燭前之影

촛불 켜놓고 그림자를 보라

23-1 가스통 바슐라르는 프랑스 철학자로 몽상을 통한 상상력 확장을 즐겼다. 그는 우리 몸에 각인된 '문화 콤플렉스les complexes de culture가 상상력 막는 주범'이라 한다. '비둘기' 하면 흰색이 떠오르고, 다시 '평화' 생각하는 따위가 그 예다. 이미 문화로 형성된 이미지를 받아만 들이면 상상력은 결핍을 거쳐 고갈되고 만다.

바슐라르는 이를 해결하기 위해 느긋한 정신의 거닒인 몽상夢想, dream vision을 끌어온다. 몽상 속을 헤매면서 바슐라르는 '형태 이미지image formal'를 '물질 이미지image material'로 바꿨다. 두말할 필요도 없이 몽상은 뚜렷한 주체 의식이 있는 몽상이다. 설명하자면 핸드폰에서 물질 이미지인 금속성 찾고, 이를 다시 '차가운 도시인의 기계음'으로 이미지화하는 따위다. 핸드폰에서 형태 이미지만으로는 '길쭉, 혹은 네모' 정도에 그치지만, 핸드폰을 물질 이미지로 바꾸면 무한한 무정형 이미지를 상상한다. 몽상으로 얻은 무한한 무정형 이미지는 글쓰기 영토 확장으로 이어진다. 그래, 소처럼 되새김질할 여유로운 시간이 필요하다. 툇마루에 앉아 나른한 낮잠 즐기듯, 몽상 속에서 새로운 상상 세계를 거닐어야 한다.

23-2 구양수는 울퉁불퉁 옹이가 많이 박힌 목침을 베개 삼았다. 이 목

침을 베면 편치 않아서 도통 깊은 잠을 들지 못한다. 그러니 어렴풋한 선잠 들고 바람이 들창을 슬그머니 지나만 가도 대뜸 눈이 떠진다. 의식과 무의식 사이, 눈으로 보고 귀로 듣는 현실이 아닌 비몽사몽 속이다. 이때 상상이 유영遊泳을 하고, 낮에 그토록 끙끙거렸던 글줄이 생각의 심연 속에서 부상浮上한다. 구양수의 저 명문들은 바로 이 비몽사몽간에 나왔다. 바슐라르 몽상이 바로 '구양수 베개'다.

23-3 날아가고 날아오는 글자다. 새를 두고 하는 연암 말이다. 세상 만물을 책으로 봤기 때문이다.「답경지지이答京之之二」를 보자.

> 아침에 일어났다. 푸른 나무 그늘진 뜰에서 이따금 새가 지저귄다. 부채 들어 책상 치며 외친다. '이게 바로 내가 말하는 날아가고 날아오는 글자요, 서로 울고 서로 화답하는 글자로다' 한다. 오채색을 문장이라고 하니 문장으로 이보다 더한 게 없다. 오늘 나는 책을 읽었다.

새를 보고 '날아가고 날아오는 글자'라고 한다. '나뭇잎 잎 자天子卍年'( )도 만들었으니 새삼 의아스러워할 필요 없다. 아침에 문 활짝 열어젖히니 푸른 나무 그늘진 뜰에 새가 지저귀며 오간다. 물끄러미 이를 쳐다보던 선생이 갑자기 부채 들어 책상 친다. 이게 바로 '날아가고 날아오는 글자요, 서로 지저귀고 서로 화답하는 글자로다' 한다. 이것은 두말 필요 없이 '지저귀는 새 글자'다. 어찌해서 글자인가?

모든 글자는 모양(기호)과 뜻으로 이뤄진다. 언어학자 소쉬르Ferdinand

de Saussure, 1857~1913는 기호를 시니피앙, 뜻을 시니피에라 한다. 시니피앙이 글자요, 시니피에가 뜻으로 연암 말과 다를 바 없다. 연암은 글자로서 존재 의의를 눈에 보이는 기호와 뜻으로 정의한다. 기호는 바로 '새'고 '날아가고 날아오고', '서로 지저귀고 서로 화답함'은 바로 뜻이다. 이만하면 글자로서 모양과 뜻을 갖췄으니 조금도 부족함이 없다. 이덕무의 「잡제 1」에서 "'안녕하세요' 여뀌뿌리 푸른 글자 내다"와 라캉이 여성을 '크 여인the woman'으로 표기한 이치도 같다. 여뀌뿌리는 '안녕하세요'란 푸른 글자요, 썼다 지운 '크 여인'은 '잊힌 여인'이기 때문이다.

연암은 한 단계 더 나아가 오채색을 문장이라 한다. 오채색은 청 · 황 · 적 · 백 · 흑이다. 사물의 총천연색을 대유하는 표현으로 『순자』 「부賦」에 '다섯 가지 채색 갖춰야 문장이 이뤄진다'에서 따왔다. 연암은 문장으로 '이보다 더한 게 없다'고 뚝 자른다. 검은 먹물로 '새 조鳥자'를 제아무리 잘 써놓은들 날지 못한다. 그런데 저 '날아가고 날아오는 글자'와 '서로 울고 서로 화답하는 글자'들은 펄펄 날지 않는가. 글자로 쓰이지 않고 글자라 인정받지 않은 글자이지만 살아있는 글자임이 분명하다. 연암이 '오늘 나는 책을 읽었다'고 한 이유이다. 하늘이 종이요, 날며 지저귀는 새가 글자이거늘 우리는 못 본다.

연암의 『영대정잉묵』 「여초책與楚幘」에는 이런 구절도 있다.

> 우리들은 냄새나는 가죽 부대(사람의 몸) 속에 든 몇 개 문자가 조금 많은 데 불과할 뿐이네. 저 나무에서 매미 맴맴대고 땅속에서 지렁이 울어대는 게 또한 시 읊고 책 읽는 소리 아니라고 어찌 장담하겠나.

제자인 박제가가 글깨나 안다고 꺼불댔나 보다. 이를 마뜩잖게 여긴 연암의 꾸지람이다. 연암은 스스로 그저 글자 몇 개 더 아는 정도에 지나지 못하다고 한다. 매미나 지렁이 소리가 시 읊고 책 읽는 게 아니라고 단언하지 못하는 이유다.

말로 모건Marlo Morgan이 지은 『무탄트 메시지』를 읽고 현대인들이 상상력 잃은 이유를 알았다. 오스트레일리아 원주민 부족 중 하나인 '오스틀로이드'들(그들은 스스로를 '참사랑부족'이라 일컫는다)은 문명인을 가리켜 '무탄트'라 부른다고 한다. 무탄트는 '돌연변이'라는 뜻이다. 돌연변이란, 기본구조에 중요한 변화가 일어나 본래 모양을 상실한 존재다. 원주민들은 자연 속에서 함께 살아가는 생명체인 동물, 나무, 풀, 구불구불거리는 샛강, 심지어 바위와 공기조차도 우리와 한 형제이며 누이라고 믿는다. 바로 이것이 상상력 근원 아닌가.

등산하다 자귀나무를 봤다. 잎사귀를 잘 보라(〈그림 20〉). 차이점이 있다. 왼쪽이 자귀나무 잎이고, 오른쪽이 산초나무 잎이다. 일반 잎사귀는 대부분 끝이 한 잎이다. 작은 잎들이 둘씩 비대칭으로 나고, 맨 끝에 잎이 하나 남는다. 아카시아 잎 떼기 놀이를 해본 사람이라면 끝에 남은 하나의 잎이 새록새록 떠오르리라. 자귀나무 잎은 마주 보며 사진처럼 대칭으로 짝을 이루는 모양이다. 이 자귀나무는 밤이 되면 잎을 오므린다. 광합성을 최대한 보존하려고 해서지만, 사람들은

〈그림 20〉 자귀나무는 잎 끝에 두 개의 잎사귀가 달렸다. 자귀나무 잎(왼쪽)과 산초나무 잎(오른쪽).

여기에 이야기를 놓았다. 잎이 짝수이니 밤이 되어 서로 포갤 때, 홀로 남는 잎이 없다. 이것에 착안해 부부 금슬 이르는 합환목合歡木, 합혼수合婚樹, 야합수夜合樹라 부른다. 자귀나무 열매는 콩깍지 모양이다. 금세 떨어지지 않고 겨울바람에 부딪혀 달가닥거린다. 이 소리 시끄러워 여설목女舌木이라 부르기도 한다. '여인들처럼 수다스런 나무'라는 뜻이다.

한 가지만 더 쓰자. 그것은 이 나뭇잎 하나로 전체 나뭇잎을 짐작한다는 점이다. '일중다 다중일一中多 多中一', 하나 속에 여럿이 있고 여럿 속에 하나가 있다'는 동양 고유 사상이다.

23-4 신용상통은 "정신이 현상을 관통함에 정서 변화가 잉태된다. 사물은 모양에서 구해지고 마음속 이성이 응한다神用象通情變所孕 物心貌求 心以理應"는 문장에 보인다. 이 말은 유협의 『문심조룡』이란 책에 있다. 풀이하자면 상상력을 자극하라는 뜻이다. 이 글은 정신과 물질 관계에서 다분히 정신 작용을 강조한다. 이러하려면 눈과 귀에 현혹돼서는 안 된다.

참고 · 보충자료

로버트 존슨, 고혜경 역, 『당신의 그림자가 울고 있다』, 에코의서재.
호르헤 루이스 보르헤스, 황병하 역, 『불한당들의 세계사』(보르헤스 전집 1), 민음사.
홍명희, 『상상력과 가스통 바슐라르』, 살림.
〈수면의 과학(The Science Of Sleep)〉, 2005.

05
내 글쓰기
書論

제24계 · 문이사의文以寫意

글이란 뜻을 나타내면 그만이다

24-1 문장천하공물설은 구한말 쇠약해지는 나라 운명을 한탄해 자결한 송백옥宋伯玉, 1837~1887의 말로 그의 「동문집성총서東文集成總敍」에 보인다. 그는 "문장은 천하 공물이다. 한 사람이 이를 얻어 사유하게 해서는 안 된다文章 公天下之物 不令一人得而私之"고 한다. 맞는 소리다. '신춘문예'를 없애야 하는 이유기도 하다. 대한민국 문단을 '그들만의 리그'로 만들어서다. 반감을 갖고 하는 말이 아니다. 지식과 문화를 한 집단이 독점하면 안 되는 이치와 같다. 글은 누구나 쓰고 읽어야 한다. 한 사람이 소유할 개인 재산물이 아님에는 이론의 여지가 없지만, 문제는 그리 간단치 않다. 누구나 글을 읽고 쓴다지만, 읽었다고 읽은 게 아니요 썼다고 쓴 게 아니기 때문이다. 그래 그 다음 글귀는 '그렇다고 사람마다 문장 보고 다 기뻐하지는 못한다'이다. 문장은 과연 누구나 가지면 되는 천하 공물이요, 글쟁이 씨가 따로 없지만, 누구나 그것을 소유하지 못한다는 말이다.

24-2 말의 분장사라는 말도 꺼려야 하지만 기어綺語는 더욱 그렇다. 기어, 참 무서운 말이다. 기어란 말을 교묘하게 꾸며대는 짓인데, 불교에서 '열 가지 악' 중 하나란다. 이 죄를 범하면 지옥 중에서도 제일 무서운 무간지옥에 떨어진다니, 등골이 오싹하다.

24-3 영재 이건창이 과거에 급제했을 때 나이 불과 15세 소년이었다. 조선 500년 역사상, 과거장 최고 자리는 이황도 이이도 아닌, 바로 이건창이다. 이건창은 조선 과거급제자 중 가장 어린 나이에 급제했다. 물론 과거란 글쓰기 시험이었다.

이건창은, 창강 김택영1850~1927, 매천 황현1855~1910과 함께 대한 제국 3대 문장가다. 한학계 마지막 거성 김택영은 고려와 조선시대의 뛰어난 고문가古文家 9명 가운데 이건창을 주저 없이 꼽았다. 열다섯밖에 되지 않는 강화 출신 솔봉이*가 조선 글쟁이들 우듬지에 섰으니, 그의 글짓기 또한 예사롭지 않다.

* 솔봉이 : 나이가 어리고 촌스러운 티를 벗지 못한 사람

이건창의 「벗의 작문 이론에 답하는 글答友人論作文書」을 보자. 우리가 글쓰기 이론으로 얻을 게 가득 들었다. 「답우인작문서」는 여규형呂圭亨, 1848~1921이 보낸 '글을 어떻게 지어야 훌륭한 문장이 될까요?'에 답한 글이다.

그는 먼저 "작문에 어찌 비법이 있겠습니까? 독서 많이 하고 써볼 뿐"이라고 글쓰기 비법이 아닌 비법(?)을 전제로 써놓고 시작한다. 글쓰기는 저 이건창에게도 두렵기는 마찬가지였다. 이건창이 글을 지을 때 최우선에 먼저 둔 것은 뜻이다.

이건창은 이렇게 편지 서두를 뗀다. "글 쓰려면 반드시 먼저 뜻을 얽어야 합니다凡爲文 必先搆意." 이건창도 역시 뜻을 든다. 가치 있는 삶에는 뚜렷한 목적이 있듯이, 내용 있는 글에는 강건한 뜻이 자리한다. 모든 글은 '어떤 글을 쓰겠다는 뜻'이 있어야 하니 글의 알짬이다. 알짬은 여럿 가운데에 가장 핵심이니 주제고, 주제를 나타내는 핵심어를 자안字眼

(글에서 가장 요긴하게 눈 박힌 글자)이라고 한다. 글과 그림에 조예 깊었던 이정직李定稷, 1841~1910은 「여정학산론백이전서與鄭鶴山論伯夷傳序」에서 주제를 사람 몸 뼈대로, 작품 묘미를 옷 짓기에 비유한다. 그는 각종 수사법을 바느질에 견주며 이 자안을 '바늘구멍'이라 했다. 글 전체를 꿰는 가장 주요한 글자라는 뜻이다.

예를 들자면 고증학으로 새로운 사실들을 구명한 학자 강이천姜彛天, 1768~1801 같은 이는 『사기』를 '원망할 원怨'과 '이름 명名' 단 두 글자로 짚는다. 이 두 글자가 바로 자안으로 글 쓰는 이가 나타내고자 하는 주제이다. 주제는 저자가 뜻을 세웠다 해서 입의立意라고도 하는데, 다산은 이 주제 세움을 불포견발不抛堅拔이라 한다. 이 말은 포기하지 않고 굳세게 나아감으로, 곧 주체를 확립하라는 말이다. 제 목소리 강단 있게 밀어붙일 때, 주제는 그곳에 우뚝 서게 된다.

이건창은 이어 "처음, 끝, 중간으로 뜻의 뼈대가 갖춰지면, 이 뜻이 연속하고 관통하게, 분명하고 쉽게, 알아보게, 붓 놀려 써내려 가야 합니다" 한다. '처음, 끝, 중간으로 뜻 뼈대를 갖춘다' 함은 '개요짜기'다.

이건창은 이제 "어조사 따위 쓸데없는 말 구사할 겨를 없으며 속어 사용 꺼릴 틈 없다"고 이어 놓는다. 쉽게 접근해 보자. '글'은 글 쓰는 이 뜻을 전달하면 된다. 조사나, 부사 따위 쓰지 않아도 뜻은 충분히 전달된다. 한문의 경우는 더욱 그렇지만, 한글 문장에서도 유념해야 할 사항이다. 글의 야무진 힘인 알심과 요긴한 내용인 알짬은 조사 아닌 명사에 들어있기 때문이다.

실다허소實多虛小, 명사는 많이 허사는 적게 써라 했지만, 지나치게 명사 지상주의 서양 글처럼 돼서도 안 된다. 우리는 명사보다는 고전미 감도는 동사나 형용사, 부사에 익숙한 민족이기 때문이다. '살어리 살어릿다', '얄리얄리 얄라셩' 고려가요에서 시조의 '어즈버', 김소월의 '사뿐히 즈려밟고 가시옵소서', 조지훈의 '고이 접어서 나빌레라' 들이 우리 시를 대표하는 이유도 여기다. 우리가 가장 좋아한다는 '빨리빨리'와 '그러나'도 이하동문인 예다. 따라서 이러한 글쓰기 버릇을 우리 모두 공유하는 셈이니 이를 좀 줄이자는 정도로 이해하면 된다. 이 책에서도 가능한 한 어조사 따위는 떼려 했지만, 말만큼 시원치 않음을 고백한다.

창강 김택영이 『여한구가문초麗韓九家文鈔』를 엮으며 넣을까 말까 고민했다던 문장가 홍길주는 그의 「문장 근원原文」이란 글에서 '마음에서 우러나와 세워 뜻志이라 하고, 뜻 가득 채워 기운氣이라 하고, 기 발산해 말言이라 하고, 말 가려 뽑아 글文'이라고 한다. 이 글에서 '마음에서 우러나와 세운 것'이 바로 이건창이 말하는 '입의立意'로 글 핵심인 주제다.

참고 · 보충자료

이건창, 송희준 역, 『조선의 마지막 문장』, 글항아리.
장혼, 안대회 역, 「평생의 소망平生志」, 『고전산문산책』, 휴머니스트.

제25계 · 인정물태人情物態

사람 사는 세상을 써라

25-1 인정물태는 동서고금 가릴 필요조차 없다. 정조도 『일득록』 권2에서 '학문이란 모두 일상 속에 있다. 이 밖에 어찌 따로 학문 추구할 곳이 있겠는가' 했으며, 대중 작가 스티븐 킹조차도 『유혹하는 글쓰기』에서 글쓰기 목적을 '글쓰기란 작품 읽는 이들 삶을 풍요롭게 하고 아울러 작가 자신 삶도 풍요롭게 해야 한다. 글쓰기 목적은 살아남고 이겨내고 일어섬이다. 행복해짐이다' 했다.

글쓰기는 문제를 발견해서 해결해가는 과정이다. 문제 발견은? 생활에서 나온다. 이를 인정물태라 한다. 인정물태, 혹은 인정세태人情世態는 우리 고소설비평어다. 이 용어를 쓴 이는 흥미롭게도 저 위에서 말한 유만주 일기인 『흠영』에 보인다. 유만주는 "신괴하고 황탄한 이상한 일을 취해 진실을 바탕으로 허구를 꾸미고 많은 곡절을 만들어서 인정물태 극진하게 표현한 글"이 소설이라 정의한다.

즉 소설이란 '사람 살아가는 이야기'를 천착한다는 의미다. 사람은 사회 동물이다. 사람들이 사는 사회 속에서 상호조화를 이루어갈 수밖에 없는 존재다. 사람들이 살아가는 이야기, 소설이 비록 하찮은 글이지만, 꼭 읽어야만 하는 이유라고 그는 생각하였다. 인정물태는 현실 반영을 통한 사회 친연성을 내포하고, 종내는 소설의 대중성 획득에 꽤 큰 역할을 한다.

현실반영 · 사회 친연성 · 대중성이라 해서, 세상과 희희낙락 눈비음이나 해대고 눈웃음질이나 치는 글이 아니다. 유만주는 『금병매』를 평하면서 "선악을 분별하는 슬기炎凉가 기이하다. 그러므로 그 글은 인정물태에 뛰어나다第一炎凉之奇也 故其書長於人情物態"(『흠영』 권1)고 한다. 하물며 반허구 반진실인 '낭만인 허구와 소설인 진실'로 한 몸을 만든 소설도 저러하거늘, 낭만인 허구를 빼야 할 글들은 어떻겠는가.

당연히 선악善惡 · 시비是非 · 정오正誤 · 진가眞假를 외면치 말아야 하고, 악 · 비 · 오 · 가의 폭력을 눈감지 말아야 한다는 의미다. 삶을 조율하다 보면 때로는 번연한 결과를 알면서도 가야 할 때가 있다. 꼭 가야만 한다면 가야 하듯이, 꼭 써야만 한다면 써야 한다.

인정물태하려면 글 쓰는 이의 마음이 필요하다. 간성군수로 재임 시에 성긴 베옷에 보리밥 먹으며 선정을 베풀었다는 꿋꿋한 선비 경당絅堂 서응순徐應淳, 1824~1880의 글쓰기 조언은 이렇다.

> 대저 글이란 반드시 느낌이 있은 후라야 쓴다. 느끼는 바, 선함과 불선함이 있기 때문에 글에는 바름과 거짓이 있다. 느끼는 바, 얕음과 기쁨이 있기 때문에 지극함과 지극하지 못함이 있다. 무릇 글이란 이와 같을 따름인저!"(『여이근장서(與李近章書)』 권2 제13장)

25-2 예는 우리 조선 선비들이 바라 마지않던 정주학程朱學의 기본 정신이라 하여 학자가 반드시 지켜야 할 덕목으로 삼았다. 즉 학자된 이는 모름지기 사욕이 없는 바른 마음이어야 한다는 뜻이다.

공자의 최고 사상은 '인仁'이고 이를 다른 말로 하면 '극기복례克己復禮'다. 극기복례는 '사욕私慾을 이겨 예로 돌아감'이고 다시 이를 풀이하여 '예禮 아니면 보지 말고, ……' 하였다. 즉 '인'은 인간으로서 추구해야 할 '바람직한 삶'과 연결된다. 글쓰기의 인정물태라 함은 바로 이러한 인과 극기복례를 글 속에 담아내라는 뜻이다. 물론 지금 글쓰기라고 다를 바 없다. 오히려 예의 없는 비례非禮 글들이 악취 풍기는 지금 더 필요한 글쓰기 방법이다.

25-3 유한준은 유만주의 아버지로 진한고문秦漢古文을 추종하는 문장가며 진사시에 합격했고 형조참의를 지낸 이다. 그는 고문론자로서 낮은 백성에게 눈 돌리고 양반들에게 붓끝 겨눈 연암 글을 몹시 싫어했다. 유만주도 연암 소설「호질」을 영 마뜩잖게 평했고 유한준은 심지어 연암에게 '파락호破落戶!'라고까지 욕했다는 점을 상기하면 왜 연암이 인과 극기복례를 글쓰기 방법으로 일러줬는지 좀 이해가 빠를 듯하다.

연암의 글쓰기는 진한고문과 멀찍이 있었으며 과거도 벼슬도 영 못마땅해한다. 연암은 오직 맑은 마음으로 글쓰기에 임하여 사람 사는 세상 그려낼 뿐, 글을 통해 사욕을 취하려 하지 않았기 때문이다. 그러니 내심 '유만주가 글을 통해 혹 제 아비처럼 사욕을 취하지 않을까' 저어하는 마음으로 조심스레 '극기복례식 글쓰기 방법'을 일러주었다. 다산의 저 시대를 상심하고 시속을 안타까워하는 글도 극기복례식 글쓰기 방법과 맥이 통한다.

25-4 36.5도의 글쓰기란, 연암 소설 속 하층민들, 신선, 역관, 몰락 양반, 거지, 열녀 들이다. 건강한 사람이라면 평균 36.5도(35.8~37.2℃) 체온을 유지한다. 36.5도 글쓰기 하라는 말은 사람 사는 세상 쓰라는 소리다. 글은 꼭 사제처럼 경건하거나 수녀처럼 청순하지 않아도 좋고, 스님처럼 육탈하거나 목사처럼 근엄하지 않아도 나무랄 이 없다. 인간 결점이 살균된 세계에는 사람 사는 이야기가 없다. 그러니 신기한 글발이 아니라도 정성스런 마음만 있으면 괜찮다. 농부의 순박함이라면 더욱 좋다.

따라서 연암 소설에 등장하는 이들을 그 자체 언어망으로만 읽어서는 안 된다. 연암이 그린 인물 형상화는 단순명쾌하지만, 이 낱말들은 조선 후기 관습과 제도의 모순을 소설이란 정으로 다듬어낸 조각들이요, 조선의 축도縮圖기 때문이다. 시시콜콜하지만 입으로만 내뱉는 나부랭이보다 훨씬 더 소중하고 건강한 혈액이 흐르는 조선의 이야기들이다. 그래 기록과 시대 사이를 오고 가는 관성화된 글쓰기가 만들어낸 '도덕 수양서'와는 아예 거리가 멀찍하다.

잘 알지도 관심도 없는 주제 포장만 예쁘게 해놓은 글, 문제의식도 뚜렷한 주견도 없는 글은 안 쓰느니만 못하다. 더욱이 문제의식 없으면 아예 쓰지 말아야 한다. 문제의식이 없으니 말재간만 부렸을 테고, 주견이 없으니 그게 그것인 아롱이다롱이 글을 누가 애써 읽겠는가. 이런 연출된 글은 읽은 뒤가 공허하기 때문이다(하지만 이러한 글들이 우리 독서문화 중심에 꽤 많다).

연암 소설 독자라면 응당 이러한 인정물태를 읽어야 한다. 그의 심지心志가 약동하고 조선 후기를 똑바로 쳐다보는 눈자위를 봐야 하고, 그의 소설이 때론 열정으로 때로는 용맹정진으로 권력의 임계臨界 넘나듦을 읽어야 한다. 이것은 제1계에서 말한 글 쓰고자 하는 마음이 있어서다.

연암 육신은 백골이 진토된 지 오래지만, 그의 글쓰기는 살아 있다. 조선을 사랑해 조선인 삶을 36.5도로 썼기에 그의 글쓰기는 앞으로도 영원하다.

25-5 마음공부는 다산의 「중씨께 답함答仲氏」이란 글에 나온다. 다산은 "마음 다스리는 공부로 글쓰기보다 나은 게 없습니다治心之工 莫如著述" 했다. 내 마음을 잡아끄는 구절이다. 글 쓰며 세상 보고, 글 쓰며 내 삶을 반성한다. 아마도 내가 사는 이곳을 그려서인 듯하다.

글 쓰려는 마음은 없으면서, 글 욕심만 있는 이를 자주 본다. 이런 이들의 글은, 글발도 겸연쩍다. 뿐인가. 글과 글쓴이가 영 엇박자요, 데면데면하니 낯선 꼴은 보는 독자로서도 영 불편하다. 정 쓸게 없다면 불평을 써라. 차라리 여기서 진정성도 얻고 비평도 키운다. 글 쓰는 마법 열쇠는 별난 곳에 있지 않다. 우리 가슴에 있기에 마음공부라 하였다.

글 쓰는 이 뜨거운 마음은 창백한 종잇조각에 따뜻한 피가 돌게 한다. 한 땀 한 땀으로 조각한 피그말리온의 석상처럼 뜨거운 가슴으로 부닥뜨리면서 한 자 한 자 쓰고 또 쓰고, 다듬으면 된다. 36.5도 글은 여기에서 나온다.

25-6 글은 달빛 같은 글이라야만 한다. 은은한 달빛의 품은 넉넉하다. 고개 들면 누구나 달을 본다. 달은 보고 또 봐도 정겹다. 같은 빛이라도 쏘아대는 햇빛과는 그래 다르다. 백지白紙를 백지百紙라고도 한다. 백百은 백 번이나 나무 저며 종이 만드는 공인의 마음이다. 잠자리 날개 같은 하르르한* 한지가 천 년 간다는 '지천년紙千年'은 여기서 나온다. 연암은 마음 도스르고 붓을 잡았다. 천금같은 마음으로 먹물 찍는다. 백지에 달빛 같은 글이 떨어진다. 글자 글자마다 조선의 숨결이 흐른다. 사람이 사는 세상, 사람다운 글 쓰라는 주문이다.

* 하르르한 : 종이 등이 매우 부드러운 모양의

25-7 「농사꾼 집」이라는 시다. 바특한 살림살이의 농촌 풍경이 정겹다. 누렁이와 술래잡기하는 코흘리개, 푸른 하늘에서 텅 빈 집 닭 노리는 솔개, 노인은 언덕에 앉아 새를 쫓고, 갓 시집온 며느리는 남편 형제들을 위해 새참을 이고 시내를 건너간다. 농가를 중심으로 요기조기 그림을 그려 보여준 이 시에는 풍족하지는 않지만 그래도 구순한* 정이 흐른다.

* 구순한 : 서로 사귀거나 지내는데 사이가 좋아 화목한

늙은이 참새를 지키느라 남쪽 언덕에 앉았는데,	翁老守雀坐南陂
개꼬리 같은 조이삭 노란 참새처럼 축 늘어졌네.	粟拖狗尾黃雀垂
장남, 둘째, 모두 밭에 나갔으니,	長男中男皆出田
시골집은 왼종일 한낮에도 삽짝이 닫혀 있어.	田家盡日晝掩扉
소리개가 병아리 채가려다 제뜻대로 못했으니,	鳶蹴鷄鶵攫不得

닭들은 박꽃 울타리 아래서 꼬꼬댁! 울어댄다네.	群鷄亂啼匏花籬
어린 며느리 새참 이고 시내는 건넜을라나,	小婦戴棬疑渡溪
코흘리개와 누렁이가 술래잡기 하는구나.	赤子黃犬相追隨

참고 · 보충자료

권택영, 『영화와 소설 속의 욕망이론』, 민음사.
최민식 외, 『우리가 사랑해야 하는 것들에 대하여』, 샘터사.

제26계 · **범유육선**凡有六線

무릇 여섯 가지 선법이 있다

26-1 무형선 방법은 글 구성 이 외에도 다양하게 쓰인다. 〈그림 21〉은 유사랑 화백 만평이다. 만평 하면 보통 글이 길어야 한 문장이다. 아래 만평은 그 허를 비집고 들어갔다. 「사도신경」 패러디와 맞춤법을 고려하지 않은 표기법에서 이미 일탈을 읽는다. 대운하, 4대강 정비, 14조 예산 따위 현실 문제를 '삽질 한 방'으로 해결하려 한다는 데서 자유로운 창의성도 돋보인다. 아울러 「사도신경」과 삽질 한 방을 '믿음'으로 연결한 발상은, 무형선 방법과 연결된다. 눈 밝은 독자가 이 만평에서 삽질교敎를 찾음은 덧거리*다.

* 덧거리 : 정해진 수량 이외에 덧붙이는 물건

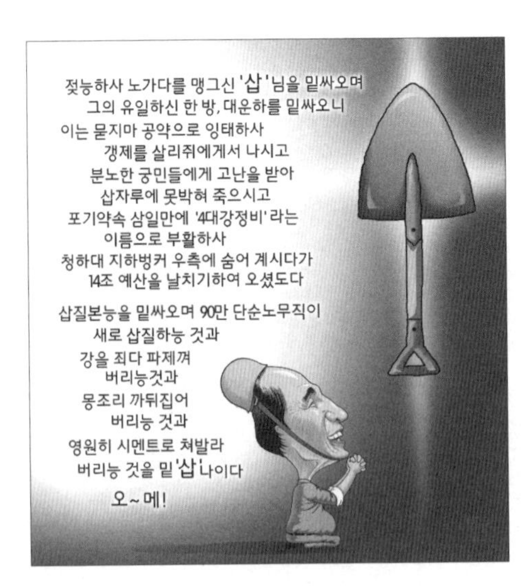

〈그림 21〉 유사랑, 〈삽도신경〉, 『더 데일리 포커스』, 2009.1.16

광고나 만평 문구도 꽤 도움을 준다. '두 냥 쓰시면 아주 좋은 포도주를 드시게 됩니다. 그러나 넉 냥 쓰시면 팔레르노 포도주를 드십니다.' 고대 폼페이 상인의 광고문이다. '값이 비쌀수록 좋은 포도주'라는 의미를 복선으로 깐 이 엉터리 광고문은 현대에도 잘 먹힌다. 예를 들어 '천만 명이 사용하는 ○○카드'나 '○○○가 선전하는 화장품', '○○○이 입은 양복', '유명인사가 타는 자동차' 따위. 모두 카드, 화장품, 양복, 차를 팔기 위한 선전일 뿐, 실상 제품과는 아무 상관 없다. 상관이 있다면 광고비 정도인데도 우리는 저 카드, 화장품, 양복, 차를 소유하는 순간 마치 저들인 양 믿는다. 광고 문구 만들 때는, '광고할 사물 → 줄글로 표현 → 두 줄로 표현 → 한 줄로 표현'하면 된다.

참고 · 보충자료

유사랑 화백 블로그(blog.naver.com/liebe7)

『PAPER』.

황패강, 『조선왕조소설연구』, 단국대출판부.

제27계 · 정취위일精聚爲一

정기를 뭉쳐 하나로 만들어라

27-1 주제는 글 속 모든 문장과 각종 수사의 숙주다. 가장 중요한 주제이니 모든 글은 주제라는 성을 함락하려는 전장이다. 브룩스와 워런은 '스토리의 요점이며 의미'라 했으며, 러보크Percy Lubbock는 『소설기술론』에서 '소설 최초의 존재'라 한다. 어디 소설뿐이겠는가. 모든 글이 때로는 수사로 혹은 기교를 동원해서 글 쓰지만, 목표는 주제 함락 아닌가.

이 주제 함락에 요령 있게 접근한 〈참 사랑 값은 무료(No charge)〉라는 노래가사가 있다. 엄마와 아들 대화가 자못 흥미로운데 주제는 '사랑'이다. 아들의 귀여운 경제적 행위(?)에 대해 엄마는 사랑으로 상황의 반전을 이끌어낸다. 가사를 우리나라에 맞게 깎고 넣어 옮기면 이렇다.

> 엄마가 부엌에서 저녁식사 준비를 하는데 어린 아들이 다가왔다. 그러고는 뭐라고 쓴 쪽지 하나를 내밀었다. 엄마가 얼른 젖은 손을 앞치마에 닦고 그 쪽지를 받아 읽어보니 거기엔 이렇게 적혀 있었다.
>
> 이번 주 내 방 청소한 값, 2,000원!
> 가게에 엄마 심부름 다녀온 값, 1,000원!

엄마가 시장 간 사이에 동생 봐 준 값, 3,000원!

쓰레기 내다 버린 값, 1,000원!

아빠 구두 닦은 값, 4,000원!

마당 청소하고 빗자루질한 값, 2,000원!

좋은 성적표 받아 온 값, 5,000원!

총 청구액, 18,000원!

아이는 잔뜩 기대에 차서 엄마를 쳐다봤다. 엄마는 펜을 들어 그 쪽지 뒷면에 이렇게 적어 주었다.

너를 배 속에 열 달 동안 데리고 다닌 값, 무료!

너 아플 때마다 밤잠 설치며 돌보고 기도한 값, 무료!

지금까지 널 위해 눈물 흘린 값, 무료!

널 위한 근심의 나날 값, 무료!

충고해주고 가르쳐준 값, 무료!

교육비, 역시 무료!

장난감 사주고 먹여주고 입혀주고 흘린 눈물콧물 닦아 준 값, 무료!

이것 말고도 내가 너에게 준 값은 모두 무료!

총 청구액, 무료!

아들은 엄마가 쓴 글을 읽고 나더니 갑자기 눈물을 뚝뚝 흘리며 말했다.

"엄마 사랑해요!"

그러더니 아들은 연필을 들어 큰 글씨로 이렇게 썼다.

"전부 지불됐음."

27-2 '열 소경에게 한 지팡이'는 십고일상十瞽一相이다. 어떤 사람, 혹은 어떤 일에 매우 중요하다는 의미다. 상相은 나무木와 눈目이 합해진 말이니 '지팡이'가 '나무눈'이란 뜻이다. 같은 뜻으로 십맹일장十盲一杖, 십고일장十瞽一杖이 있다.

27-3 공부, 그리고 돈

돈은 모르지만, 공부는 조금 아니 이를 잠시 본다. 골륜탄조鶻圇呑棗라는 말이 있다. 공부하는 이들은 꼭 새겨볼 말이다. '골륜'은 새가 대추를 통째로 삼켜 먹는다는 뜻이다. 곧 남의 말을 자세히 알아듣지도 못하고 모호하게 그대로 받아들인다는 뜻이요, '탄조'는 '대추를 삼킨다'는 의미다. 송골매가 음식물을 씹지 않고 그냥 삼킴을 '골륜탄'이라 한다. 숟가락과 젓가락이 음식맛 모르듯 대추 맛을 알 리 없다.

'소믈리에sommelier'라는 직업이 있다. 프랑스어로 포도주를 전문으로 서비스하는 사람 또는 그 직종을 말한다. 요즘은 이 말이 김치 소믈리에, 채소 소믈리에 따위로 폭넓게 쓰이며 맛 전문가란 의미가 됐다. '전문가 맛'이란, 그저 우리가 맛보는 정도 의미를 가볍게 넘어서는 의미이다. 김치나 채소 음식 맛조차 이렇게 전문가가 나서는 판국이다.

그런데 김치맛보다 더한 공부를 하면서 공부맛을 모르고 책장만 두루뭉수리 넘겨 외우려만 든다. 당연히 '공부맛'은 모르고 '물질맛'만 귀하게 여긴다. 공부가 취직이나 하고, 일신 영달이나 꾀하는 방편으로 전락해 버렸다.

27-4 가람 이병기는 『문장』 4월호(1940) '시조선후'에서 이런 말도 하였다.

> 사람의 틀은 인공으로 만들어지는 것이 아니다. 본시 타고나야 한다. 십 근, 백 근, 천 근, 만 근, 몇 만 근이 모양으로 다 다르다. 십 근 시인이 암만 한 대도 백 근 시인은 못 된다. 그러나 십 근 시인도 시인은 시인이다. 저의 근량에 맞은 소리를 맞게 하면 그만이다. 천만 근량을 타고났더라도 십 근어치 소리도 못한다면 그는 영영 시인이 못 된다.

글쓰기는 제 나름 뜻을 표현하면 된다는 말씀이다. '의마지재倚馬之才'라는 말을 보자. '말에 의지해 기다리는 동안 긴 문장을 지어내는 글재주'라는 뜻으로, 글 빨리 잘 짓는 재주를 이르는 말이다. 주위를 돌아다 보면 저 성어에 맞게 글 잘 쓰는 재주 가진 이들이 많다. 딱히 부러워할 게 없다. 지어낸 글이 공허한 말들의 수사요, 객쩍은 말들의 성찬이라면 안 쓰는 게 낫다.

또 가람 말처럼 천만 근량을 타고났더라도 십 근어치 소리도 못 한다면, 그는 영영 재주를 펴지 못하게 된다. 넋이야 신이야 거침없이 마구 쓰는 글도 문제지만 좋은 글 쓴다 유난떨며 생각만 하다가는 '너무 고르다 눈 먼 사위 얻는 꼴' 된다. 유서 쓸 때 도움받으려 이 글 읽는 게 아니라면, 일단 붓을 들고 백지 앞에 용감하게 서야 한다. 붓을 잡고 백지 앞에 용감하게 섰으면 주제부터 정하자. 제25계에서 사람 사는 세상을 쓰라고 했다. 사람 사는 세상에서 찾아낸 이야기가 주제다.

참고 · 보충자료

민태원, 『청춘예찬』, 범우사.

제28계 · 창출신의創出新意

새로운 말을 만들어라

28-1 조지 오웰 소설 『1984』는 어휘라는 강력한 힘에 주목한 소설이다. 이 소설은 '언어가 완벽할 때 혁명은 완성될 것'이라는 도발인 주제를 기치로 내걸었다. 정리하자면 이렇다.

> '완벽한 언어'는 어휘 없앰이다. '좋다'라는 말은 '나쁘다'라는 반의어를 갖는다. '훌륭해', '멋져'라는 유의어도 있다. '완벽한 언어'라면 '나쁘다', '훌륭해', '멋져'를 모두 없애야 한다. '좋다'만 남겨두고, '더 좋다', '더더 좋다'고 표현하면 된다. '나쁘다', '훌륭해', '멋져'가 가진 사상은 말과 함께 사라진다. 사상이 없으면 통치하기 편하다.

철학도, 사고도, 민주주의도, 자존심도 없애면 사상범죄는 불가능하다는 『1984』의 언어관이다. 한마디로 언어를 통한 인간 훈육인 셈이다. 『1984』에서 언어 단순화는, 어휘를 통한 인간 사고를 줄여 통치자에게 대항하는 지적 영역을 거세하는 작업이다. 이 소설에서 언어 혁명은 곧, 인간 바보화요, 인간 동물화로 이어지는 암울함을 의미한다. 어휘의 중요성을 새삼 일깨우는 소설이다.

28-2 창출신의는 '하늘 아래 새로운 어휘를 만들어라'다. 새로운 말은

* **최초로 만든**
이 세상 어느 분야에서든 최고는 늘 변한다. 하지만 최초는 절대 변하지 않는다.

대개 융합 과정을 거친다. 직선과 격렬함, 생동감, 신속성과 대중성, 길거리 젊은이 춤인 스트리트 댄스와 곡선과 진중함, 정중감, 우아함과 예술성, 화려한 무대 위 고상한 춤인 발레가 어우러져 새로운 춤 세계를 만들어나간다. 바로 맥스 기와, 다니아 파스퀴니 감독의 영화 〈스트리트 댄스Street Dance〉 줄거리다. 스트리트 댄스와 발레의 만남이 새로운 '스트리트 발레'를 만들어냈다. 이것이 컨버전스convergence 시대라 부르는 21세기 화두어라는 퓨전fusion이요, 창출신의요, 언어 영역 전이다. 컨버전스는 융합이요, 퓨전은 종래에 지켜져 오던 순혈주의를 배격하고 이들을 혼합해 생산하고자 하는 새로운 경향이요, 영역 전이는 스트리트 댄스와 발레가 만나 스트리트 발레라는 새로운 의미망을 형성해서다.

과거에는 구실과 장르를 구분한 가운데 기능화 · 전문화를 추구했으나, 이제는 사고와 생산 활동에서 잡종 또는 변형된 형태가 합리적이라는 주장이 설득력을 얻는다. 최근 급속한 과학기술 발달은 생명공학을 통해 새로운 변형 유전체를 가능하게 한다. 인문학은 자연과학을, 자연과학은 사회과학의 부축을 받으며 문화 · 사상 · 물질을 넘나들며 이종 간 잡종화, 또는 영역 전이를 시도한다. 잡종화 또는 영역 전이의 요점은 잡종화 그 자체가 아니다. 영역 전이를 통하여 잡종화 과정에 내재한 창조성 획득에 있다. 이 창조성이 하늘 아래 새로운 창출신의를 보여준다.

28-3 창의성은 현실을 바라보는 치밀한 시각, 치열한 탐구와 이종 간

격렬하고도 과감한 결합이 필요하다. 최인호의 『타인의 방』을 보면, 아내 성기는 질 좋은 자크요, 스푼이 생선이 돼 날아다니고, 옷장 거울과 화장대 거울이 교미하고, 옷이 춤추고, 사방 벽돌이 궐기하듯 출렁인다. 겉으로 보기에는 무관한 듯 보이는 성기와 자크, 스푼과 생선의 결합이 꽤 신선한 표현으로 다가온다. 아인슈타인의 창의성 또한 대상 간 관계를 새롭게 연결짓는 데 있음은 잘 알려진 사실이다. 한 물건의 용도를 자유롭게 생각하거나, 낙서, 자유로운 몽상도 창의성을 얻는 유용한 방법이다.

28-4 언어 조합은 명사로 새로운 세계를 이끈다. 예를 들자면 코스튬플레이, 팝페라, 크로스오버 음악, 짬짜면, 〈매트릭스〉, 맹물도 아니고 사이다나 주스도 아닌 퓨전 음료, 유전공학과 사이 버네틱스가 잉태한 인간과 동물, 인간과 기계의 잡종, 금융백화점, 좌파도 우파도 아닌 제3의 길, 역사에 상상력을 덧붙인 팩션faction, 섞어찌개, 하이브리드 마케팅, 요즈음 혜성처럼 등장해 지식인 사이에 회자하는 통섭統攝, 심지어는 자연계의 진화 또한 잡종화의 역사다.

만화 주인공처럼 의상을 입고 분장해서 만화 캐릭터를 흉내내는 코스튬플레이는 복장costume＋놀이play가 합해진 말이다. 팝pop＋오페라opera가 합해진 팝페라popera는 오페라를 쉬운 팝으로 바꾸어 오늘날 음악의 한 장르로 자리 굳혔다. 크로스오버 음악crossover music의 '크로스오버' 정의는 교차 또는 융합이다. 짬짜면, 우짜면 따위는 또 어떠한가. 이 짬짜면, 우짜면이 꺼져드는 중국집을 살렸다지 않는가. 이제는 명화 반열에 오른 영화 〈매트릭스〉는 'SF + 일본 애니메이션 + 홍콩 느와르 + 기독교 신화'의 견고한 짜깁기다.

세계 문명을 명사가 이끄는 셈이다. 인류 발달사를 볼 때 출발은 동사, 형용사, 의태어, 의성어 따위였지만, 정착 생활을 하며 차차 명사가 늘어났다. 이제는 가히 명사 시대답게 정치 · 경제 · 사회 · 문화, 국문학 · 영문학, 컴퓨터 용어 따위가 모두 명사다. 언어 조합으로 탄생한 명사는 개념을 만드는 정도에 그치지 않는다. 사고 지평을 확장하여, 신세계를 창조한다. 과학용어와 경제용어, 국문학과 컴퓨터어 따위 이질 단어들을 조합하고 국적을 넘나들며 동의어와 반의어도 챙겨둔다면 분명 글쓰기에 도움된다.

백전白戰(글재주를 겨루는 다툼) 방법도 흥미롭다. 구양수가 처음 시도하였는데, 예컨대 눈雪으로 시를 지을 경우, 눈과 관련 있는 학 · 흰색 · 은 · 배꽃 · 매화 · 백로 · 소금 따위 어휘를 사용하지 않고 글 짓는 방법이다.

28-5 새로운 어휘 만들기 과제를 학생들에게 내줬다. 글쓰기에서 언어 조합이 중요하다는 판단에서 내준 과제인데, 영역을 전이해서 새로운 언어를 만드는 학생들 발상이 꽤 신선하고 재치있다. 아래는 학생들이 만든 최초로 만든어휘들이다.(서울교대와 인하대 학생들이 과제로 만든 새로운 어휘임)

간장남 : 된장녀 반대로 짠 구두쇠 남성.

과외팰리스(과외+부자들이 산다는 타워팰리스) : 과외(교사)를 많이 해서 주머니 사정이 넉넉한 학생.

과제테인먼트(과제+엔터테인먼트) : 과제를 오락처럼 즐기면서 하기.

글로벌리즌(글로벌(global)+시민(citizen)) : 세계화 시대에 사는 사람들.

네카시즘(네티즌+메카시즘) : 남을 무차별 비방하는 네티즌.

넷팔 : 예전 '펜팔'에 해당. 현대는 인터넷으로 사귄 벗.

노무족(No+more+uncle) : '더 이상 아저씨가 아니다'란 뜻으로 과거문화를 즐기면서 최신 유행에도 뒤처지지 않는 40~50대 중년 남자.

다이어트닥터 : '다이어트' 치료 따위로만 밥 먹고 사는 의사를 비아냥거리는 말.

리칠드(부자(rich)+어린이(child)) : 부유한 가정에서 태어난 돈 많은 어린이.

마더니즘 : 모든 것을 엄마에게 의존하는 현상.

메트로시티즌 : 지하철 타고 출근하는 사람.

배타걸 : '알파걸'에 가려 주눅이 들어 사는 만년 2인자인 여성. '베타'가 아닌 '배타'는 '사촌이 땅을 사면 배가 아프다'에서 따온 순우리말.

빼꾸기 후배 : 늘 선배에게 밥을 얻어먹는 후배.

샌드위치제너레이션 : 자식 교육과 노부모를 부양해야 하는 40~50대 세대.

샐러리던트(샐러리맨(salaried man)+학생(student)) : 회사에서 명퇴 안 당하려 퇴근 후 공부하는 직장인.

설상가상(說相佳狀) : 서로에게 좋은 말 하는 아름다운 모양.

센티어링(향기(scent)+귀고리(earing)) : 귀고리 자체에 향기가 있어 머리가 흔들릴 때마다 소량 향기가 나오는 귀고리.

셤파라치 : 시험 정보를 잘 캐내오는 학생.

숙티즌 : 인터넷에 숙제 찾으러 들어 온 네티즌.

스투던쳐(student+teacher) : 과외나 학원에서 학생을 가르치는 대학생.

싱그맨(Singer+Man) : 개그맨이 된 가수(탁재훈, 윤종신, 김씨 따위).

애(愛)플 : 악플의 반대.

에이씨이(ACE, 과제(assignment)+학점(credit)+교육(education)) : 진정한 배움보다는 과제와 학점만을 위한 교육.

옐로우칼라 : 화이트칼라도 아니고 블루칼라도 아닌, 안전모를 쓰고 노란색 작업복을 입고 일하는 사람.

유한인 : '유행만 따라가는 한심한 인간'을 비꼬는 말.

인생무상(人生霧狀) : 안개가 낀 듯 앞이 암담한 신세.

인스턴트커플 : 쉽게 사귀고 헤어지는 현대 연인.

장미족 : 장기간 미취업인 백수들.

정크리포트 : '정크푸드(겉보기에 화려하며 맛있어 보이고 빠르게 생산해 재빨리 소비하는 음식)' 속성을 그대로 지닌 인터넷 기사들.

천재일우(天才一愚) : 완벽한 사람은 없음.

청개구리족 : 사회에 반감을 갖고 위법 행위를 일삼는 사람.

츄잉족(chewing+族) : 만났다 하면 남을 씹어대는 사람들.

코노피오신드롬 : 거짓말하면 코가 길어지는 '피노키오'에 빗댄 말로, 코를 높여 예뻐지려는 경향.

클라커(clock+-er) : 시계에 따라 움직이는 현대인.

클래스브레이커(class+breaker) : 수업 분위기 흐리는 학생.

티쳐보이(teacher+buy) : 마마보이처럼 과외 선생님에게 학업을 전적으로 의존하는 학생.

학점홀릭 : 학점 따기에 중독이 된 학생.

MP3 : M's(이명박 대통령의) 세 가지 계획(Plan 3). '종부세 폐지', '고환율', '실업률 증가'라는 경제계획.

NG족(No+Graduation) : 졸업할 여건을 충족했는데도 취업 때문에 졸업을 미루는 대학생들.

24마켓족 : 편의점에서 간단하게 끼니를 해결하는 사람들.

3W(결혼(wedding)+직업(work)+외모(몸무게 weigh)) : 현대 여성의 세 가지 고민.

28-6 욕설이 맘에 편치 않다면 '르네상스 시대 욕설은 풍부한 창의력과 엄격한 제재가 어우러져 매우 복잡하고 다양했다'는 역사 사실로 위안 삼으면 된다. 욕설은 읽는 이에게는 카타르시스를, 쓰는 이에게는 상황의 적절성을 준다. 그러니 넘어졌을 때, '아이, 아파라!'가 아니다. '에이, 씨팔!'이 맞다.

서양이라고 다를 바 없다. 헤밍웨이가 『아프리카의 푸른 언덕Green Hills of Africa』을 출간하면서 출판사 때문에 '빌어먹을bloody well' 일곱 번, '개새끼son of bitch' 한 번, '제기랄shit'을 네댓 번 뺐다면서 '좆 까네cocksucker'를 출판사에 선물로 주고 싶다는 발언은 또 어떠한가.

28-7 속담을 이용하면 글에 정감이 돌면서도 매우 인상에 남는다. 바쁠 때, '참, 바쁘구나'보다는, '아, 오줌 누고 좆 볼 틈도 없네'가 더 적절한 표현이다.

한 계집은 가위질하고, 一女剪刀

한 계집은 주머니 접고, 一女貼囊

한 계집은 치마 깁는데, 一女縫裳

세 계집이 간(姦)이 되어, 三女爲姦

접시를 뒤엎을 만하구나. 可反沙碟

속담을 이용한 이 시는 이덕무의 『청장관전서』 권52 「이목구심서耳目口心書」 5에 보인다. 여인 셋이 모여 바느질하는 그림(〈그림 22〉) 보고 여인 셋을 간사할 간姦으로, 또 '여자가 셋이면 나무 접시가 들논다'는 우리 속담을 끌어 쓴 글이니 양반네 시로는 정도에서 꽤 벗어났다. 이덕무 설명을 보면 '어떤 이가 조영석趙榮祏, 1686~1761이 그린 〈동국풍속도〉를 수집해 그대로 그려 70여 첩이나 되었는데 허필許佖, 1709~1761이 상말俚諺로 한 평'이라 한다. 허필은 학자요 서화가로 문장과 서예 · 그림에 모두 뛰어났다는 인물이다.

비록 상말로 지은 시지만 일반 여염집 여인네들 바느질 그림이기에 오히려 빙그레 웃음이 나온다.

〈그림 22〉 조영석, 〈바느질〉(간송미술관소장)

조영석은 조선 후기 화가로 산수화와 인물화에 뛰어나 정선(鄭敾) · 심사정(沈師正)과 함께 삼재(三齋)로 일컫는 인물이다. 허필이 쓴 시는 아마도 이 그림을 모사한 그림을 보고 지은 듯하다.

28-8 조선식 한자어는 연암 특유의 문체를 만들었다. '소리 없는 눈물無聲眼水', '애고唉苦', '억지로勉强', '정말로眞個', '배암白巖', '갓벙거지笠範巨只', '배따라기排打羅其', '불쌍不祥', '사또使道', '서방書房' 들은 조선식 한자어이고, '한무더기一團', '혼란스런 모양七升八落'과 같은 중국 입말인 백화투, 우리 속담을 그대로 가져 온 '굿이나 보고 떡이나 먹고觀光但喫餠', '사흘길 하루도 못가서三一程一日未行', 심지어는 『수호전水滸傳』에서 무송이 송강 만류하는 말을 끌어와 '그대를 천 리까지 전송해도 한 번 이별은 종당 있기 마련送君千里 終當一別' 따위도 거리낌 없이 썼다. 이보다 더하여 중국 백화체도 또 조선식 한자어도 아닌 '무릎 꿇어앉는 버릇'을 '회종지고會踵支尻'라거나 '망건 위로 머리를 두드리고 이를 마주침'을 '고치탄뇌叩齒彈腦'라 함은 아예 연암이 자기식으로 만든 말들이다.

참고 · 보충자료

김훈, 『현의 노래』, 생각의나무.
미하이 칙센트미하이, 노혜숙 역, 『창의성의 즐거움』, 북로드.
조지오웰, 『1984』.
프랭크 런츠, 채은진 외역, 『먹히는 말』, 쌤앤파커스.

29-1 「취답운종교기」는 직유와 은유로 교직된, 비단피륙에 수놓아진 조선 후기 수표교 밤하늘을 그린 글이다. 끝부분만 보자.

다시 수표교에 당도해 다리 위에 줄지어 앉았다. 달은 바야흐로 서쪽으로 기울어 순정한 붉은빛 띠고 별빛은 흔들흔들하며 둥글고 커져서 마치 얼굴 위로 이슬이 방울방울 떨어질 듯하며, 이슬이 짙게 내려 옷과 갓이 온통 흠뻑 젖었다. 흰 구름이 동쪽에서 일어나 가로로 뻗어 가다 슬금슬금 북쪽으로 옮겨 가니 성 동쪽에는 푸른색이 더욱 짙어졌다. 개구리 울음소리는 눈 어둡고 귀 먹은 원님 앞에 난민(亂民)들이 몰려와 송사하는 듯하고 매미 소리는 일과 엄히 지키는 글방에서 시험일이 닥쳐 소리 내어 외우는 듯하며, 닭 울음소리는 한 선비가 도도하게 나서 논쟁을 자기 소임으로 삼는 듯했다.

29-2 「소완정의 「여름밤 친구를 찾아서」에 답하는 기문」이란 글도 비유 그 자체다.

까치 새끼 한 마리 다리가 부러져서 비틀거리는 꼴이 우스웠다. 밥 알갱이 던져주니 길이 들어 날마다 와서 서로 친해졌다. 마침내 까치와 희롱하니 '맹상군(孟嘗君)은 전연 없고 다만 평원객(平原客)만 있구나' 한다.

'맹상군은 전연 없고 다만 평원객만 있구나'라는 말은 '돈 한 푼도 없는데 손님 맞이하는 이만 있구나'라는 뜻이다. 설명하자면, 맹상군은 전국시대 귀족으로 성이 전田 씨요, 이름은 문文이다. 당시 우리말로 돈을 전문錢文이라고 했기에, 음의 유사를 끌어온 비유다.

'평원객'을 손님맞이하는 이로, 다리 부러진 까치는 식객으로 풀이하는 이유는 또 이렇다. 평원군은 조나라 사람으로 손님을 좋아한 이다. 높은 재주 가진 사람은 물론이고, 하다못해 도둑질이나 닭 울음소리 잘 내는 이까지 손님으로 잘 대접했다. 연암은 이에 자신을 평원객으로 까치를 평원객 손님으로 은유해 버렸다.

이렇게 비유를 짚어 글을 보니 좀 다르지 않은가? 단순하게 지독한 가난 속에 찾아든 다리 부러진 까치 한 마리에게 주는 애정에 그치지 않는다. 그보다는 사흘이나 굶은 연암이 다리 부러진 까치를 손님으로 맞아 밥알을 건네주는 삶의 여유로움과 정겨움이 함께 다가온다. '맹상군'과 '평원객'이라는 비유가 독자에게 건네주는 효과다.

몇 가지 더 찾아보자. 「상김우상서」를 보면 벼슬살이를 '복어'에 비유한다. 복어는 귀한 먹을거리지만 치명인 독이 있잖은가. 벼슬살이 또한 그러하다는 데서 적절한 비유다. 「호질」에서는 의원의 의醫를 '의심하다 의疑'로, 무당의 무巫를 '무고하다 무誣'로, 선비 유儒를 '아첨할 유諛'로, 음의 유사를 들어 언어유희한 비유법들이다.

29-3 은유다. "물 먹은 별이, 반짝, 보석처럼 박힌다." 정지용의 「유리창」 한 구절이다. 아들 잃은 '슬픔의 눈물'을 '물 먹은 별'로 은유한다. 이 은유를 '별이 물 먹은 것 같다'고 직유법으로 고쳐 놓으면 영 맹탕이다. '당신은 백합 같다'라는 직유보다는 '백합은 당신이다'가 더욱 시로서 운치 돋운다. 이렇듯 은유법은 '무엇이 무엇이다'로 말없이 원관념과 보조관념을 간접으로 이어주는 방법이다. 피천득의 "수필은 청자 연적이다. 수필은 난이요, 학이요, 청초하고 몸맵시 날렵한 여인이다"나 김동명의 "내 마음은 호수요, 그대 노 저어 오오"도 동일하다. 수필과 청자 연적, 마음과 호수 사이에는 사실 어떤 유사성도 없다. 수필의 맑음을 청자 연적으로, 마음의 평온함을 호수의 잔잔함으로 연결해 얻어낸 은유다. 옛글에도 '이는 가지런한 박씨'라거나 '매미 이마에 나비 눈썹' 같은 비유가 종종 보인다.

김삿갓으로 더 알려진 김병연의 「눈」에는 참신한 은유가 보인다.

천황씨가 죽었는가 지황씨가 죽었는가,	天皇崩乎人皇崩
온갖 나무와 산들 모두 상복을 입었네.	萬樹青山皆被服
내일 만일 태양을 시켜 조문을 온다면,	明日若使陽來弔
집집마다 처마 앞에 방울방울 눈물지리.	家家簷前淚滴滴

'상복'은 온 천지에 내린 눈이요, '태양의 조문'은 봄, '방울방울 눈물'은 얼음이 녹은 은유이다. 멋진 은유로 표현된 7언절구다. 그렇다면 어떻게 참신한 비유를 얻을까? 시詩 · 서書 · 화畵 삼절三絶이라 일컫던 신위

의 조언을 들어보자. "비슷하지 않은 데서 비슷함 구하고, 이미 익숙한 곳에서 생생함 찾네求似於不似 求生於已熟"라는 구절이다. 『경수당전고警修堂全藁』 책10 「화경승묵花徑賸墨」 5에 보이는 이 구절이 딱히 은유를 염두한 발언은 아니나 도움은 넉넉하다.

'비슷하지 않은 데서 비슷함 구하고'는 객관 경물을 그리면서도 그것에 집착하지 말라는 소리요, '이미 익숙한 곳에서 생생함 찾네'는 우리가 아는 익숙한 사물에서 새로운 의미를 찾아보라는 뜻이다. 결국 신위 말은 객관 경물에 치우지지 말고 글 쓰는 이의 주관 심리와 미적 감흥을 중시하라는 경계이다. 은유법 압권은 누가 뭐래도 『토정비결』이다. 문장 하나하나가 주옥같은 은유로 돼 있어 다양한 의미를 생산해준다. 우리나라 최장기 베스트셀러로서 명불허전이니 글 읽고 쓰고자 하는 이에게 꼭 일독을 권한다.

별명 붙이기는 은유 만드는 가장 손쉬운 방법이다.

29-4 의인은 사물을 사람처럼 표현하는 방법이다. '샘물 혼자서 웃으며 흘러간다. 부끄러움 가득 머금은 백합꽃'이 그 예다. 고려 대문장가 이규보의 「눈 속에 친구를 찾았으나 만나지 못하고雪中訪友人不遇」에도 의인법이 보인다.

눈빛이 종이보다 더욱 희길래,	雪色白於紙
채찍 들어 내 이름 그 위에 썼지.	擧鞭書姓字
바람아 불어서 땅을 쓸지 마렴,	莫教風掃地

주인이 올 때까지만 기다려다오. 好待主人至

눈 속에 친구를 찾았는데 마침 출타 중이다. 돌아서다 허허로운 마음, 종이보다 흰 눈 위에 쓴다. '백·운·거·사·이·규·보.' 그러고는 바람에 이름이 날릴까 부탁한다. '여보시게, 바람. 내 친구 보도록 눈 쓸지 말게나.' 바람을 의인화한 멋진 시다.

29-5 풍유는 속담이나 격언 따위를 이용해 나타내고자 하는 바를 슬며시 돌려서 표현하는 방법으로 엇구수한 글을 만든다. '허울 좋은 하늘타리', '하늘에 방망이를 달겠다', '거적문에 돌쩌귀', '말만 귀양 보내다'와 같은 경우다.

29-6 환유다.

누굴 바지저고리로 아나.

'시골 사람'을 '바지저고리'로 표현한다. 환유다. 시골 사람 속성을 관찰해 그것으로 대상을 표현한다. 환유는 이렇듯 관련된 다른 사물이나 속성을 대신 들어 그 대상을 나타낸다. '금수강산'이 '대한민국'을, '왕관'으로 '왕'을, '이광수'로 '이광수의 소설'을 대신하는 따위가 그러한 예다.

제유, 환유는 꼼꼼하고도 넉넉한 사물 관찰을 필요로 한다. 당연히

'무엇은 무엇이다' 단정짓지 말아야 한다. 은유도 그렇지만, 굳이 따지자면 제유와 환유가 더 창의이다. 은유는 '갑'을 '을'로 대체하여 여분이 없지만, 제유와 환유는 '갑'과 '을'의 사이가 어근버근하니 빈공간이 넉넉하기 때문이다. 생각하자면 학문도 은유 아닌 제유, 환유 세계를 지향한다. 글쓰기도 마찬가지다.

29-7 대유는 대상의 부분, 특징, 생김새 따위를 들어, 대상 전체를 나타내는 방법이다. '사람은 빵만으로는 못 산다' 같은 경우다. 대유법에는 제유와 환유가 있다.

우리 아버지께서 약주 드셨어.

'술'을 '약주'로 표현한 예가 제유다. 제유는 같은 종류 사물 중에서 어느 한 부분으로써 전체를 나타내는 방법이다. 제유법을 이용해 술의 한 종류에 지나지 않는 '약주'를 술 전체로 표현한다. '강호江湖에 병이 깊어 죽림에 누웠더니'의 '강호'는 '대자연'을, '빼앗긴 들에도 봄은 오는가'에서 '들'은 강토를, '빵이 아니면 죽음을 달라'에서 '빵'은 '식량'을 표현하거나 '강태공'은 '낚시꾼'을, '바다에 돛이 떠있다'에서 '돛'은 '배'를 의미하는 경우다.

29-8 활유는 생명 없는 사물에 생명 불어넣는 방법이다. 단순히 생물 특성을 나타내면 '활유법'이고, 인격까지 나아가면 '의인법'이다. '안개

가 날개 치면서 산 정상으로 기어오른다'나 '초승달은 날카로운 칼 되어 나무 그림자 자르고, 봄은 신기한 붓 되어 산빛 곱게 그리네' 같은 예가 활유법이다.

29-9 역설은 언뜻 보기에는 어긋나거나 모순 같지만, 사실은 그 속에 진리를 담는 표현 방법이다. '최고 정치는 무치無治다', '손님 들었다'와 같은 경우로 무치와 손님은 최고 정치와 도둑의 역설이다. 서예에 '대교약졸大巧若拙'이란 말도 이와 유사하다. 교묘한 재주 가진 사람은 그 재주를 자랑하지 않으므로 도리어 서툴게 보인다는 뜻이다. 서예에서 서툴고 어수룩한 글씨체로 돌아간다는, 즉 '어린아이로 되돌아간다'는 뜻의 환동還童을 최고 경지로 치는 것도 이하동문이다. 교巧보다 졸拙을 높이 평가하는 역설이다. '무용無用의 용用'도 그렇고, '대부代父를 악마로 두거나 하나님으로 두거나 지나치면過 같다'도 그렇다.

29-10 공감각이다. 공감각은 어떤 자극으로 일어난 감각이 동시에 다른 영역 감각을 끌어오는 경우다. 풀자면 동시에 소리 듣고 빛깔 보는 다중 감각이다. 만해 선시인 「춘주春晝」 2수다.

> 봄날이 고요키로 향을 피고 앉았더니
> 삽살개 꿈을 꾸고 거미는 줄을 친다
> 어디서 꾸꿍이* 소리 산을 넘어오더라.

* 꾸궁이 : 뻐꾸기

후각 심상인 '향香'과 청각 심상인 '꾸꿍이 소리'가 공감각 심상을 형성해 고요한 선禪을 그린다. 이러한 예는 시에서 무수히 찾으니, "분수처럼 흩어지는 푸른 종 소리"(청각의 시각화), "매운 계절의 채찍에 갈겨"(촉각의 미각화), "금으로 타는 태양의 즐거운 울림"(시각의 청각화), "나는 향기로운 님의 말소리에 귀먹고"(청각의 후각화) 따위다.

아울러 이 시조는 삽살개 꿈을 꾸고, 거미줄을 치고, 꾸꿍이 소리 산 넘어온다. 삽살개, 거미, 꾸꿍이 모두 불성佛性을 지닌 존재로 의인화시켰다. 특히 '어디서 꾸꿍이 소리는 산을 넘어오더라'라는 종장은, 글은 끝났지만 뜻은 끝나지 않은 미묘한 운외지미韻外之味 보여준다. 산 너머에서 꾸꿍이 소리 따라 '깨달음', '봄의 정취'가 들려오는 듯하다.

〈그림 23〉에서 '2'가 몇 개일까? 그리고 어떤 모양으로 배치돼 있을까? 공감각자들은 쉽게 '2'를 찾는다고 한다.

〈그림 23〉

공감각은 서로 다른 감각 사이 연합이다. 하나의 감각 자극이 해당하는 지각 작용뿐 아니라, 다른 영역 감각 지각 작용도 일으키는 현상이다. 청각 자극에 시각을 지각하는 공감각자는 바이올린 소리에서 붉은색을 보고 피아노 음색은 노란색으로 느낀다고 한다. 보통 사람들은 특정 감각 정보를 인식할 때, 해당 영역만 활성화되지만 공감각 경험자는 다른 영역도 함께 활성화되기 때문이란다.

2005년 3월 3일 자 『네이처』의 소개를 보면, 공감각자는 소리 차이에서 맛을 느낀다고 한다. 단 2도에서는 신맛이, 완전 5도에서는 물맛이, 단 6도를 들으면 크림 맛이 나지만 한 옥타브 음은 아무 맛도 나지 않는다고 하니 자못 흥미롭다. 독자들도 읽은 책을 숫자와 결합하고 그 이유를 적어보라. 음악과 그림, 소설과 시를 기호와 연결한다면 신신新新한 결과를 얻는다.

〈그림 22〉의 답은, 5 사이에 2가 삼각형 꼴로 6개 배치돼 있다.

29-11 학생들에게 과제를 냈더니 연암의 예 못지않은 참신한 비유들이 많이 나왔다. '키높이 깔창은 신체 한계를 극복한 남자의 용기', '노인 지혜는 오랜 세월에 걸쳐 형성된 보석', '여행이란, 자아라는 퍼즐 맞추기', 'CCTV는 빅브라더 눈과 귀', '시계는 최고 독재자', '하이힐은 그녀 콧대 높이', '세월은 형체 없는 살인자', '일요일은 일곱 난쟁이 중 가장 나태한 녀석', '결혼은 평생약정 보험', '엄마 잔소리는 보약 한 재', '시계는 도착지 없는 마라토너' 따위다.

참고 · 보충자료

김광균 · 정지용 · 김춘수의 시.
『토정비결』.
〈일 포스티노〉, 1996.

제30계 · 경동비서驚東備西

이 말 하기 위해 저 말 하라

30-1 마오타이주를 들고 중국 대표단이 세계 술 박람회에 나갔지만 아무도 거들떠보지 않더란다. 마오타이주는 술 향기만으로도 명주반열에 오를 만한 술이다. 하지만 디자인부터 세련되지 못했고 홍보도 시원치 않았다. 사람들은 술을 맛보기는커녕 관심조차 두지 않았다. 이대로라면 중국 대표단은 그 좋은 마오타이주를 뚜껑도 따지 못하고 되갖고 돌아갈 배나 탈 판이다. 이때 중국 대표단 중 누군가가 '경동비서류' 성어를 생각한다. 실수인 척하며 병이 놓인 탁자를 쓰러뜨렸다. 술 향기가 박람회장에 퍼졌고, 결과는 마오타이주를 세계 3대 명주로 만들었다. 동쪽을 놀라게 하고 서쪽을 치는 방법인 '경동비서지법'을 응용한 예다.

참고 · 보충자료

나채훈 외, 『인생을 움직이는 7가지 발상력』, 동방미디어.
정민, 『고전문장론과 연암 박지원』, 태학사.

제31계 · 진절정리眞切情理

세세하게 묘사하라

31-1 「휴휴헌점묘」

책상, 할머니의 재봉틀 다리와 액자, 도심에 있으면서도 한적함, 당호 따위가 '휴휴헌' 핵심이다. 아울러 이 글은 점묘식으로 내 서재에서 중요 부분만을 확대하는 방법을 꾀한다.

여름이 한창입니다.

아침부터 매미 소리도 제법입니다.

집에서 나와 서재 휴휴헌으로 걸음을 재촉합니다.

열 평 살짝 넘어서는 나만의 공간. 디아뜨갤러리, B동 320호. 문을 열고 들어서면 대여섯 걸음 저 맞은편 벽면이 모두 창입니다. 공간은 작지만 방은 둘입니다. 우측방부터 들어섭니다. 가로 세로 2m인 정사각형 공간입니다. 내가 주로 앉아있는 곳이지요. 방 3분의 2를 차고앉은 녀석은 이 방 최고참, 책상입니다. 이 녀석과 만난 지 20년이 넘습니다. 내 삶을 고스란히 보아왔지요. 논문도, 그렇다고 잡문도 아닌, 서른 권 남짓 내 얼치기 책들도 모두 녀석 위에서 나왔으니, 나에겐 보물인 셈입니다. 녀석과 함께 온 의자는 몇 번이고 손봤습니다. 몸을 움직일 때마다 소리를 내지만 아직은 잘 버팁니다.

책상 위에는 독서대, 스탠드, 컴퓨터와 조부께서 쓰시던 개다리소반이 있습니다. 개다리소반 위엔 시계, 연필꽂이, 포스트잇, 아이스크림대로 만든 첨서(簽書), 잉크통, 그리고 노안을 책임지는 각각 다른 용도의 안경 세 개가 가지런히 놓였습니다. 개다리소반은 조부의 약주상이었지요. 조부 약주상이 내 책상에서 저렇게 쓰일 줄 생전에 당신도 나도 몰랐습니다. 개다리소반 아래에는 글항아리가 놓여있고, 그 옆엔 CD 몇 장이 있습니다. 장사익 선생의 '사람이 그리워서'와 제자 아이가 사준 '황병기 선생의 가야금 연주집'이라는 CD가 보입니다. 글항아리라 부르는 메모함은 대학교 은사이신 고 김기현 교수님께서 쓰시던 물건입니다. 글이 나아가지 않을 때, 이 글항아리는 늘 나에게 도움 줍니다.

책상은 창가로 나 있습니다. 창가라야 앉아 창밖 하늘 보면 꼭 손수건 반 장 접어놓은 크기입니다만. 창 아래에는 이 동(棟) 유일의 조금 널따란 빈터입니다. 그래도 저 하늘 보려고 책상을 굳이 이 좁은 방으로 끌고 들어왔습니다. 책상 좌측으로는 내 키에서 열 뼘쯤 되는 책장이 있습니다. 책장이라지만 모교에 출강할 때, 한두 개씩 사 쌓아 놓은 책꽂이에 불과합니다. 주로 수업 교재와 저서 관계 자료가 꽂혀있습니다. 책상 뒤엔 버린 식탁을 갖다 놓았습니다. 식탁의 용도는 수시로 본 책을 잠시 놓아두는 데 쓰입니다. 지금은 이 책을 만드는 관계 서적이 쌓여 있습니다.

작은 방을 나와 우측으로 두 발짝 반만 떼놓으면 좀 넓은 공간입니다. 6명이 앉는 기름한 식탁을 갖다 놓았습니다. 휴휴헌을 방문한 분들은 모두 이곳에 앉아 차 한잔을 합니다. 오른쪽엔 짧고 조금은 긴 두 개의 벽면이 보입니다. 작은 벽면은 한 걸음쯤 됩니다. 할머니께서 당시에 쌀 열 가마인가 내놓고 들여놓았다가 집안에 사단이 났던 다이얼 재봉틀 다리가 보입니다. 할머니는 나의 첫 여인이었습니다. 가여운 그니 삶은 온통 이 손자를 위한 희생이었습니다. 내가 굳이 재봉틀 다리를 서재에 갖다 놓은 이유도 여기 있습니다. 이 재봉틀 다리 위엔 조그마한 TV를 소품으로 놓았고, 그 위에 벗 청하 선생이 개인전에 전시하였던 '신독(愼獨)'이라 쓴 1m 쯤 하는 액자가 가로 걸려있습니다. 청하 선생 글은 순박함 속에 뚱한 힘이 들어앉았습니다. 나는 이런 순박한 글이 좋습니다. 넉넉할 때, 글 값 지불한다고 염치없이 갖다놓았는데, 그때가 올지 모르겠기에 글씨에 예의만 표합니다. '신독'은 내 삶의 표지입니다.

좀 긴 벽면 전체엔 책꽂이 쌓아 천정까지 올렸습니다. 연암 책과 전공서적이 보입니다. 연암은 참 좋은 분이라 생각합니다. 평생 화두로 삼고 싶습니다. 책꽂이가 끝나면 벽 한 면 전체가 창입니다. 문 열면 바로 보이는 곳입니다.

창 좌측 벽면 책꽂이에는 전공 이외의 책이 보입니다. 정치, 경제, 사회, 문화 가리지 않고 모아뒀습니다. 요즈음은 이쪽 책을 많이 봅니다. 솔직히 전공 책보다 도움을 더 얻습니다.

나는 이곳에서 차 마시고, 글 쓰고, 책 읽으며, 수업 준비 하고, 때로는 뒹굴며 하루를 보냅니다. 내 스승이신 중산 선생님께 '휴휴헌(休休軒)'이란 당호도 지어 받았습니다.

이따금 내 서재를 찾는 이들은 이런 말을 합니다.

"아, 생각 밖으로 조용하네요."

이곳이 위성도시지마는 번잡한 도심에 있는 오피스텔이라 하는 말입니다. 빌딩 바로 앞으로 대로가 지나고, 뒤로 커다란 백화점이 위세 좋게 서

있지마는, 문 열고 들어서면 외진 절간입니다.

이유인즉슨, 내 방은 건물 끝에 위치하고 옆 건물을 사이에 두고 빈터가 있어서입니다. 이 공지를 보려고 내 책상을 굳이 작은 방으로 끌고 들어왔습니다. 그리 넓지는 않으나 넉넉하니 자동차 30여 대는 주차할 만한 빈터입니다. 비록 땅은 자동차 차지지만, 빈터의 하늘은 늘 내 공간입니다. 내 책상에 앉아 손수건 반 장만큼 보이지만, 눈이 오거나 비라도 올라치면 커피 한잔 들고 빈터 바라보는 맛이 제법입니다. 여름철엔 문만 열어놓으면 빈터에서 불어오는 바람에 선풍기 없이도 견딜 만하고, 겨울철엔 눈 내리는 풍경 또한 보통은 넘습니다.

그런데 두어 달 전부터 이 빈터에 둘레 막이 쳐지고, 검은 옷을 입은 사내들이 오가더니만, 드디어 엊그제부터 터파기 공사를 시작했습니다. 연일 트럭이 오가고, 집채만 한 크레인에, 착암기 소리와 인부들 고함소리까지 들려옵니다.

요절한 천재 이상(李箱)의 「조춘점묘(早春點描)」라는 수필이 있습니다. 조춘점묘란, '이른 봄 도회 풍경 보며 생각한 것을 그림'쯤으로 해석됩니다. '조춘'은 '이른 봄'이고 '점묘'는 '사물 전체를 그리지 않고 어느 부분만 따로 떼어서 그려낸 그림'이란 뜻입니다. 퍽퍽한 도회에서 빈터를 발견하고 기뻐했으나, 알고 보니 이윤을 기다리는 보험회사 용지라는 것. 결국, 빈터는 가난한 자기 방에 놓은 화분 속의 공간밖에 없다는 내용입니다.

이제 나도 창문을 닫아걸어야겠습니다. 내 게 아닌 빈터를 서너 해씩이나 제멋대로 썼으니 고깝지 않지마는 왠지 마음이 허허하니 여간 섭섭한 게 아닙니다.

그래도 이상의 화분보다야 휴휴헌이 훨씬 널따라니, 「조춘점묘」나 읽으며 빈터 잃은 마음 서둘러서 달래봅니다.

휴휴헌에서 간호윤

31-2 『배고픔의 자서전』은 프랑스 여성 작가 아멜리 노통브의 소설이다. 아래는 조숙한 여섯 살배기 꼬마 계집아이가 거울을 보며 음식을 먹는 장면이다. 아멜리 노통브가 세계적인 작가가 된 데에는 이런 묘사가 있는 듯싶다. 긴 문장조차도 단문으로 처리하려는 듯한 문장, 여섯 살짜리 아이라는 반어 상황, 생생한 어휘도 함께 봐야 한다.

나는 우리 건물로 달음박질해 가서는, 4층을 한달음에 뛰어오른 뒤, 욕실로 들이달아, 문을 닫았다. 나는 커다란 거울 앞에 자리를 잡고, 스웨터 밑에서 전리품을 꺼내, 거울 속에 비치는 내 모습을 관찰하며 먹기 시작했다. 쾌락을 느끼는 내 모습이 보고 싶었다. 내 얼굴에 보이는 것은 스페퀼로의 맛이었다. 장관이었다. 내 모습만 봐도 맛을 조목조목 짚어낼 수 있다. 내가 이렇게 행복한 표정을 짓는 걸 보면 당연히 설탕은 들어갔고, 보조개에서 특징적으로 나타나는 감정의 흔들림으로 보아 이 설탕은 캐소네이드가 분명했다. 쾌락으로 주름 잡힌 코를 보니 계피도 많이 들어갔고, 반짝반짝하는 눈을 보니 분명 다른 향신료의 맛도 읽히는데, 이 생경한 맛들에 온몸이 달아올랐다. 황홀경을 연출하는 입술을 보니 꿀이 들어간 것은 의심할 여지가 없었다.

참고 · 보충자료

박지원, 간호윤 역, 『연암 박지원 소설집』, 새물결플러스.
심노숭, 안대회 역, 「눈물의 근원(淚原)」, 『고전산문산책』, 휴머니스트.
이옥, 심경호 역, 『선생 세상의 그물을 조심하시오』, 태학사.
아멜리 노통브, 전미연 역, 『배고픔의 자서전』, 열린책들.

제32계 · 시엽투앙柹葉投盎

감나무 잎에 글을 써 항아리에 넣어라

32-1 언간의진하려면 언어를 잘 다듬어야 한다. '언어를 다듬어라'는 조선의 내로라하는 문장가 이건창이 글쓰기에서 두 번째로 놓은 문장이다. 이 역시 당연한 말씀으로 글쓰기에서 어휘의 중요함이다. 그는 '천만 글자 장문일지라도 한 글자 놓는 데 전전긍긍해 마치 짧은 율시 한 편 짓듯 해야 한다'고 한다.

이는 동서양, 고금이 다르지 않다. 프랑스 작가 귀스타브 플로베르Gustave Flaubert가 말한 '일물일어설一物一語說'과도 일치한다. 일물일어설이란, '한 사물 지적하는 데 가장 적절한 명사가 단 하나, 한 가지 동작 표현하는 데 가장 적절한 동사가 단 하나, 한 상태 묘사하는 데 가장 적절한 형용사 단 하나가 있다'는 말이다. 이태준도 『문장강화』에서 '이필二筆, 삼필三筆도 안 되면 백천필百千筆에 이르도록 심중엣 것과 가장 가깝게 나타나도록 개필改筆하는 게 문장법 원칙'이라 한다. 유협도 『문심조룡』「연자練字」에서 '글 잘 짓는 자가 일만 편을 지을지라도 글자 한 자에 빈곤하다' 한다.

글 쓰는 이의 고심은 두말이 필요 없다. 몇 개 예를 들어보자. 남자, 남성, 사내, 사나이는 서로 유사하면서도 다르다. 남자는 여자가 아닌 가치중립 표현이요, 남성은 주로 성년이 된 남자를, 사내는 주로 성적인 맥락에서, 사나이는 남성성을 강조할 때 쓰인다. '(　)이 가는 길'이란 구절이 있다면 저 넷 중, 어느 낱말이 가장 옳을까?

들 · 들판 · 벌판이나 과일 · 과실 · 열매, 광경 · 장면, 목숨 · 생명 따위가 모두 그 쓰임에 미묘한 차이를 보인다. 문장을 다듬는 가운데 바로잡아야 한다. 문장의 정확성을 위해 글 쓰는 이는 어휘력을 키우려 부단한 노력을 기울여야 한다. 한여름 청아한 매미 울음소리에도 짧게는 2~3년에서 길게는 17년이라는 애벌레 시절이 있음을 알아야 한다.

참고로 형용사나 부사, 접속사인 그러나 · 그래서 따위는 되도록 쓰지 마라.

32-2 진정성, 선생이 학생 글 채점하는 데 가장 우선이 바로 이 석 자다. 수강 과목을 향한 품의 정도와 관심, 곧 진정성이다. 글 쓰려는 모티브motive, 즉 동기, 혹은 감흥이 있어야 한다. 동기와 감흥이 일어나지 않은 소 닭 보듯 한 학생의 과제물은 선생도 닭 소 보듯 한다. 글 속에는 글 쓰는 이의 열망에 가득 찬 마음이 담겨있어야 한다. 눈과 귀로 들어와 머리를 거쳐 열망에 가득 찬 마음에 착상된 글에는 '수강 과목을 향한 품의 정도와 관심'이 드러난다. 이렇게 쓰인 글은 누가 봐도 좋다. 제출하는 데 의미를 둔 아롱이다롱이, 모두 네모난 '아파트식 리포트'와 질이 다르다. 이 과제물을 진정성이 담긴 글이라 한다.

32-3 우리말 70%가 한자어다. 한글과 한자어 대응이 30 : 70이니 한자 어휘를 잘 안다는 말은 그만큼 폭넓은 사고하고, 웅숭깊은 글쓰기에 용이한 고지를 선점한 셈이다. 마법 같은 문장은 어휘가 만든다.

예를 한번 보자.

벗 : 친구(親舊), 붕우(朋友), 친우(親友), 우인(友人), 지기(知己), 교우(交友), 외우(畏友), 집우(執友) 따위.

값 : 가치(價値), 물가(物價), 대금(代金), 금액(金額), 가격(價格), 요금(料金), 액수(額數), 시가(市價), 시세(市勢), 비용(費用), 원가(原價) 따위.

이기다 : 승리(勝利)하다, 득승(得勝)하다, 우승(優勝)하다, 제패(制覇)하다, 승전(勝戰)하다, 개선(凱旋)하다, 극복(克服)하다, 제압(制壓)하다 따위.

하나의 한글 어휘에 대응하는 한자어가 저렇게 많다. 각 어휘에 따라 미묘한 표현 차이도 있다.

'착하다'를 예로 들어보자.

철수가 착하다.

철수가 선(善)하다.

철수가 선량(善良)하다.

철수가 온순(溫順)하다.

철수가 온후(溫厚)하다.

철수가 온화(溫和)하다.

철수가 순진(純眞)하다.

철수가 천진(天眞)하다.

……

모두 어금지금하지만, 이런저런 어감 차이가 있다.

앞에서 하나의 한글 어휘에 대응하는 한자어를 봤으니, 이제는 한자어에 대응하는 한글 어휘를 보자. '분쟁紛爭'과 '대결對決'을 예로 들어 본다.

분쟁하다: 다툼질하다, 말질하다, 툭탁거리다, 톡탁거리다, 찌그럭거리다, 으르렁거리다, 겨루다, 악장치다, 악다구니하다, 옥신각신하다, 아드등거리다, 아드등대다 따위.

대결하다: 겨루다, 겨누다, 다투다, 가루다, 싸우다, 마주대다, 가리다 따위.

한글 어휘도 한자어에 비해 녹록지 않다. 특히 가불거리다, 긁적긁적, 삐이삐이 배, 뱃종! 뱃종! 따위 파생의태어와 의성어, 가마노르께하다, 가마말쑥하다 따위의 맛, 냄새, 색깔, 성격 따위 성상 어휘와 동작 어휘 따위에는 살려 쓸 우리말이 넘친다. 이 분야에선 세계 언어들 중 우리 한글이 약 8,000여 개로 으뜸이다.

'천치'에 대응하는 한글 어휘를 보자.

철수가 천치(天痴)다.

철수가 바보다.

철수가 멍텅구리다.

철수가 맹추다.

철수가 멀건이다.

철수가 머저리다.

철수가 얼뜨기다.

……

한글이 한자에 비해 부족하지만 낱말에 따라서는 한자 어휘보다 풍성한 의미를 담아낸다. 특히 고유어를 살려 쓰면 글의 질감이 좋아지고 정감이 새롭다. 암팡스럽다,* 실팍하다,* 배냇병신,* 감때사납다,* 알싸하다, 걱실걱실* 따위를 사용한 김유정의 「동백꽃」이 우리에게 사랑받는 이유다.

* 암팡스럽다 : 몸은 작아도 야무지고 다부진 면이 있다
* 실팍하다 : 매우 실하다
* 배냇병신 : 고질적으로 가지고 있는 나쁜 버릇 또는 그 버릇을 가진 사람
* 감때사납다 : 억세고 사납다
* 걱실걱실 : 성질이 너그러워 말과 행동을 시원스럽게 하는 모양

특히 관용구 적절한 사용은 의미를 요령 있게 전달해 준다. '분노'와 이웃하는 관용구를 살피자면, '두 눈 부릅뜨다', '봉의 눈 뜨다', '눈을 홉뜨다', '눈을 치뜨다', '가자미눈 뜨다', '눈 까뒤집다', '눈살이 꼿꼿하다', '핏대 올리다', '악 쓰다', '눈이 곤두서다', '눈에 칼날이 서다', '도끼눈 뜨다', '눈에 모를 세우다', '주먹 불끈 쥐다', '칼 품다', '송곳니가 방석니 된다', '속니 갈다', '불덩이가 치솟다', '복장 터지다', '눈알이 시뻘게지다', '속 뒤집다' 등 다 써넣자면 지면이 모자란다. 물론 모두 표현 상황에 미묘한 차이를 보인다.

32-4 글항아리

● 메모지

17세기 천재라 불린 백호白湖 윤휴尹鑴는 「독서기서讀書記序」에서 "학자

가 글 읽으면 생각하지 않을 수 없으니, 생각하면 얻고 생각하지 않으면 얻지 못한다. 생각 있으면 기록하지 않을 수 없으니, 기록하면 남고 기록하지 않으면 남는 게 없다"고 메모 중요성을 강조했다.

〈그림 24〉는 정약용의 『촌병혹치村病或治』라는 책에 관한 내용을 적어놓았다. 밑에 붉은 글씨로 '칼은 무사의 혼, 글은 선비의 혼'을 적어 놓았다. 이 메모지는 두 번 사용했음을 보여준다. '혹치' 는 이 책 서문에 사용했다.

정약용 『村病或治』 医書
'혹 시골 사람 병을 치유시킬수 있으리라.'
"칼은 무사의 혼 글은 선비의 혼"

〈그림 24〉 저자가 사용한 메모지

●글항아리

내 글쓰기 보고다(〈그림 25〉). 연암은 이를 글항아리라 한다. 글항아리란, 옛사람들이 감나무 잎에다 글을 써서 항아리에 차곡차곡 모은 항아리다. 연암도 항시 생각나는 바를 쪽지에 적어뒀다. 스티븐 킹은 '연장통'이라 하고 꼭 끼고 다닌다. 다산도 '수사차록隨思箚錄'이라 해서 수시로 떠오른 생각을 기록한다. 어디 이들뿐이랴, 자고로 동서고금 막론하고 글 쓰는 이치고 이 글항아리 이용하지 않는 사람은 없다. 송나라의 장재張載가 번뜩 마음에 떠오르면 잠 자다가도 일어나 빨리 기록한다는 '묘계질서妙契疾書'란 용어도 글항아리와 너나들이한다.

〈그림 25〉 저자가 글낚시질하는 글항아리

독자 여러분도 꼭 글항아리를 만들기 바란다. 저자는 글 진도가 나가지 않을 때, 이 글항아리에서 글낚시질을 한다. 손이라는 미끼만 던지면 파닥이는 어휘를 길어 올린다. 글쓰기 비법이다. 여러분도 반드시 좋은 결과를 경험하게 된다.

참고 · 보충자료

김용준, 『김용준』, 돌베개.
백석, 『나와 나타샤와 흰 당나귀』, 다산초당.
최순우, 『무량수전 배흘림기둥에 서서』, 돌베개.
홍명희, 『임꺽정』, 사계절.

제33계 · 환기수경換器殊境

그릇 바꾸고 환경 달리 하라

33-1 성정은 조선 말 최성환崔瑆煥이란 중인 출신 문인의 「성령집서性靈集序」에서 단서를 얻는다. 「성령집서」에는 이런 구절이 보인다.

> 내가 하려는 말을 이미 고인이 말해버렸고, 내가 쓰려는 글을 이미 고인이 써버렸으니 내가 어찌 감히 입 열고 손에 붓 잡겠는가? 그러나 오직 하나 성정性情만은 사람마다 각기 갖춘 까닭에 내 어찌 옛사람들과 다르지 않겠는가.

내가 하고 싶은 말과 글을 이미 선인들이 사용했지만 그래도 내가 말하고 글 쓰는 이유를 성정에서 찾는다. 성정은 타고난 성질이니 사람마다 모두 다르다. 선인이나 나나 모두 이 성정이 있으니, 내가 내 성정으로 글 쓰면 된다는 이치다.

최성환은 같은 글에서 "내 마음에 맞으면 진실로 내 말이다. 내 마음이 맞지 않으면 내 말이 아니다. 그 맞는 말을 취해 내 말로 삼는다면 그 말이 문장으로 드러나니 또한 내 문장이다. 그 누가 그렇지 않다고 말하겠는가"라 힘주어 말한다.

33-2 언어 재구성은 조선 후기 서화가로 시문에 뛰어났고 서화에 능한

서리 조희룡의 『석우망년록』에 잘 나타난다. 조희룡 역시 선인들이 이미 천하 이치 다 써놓았기에, 후인들이 아무리 애써도 고인을 벗어나지 못함을 전제로 삼고, 벗어나는 방법을 송나라 문인인 섭석림葉石林의 말을 인용해 귀띔해준다. "세상에 어찌 문장이 있겠는가? 다만 글자 줄이고 글 바꾸는 법만 있지. 이것일 뿐이야"라고 한다. '글자 줄이고 글 바꾸는 법', 조희룡은 여기에서 문장은 새로워진다며 고인들이 한 말을 말하지 않은 듯 만들라고 주문한다. 바로 언어 재구성이다.

최성환과 조희룡의 조언을 묶자면, '내 성정에 맞도록 고인 글을 적절히 변환하라'다. 새로운 문장은 여기서 나오니, 이 장에서 다루고자 하는 환골탈태다.

33-3 시조나 한시를 이용한 글쓰기에 환기수경 기법을 활용한 경우는 허다하다. 작품 감상과 함께 글쓰기라는 효과를 얻기 때문이다. 고려 말 삼은의 한 사람인 목은 이색의 경우를 보자. 아래 시는 『목은시고牧隱詩藁』 권4에 보인다. 「비 온 뒤에 붉게 물든 단풍 숲이 사랑스러워 차운해 지은 시雨後紅樹可愛 次韻賦之」인데 일단 7언절구 그 전문을 인용해본다.

비 지난 가을 산엔 떨어진 잎새도 많은데,	雨過秋山葉落多
비단 위에 또 꽃을 더한 게 가장 예쁘구나.	最憐錦上更添華
단풍 숲의 시구는 지금까지 회자되거니와,	至今膾炙楓林句
비로소 증험하네, 이월 꽃보다 붉다는 걸.	始驗紅於二月花

결구를 차용했기에 「비 온 뒤에 붉게 물든 단풍 숲이 사랑스러워 차운해 지은 시」라는 제목을 붙였다. 마지막 구절은 당나라 때 시인 두목杜牧, 803~853의 「산행山行」 결구 차용이니, 원문은 아래와 같다.

멀리 늦가을 산 비낀 돌길을 따라 오르니,	遠上寒山石逕斜
흰 구름 깊은 곳에 사람의 집이 있구나.	白雲深處有人家
수레 멈추고 앉아 늦가을 단풍 사랑하니,	停車坐愛楓林晚
서리맞은 단풍잎이 이월 꽃보다 붉구나.	霜葉紅於二月花

이색은 「산행」 결구에서 '비로소 증험하네始驗'라는 두 글자만 바꾸었다. 이색이 차운한 이 시 품평을 내가 하지는 못한다. 문제는 '서리맞은 단풍잎이 이월 꽃보다 더 붉구나'라는 저 결구다. 이 시는 제3구와 제4구가 '시중유화詩中有畵'로 평가받을 만큼 묘사가 뛰어난데, 특히 제4구 '단풍색이 이월의 봄꽃보다도 붉다고' 비교한 묘사는 탁월한 발상으로 평가된다. 이색 또한 이러한 점에서 이 시를 차운했음을 짐작하게 한다.

문제는 저 구절이 과연 맞느냐 하는 점이다. 즉, '이월의 꽃이 저토록 붉느냐'다. 두목의 처지에서 고증하지는 못하니 우리만 보자. 저 시절 2월은 음력이니, 양력으로 따지자면 지금 3월에 해당된다. 꽃이 붉다 하니 장미는 아닐 터, 진달래쯤으로 이해한다. 찾아보니 2009년 우리나라 진달래 개화 시기는 평년 3월 27일이다. 진달래가 만개해 짙은 붉은색을 띠려면 적어도 4월 중순은 지나야 한다. 더욱이 지금은 온난화 현상으로 개화가 이르다는 점을 고려하면 저 시절 만개한 시기는 더욱 늦춰야 한다.

문헌을 뒤져보니, 『명재유고』 권1 「유여산행」에는 4월 하순에 '진달래가 이제 한창 피는구나'라고 한다. 여기서 4월은 음력이다. 서거정의 『사가시집』 권44 「청명」이란 시에는 '진달래꽃 반쯤 핀 산에 비 내리는구나躑躅半開山雨來'라 한다. 청명은 춘분과 곡우 사이에 들며, 양력으로 4월 5일 무렵이다. 음력으로 치면 3월 초순쯤에 이제 막 진달래가 폈다는 소리니, 만개하려면 역시 4월은 돼야 한다. 어느 문헌 봐도 음력 2월에 진달래 폈다는 기록이 없다.

진달래 만개 시기는 음력으로 3월 말에서 4월 초는 돼야 한다. 그런데도 많은 문인이 이 구절을 인용한다. 서거정도 두목의 이 「산행」을 차운해 시를 지었고, 조선시대 마지막 화원으로 활동한 안중식安中植은 이 시를 주제로 「풍림정거도楓林停車圖」를 남겼다. 지금도 이 구절은 여러 사람들에게 인용된다. 따지자면 이러한 경우가 한둘이 아니니, 인용을 하더라도 무작정 따라 해서는 곤란하다. 환기수경 기법과 거리가 너무 멀어서다.

33-4 다산은 성호 이익에게 "하늘에 솟아나고 사람 중에 빼어나며 도덕과 학문으로 고금에 뛰어나셨다天挺人豪 道德學問 超越古今"는 글을 바쳤다. 이익은 환기수경을 활용해 문하 제자들에게 시 짓는 방법을 익히게 했다.

원 시는 아래와 같다. 이익은 이를 탈태환골奪胎換骨이라 했다.

봄의 물은 사방 연못에 가득 찬데,	春**水**滿四**澤**
여름 구름은 기이한 봉우리가 많아라.	夏**雲**多奇**峰**
가을 달은 해맑은 빛을 비추는데,	秋月揚明輝
겨울 산엔 외로운 소나무가 빼어나도다.	冬嶺秀孤松

이 시는 중국 동진東晉 화가며 시인인 고개지 작품이다. 이익은 이 시 1, 2구 수水 · 택澤 · 운雲 · 봉峰 실자實字 4자를 바꿔 다음처럼 만든다.

봄 그늘은 사방 들판에 가득하고,	春**陰**滿四**野**
여름 숲에는 기이한 꽃이 많도다.	夏**樹**多奇**花**

이익은 '수 · 택 · 운 · 봉' 실자 넉 자를 '음陰 · 야野 · 수樹 · 화花'로 바꿨다. 단 네 자에 지나지 않지만 시는 완전히 새롭게 변모한다. 이익은 또 원시 허자虛字인 '춘春 · 만滿 · 사四, 하夏 · 다多 · 기奇'를 갈마들어 아래처럼 만든다.

흐르는 물 돌아와 연못을 만들고,	**流**水**歸成**澤
비갠 구름 머물러 봉우리 이루네.	**晴**雲**逗作**峯

원 시보다 확연히 나아졌다. 이러한 것을 환기수경식 글쓰기라고 한다.

33-5 모방을 통한 창조, 하늘 아래 새로운 생각은 없다. 나 이전에 수많은 사람이 살았거늘, 어찌 나와 같은 생각이 한 번도 없겠는가. 있다면 나 자신뿐이다. 창조란, 모방하되 나 자신 생각의 북장단을 쳐야만 새로운 세계로 나아간다. 잠시 모방과 창조를 잇댄 흥미로운 이야기 한 토막을 본다.

고대 신화에 나오는 파라시우스Parrhasius와 제욱시스Zeuxis의 그림 이야기다. 한번은 이들이 누가 더 실물처럼 그리는지 내기했다. 제욱시스의 그림은 어찌나 잘 그렸는지 새들이 날아와 포도를 쪼아댔다. 으쓱한 제욱시스가 달려 가보니 파라시우스의 그림은 베일에 가렸다. 제욱시스는 빨리 그림을 보여 달라고 베일을 치켜들었다. 파라시우스의 그림은 바로 그 베일이었다. 제욱시스의 그림이 모방이라면, 파라시우스의 그림이 창조다.

이 모방과 창조를 성호는 '시란 누구나 아는 말 반복해서 읊는 진부함이 특징'이라 한다. 만약 누군가가 그 말을 부정하고 자기 창작이 옛날에 없었다고 주장한다면, 그야말로 '우물 안 개구리 하늘 이야기하는 격'이라고 덧붙여 놓았다.

참고 · 보충자료

간호윤, 『한국고소설비평용어사전』, 경인문화사.
이색, 『목은문고』.
정요일 외, 『고전비평용어연구』, 태학사.

제34계 · 원피증차援彼證此

저것 끌어와 이것 증거하라

34-1. '서울대생도 음주 문제 심각'. 어느 신문 기사 표제어다. 서울대 학생 3명 중, 1명이 상습 과음과 알코올 의존증 따위의 음주 문제를 겪는다는 내용이다. 서울대 소비자아동학과에서 서울대 학부, 대학원생 497명을 대상으로 한 설문 결과란다. 그렇다면 '서울대생 음주 문제'인데, 왜 '서울대생도 음주 문제'라며 '도'라는 보조사를 넣었냐는 의문이 든다. '서울대생 음주 문제'는 서울대생 음주 문제를 다뤘지만, '서울대생도 음주 문제' 하면 보조사 '도'로 인하여 상황은 매우 달라진다.

곧 '서울대생도 음주 문제'의 '도'는, '유사한 사실이 다른 곳에도 있음'을 의미하기 때문이다. 그렇다면 '다른 곳'은 어디인가? 서울대 이외 우리나라 모든 대학을 지칭함은 누구나 짐작한다. 서울대 이외 모든 대학 학생들이 음주 문제를 보였는지 조사 유무는 둘째 치자.

심각한 문제는 문맥을 한 발 더 짚을 때 나타난다. '서울대 이외 대학들은 그렇다 쳐도, 그러지 말아야 할 서울대생조차 음주 문제가 심각하다'라는 뜻이 이 글 속에 있기 때문이다. 서울대 이외 대학을 아예 아래 것들로 깔아뭉개기에 삿되다. 보조사 '도' 하나가 서울대 외 대학 나온 사람들에게 음주 문제와 별개로 속상하게 한다. 더욱 기자가 '가리산인지 지리산인지' 이를 모를 리 없다는 사실이 괘씸하다. 우리 사회 공기여야 할 신문에서 이따위 조사를 넣은 이유는 손바닥 뒤집기보다 쉽게 안다. 알면서도 그랬다는 사실이 경멸스러워 '귀 먹은 욕'이라도 해 붙이고 싶다. 대한민국에서 어느 대학 나오지 않으면 살아가기 어려운 이유를 이 '도'만 보아도 안다.

34-2 낱말을 잘못 사용하는 경우도 허다하다. 어느 책에서 '난 요즘 손재수가 좋은지 좋은 일만 생긴다네'라는 문장을 봤다. '손재수損財數'란 말이 제자리 못 찾아 '개발에 편자'격이 되었다. 손재수란 '재물 잃을 운수'란 뜻이다. '이달에 손재수 있으니 도둑맞지 않도록 조심하시오' 따위 정도로 쓰여야 한다. 그러니 '난 요즘 손재수 좋은지 나쁜 일만 생긴다네'로 바꿔야 한다.

'미적미적거리며'는 '미적미적하며'로 고쳐야 한다. '-거리다'와 '-대다'는 의성어나 의태어 뒤에 붙어 그 소리나 동작이 잇달아 계속됨을 나타내는 말이다. 그러나 상태를 나타내는 말 뒤에는 '-하다'를 써야 바르다. 차 뒤에서 볼일을 볼 때 차가 가는 경우는 '황당', 차 뒤에서 볼일을 볼 때 차가 뒤로 오는 경우는 '당황'이다. '언어를 통해 이것과 저것이 구분된다' 함은 이토록 쉬운 일이 아니다.

34-3 옥봉 이원李媛이란 여인 시는 재미있고도 조금 슬픈 이야기다. 조선 여류시인 가운데 위상이 또렷한 옥봉은 「소화시평」에서 '이씨가 국조 제일'이라고 칭송했으며, 신흠도 난설헌과 더불어 조선 제일 여류시인이라고 평한다.

옥봉과 이웃하는 마을의 한 백성이 소를 훔친 죄로 연좌돼 감옥에 들어갔다. 그의 아내가 변명하는 글을 옥봉에게 대신 지어달라고 하여 누명을 벗어나려 한다. 옥봉이 시 한 수 지어 법 담당하는 관리에게 바치게 하였다.

그 시는 이러하다.

세숫대야 거울삼아 얼굴 씻고,	洗面盆爲鏡
물을 기름 삼아 머리를 빗어도,	梳頭水作油
이내 몸이 직녀가 아닐진대,	妾身非織女
낭군이 어찌 견우가 되오리까.	郎豈是牽牛

'견우'는 '소 끌다'의 뜻이기에 이를 끌어다 쓴 재기 넘치는 시다. 소박한 삶 사는 부부기에 내가 '직녀'가 아닌데, 남편이 어찌 '견우', 즉 소 끌고 간 사람이겠냐는 시다. 저것인 견우를 끌어다가 '죄 짓지 않았다'는 이것의 증명이다. 법관이 시를 보고 크게 놀라고 맞는 소리기에 그 죄수를 석방한다. 뒷 이야기가 안타까운 것은 남편 조원趙瑗이 이 이야기를 듣고 '시를 지어 죄를 면제해 줌은 부녀자 일이 아니오'라 하고 옥봉을 내쳤다 하니, 저 시 한 편이 남편 값인 셈이다.

또 다른 이야기다.

들에서 일하던 두 사람이 다투었고, 이 다툼이 빌미인지 모르지만 몇 개월 뒤 한 사람이 죽었다. 살인죄로 고소당한 사람이 글 잘하는 사람 찾아가 변명해달라고 하자, "오비어이월 이락호구월烏飛於二月 梨落乎九月 조지죄야 병지고야烏之罪耶 病之故耶"라 써줬다.

해석은 이렇다.

> 까마귀는 2월에 날고 배는 9월에 떨어졌으니, 까마귀 죄인가요? 병 때문인가요?

'죄 없다'는 이것을, '까마귀와 배'인 저것을 끌어다 증험한 시다. 이 글을 읽은 원님, 무죄 선고해 석방하고 만다. 정작 문제는 그 뒤다. 살인죄로 고발당한 자가 풀려나서는 글 써준 자에게 고맙다는 인사가 없었나 보다.

글 써준 이가 괘씸해서인지 이번엔 "이장타장 장불천 파기以杖打帳 帳不穿 破器 이도할수 수불흔 어사以刀割水 水不痕 魚死"라는 시를 원님에게 넣었다. '몽둥이로 장막을 치니 장막은 뚫어지지 않되 그릇은 깨지고, 칼로 물을 베니 물에는 자국이 없되 고기는 죽는구나'라는 뜻이다. 이번엔 '죄 있다'는 이것을, 저것인 '몽둥이와 칼'을 끌어다 증험해 놓았다. 이 글 본 원님, 풀려난 사람을 다시 잡아들이고야 만다.

10-1 오래된 미래는 '미래는 과거에 존재한다'는 뜻이다. 우리는 고전의 의미를 이렇게 말한다. 『오래된 미래』는 헬레나 노르베리 호지가 지은 책이다. 그녀는 서구 세계와 너무나도 다른 가치로 살아가는 인도 오지 라다크 마을 사람들을 통해 우리 사회와 지구 전체를 생각하게 만든다. 지구 미래를 과거, 그것도 오지에서 찾는다. 역설인 책 제목인 '오래된 미래'는 그렇게 우리 미래를 담보하는 용어로 다가왔다. '라

다크'라는 '저것'을 끌어다 '미래'라는 '이것'을 증험하고자 한 결과다.

참고 · 보충자료

간호윤, 『기인기사』, 푸른역사.
홍만종, 『시화총림』, 아세아문화사.

제35계 · 법고창신法古創新

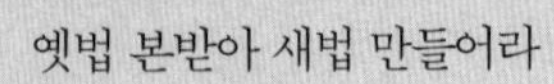

35-1 온고지신

임금이 말하기를, "온고지신이란 무슨 말인가".

이유경이 말하기를, "옛글 익혀 새 글 앎을 말합니다".

임금이 말하기를, "그렇지 않다. 초학자는 이렇게 보는 수가 많은데, 대개 옛글 익히면 그 가운데서 새로운 의미 알게 되니 자기가 모르던 의미를 더욱 잘 알게 됨을 말한다".

이유경은 우리가 익히 아는 "옛글 익혀 새 글 앎을 말합니다"라고 했고, 영명한 군주 정조는 손사래 치며 "옛글 익히면 그 가운데서 새로운 의미 알게 돼 제가 모르던 일을 더욱 잘 알게 됨을 말한다"고 단언한다. 정조는 '새 글 앎'이 아니라 '새로운 의미 앎'이라 하고, 더 나아가 '제가 모르던 것을 더욱 잘 알게 된다'고 한다. 즉 정조는 '독서 → 새로운 의미 앎 → 모르는 의미 깨달음'이라는 과정으로 이해한다. 이것은 다독을 전제한 독서법이다.

그렇다면 온고지신 독서 방법은 무엇일까? "글이란 설핏 읽으면 상세히 이해하지 못합니다. 한 번 읽고 두 번 읽고 하여 백 번에 이른 연후에야 그 뜻을 자세하게 깨닫게 됩니다. 이것을 이른바 온고지신이라

합니다"에서 찾아본다. 이 문장은 고봉 기대승이 선조에게 하는 말로 『고봉집高峯集』 「논사록」 권상, 11월 16일에 보인다.

35-2 비변문체 장본인으로 지목당한 연암에게는 당대 내로라하는 문장가들이 모두 적이었다. 문체반정('문체반정'은 일제강점기 고교형이 만든 학술용어다. 원래는 '비변문체丕變文體' 혹은 '문체지교정文體之矯正'이다)이란, 한문 문장 체제를 정통 '고문古文'으로 환원하려던 정조의 야심찬 국책사업이다. 김조순 같은 이는 연암의 글을 어찌나 싫어했는지 "박아무개(연암 지칭)는 『맹자』 한 장 읽게 하면 반드시 구두도 떼지 못할게야" 하고 아버지뻘이나 되는 연암을 혹독하게 비하했다. 이 말을 들은 연암 제자 서유구徐有榘, 1764~1845가 발끈하고, 결국 대판 싸움이 벌어졌다. 김조순은 이 일로 서유구에게 "내가 있는 한 그대는 문원文苑, 홍문관과 예문관 관직은 다 맡았소!"라고 가시 돋친 말을 서슴없이 퍼붓는다. 이 사건은 당시 장안에 짜하게 퍼져 홍길주의 『수여란필속睡餘瀾筆續』에까지 실렸다.

서양도 우리와 다를 바 없다. 우리가 잘 아는 음악의 아버지 요한 세바스찬 바흐Johann Sebastian Bach는 200년간 그늘에 가려져 있었다. 맨델슨이 과거를 뒤져 오늘날 위치로 올려놓았다. 슈베르트도 그렇다. 유명한 〈미완성교향곡〉은 생전에는 물론, 그가 이 세상을 떠난 지 40년 동안 한 번도 피아노 건반에 오른 적이 없었다 한다.

35-3 법고를 좀 더 살핀다. 율곡 이이를 보면, 법고 어려움이 만만치 않다.

이이가 한번은 중국 사신을 맞이하는 원접사遠接使로 나갔다. 그때 중국 사신 왕경민王敬民이란 자가 「새벽에 출발하여 조서를 반포하러 간다早行頒詔詩」는 시를 지었고, 이이가 이 시를 차운한 것이 발단이었다. 차운次韻이란, 알다시피 남이 지은 시의 운자를 따서 지은 시다.

그런데 이이는 왕경민이 운자韻字를 틀린 줄 모르고 그 틀린 운자를 그대로 차운한다. 글하는 이들 빈정거림이야 넉넉히 짐작하고도 남는다. 권호인權應仁이 찬한 『송계만록松溪漫錄』에는 도움 주는 기록이 보인다. "대개 머리 조아리다 '계稽' 자가 모두 측성仄聲으로 쓰이는데, 왕경민이 이미 틀렸거늘 율곡이 따라 틀렸으니 이 어찌된 일인가. (…중략…) 율곡은 재주가 뛰어나고 박식다문했지만 급작스러운 때 늘 이런 착오로 몇 번이나 웃음가마리를 면치 못했다"고 적어놓았다. 재주가 율곡에 미치지 못하는 자들은 새겨들을 일이다. 창신도 어렵지만 법고 또한 저토록 어렵다.

그렇다고 옛것 모른다 함은, 구더기 무서워 장 못 담그는 이치다. 최치원의 「유선가」 구절이다. "무협중봉지세 사입중화巫峽重峰之歲 絲入中華 은하열숙지년 금환고국銀河列宿之年 錦還故國"이라. 이 구절은 '무협중봉'과 '은하열숙'을 모르면 절대 풀지 못한다. '무협중봉'은 무협 봉우리 숫자다. 무협 봉우리는 12개다. '무협중봉과 같은 나이 12세에 베옷 입고 중국에 들어갔다'는 의미다. '은하열숙'은 하늘 별자리이다. 별자리는 28수다. '은하열숙지년 금환고국'은 '28세 되던 해 비단 옷 입고 고국에 돌아오다'라는 의미다. 유치한 법고의 예다.

현대 작품도 그렇다. 김수영의 "풀이 눕는다 / 비를 몰아오는 동풍에 나부껴 (…후략…)"라는 「풀」이란 시는 「모시서」와 유사하고, 서정

주의 「국화 옆에서」는 백낙천의 「국화」라는 시와 시상이 어금지금 닮았다. 법고와 창신의 예로 보아 무방하다. 절에서 화장실을 '해우소'라 부름도 그렇다. 풀 해解 · 근심 우憂 · 장소 소所, '근심을 푸는 곳'이라는 뜻이다.

35-4 홍량호 역시 고古와 금今을 상대로 이해했다. 그는 "고도 당시에는 금이요, 금도 후세에는 고다. 고를 고라 함은 연대를 말함이 아니다. 대개 말로 전하지 못하는 게 있으니, 만약 고를 귀하게 여기고 금을 천하게 여긴다면 도리 아는 말이 아니다"(「계고당기稽古堂記」) 한다. 고와 금을 상대로 이해한 그는 주主와 객客 또한 일정한 주객이 없다고 한다.

> 그러므로 내 처지에서 사물 보면 내가 주인이고 사물이 객이 된다. 사물 처지에서 나를 본다면 사물이 주가 되고 내가 객이 된다. 사물과 나는 서로 주객이 되고 주객은 서로 사물과 내가 된다. 주를 따른다면 만물이 주 아님이 없고 객을 따른다면 만물이 객 아님이 없다. 어찌 일찍이 일정한 주가 있으며 바꾸지 못하는 객이 있겠는가?(「여제사구심공필론주객변與第四舅沈公鈋論主客辨」)

35-5 인면창은 이덕무의 말로 '글 부스럼'이란 뜻이다. 조선이란 경직된 사회의 글쓰기는 입만 떼면, '정치'와 '얼레발만 치는 문文'이 뒤엉켜 '충신불사이군'이니, '남녀불경이부'만 열병하고, 중국을 섬겨 '문필진한'이라 해서 글을 지으려면 선진양한을 본받아야 하고, '시필성당詩必

盛唐'이라 하여 시를 지으려면 성당 시절을 법고와 전범으로 삼았다. 이덕무는 이런 못난 글을 '인면창'이라고 여겼다. 인명창이란 무릎 또는 손목·팔에 나는 부스럼으로 그 모양이 꼭 사람 얼굴과 비슷해 붙였다. 지금도 외국 글이라면 '깎은 서방님'이라도 본 듯 무작정 공경의 예를 한껏 표하는 출판사나 글깨나 쓰는 이들을 꽤 본다. 이제는 좀 그만했으면 싶다.

35-6 노마드는 유목遊牧 사고다.

'성 쌓는 자는 반드시 망하고 끊임없이 이동하는 자만이 살아남는다.' 몽골 수도 울란바토르에 있는 톤유쿠크 비문에는 이렇게 적혀있다. 톤유쿠크는 돌궐제국을 부흥시킨 장군이다. 닫힌사회는 망하고 열린사회만이 영원하리라는 교훈이다. 성을 쌓고 살던 정착민의 수직 사고로는 미래로 나아가지 못한다. 미래학자들은 너나없이 노마드니, 유목적 사고를 외친다. 스마트폰이나 미니 노트북 같은 휴대 물품만으로 자유로이 이동하며 살아간다는 21세기 생존 전략이 노마드다. 겨우 200만 명도 안 되는 백성들로 2억 명이나 되는 중국, 이슬람, 유럽을 정복한 칭기즈칸의 유목 사고가 미래를 열어준다. 노마드는 수평이고 개방이다. 현실 안주를 단연코 배제한다. 글도 그렇다.

35-7 「'공' 자형 인물」

염치없는 지식인들이 어제, 오늘 신문지상에 이름 석 자 들이댄다. 아니, 행태로 봐서는 내일, 모레, 글피, 그글피 ……. 영원무궁할 형세다. 원하지 않는 진실이기에 매우 슬프다.

어릴 적 장마철 되면 할머니는 긴 빗자루로 호박꽃을 때리곤 하셨다. 호박꽃은 이 매질에 지고 잎은 찢기지만, 꽃에 있던 꽃가루가 빗자루에 묻어 다른 호박꽃잎에 옮겨놓는다. 튼실한 열매는 여기서 맺히게 된다. 대추나무에 적당히 매질하는 이유도 같다. 지금이야 병원균이 밝혀져 대추나무 빗자루병이라고 부르고, 치료 방법 또한 과학이지만, 예전에는 이를 매질로 대신했다.

하나마나한 소리련마는 공부는 우리를 바로잡아 튼실한 삶을 만들어주는 저 빗자루요, 도지개다. 도지개란, 틈이 나거나 뒤틀린 활 바로잡는 틀이란 의미다. 저렇듯 빗자루 공부, 도지개 공부를 착실히 한무릎 공부해낸 이들이 예의 · 윤리 · 염치 · 정의 따위 옷을 갖춰 입고, 우리 사회를 이끄는 지식인이 된다.

허나, 공부가 출세 수단으로 격하된 지금, 지식인들에게 예의, 윤리, 염치, 정의는 심각한 토의 끝에 내리는 합의사항으로 변해 버렸다. 요즈음 저 난장인 언론은 그 좋은 유전자에서 샘솟는 얄팍한 재주로 순결한 백지를 겁탈해 낳은 자음과 모음 사생아 양육소가 돼버렸다. 붉은 글자로 '지식인'이란 만장(輓章)이라도 쓰고 하느님께 세상 조율이라도 청해야 하려나 보다.

그래, 이 시대가 요구하는 바람직한 지식인상을 이렇게 조심스럽게 그려본다.

공부(工夫)의 '공(工)' 자 형 인물이다.

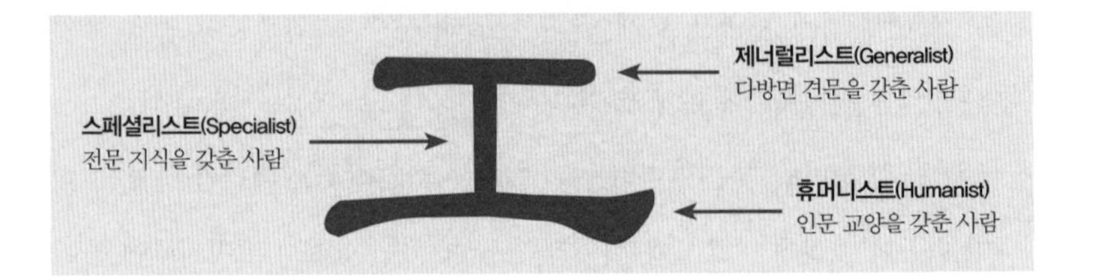

지식인 소임은 '깨어있고', '보는 것'

지식인 소임은 '깨어있고', '보는 것'이다. 콜린 윌슨이 『아웃사이더』에서 한 말이다. 이 말로 내 글길을 언질 잡는다. 뇌를 학자들이 연구해 보니, 파충류 뇌(저차원 단계 : 생존, 식욕, 성욕, 권력욕 들), 포유류 뇌(중간 단계 : 결속, 협력, 애정, 자부심 들), 인간 뇌(고차원 단계 : 이타주의, 자아실현 들)로 나뉜다고 한다.

한 영역에서 엘리트로 인정받으려면 인간 뇌를 지녀야 한다. 인간 뇌란, 전문가로서 지식을 갖추고 여기에 다방면 견문을 얹어 폭넓은 시야를 확보한 지식엘리트가 아니다. 온전한 인간 뇌의 조건에는 이보다 더 중요한 게 있다. 감성이다. 감성에는 결코 논리로 풀지 못하는 신비로운 힘이 작용한다. 그 신비로운 힘, 우리는 그것을 인문 교양이라고 부르고 뇌가 아닌 마음 영역에서 찾는다.

'제너럴리스트'와 '스페셜리스트'가 뇌의 소관이라면 '휴머니스트'는 인문 교양을 담당하는 마음 영역이다. 뇌에는 아픔을 느끼는 기관이 없다. 아픔을 느낄 줄 아는 가슴이 그래 필요하다. 지식과 견문을 담당하는 이성인 뇌와 인문 교양을 담당하는 감성인 가슴이 조화를 이룰 때 온전한 인간이 된다. 예의, 윤리, 염치, 정의 따위 양심이 부축을 해야만 온전한 인간으로 바로 선다.

이 인문적 양심이야말로 '바람직한 지식인상'의 바탕이요, '도덕 해이'를 막는 방부제다. 공부하는 이에게 저러한 양심 발라내면 무엇이 남겠는가.

임마누엘 칸트처럼 '하늘엔 빛나는 별, 내 마음엔 도덕률'이라는 묘비명을 새기진 못할망정, 아리스토텔레스가 말한 '도덕은 연습 결과'라는 말에 승복치 못할망정, 페스트처럼 창궐하는 부조리를 바라만 봐서야 그가 어찌 지식인이겠는가? 심지어 대중작가인 어니스트 헤밍웨이도 "파리에서 사용하는 미터 기준처럼 변하지 않는 절대 양심과 작가란 무엇인가를 명확히 인식하는 자세가 필요하다. 가짜를 방지하기 위해서다"라 한다. '공부'를 하되, 머리가 아닌 '가슴'으로 해야만 한다. 글도 이 가슴으로 쓴 글이라야만 깨어있는 긴장감이 흐르고 누대를 흘러 고전이 되어 퍼 써도 퍼 써도 줄지 않는 샘이 된다, 연암이나 다산의 글처럼. 그러려면 벽癖 하나쯤은 있어야 하리라.

참고 · 보충자료

간호윤, 『개를 키우지 마라』, 경인문화사.
김종래, 『CEO 칭기즈칸』, 삼성경제연구소.

제36계 · 보파시장補破詩匠

글땜장이 되라

36-1 세계의 문인치고 이 글땜을 언급하지 않은 이는 없다. 몇 사람 예를 들자면, 러시아 문학 중에서 가장 아름다운 문장을 썼다는 투르게네프도 어떤 문장이든지 쓴 뒤에 바로 발표하는 일 없이 원고를 책상 서랍 속에 넣어두고 석 달에 한 번씩 꺼내보며 다시 고쳤다. 중국 대문호 구양수도 초고를 벽에 붙여 놓고 방을 드나들 때마다 고쳤다. 소동파는 또 어떤가. 그는 「적벽부」를 어찌나 많이 고쳤는지 한 광주리를 넘었다.

어디 이뿐이랴. 심지어 러시아 거장 막심 고리키가 글땜을 얼마나 힘껏 했던지 옆에서 보던 친구가, "여보게, 그렇게 자꾸 고치고 줄이다간 어떤 사람이 태어났다, 사랑했다, 결혼했다, 죽었다, 이 네 마디밖에 안 남겠군" 하더란다. 톨스토이도 『전쟁과 평화』 미정고가 90여 종이나 되며, 헤밍웨이도 『노인과 바다』 쓸 때 물경 400번 이상 고쳐 썼다고 한다. 어디 이뿐인가. 최명희는 『혼불』 쓰는 데 17년, 빅토르 위고는 『레미제라블』 쓰는 데 36년, 괴테는 『파우스트』 쓰는 데 60년 걸렸다 하니, 열 손가락으로 꼽지 못할 정도 글땜을 했으리라. 세계 독서계 베스트셀러 작가 반열에 이름 올린 베르나르 베르베르는 12년에 걸쳐 개미 연구하고, 『개미』를 120번 글땜했다.

이 책 역시 마찬가지다. 저 정도에는 미치지 못하지만, 통틀어 수천 번 글땜했으며 문장만도 수백 곳 손봤고 A4용지 400여 쪽이던 원고가

200여 쪽으로 줄었다.

36-2 '1천 일 연습을 단이라 하고 1만 일 연습을 련이라 한다.' 일본 최고 검객 미야모토 무사시 수련법이다. 그는 13세 나이에 칼을 잡아 29세에 이미 60전 불패라는 신화를 써 내려간 무인이다. 이 미야모토 무사시가 자기 검법세계를 『오륜서五輪書』에 솜씨 있게 적어놓았다. 목숨 내놓고 강호를 떠돈 사내의 생존기 겸 필살기를 적어놓은 책, 이 책에는 검술 최고수가 되기까지 수련 과정이 간결하면서도 빈틈 없이 기록됐다. 그가 비로소 병법을 이해하게 된 나이가 50세 즈음이라 하니 글쓰기의 문리 또한 이와 다를 바 없다.

미야모토 무사시가 『오륜서』에서 강조하는 검술 비기 아홉 가지 법칙은 아래와 같다.

첫째, 올바른 길을 생각하라.

둘째, 도를 실천하고 단련하라.

셋째, 한 가지 무예만이 아니라 여러 예를 갖춰라.

넷째, 자기 직종뿐 아니라 여러 직종도 깨쳐라.

다섯째, 당당하게 손익을 따져라.

여섯째, 매사에 직관을 이용한 판단력을 길러라.

일곱째, 눈에 보이지 않는 것을 간파하라.

여덟째, 사소하더라도 주의를 게을리하지 말라.

아홉째, 별로 도움이 안 되는 일을 하지 말라.

이제 이 아홉 가지에 내가 생각하는 글쓰기를 접목하면 이렇다.

첫째, 글 쓰는 목적은 배움 길이라고 생각하자. 글 파는 장사치는 되지 말자. 바른 글 쓰자.

둘째, 글쓰기 통해 내 마음을 닦고, 바람직한 선생 길과 인생길 찾자.

셋째, 다양한 글쓰기를 해보자. 글은 붕어빵 거푸집으로 생산한 붕어빵이 아니다.

넷째, 전공뿐 아니라 다양한 학문 경계를 넘나드는 책을 읽자.

다섯째, 옳고 그름을 가리는 글을 쓰자.

여섯째, 사물을 끊임없이 관찰하고 기록하자.

일곱째, 사물의 이면을 보고 이를 글로 남겨보자.

여덟째, 꼼꼼히 관찰하고 어휘에는 빈부귀천 없음을 명심하자.

아홉째, 글쓰기에서 되도록 접속사, 부사, 조사 따위는 쓰지 말자.

36-3 글자 한 자의 중요성을 찾아본다. '철수가 멍텅구리다'를 보자. 조사만 갈마들어 본다.

철수**가** 멍텅구리다.

철수**는** 멍텅구리다.

별 차이가 없다. 다음을 보자.

철수**도** 멍텅구리다.

철수**만** 멍텅구리다.

단 한 글자만 바꾸었는데, 철수 주변에 단박 사람이 보인다. 첫 문장의 경우는 멍텅구리가 여럿이고, 두 번째 문장은 철수만 멍텅구리다. 글땜할 때 반드시 살펴야 한다.

글 땜질과 좀 다르지만, 한두 글자로 시와 소설의 정의를 내린 문인들의 이야기를 하나 한다. 미당 서정주와 김동리가 젊은 시절 어느 해 봄, 김동리가 서정주를 찾아와 자작시를 읊었단다. 미당이 들어보니 그 한 대목이 '벙어리도 꽃이 피면 운다'이다. 늘 인과나 따지는 소설가 김동리를 곱지 않은 눈으로 봤던 터라, 칭찬해 마지않는다.

"절창일세. 벙어리도 꽃이 피면 운다. 그래, 말 못 하는 벙어리조차 봄꽃을 말하고 싶어 울음으로 대신했어. 암, 꽃이 피면 벙어리도 마땅히 울어야지, 이 사람, 자네 오늘부터 시인 하게나."

김동리, 이 말을 듣고 화급히 손을 내젓는다.

"그게 아이라. 그게 아이라. 벙어리도 꽃이 피면이 아이라, 꼬집히면인기라. 벙어리도 꼬집히면 운다."

'벙어리도 **꽃이 피면** 운다'에는 봄 맞은 벙어리의 절절한 슬픔이 함축됐지만, '벙어리도 **꼬집히면** 운다'는 단순하게 꼬집으니 운다는 인과밖에는 없다. 몇 글자로 글 품격이 저토록 천양지차다. 서정주, 그 자리에서 '시인 운운'은 없던 일로 하고 이렇게 말했다나.

"이 사람, 동리. 가서 소설 나부랭이나 쓰게나."

(후일 들어보니 이 이야기는 누군가 지어낸 것이라 한다.)

36-4 '일자사'는 '단 한 글자 스승'이란 뜻이다.

정곡鄭谷은 당나라 때 시인이다. 어느 날 제기齊己라는 스님이 정곡을 찾아와 여러 편 시를 보인다. 그중 「일찍 핀 매화早梅」라는 시 구절이다.

앞마을 깊은 눈 속에 파묻혀 있는데	前村深雪裏
어젯밤, 몇 가지에 매화가 피었네	昨夜數枝開

정곡이 이를 보고는 "'몇 가지'는 「일찍 핀 매화」라는 시제에 맞지 않으니 '한 가지'가 좋소만"이라 한다. 고쳐보자.

앞마을 깊은 눈 속에 파묻혀 있는데	前村深雪裏
어젯밤, **한 가지**에 매화가 피었네	昨夜**一枝**開

'수數'를 '일一'로, 딱 한 자만 바꿨다. 단출한 '한 가지'가 더욱 '눈 속에 일찍 핀 매화'의 고고함을 빼어나게 표현한다. 한 자로 전체 느낌이 달라졌다.

36-5 글땜 예

● 예1

고려 문신 정가신鄭可臣, ?~1298의 퇴고 이야기다.

한 사람이 지은 글귀는 이러했다.

개는 꽃핀 마을 달에 잠잠하고	犬黙花村月
말은 버드나무 역참에 한가롭네	蹄閑柳驛塵

정가신은 이 글귀 가운데 견犬 · 묵黙 자를 고친다.

삽살개는 꽃핀 마을 달에 **잠들고**	**尨睡**花村月
말은 버드나무 역참에 한가롭네	蹄閑柳驛塵

'개는 잠잠하다犬黙'보다는 '삽살개는 잠들다尨睡'가 보다 더 명확하고 분위기와도 어울린다. 두 자만 고쳤을 뿐이다.

● 예2

『고려사절요』에 "김부식은 본래 문인으로서 정지상과 함께 명성을 날렸는데 글로 불만이 쌓였다. (…중략…) 이 감정은 뒤에 그를 죽이기까지 했다"는 기록이다. 『소화시평』, 『월정만필』, 『백운소설』에 이 두 사람에 관한 기록이 보인다. 문인으로서뿐만 아니라 정치인으로서도 라이벌이던 두 사람은, 김부식이 정지상을 죽이므로 사실 관계는 끝나지만, 이야기는 그 뒤에도 계속된다. 아래는 『백운소설』에 보이는 내용이다.

시중 김부식과 학사 정지상은 문장으로 함께 한때 이름이 났는데, 두 사람은 끝내 비극인 결말을 보인다. 정지상이 묘청과 수도를 서경으로 옮기자 주장하니, 반대파인 김부식이 이들을 죽이고 만다. 이를 두고 세속에서 '임궁琳宮에서 범어를 하니, 하늘빛이 유리처럼 깨끗하네'라는 정지상 시를 김부식이 탐나 달라고 했으나 끝내 주지 않은 것이 화근이 됐다고 한다.

정지상이 죽은 어느 봄날, 김부식은 시를 지어놓고 흡족해한다.

버들 빛은 천 가지가 푸르고,	柳色千絲綠
복사꽃은 만 송이가 붉도다.	桃花萬點紅

그때, 갑자기 공중에서 정지상 귀신이 나타나 김부식의 뺨을 치면서 '천 가지, 만 송이인지 네가 세봤냐'라 하고는 이렇게 고치더란다.

버들 빛 **가지가지** 푸르고,	柳色**絲絲**綠
복사꽃 **송이송이** 붉도다.	桃花**點點**紅

독자들은 어느 시가 더 좋은가? 자명하다. 단 두 글자 갈마들었을 뿐인데, 정지상 시가 서너 수 높다. 김부식 자신이 한 글 땜질은 아니지만, 퇴고 위력을 실감한다. 각설하고, 이 뒤에 정지상은 끝내 귀신이 돼

측간에 앉은 김부식 음낭을 잡아당겼고, 이 때문에 김부식은 죽었다 한다.

참고 · 보충자료

하버드 크림슨, 부지영 외역, 『하버드 입학생들의 글쓰기는 어떻게 다른가』, 조선일보사.
헤밍웨이, 『노인과 바다』.

제37계 · 환타본분還他本分

자기 본분으로 돌아가라

37-1 셜록 홈즈가 사건을 해결하는 방식은 우리 글쓰기와 상당히 밀접하니, 대략 다음과 같은 여섯 가지로 정리된다.

① 수사 계획을 철저히 세운다. → **개요 짜기를 한다.**

홈즈는 사건을 의뢰받으면 계획을 세운 다음 움직인다. 글쓰기 또한 개요 짜기부터 시작해야 한다.

② 수사 준비가 철저하다. → **항상 메모하는 습관을 기른다.**

사건이 나면 홈즈는 자신이 만들어놓은 인명 파일을 참조하거나 사건 파일을 들춘다. 대부분의 사람과 사건들은 그의 파일 속에 있다. 글쓰기 역시 동일하다. 글쓰기는 자료와의 싸움이다. 글항아리를 사용해 메모하는 습관 기르자.

③ 수사 방법이 창의적이다. → **창의적인 글을 써라.**

홈즈는 남들이 전혀 예측하지 못하는 방법으로 수사한다. 홈즈에게 의뢰된 사건은 하나같이 복잡하기 때문이다. 글쓰기 역시 그렇다. 남과 동일한 글은 순수한 백지를 모욕하는 행동이다.

④ 관찰이 예리하다. → **사물을 관찰하라.**

홈즈는 남들이 보지 못하는 데서 단서 찾아 사건을 해결한다. 그는 늘 주위 사물을 예의주시한다. 거미도 줄을 쳐야 벌레를 잡듯, 독창적인 글은 여기에서 나온다. '장마다 망둥이 나듯' 세상을 봐서는 안 된다.

⑤ 변장술에 능하다. → **수사법을 사용해 문제 핵심을 직접 공격하라.**

홈즈는 변장술에 능하다. 변장술은 사건 관련자에게서 자신을 숨기기 위해서다. 그만큼 도전과 위험을 감수한다는 의미다. 글쓰기 역시 그렇다. 핵심에 근접할수록 글의 긴장도는 높아간다. 이때 반전, 아이러니, 역설, 비교, 대조 따위 적당한 수사법을 사용해 독자가 핵심을 쉽사리 눈치채지 못하게 한다.

⑥ 연관성 있는 명제를 엮어 추론한다. → **주변 단어를 연결해 이야기를 만들어라.**

홈즈가 사건을 해결하는 방식은 의외로 간단하다. 사건은 이미 일어났기에 추론밖에는 없다. 명제가 충분할수록 사건의 추론 또한 진실에 가깝다. 홈즈는 사건 주변 사물을 치밀하게 연결해 하나의 명제를 만들어 내고 이를 바탕으로 사건 전체를 추리한다. 이러한 추론방법을 가추법(abduction)이라 한다. 가추법은 가설(짐작)과 추리의 상호 적용을 통해 새로운 지식(법칙)을 발견한다.

글쓰기 역시 동일하다. 글은 보통 막연한 제재, 혹은 소재에서 출발한다. 따라서 제재, 소재들을 충분히 찾은 다음에 이를 바탕으로 문장을 만들고, 이 문장을 이으면 단락이 되고, 단락을 묶으면 글이 된다.

37-2 신흠, 정철, 조헌 시조

산촌에 눈이 오니 돌길이 묻혔구나.

사립문 열지 마라. 날 찾을 뉘 있으리.

밤하늘 한 조각 밝은 달은 그 벗인가 하노라.

— 신흠

잘 새는 날아들고 새달이 돋아 온다.

외나무다리로 홀로 가는 저 선사(禪師)야,

네 절이 얼마나 하관대 멀리 종소리 들리나니.

— 정철

지당(池塘)에 비 뿌리고 양류(楊柳)에 내 끼인 제,

사공(沙工)은 어디 가고 빈 배만 매였는고.

석양(夕陽)에 무심한 갈매기는 오락가락하더라.

— 조헌

37-3 의양호로란, 본떠서 조롱박을 그린다는 뜻이다. 독창성이라고는 전혀 없이, 남의 글을 그대로 모방했을 때 쓰는 성어다. 그러나 초보자에게는 유용한 방법이다. 좋은 문장은 강한 인상 남긴다. 글맛이 톡 쏘기 때문이다. 이러한 글을 따라 씀으로써 제 글쓰기에 많은 도움을 받는다. 다만, 덧붙임, 흉내는 창조로 나아갈 때만 의미 있으니, 붕어빵 문장, 기성복 문장 만들라는 게 아니다.

'살진 놈 따라 붓는다'고 실속 없이 무조건 따라 쓰면 안 된다는 말이다. 이렇게 되면 저 경멸하는 용어인 의양호로라는 말을 듣기 십상이다. 한 문장을 쓰더라도 자기 내면, 마음에서 건져 올린 내 글을 써야 한다. 마음 없는 글은 빛 좋은 개살구에 지나지 않는다. 특히 나쁜 언어는 추상이고 진부하며, 듣기에는 좋을지 몰라도 이해하기는 어렵다. 반면 좋은 언어는 구체적이고 생생하며 동시에 유익하고 기억에 오래도록 남는다.

37-4 다산 선생도 꽤나 부끄럽게 여겼다. 홍길주는 『수여방필』에 '다산이 책을 저술하여 집에 둔 뒤에 중국인이 지은 책을 얻어 보다가 자기 견해와 같은 글이 있으면 갑자기 책을 꺼내어 표해 뒀다. 대개 남의 진언陳言(케케묵은 말로 여기서는 중국의 글) 답습을 이와 같이 부끄럽게 여겼다茶山著書齊屋後 得中國人所撰書 見有與自家說同者 輒出其所著而乙之 盖其恥襲陳言如此'는 기록이 보인다.

37-5 '간호윤식 글쓰기'와 같은 '○○○식 글쓰기'를 만들어야 한다. 성현의 「문변文變」을 보면 글은 정해진 형식이 없기에 자기 글쓰기를 하라고 촉구한다.

> 문장이 어찌 변화하지 않겠는가? 변할 만하면 글은 변한다. 그 변하여 비루함도 사람에게 있고, 비루하게 변하여 순박하게 돌아감도 사람에게 있을 따름이다.

이어지는 글도 잘 보자.

> 대체 시와 글은 화려해야 한다면 화려함을 취하고, 맑고 담박해야 한다면 청담清淡을 취하고, 간단하고 예스러워야 한다면 간고簡古를 취하고 웅장하고 호방해야 한다면 웅방雄放을 취해서 각자 한 문체를 이뤄 스스로 법도에 이르러야 한다. 어찌 매화와 대나무를 사랑하여 온갖 꽃을 모조리 없애버리며, 퉁소와 비파를 좋아하여 여러 악기를 모조리 연주하지 못하게 한단 말인가.

문체는 각자가 다르기에 스스로 법도를 이뤄야 한다고 역설한다. 그러니 대단한 문호의 글이라도 따라 쓸 바가 아니다. '쇠뿔도 각각이요 염주도 몫몫'이다. 어디까지나 글쓰기는 제 글쓰기여야 한다.

37-6 '글은 제 마음에 들면 그뿐.' 영재 이건창의 말이다. 영재는 『명미당집明美堂集』 권8, 「답우인론작문서答友人論作文書」에서 '오직 내 마음에 내 글 물을 뿐惟吾心 可與質吾文耳'이라 한다. 이 역시 환타본분으로 세상 사람의 글쓰기 운운에 매몰되지 말고 제 글을 쓰라는 뜻이다. 글은 이렇다.

> 천하는 넓고 후세는 멀며 내 글을 알아주는 자 드물다. 설령 알아주는 자 있어도 서로 마주 대하기 어렵다. 오직 내 마음에 내 글을 물을 뿐이다. 글은 내 마음에서 나왔고 내 마음에서 느꼈는데, 내 마음에 들지 않는다면

> 심히 개탄스런 일이다. 내 글은 내 마음에서 흡족함을 구해야 하거늘 어찌 천하와 후세를 염려하는가? 천하 후세도 염려치 말아야 하거늘 하물며 구구하니 한 시대의 칭찬이랴. 내 마음에 맞는다면 내 글쓰기는 끝난다.

하지만 이렇게 글 써 책을 세상에 내놓음은 예삿일이 아니다. 책 쓰려는 이라면 정조 어록인 『일득록』 권1 「문학」에 보이는 "책 쓰는 일은 중대한 일이다. 만약 마음과 뜻을 다하지 않는다면 안목 갖춘 사람의 비난을 면치 못하니 참으로 삼가지 않을 수 없다著書自是大事 若不專心致志 則率不免具眼者之譏議 信乎其不可不愼也"는 말씀을 꼭 챙겨볼 일이다.

참고 · 보충자료

간호윤, 『사이비』, 작가와비평.
리 호이나키, 김종철 역, 『정의의 길로 비틀거리며 가다』, 녹색평론사.
신영복, 『나의 고전 독법, 강의』, 돌베개.

부附란 덧붙인다는 뜻이다.

이 책의 논과 해의 요약이요, 글쓰기에 도움 받을 만한 책들만 모았다.

글 읽기 10계명

글쓰기에는 글 읽기가 따라붙는다. 글쓰기 고수들은 모두 '독서'라는 내공 연마에서 시작한다. 하지만 아직까지 가장 바람직한 독서 방법은 없다. 이 책에 있는 여러 글쓰기 법들도 성문법이 아니란 점 밝혀둔다.

1 많은 책을 읽어라

현대는 정보화 시대다. 한 책을 정독하기보다는 여러 책을 읽어 비판력과 정보력을 키워라. 특히 젊은이들은 많은 지식을 두루 섭렵하는 다독이 좋다. 읽다 보면 글구멍도 트인다. 다만 외제학문外題學問이라고 책 제목만 많이 알고 실제로 그 내용은 잘 모른다면 독서가 없느니만 못하다. '책을 널리 보되 핵심을 취하라博觀而約取'를 잊지 말자.

2 메모하며 읽어라

포스트잇이나 책의 여백을 활용해 메모해둬라. 다산은 「두 아들에게 답함答二兒」이란 글에서 '초서권형鈔書權衡'을 강조한다. 책을 읽으면서 그때그때 필요한 자료를 가려 뽑아두라는 뜻이다. 필기도구가 없으면 절각折角(책귀를 접는 것)이라도 해둬라.

3 책을 빌리지 마라

글은 남의 글이되, 책은 내 책이 좋다. 좋은 책은 꼭 구입하도록 하라. 『예원자황藝苑雌黃』에는 "책 빌리는 게 첫 번째 어리석음이요, 책 안 빌려주려는 게 두 번째 어리석음이요, 빌려준 책 찾으려는 게 세 번째 어리석음이요, 빌린 책 되돌려주는 게 네 번째 어리석음이다"라 했다.

4 밑줄 그어가며 읽어라

책에 되도록 많은 밑줄을 그어라. 밑줄 그은 부분은 오래도록 기억에 남는다.

5 작가와 끊임없이 대화를 시도하라

글 읽기는 작가와 독자의 의사소통이요, 숨바꼭질이다. 작가의 뜻을 읽으려 끊임없이 생각하라.

6 키워드를 찾아라

책 내용을 다 기억하지 못한다. 가장 중요한 핵심 단어만 기억하라.

7 오감을 동원하라

시각·청각·후각·미각·촉각 따위 모든 감각을 동원해 책을 미독味讀하라.

8 신분을 변화시킨다는 점을 믿어라

독서는 즐거움뿐만 아니라, 미래도 밝혀 준다는 점을 믿어라.

9 고정관념에 얽매이지 마라

글은 서론, 본론, 결론, 혹은 기승전결로 이어지기만 하는 메커니즘이나 알고리즘의 작동으로 오인하면 안 된다. 글은 글자라는 실핏줄로 연결된 유기체이기 때문이다. 글은 살아있다. 독자가 어떻게 받아들이느냐에 따라 다르다. 고정관념에 얽매이는 독서를 버려야 하니, 내 생각으로 저 글을 이해해야 한다. 글을 엎어뜨리고 메쳐라.

10 글쓰기는 주관이다

독서는 객관인 앎이요, 글쓰기는 주관인 행동이다. 체험과 사색을 통한 결과물인 글쓰기엔 글줄마다 갈피마다 자기 생각을 담아야 한다. 벌이 꿀을 찾듯 남이 써놓은 좋은 경구만 탐닉하거나 책 속의 문자에만 집착하면 안 된다. '글방퇴물'된다. 독서를 하되, '내 뜻으로써 남의 뜻을 거슬러 구한다'는 이의역지以意逆志를 결코 잊어서는 안 된다.

글쓰기 세 걸음

한 걸음

1 글쓰기가 두렵다

누구나 그렇다.

2 비문이 많다

'-에서의', '-에 다름 아니다', '-에 값하다', '-로의', '-에 있어서', '-라고'* 따위 일본식 어투는 쓰지 마라. '-에 대하여', '-해도 지나치지 않는다' 따위 영어식 어투도 집어치워라. '-것', '-수-', '-있었다' 따위는 멀리하라. '-것이다'는 단락의 끝에나 써라. '있다'와 '것 같다'는 '이다'로 교체하라. 과거형보다 현재형이 더 생동감이 넘친다. 우리말은 과거, 현재, 미래가 분명치 않기에 굳이 시제를 따지지 않아도 된다.

* **-라고**

일제하 문인 김억(金億, 1896~) 선생은 '"어데를 갑니까?"라고'처럼 직접인용문에 붙이는 '라고'를 우리말의 아름다움과 순실성을 해치는 일본어 번역투로 '기괴'하다고까지 하였다. 그러나 '한글 맞춤법, 문장부호, Ⅲ.따옴표, 1.큰따옴표(" ")' 항에서 '"민심은 천심이다"라고 하였다'고 예를 들었으니 기괴한 일이다. (김억, 「언어의 순화를 위하여1」, 『동아일보』, 1931.3.29 참조)

3 문장력이 없다. 단어 조직력도 없다

이런 문제를 호소하는 사람들에게 도움 줄 간단한 글쓰기 전술이 있다. 애벌글이든 풋글이든 일단 써야 한다. 퇴고는 그 뒷일이다.

일단, "친구에게 얘기하듯 써!"

한 줄 더, "불만 털어놔!"

두 걸음

1 초점을 강조하라

다른 사람과 다른 주제를 찾아라. 주제는 두 번 이상 강조해, 글 뒷단속하여 야무지게 여며라. 설혹 글이 좋지 않더라도 읽는 이는 일관된 논리로 받아들인다.

2 차별성을 두어라

'아! 이 글은 아무개 글이네' 할 정도로 자기 글을 써라. 남과 차별성은 글을 돋보이게 한다.

3 단어, 단문/장문, 비유 표현을 적절히 사용하라

석묵여금惜墨如金, 먹 아끼기를 금같이 하라는 뜻이다. 석묵여금은 그림 그릴 때 종이 위에 먹물을 경미하게 떨어뜨리는 법칙이다. 전하여 문장 간결하게 쓰는 비유가 되었다. 글쓰기 고수들은 뜻을 간결히 전하는 단문을 쓴다. 짧고 정확한 문장은 의미를 명료하게 해준다. 글자 수는 한 문장에 20자 내외가 적당하다. 많아도 40자를 넘지 않아야 읽고 이해하는 데 좋다. 그렇다고 꼭 단문을 고집할 필요 없다. 대개 글쓰기 고수들이 단문을 즐겨 쓴다는 뜻이다. 오히려 보통 글쓰기라면 단문 두 문장 정도 쓰고 다음엔 장문 한 문장, 다시 단문 쓰는 따위 변화를 꾀함도 좋다. 참신하지 못한 비유는 사용치 마라. 짧은 단어를 써도 될 곳에는 긴 단어를 쓰지 마라. '이', '가', '의', '을/를' 따위 조사는 글밭 잡초다. 한 문장에 겹쳐 사용치 마라.

4 서론 · 본론 · 결론만 완벽하면 글이 된다

다음 질문을 채우면 된다.

서론 : 무엇을 쓰려는가? 누가 이 글을 읽는가?

본론 : 쓰려는 요점이 무엇인가? 예는 무엇을 드나?

결론 : 무엇을 썼는가?

5 주어와 서술어만 맞으면 문장이 된다

불필요한 단어를 삭제하라.

6 문패를 잘 달아라

제목이 글의 운명을 좌우한다.

7 명확한 메시지를 글에 담아라

내 글을 읽고 독자가 무엇을 느꼈으면 하는가?

8 진실성 있는 글을 써라

진실한 문장이란 자신이 보고, 듣고, 느낀 일이다. 진정한 언론인 이영희 선생은 '글 쓰는 유일한 목적은 진실 추구'라 한다.

9 말하듯 써라

친구에게 말하듯, 부모님에게 말하듯 써라.

10 의미가 어휘를 선택하게 하라

의미가 어휘를 선택해야 한다. 좋은 어휘라고 마구 남발하면 뜻이 분산된다.

세 걸음

1 다양한 전략을 짜라

주제 전달에 비해 문장력 떨어지는 글에 특히 좋다. 결말부터 제시한다든지, 반대로 의문으로 시작한다든지, 전통인 기승전결에 얽매이지 마라.

2 어휘력을 키워라

글쓰기는 전장이요, 어휘는 실탄이다. 전쟁터에 나가면서 실탄이 없다면 이미 승패는 끝났다. 신문사설, 영화평 따위를 주의 깊게 읽으면 어휘가 보인다. 대안 어휘 끌어오고, 모순어법 따위 수사법을 당겨 써라. 어휘력은 좋은 글을 쓰는 강력한 에너지다.

3 평이한 글쓰기를 하지 마라

고급 어휘를 적절하게 이용하고, 전고를 끌어와 예로 들어라. 도표 제시는 글에 신뢰성을 준다.

4 관행화된 글쓰기를 하지 마라

버릇 되다시피 한 용어는 쓰지 마라. 특히 서두와 결말은 수사법을 동원하는 따위 색다른 방법으로 시작하고 끝맺어라. 서두에서 독자 눈길을 받지 못한 글이 좋은 경우는 보지 못했다. 독자 심장 뛰게 할 만한, 혹은 호기심 당길 만한 문장을 놓아라. 결말에는 대담한 문구나 적절한 문장부호, 혹은 생생한 이미지로 강한 여운을 남겨도 좋다. "어느 날 아침, 그레고르 잠자가 불안한 꿈에서 깨어났을 때 그는 침대 속에서 한 마리 흉측한 벌레로 변해있음을 발견했다." 프란츠 카프카의 「변신」 첫 문장이다. 독자 흥미를 당기기에 충분하다.

5 입보다 귀를 먼저 열고, 생각하라

생각은 60%, 듣기는 30%, 말은 10%만 하라. 좋은 글은 여문 생각에서 나온다. 남의 말을 들을 때는 내 할 말을 생각하지 말고 무조건 경청하라.

6 아는 지식을 70%만 써라

모두 보여준 글은 매력이 없다. 매력은 허한 틈새에서 생긴다.

7 글에 운율을 주어라

일장이이一張二弛, 한 문장은 긴장을 두 문장은 이완을 줘라.

8 음악이나 그림을 활용하라

음악이나 그림을 이용하는 방법은 독서와 글쓰기에 모두 영감을 준다.

글쓰기 12계명

1 글쓰기는 행동이다

글쓰기는 생각이 아닌 행동이다. 쓰지 않으면 글은 없다. 소문이 잦으면 일이 이뤄진다. 북은 칠수록 소리나고 글은 쓸수록 느는 법이다. 글쓰기 왕도, 마법 열쇠 따위는 없다. 글쓰기는 글쓰기를 통해서만 배운다. 배짱과 정열로 끊임없이 쓰다 보면 실력도 시나브로 는다.

2 글항아리(단어)를 챙겨라

둔필승총鈍筆勝聰, 둔한 연필로 엉성히라도 기록하라. 좋은 두뇌 창고에 넣어두는 것보다 더 오래 간다. 명심하라. 글쓰기에서 어휘가 부족함은 실탄 없는 총 같다. 고담준론 운용하는 성어에서 길거리 육담까지 모두 실탄이다. 적이 가까이 있으면 권총을, 멀리 있으면 장총을 들어야 한다. 특히 새로운 단어는 듣거나 보는 대로 꼭 적바림하라. 사금처럼 번쩍이는 글발은 여기에서 나온다. 영감은 순간밖에 존재하지 않는다. 메모지는 아무것이나 활용하라. 껌종이도 휴지도 좋다. 단어는 마치 돼지와 같아 하나도 버릴 게 없다.

3 고치고 또 고쳐라

글쓰기는 피그말리온 사랑처럼 깎고 다듬고 정성들이면 아름다운 결과를 맺는다. '피그말리온 효과Pygmalion effect'를 잊지 마라. 헤밍웨이의 『노인과 바다The Old Man and the Sea』는 무려 400여 차례나 퇴고했다. "이건 제 평생 바쳐 쓴 글입니다"라고 헤밍웨이가 말할 만하다. 다시 한번 강조한다. 작가는 느닷없이 태어나는 게 아니라 시나브로 만들어진다. 그러니 진득하니 책상에 앉아 쓰고 또 쓸 일이다.

4 주전부리하듯 써라

전문가에게도 글쓰기는 괴롭고 힘든 일이다. 제아무리 전업 작가라도 첫 문장부터 누에고치에서 실 뽑아져 나오듯, 구멍에서 샘물 솟아오르듯, 글발 자랑하는 이는 몇 안 된다. 배짱 있게 첫 문장을 써라. 첫 문장부터 잘 쓰려고 하면 두려움을 떨치지 못한다. '시작이 반'이라는 말이 있듯이 쓰다 보면 어느새 한 편 글을 이룬다. 퇴고는 나중 문제고 질보다는 양이니 주전부리하듯 글을 써라. "글은 방담문放膽文으로 시작하고 소심문小心文으로 마치는 게 좋다." 이 말은 조선 후기 초학자들이 문장서로 많이 애독한, 남송 사방득謝枋得이 묶은 『문장궤범文章軌範』에 보인다. 이 책은 '처음에는 대담하게, 끝은 소심하게. 쓰기는 자유롭게, 퇴고는 꼼꼼히'라고 일러준다. 새겨들을 만하다.

5 읽기가 없다면 쓰기도 없다

독서는 글쓰기의 태반이다. 좋은 책은 인간다운 삶으로 인도하는 나침반이요, 좋은 글을 잉태시킨다. 특히 오늘날 글쓰기는 방대한 지식을 요한다. 책방에 발그림자도 얼씬 않는 사람은 글 쓰기 운운할 자격이 없다.

6 문간을 잘 정리하라

제목과 첫 문장이 글의 성패를 좌우한다. 첫 문장에서 독자에게 강렬한 인상이나 호기심을 주도록 써라. 보기 좋은 떡이 먹기도 좋은 법이다. 글의 문간을 쓸고 또 쓸어라.

7 접속사나 같은 단어를 반복하지 마라

잦은 접속사 사용은 글 품격을 떨어뜨린다. 동어 반복도 마찬가지다. 상목수는 못질하지 않는다. 못질하여 억지로 나무를 잇는 게 아니라, 서로 아귀 맞춰 균형과 조화로 구조물을 만들어간다. 못질이 바로 '그러나, 그래서, 왜냐하면' 따위 접속사다. 접속사가 들어감으로써 문장은 꼬이니 가능한 줄여라. 접속사 없어도 자연스럽게 뒷 문장은 앞 문장을 잇는다. 접속사는 독자가 알아서 읽는다.

8 거짓을 쓰지 마라

솔직하게 쓰면 된다. 진정성 없는 글은 생명력 없다. 문장력이나 표현은 소박하지만 글 속에 진정성이 충분히 엿보이면 된다. 화려한 문장도 좋지만 간결하고 담박한 글에서만 얻는 수더분함이 오히려 약지 않아 좋기 때문이다. 진정 상대방이 감동하는 글은 마음으로 꾹꾹 눌러 쓴 글이다. 마음이 무디면 글도 무디고 마음이 고우면 글결도 곱다. 음식으로 쳐 문체 수식이 고명이요, 짭조름히 간 맞추는 양념이라면, 진정성은 음식 재료다. '알심 있는 글'의 출발점이다.

9 간결하게 써라

초보자일수록 문장은 간결하게 써라. 인상이 남는 탄력 있는 글은 단문에서 출발한다. 한 문장에 적당한 글자 수는 20자 내외가 좋다.

"나는 독자에게 자기 글을 이해하도록 노력해달라 요구하는 작가를 도저히 이해하지 못한다. 참지 못할 분노를 느낀다." 영국 소설가 서머싯 모음William Somerset Maugham, 1874~1965의 『서밍 업The Summing Up』에 나오는 구절이다. 문장을 간결하고 쉽게 쓰라는 말이다. 독자로서 꽈배기처럼 꼬인 문장, 엿가락처럼 늘어진 맥 빠진 문장과 대면은 꽤 큰 곤욕이다. 모음이 세계 작가가 된 이유도 문체 간결성이다.

10 진도가 나가지 않을 때 다른 사람의 글을 읽어라

글쓰기 진도가 나가지 않을 때는 책을 읽어라. 다른 책을 통해 내 글이 풀어지는 경우가 많다. 글항아리를 점검하거나 산책도 좋다.

11 배경지식을 최대한 활용하라

역사, 신화, 고사성어 따위를 최대한 활용하라.

12 글쓰기 마지막 단계다. 쓴 뒤에 꼭 읽어봐라

글쓰기를 마친 뒤, 반드시 음독音讀(소리 내어 읽음)(정 안 되면 입술로 읽는 순독脣讀이라도 하라)하라. 음독은 보고 · 읽고 · 듣는 삼박자로 귀에 거슬리는 부분을 금방 찾아내준다. 읽기 어려운 글은 보기도 어렵다. 글쓰기 완성 단계에 꼭 필요하며 퇴고하는 데 빼어난 효과가 있다.

마음에 드는 문장이라도 글과 하나되지 못하면 과감하게 빼라. 아까워도 빼라. 글쓰기는 생각의 70%만 쓰면 된다. 30%는 독자 몫으로 남겨 둬라.

글쓰기에 관한 책들

아래는 이 책을 쓰기 위해 참조한 글쓰기에 관한 책들이다. 어떤 책이든지 직수굿하게 따라 읽는다면 글쓰기에 조금은 도움이 된다. 하지만 난무하는 제자백가들의 글쓰기 책 중, '이 책을 읽으면 글을 잘 쓴다'고 단정 내릴 책은, 이 책을 포함해 이 세상에 단 한 권도 없다. 심론-관론-독론-서론 과정이 판연히 다르기 때문이다. 글쓰기는 꾀바른 기술 습득이 아닌 자신에 대한 연금술이어야 한다. 글은 기계로 뽑는 면발이 아니다.

"글쓰기 책은 대개 헛소리로 가득 찼다." 스티븐 킹 말이다.

1 이태준, 『문장강화』, 범우사

영원한 우리 글쓰기 고전이다. 꼭 일독하기 바란다. 「고완」이란 수필에는 "인쇄의 덕으로 오늘 우리들은 얼마나 버르장머리없이 된 글 안된 글을 함부로 박아 돌리는가. 일종의 참회를 느끼지 않을 수 없다"라는 죽비소리 같은 경구도 있다.

2 스티븐 킹, 김진준 역, 『유혹하는 글쓰기』, 김영사

무엇보다 글은 자신의 주변에서 시작함을 알게 해준다. 요즈음 글쓰기 책 중 가장 많은 도움을 받았다. "경박한 마음으로 백지를 대해서는 안 된다"는 말이 귓가에 맴돈다.

❸ 김영민, 『탈식민성과 우리 인문학 글쓰기』, 민음사

저자는 우리 글쓰기와 철학에 천착한다. 이 책에서 우리 학문의 식민성과 글쓰기 문제를 다뤘다. 글 쓰는 자라면 '논문 글쓰기 형식' 비판, '잡식성 글쓰기' 제안은 새겨 들어야 한다.

❹ 이옥, 심경호 역, 『선생 세상의 그물을 조심하시오』, 태학사

중세 문인 글쓰기가 저토록 역동스럽다는 게 놀랍다. 글 읽는 즐거움과 함께 글쓰기 안목을 높여 준다.

❺ 정민, 『다산 선생 지식 경영법』, 김영사

다산 공부법을 담은 책이다. 글쓰기 기본인 사고력을 증진하는 데 좋은 교재다.

❻ 임재춘, 『한국의 이공계는 글쓰기가 두렵다』, 북코리아

이공계 학생들을 위한 글쓰기 책이다. 공대 출신인 저자 체험이 담겨 있어 간단한 보고서를 작성하는 데 도움을 준다.

❼ 김우창 외, 『경계를 넘어 글쓰기』, 민음사

다문화 시대와 세계화 시대를 맞아 글쓰기 영역에서 과연 어떤 일들이 일어나며, 작가들은 또 변화에 어떻게 대처해야 하는지 성찰한 논문과 토론을 수록했다.

8 유홍준, 『나의 문화유산답사기』, 창비

유쾌하고 가벼운 글쓰기 진수를 보여준다. 글쓰기에 맛 들이고 싶은 사람들에게 일독을 권한다.

9 강신재 외, 『좋은 글 잘된 문장은 이렇게 쓴다』, 문학사상사

김우종, 김대행, 박범신, 하근찬 등 우리나라 내로라하는 중견 문인 50인이 밝힌 문장수업 과정과 글쓰기 비결을 담은 책이다. 저자들의 문장 비기秘技를 엿보는 좋은 기회다. 전문 작가가 되고 싶은 사람들에게 도움을 준다.

김대행은 이 책에서 "연설 길이는 짧을수록 좋다. 글쓰기도 마찬가지다. 짧으면 짧은 만큼 상큼하고 신선하다"며 문장비기를 털어놓았다.

10 강준만, 『대학생 글쓰기 특강』, 인물과사상사

현재 대학에서 진행하는 '글쓰기 특강' 주요 내용을 정리한 책이다. 우리 사회 이슈들을 다양한 시각으로 소개하고 이를 글쓰기와 연결한다.

11 정희모, 『글쓰기의 전략』, 들녘

역시 대학에서 글쓰기 강의를 해오면서 쌓은 노하우를 바탕으로 쓴 책이다. 대학생들에 맞는 실용 글쓰기에 초점을 맞췄다.

⑫ 편집부, 『글쓰기의 힘』, 한국출판마케팅연구소

'왜 글쓰기인가'로 시작하여 '실용 글쓰기'와 '전문 글쓰기' 따위로 나눠 여러 사람들이 집필하였다. 다양한 글쓰기를 알고 싶은 사람들에게 도움을 주는 책이다.

⑬ 다치바나 다카시, 이언숙 역, 『나는 이런 책을 읽어 왔다』, 청어람미디어

진정한 독서 고수를 만난다. 글 쓰려는 이라면 꼭 읽어 봐야 한다. 책 읽고 쓰는 이로서 진중함이 글줄마다 배어있다.

⑭ 이외수, 『글쓰기의 공중부양』, 동방미디어(개정판 : 해냄출판사)

제목에서 풍기듯 '이외수식 글쓰기 초식'을 마구 날린다. 탄탄한 내공에서 뿜어내는 문장이 똑부러져 읽음 자체가 즐겁다. 글쓰기 두려운 사람에게 도움을 준다. 책갈피마다 글쓰기 고수 선문답도 넘쳐나지만 결코 공중부양은 하지 못했다.

"타고난 재능으로 고수에 이른 사람보다는 피나는 노력으로 고수에 이른 사람이 훨씬 더 위대해 보이고, 피나는 노력으로 고수에 이른 사람보다는 그 일에 미쳐있는 사람이 훨씬 더 위대해 보인다. 그러나 그 사람보다 훨씬 더 위대해 보이는 사람은 그 일을 시종일관 즐기는 사람이다." 육안肉眼, 뇌안腦眼, 심안心眼, 영안靈眼 따위는 덤이다.

⑮ 어니스트 헤밍웨이, 래리 W. 필립스 편, 이혜경 역, 『헤밍웨이의 글쓰기』, sb

헤밍웨이의 글쓰기 세계를 한눈에 본다. 전문 글쓰기를 하고 싶은 자라면 넉넉히 '글 가늠자 글줄'을 찾으니 꼭 읽어봐야 한다. 특히 작가 정직성을 무엇보다 중시하고 '정의와 불의를 구별하지 못한다면 작가가 아니라'는 경고는 섬뜩하다.

⑯ 쇼펜하우어, 김욱 역, 『문장론』, 지훈

'다독은 일종의 자해이고, 책상에 오래 앉았다고 생각이 여물지 않고, 쓰기 위해 쓰는 글은 조잡한 연극'이라고 거침없이 독설을 날린다. 특히 불량한 독서를 태질하는 글쓰기 잠언서다.

⑰ 안정효, 『안정효의 글쓰기 만보』, 모멘토

글쓰기 하는 데 유의할 자잘한 지식을 알뜰하게 정리했다. 소설가로서 체험이 생생하다. 아쉬운 점은 지나치게 잔사설이 많다. '있다', '것', '-수-'를 우리 글쓰기 3적으로 지적한다. 이 셋만 줄여도 문장에 힘이 솟으니 새겨들어 마땅하다.

⑱ 유협, 최동호 역편, 『문심조룡』, 민음사

『문심조룡』은 글쓰기를 마음에서 시작해 언어문자 예술 표현까지 실례를 들어가며 글쓰기 본질에 다가간 책이다. 유협은 성인들의 문장을 넷으로 줄여 '간결한 말로 뜻을 나타내고, 풍부한 표현으로 감정을 곡진히 풀어내고, 명백한 이치로 사물의 핵심을 세우고, 의미를 함축하여 복합 의미를 담았다'고 한다. '간결한 말, 풍부한 표현, 명백한 이치, 함축 의미' 이 넷만 갖추어도 명문이 된다.

⑲ 김탁환, 『천년습작』, 살림

문예문 쓰려는 사람이 읽으면 좋다. 현학적인 게 흠이라면 흠이다.

⑳ 강원국, 『대통령의 글쓰기』, 메디치미디어

고 김대중, 노무현 전 대통령을 꽤 좋아하는 저자가 두 분에게서 직접 보고, 듣고, 배운 글쓰기 비법을 정리한 책이다. 비법은 어떻게 쓰느냐? 아닌, '무엇을 쓰느냐?'다. 하나 더 첨부하자면 '진정성'이다. 연설문 쓰는 데 참조할 만하다.

㉑ 최행귀 · 이인로 외 33인, 『우리 겨레의 미학사상』, 보리

최행귀, 이인로, 임춘, 이규보, 최자, 이제현, 서거정, 김시습, 성현, 차천로, 유몽인, 이수광, 신흠, 허균, 김만중, 김창협, 김창흡, 김춘택, 이익, 홍양호, 홍대용, 박지원, 이덕무, 박제가, 남공철, 정약용, 조수삼, 김려, 신위, 홍석주, 김정희, 이상적, 신재효 등 우리나라의 내로라하는 33인 문집에서 뽑은 글을 묶었다. '글이란 무엇인가?'에 대한 다양한 답변을 들을 수 있는 책이다.

이 중, 이인로 『파한집』에 보이는 한 문장을 소개하면 이렇다. '이 세상에서 가장 귀한 게 문장'이라는, 글 쓰는 이로서 자존감을 한껏 드러낸 글이다.

이 세상 모든 사물 가운데 귀천과 빈부를 기준으로 높낮음 정하지 않는 사물은 오직 문장뿐이다. 훌륭한 문장은 마치 해와 달이 하늘에서 빛남 같다. 구름이 허공에서 흩어지거나 모임을 눈 있는 사람이라면 보지 못할 리 없으므로 감출 수 없다. 그리하여 가난한 선비라도 무지개같이 아름다운 빛을 후세에 드리울 수 있으며 조맹趙孟(춘추시대 진晋나라의 귀족)의 귀함이야 그 세도가 나라를 부하게 하고 집안을 넉넉하게 할지라도, 문장에서만큼은 모멸당한다.

마무리하며

과분하다.

연암 선생 팔아 인생을 사고 다산 선생 팔아 삶을 산다. 홍길주 선생의 「수여난필 속」에 이런 구절이 있다.

> 문장을 논하다 연암 선생에게 이르니 번개와 천둥소리, 번쩍번쩍! 황홀하여라(有云論文到烟湘 電霆閃恍惚).

모쪼록 이 책에서 글쓰기와 삶에 대한 번개 한 줄기, 천둥 한 소리쯤 보고 들었으면 한다.

끝으로 소명출판 관계자 여러분께 '고맙습니다!'란 말씀을 놓는다.

2020년 4월

휴휴헌休休軒에서

간호윤 삼가 씀